COLLECTION FOLIO

Richard Millet

Lauve le pur

Édition revue par l'auteur

Gallimard

Richard Millet est né à Viam, en Corrèze, en 1953. Il vit et travaille à Paris. Son ouvrage *Le sentiment de la langue* a obtenu le prix de l'Essai de l'Académie française en 1994.

Richard Millet est né à Viam en Corrèze en 1953. Il vit et travaille à Paris. Son ouvrage *Le sentiment de la langue* a obtenu le prix de l'Essai de l'Académie française en 1994.

A celles qui se sont enfuies

Ayez pitié de moi, Seigneur ; voyez l'état d'humiliation où mes ennemis m'ont réduit, vous qui me relevez et me retirez des portes de la mort, afin que j'annonce toutes vos louanges aux portes de la ville de Sion.

PSAUME IX

I

« Ça m'a pris comme ça, voyez-vous, sous terre, sans doute à l'instant où le métro passait sous la Seine, entre Saint-Michel et Châtelet, vers dix heures et demie du soir, après les vacances de la Toussaint, quelques semaines avant la fin du siècle, alors que, pour la première fois, je n'étais pas retourné à Siom étant donné qu'il repose à présent là-haut, derrière lou brau, sur cette colline dont on a abattu presque tous les arbres afin, avait dit le maire, que ce soit mieux aéré et la vue encore plus large, plus belle ; si bien que de là-haut, sur la route de Limoges, on peut maintenant s'arrêter, contempler le lac, les contreforts du haut plateau et ce qui reste de Siom, en contrebas, parmi les jeunes chênes, les hêtres, les sapins, les bosquets de genêts, comme si, avait ajouté le maire, le cimetière ne devait plus avoir, à notre époque, d'autre fonction que celle de pittoresque premier plan avec, à contre-jour, au bas du ciel, ses croix entre lesquelles les voyageurs qui s'arrêtent pour pisser contre le muret d'enclos, dans les fougères et les orties, découvrent, en levant la tête, lorsqu'ils ont cessé de regarder ce qui fait qu'ils ne sont pas des femmes, d'autres collines, plus basses, à perte de vue : autant de collines, peut-être, qu'il y a de croix dressées sur les caveaux et les tombes, certaines plus hautes que d'autres, bien réparties le long des quatre allées qui forment elles-mêmes une croix, debout pour la plupart, les croix de granit comme celles de bois, de fer ou de marbre, et ces petites croix que les cimes des jeunes sapins, plus bas, dressent dans l'or du soir. »

Oui, presque toutes debout et aussi droites qu'il s'était tenu, lui, un soir de novembre dernier, dans ce wagon de métro à demi vide, avait-il poursuivi sur un ton quasi indifférent : la voix qu'il avait toujours eue, ici, à Siom, et probablement ailleurs ; une voix si calme et si pâle qu'elle nous forçait à nous arrêter, à tourner la tête vers ce trop jeune gars, ce blanc-bec, cette blanchaille, et poliment, en faisant preuve d'un respect qu'il ne nous inspirait pourtant guère, tout professeur qu'il était devenu, même si nous autres, les derniers Siomois, n'avons plus de respect que pour les lois et les institutions — pour ce qui a pu nous empêcher d'entrer vivants, seuls, ignorants, désabusés, dans notre propre nuit. Nous arrêtant, donc, nous asseyant même, ce premier soir de juillet, dans le pré qui est devant chez Nespoux, au bord de la rue haute, parmi les ultimes chants d'oiseaux, et l'écoutant, lui, le jeune Lauve, nous raconter ce qui l'avait pris, cette nuit de novembre, ce qui s'était emparé de lui dans les entrailles de la capitale, avait-il dit en se lançant dans une phrase sans fin, de celles qu'il devait servir à ses élèves, là-bas, à Paris : un soudain mal de ventre, une sueur froide, des convulsions, alors qu'il sortait du restaurant où il avait dîné, un mercredi, ayant comme tous les mercredis quitté son appartement de Nogent-sur-Marne, dans la banlieue, pour aller dîner seul à Paris, afin, avait-il précisé, de ne pas devenir fadard comme le dernier des Pythre ou rebusant comme cette vieille chouette d'Yvonne Piale et comme tant d'autres, à Siom, qui n'avaient pas su sortir d'eux-mêmes.

Nous l'avons regardé sans rien dire. Nous attendions qu'il poursuive, qu'il ajoute qu'il ne voulait pas finir comme nous, ici, à chauffer au soleil nos os de gourles, de rustres, de simples, d'hommes et de femmes revenus d'à peu près tout ; mais il ne s'en est pas pris à nous, même s'il n'en pensait pas moins et que, ça se voyait bien, à ce moment, il n'avait guère plus d'estime pour lui-même, ne se jugeant peut-être pas bien différent de nous, lui qui n'était aussi, aurions-nous pu lui dire, qu'une sorte de gourle qui présentait un peu mieux, c'était tout, un grimaud passé du banc des écoliers au bureau du maître, de l'autre côté de la barrière — et, qui sait, de l'autre côté de la vie, de ce qui pour nous autres, Siomois, avait été la vie : l'interminable descente dans le temps, l'assentiment à la saison ultime, la chute au fond de nous-mêmes comme dans les eaux de ce lac au bord duquel nous finissons nos jours, selon cette bien curieuse expression qui semble suggérer qu'il y a des jours mais point de nuits, en tout cas pas pour ceux qui ont toujours, comme nous, redouté la nuit, couchés avec le soleil et levés avec lui, et nullement décidés à nous aventurer au-delà de nos feux, là où les vents vous soufflent à la figure l'haleine des grands bois et de la nuit des temps, disait-il, lui qui aimait la nuit et le dehors, ce jeune Lauve qui cheminait dans la nuit de Paris comme une bête nocturne, comme s'il n'y avait rien à redouter de l'obscurité et que, même là-bas, les merveilles de l'électricité n'étaient pas de simples grimaces des ténèbres.

Grand mal lui en avait pris, ce soir-là, avons-nous songé, puisque c'est à cause de la nuit que ça avait commencé, oui, de cette noirceur qui l'avait repris dès qu'il était sorti du restaurant de la rue Mabillon où il avait dîné à une toute petite table dont, pour qu'elle fût d'aplomb, il avait fallu caler le pied avec un ticket de métro plié trois fois sur lui-même et une pochette d'allumettes vide, à l'étroit entre le comptoir et un pilier, presque sous le portemanteau d'où tombait une odeur d'étoffes mouillées, de tabac froid et de parfums contradictoires, dans l'incessant mouvement des serveuses qui finissaient d'apprêter les tables et qui, en le voyant débarquer si tôt, trop tôt, se disaient que ce n'était pas là un bien brave client mais un de ceux qu'il allait falloir faire patienter avec un apéritif avant de s'en débarrasser au plus vite ; et dans le froid, surtout, qui bondirait depuis la rue chaque fois qu'on entrerait : un couple, le plus souvent, qui regarderait avec une curiosité agacée le dîneur solitaire — la femme serrant alors plus fort le bras de l'homme et avisant le maître d'hôtel pour échapper non pas au spectacle somme toute ordinaire de ce gars à qui on ne donnait pas d'âge, quoiqu'il n'eût guère plus de trente-cinq ans, mais au regard qu'il portait sur elles, les femmes, comme si non seulement leurs compagnons n'existaient pas ou qu'ils fussent renvoyés à la nuit (la même nuit, en fin de compte, que celle devant laquelle, à Siom, quelquefois, malgré nous, comme à la lisière des bois, nous songions à l'obscurité qui nous attendait, à ce surcroît de ténèbre où nous descendrions bientôt, nous qui avions été des obscurs, des taiseux, des petits, de bien pauvres humains), mais comme s'il était, à ce moment, le plus solitaire des hommes : une solitude qui effraie autant qu'elle attire, à la manière d'une lampe dans une chambre de veille. Un gars, en tout cas, vers qui se tournaient les femmes et qui semblait à même de leur faire tourner la tête, pensait-on avec exaspération, et cela sans qu'il levât le petit doigt ou parût posséder d'autre qualité que celle d'être là, tout simplement, au bord du cercle de lumière que sa présence dessinait étroitement autour de lui, où qu'il se trouvât — à Siom, par exemple, ce premier soir de juillet, dans le pré de Nespoux, entre le mur de l'ancienne école et les maisons des Pythre, au soleil couchant, tournant vers nous sa tête d'homme blond : presque un étranger, nous étions-nous toujours dit, avec ses traits plus paisibles que fins ou réguliers, sa haute taille, ses yeux trop bleus qui faisaient murmurer à la vieille Roche qu'il avait l'œil de brebis et à lui, Thomas Lauve, qu'on pouvait lire dans son regard ce dont il était la proie, les frémissements de son cœur et jusqu'à ce qui se passait dans son ventre, quitte à ce qu'on le prît pour un innocent, voire une espèce de malade, alors qu'il n'était rien de tout ça, pas même un homme à femmes, puisque celles-ci ne s'approchaient de lui que pour s'en détourner, le temps d'amours brèves, une fois entré dans le cercle de lumière que, parfois, on ne franchissait pas, comme en ce soir de novembre, autour de sa table solitaire, dans la fumée de cigarettes qui dansait dans l'air remué par la porte d'entrée et par les serveuses en noir et en blanc, pressées, le visage clos, peu amènes, à tout le moins indifférentes, ou bien, elles aussi, malgré leur appartenance au lieu, tenues en respect à la limite du cercle par ce dîner dont elles ne voulaient peut-être pas voir à quel point il était seul et dont elles s'écartaient plus qu'il n'était nécessaire, avec une pitié inversée, oui, toutes sauf celle qui le servait et qui jouait le rôle de la bonne fille, celle qui se dévoue, qui agit sans trop y regarder, quoique avec une hâte aussi dangereuse que la vraie commisération puisqu'elle l'amenait, cette hâte, à le prier d'excuser sa maladresse, à lui parler, à lui faire lever la tête, à découvrir son regard et à ce qu'elle, la jeune serveuse, remarque enfin le bleu si clair de ses yeux et le calme de ses traits sous la chevelure blond lisse et qu'elle s'en trouve émue, découvrant qu'il était loin d'être moche, ce dîneur solitaire qui ne passait jamais inaperçu, quelque effort qu'il fît en ce sens, lui qui nous avouait, ce soir-là, n'avoir rien tant souhaité que d'être semblable à nous qui nous étions si bien confondus avec notre terre et devenus de vieux arbres, de vieilles pierres, de très vieux feux, nous qui avions eu bien du fil à retordre mais pas, Dieu merci, le souci des apparences.

Et lui, ce soir-là, dans ce restaurant où il allait dîner parce qu'il avait appris que le patron était originaire de Meymac mais où, pour rien au monde, il ne se serait fait connaître, lui, le jeune Siomois, le dernier peut-être, celui dont nous attendions (secrètement, sans nous l'être jamais dit comme ça, pas même à voix basse, devant nul feu, ni témoin, ni eau morte) qu'il nous perpétue, et qui, nous le voyions, tâchait de nous ressembler, de faire en quelque sorte honneur à ceux de Siom, à nous, donc, qui ne pensions alors pas qu'un petit professeur de français puisse porter très haut des couleurs il est vrai bien passées ; pas même des couleurs, encore moins une vérité : le simple et obstiné respect du sang, de la terre et du nom — la meilleure part de nous-mêmes, en tout cas ce que nous aurions eu de moins mauvais. Cela, il ne l'ignorait pas, lui, et il pouvait se dire, ce soir-là, en se mettant debout dans son cercle de lumière sous le regard noir et blanc des serveuses, murmura-t-il d'un air amusé, comme si nous pouvions savoir ce que c'était qu'un regard noir et blanc, nous qui n'avions — au mieux — que notre certificat d'études, il pouvait se dire qu'il était à ce moment bien loin de Siom et des yeux qui l'avaient vu naître et grandir, et des premières voix qui avaient brui à ses oreilles.

« Un orphelin en somme, ajouta-t-il, un gars dont les serveuses riaient en se poussant du coude, presque sans se cacher, les bougresses, surtout celle qui me servait et qui avait le type berbère, avec de grands yeux bleu sombre et le teint pâle, Yasmina, si je me souviens bien, la moins jolie, la plus effrontée, la plus attirante aussi, qui me regardait sortir de la lumière en chancelant un peu à cause de l'espèce de honte que j'ai toujours eue à entrer seul dans un restaurant et à en sortir, puisque c'est à ce moment-là que tout le monde lève les yeux et remarque que vous êtes seul. Et on vous regarde, on vous méprise, à cause de cette solitude bien plus que de l'effet du bourgueil trop frais que vous avez pris parce que c'était la bouteille la plus abordable et qu'en prenant une bouteille de vin au lieu d'une demi ou d'une bière ou d'une eau minérale, on achète en général la bienveillance de ceux qui vous servent. Oui, de la honte, soudain, parce que j'étais seul, presque trop grand, trop blond, trop singulier, un peu perdu, pas assez couvert pour la saison, que j'avais déjà fini de dîner et que je me levais en titubant alors que les autres, les amoureux, les importants, les saltimbanques et les viveurs ne faisaient qu'arriver. On ne plaint pas un type qui dîne tôt et seul, n'est-ce pas, et qui, en outre, a l'air d'un fonctionnaire, d'un employé municipal, ou même d'un mauvais prêtre, avec sa veste de velours sombre, son cache-nez, son pantalon de toile beige... »

On ne pouvait le plaindre, non, pas à Paris du moins, il le savait et il se mesurait à l'absence de pitié, le mercredi soir, dans ce restaurant de la rue Mabillon ou dans d'autres, à Saint-Germain ou au quartier Latin, quelquefois du côté de la Bastille, avec cette opiniâtreté qu'il tient de nous et qui aura été une de nos qualités quand elle ne devenait pas cette force quasi aveugle qui le faisait se dresser dans la lumière, ramassant par terre, contre un pied de sa chaise, le sac à bandoulière qui ressemblait à une musette de berger et sans laquelle il ne se déplaçait jamais, palpant les poches de sa veste, s'assurant qu'il n'avait rien oublié, surtout pas l'écharpe aux rayures jaunes, rouges et blanches qu'il avait soigneusement pliée devant lui, sur la table, comme une serviette de vieux garçon, renouant à son cou les trois couleurs à la manière de l'écolier qu'il avait été, chez nous, bien des années plus tôt, alors qu'il avait déjà l'esprit traversé par plus de vents qu'il n'en règne autour de Siom.

Il sortit en trébuchant, plus ivre sans doute qu'il ne disait, à moins qu'il n'exagérât sa maladresse pour s'envelopper dans un léger manteau d'ivresse et trouver là une sortie plus heureuse, sinon plus honorable, recevant l'air froid de la nuit en souriant avec une petite grimace avant de se mettre en route pour regagner non pas, bien sûr, les murs entre lesquels il était né, à Siom, dans la rue haute, non loin du pré de Nespoux, presque à l'extrémité de notre bourg, mais son appartement de Nogent-sur-Marne, en banlieue, suivant la rue Mabillon jusqu'au chevet de Saint-Sulpice, hésitant entre la rue Garancière et la place Saint-Sulpice, se décidant pour le parvis de la haute église et remontant la rue Férou afin de rêver qu'il entendait, à l'angle de la rue de Vaugirard, malgré l'heure et la saison, les voix de Mme de La Fayette et de La Rochefoucauld, derrière le mur de leur jardin, sous les frondaisons calmes des marronniers, échangeant des phrases dans le plus beau français qui fut jamais parlé, disait-il ; ensuite remontant la rue de Vaugirard jusqu'à l'entrée du Sénat où, sans tourner la tête ni les yeux, les mains croisées sur le fusil-mitrailleur plaqué contre sa poitrine, une sentinelle bleu marine le regarda passer, pressant le pas sous les arcades puis jusqu'au Luxembourg où il ralentit, s'arrêta, huma le vent d'une façon qui le fit ressembler à une bête aux abois et aurait pu laisser croire qu'il allait bondir par-dessus les grilles du jardin dans lequel il percevait sans doute, lui, outre le murmure de la fontaine Médicis, des remuements de branches, de massifs, de feuilles mortes, et même des bruits qui ne pouvaient provenir de ce jardin endormi dans la nuit froide de novembre : des bruits qui n'étaient pas de ce monde, assurait-il, ou qui n'étaient pas de Paris, ni même de Siom, mais bien de ces forêts dans lesquelles nous croyions trouver un avant-goût de notre tombe, nous qui sommes nés entre le granit et le ciel et n'avons jamais cru à des climats meilleurs, nous qui, toute notre vie, nous serons contentés des mêmes odeurs, puissantes, terriennes, éternelles. Exactement comme ce jeune Lauve qui, à dix heures du soir, humait la terre froide du Luxembourg avec l'impression de respirer celle de Siom, voyant et entendant peut-être se lever dans cette nuit des figures anciennes ou de proches revenants, ou attendant quelqu'un, pourquoi pas une femme, avec la patience que nous lui avions transmise — avec, aussi, cette humilité qui lui donnait l'air d'un amoureux décidé à attendre jusqu'au bout de la nuit, en dépit de tout, et qui le ferait ressembler à quelque réprouvé de l'amour bramant dans les bois sa plainte silencieuse : un éconduit, un transi, un jeune étourdi changé en cerf dans cette clairière urbaine, incapable de comprendre ce qui lui arrivait et secouant dans la froide brouillasse le bois des cornus, des floués, des innocents et des simples, en train d'écouter au fond de la nuit le bruit d'on ne sait quelle cavalcade, chasse fantôme, métamorphose mythologique, ou bien, plus simplement, le chant de la fontaine royale ou encore son propre cœur, son sang sifflant à ses oreilles, ses entrailles qui se mettaient à le faire souffrir, ou même rien du tout, à peu près comme nous faisions, le soir, devant nos seuils, dans le pré de Nespoux, sur la terrasse aux acacias, sur celle des Rivière, derrière nos maisons, quand nous allions regarder du côté de Limoges le temps qu'il ferait le lendemain, debout contre une haie ou accroupies derrière un muret, pissant, humant la terre, tentant de mesurer, par-delà le temps météorologique, celui qui nous restait à vivre : en vérité bien peu, quelques années, peut-être moins, quelque chose d'incertain qui nous séparait encore de cette épaisseur de terre lourde, de feuille, de bois défait, de tourbe en quoi nous allions nous changer, bientôt, plus tôt que nous pensions. Tout comme lui, là-bas, dans la nuit de Paris, dans sa propre nuit, aussi bien, avec les mêmes gestes que nous, sauf qu'il ne pissait pas contre les grilles du Luxembourg, ne pouvait deviner le temps qu'il ferait et croyait encore, pour lui, à l'éternité, s'imaginant soudain à Siom, irrésistiblement, nous a-t-il encore dit, devant la lande de Lestang ou les bois du Montheix.

Il reniflait. Il avait dans les yeux des larmes qui ne se décidaient pas à couler mais que, quelques mois plus tôt, dans cette nuit de fin d'automne, à Paris, il avait sans doute versées à cause de ce que le vin réveille en nous, et probablement d'autre chose : un amour malheureux, imaginions-nous à lui voir, en plein été, la face brouillée comme du pain perdu, mais, plus sûrement, à cause de ce froid humide qu'avait maintenu à ras du sol un brouillard qui ne s'était pas levé de toute la journée.

« Oui, a-t-il ajouté, le froid, d'abord celui du bourgueil qu'on m'avait servi presque frappé et que j'avais bu malgré ça, et trop vite ; et puis l'autre, le froid du dehors qui me serrait la nuque et ne m'a plus laissé en paix. Je transpirais, j'avais chaud, j'avais froid, je commençais à avoir honte, j'étais incapable d'entrer dans un café pour y prendre du thé ou de la tisane, et j'ai pressé le pas vers la bouche du RER où la chaleur m'a fait du bien, même sur le quai où j'ai attendu le train dans le vent qui soufflait depuis l'extrémité du tunnel et rabattait vers moi la fumée de la cigarette que fumait une jeune rousse, assise un peu plus loin. Elle m'a regardé comme si c'était elle qui était lasse, malade, exaspérée : je me suis senti laid. La poigne d'acier me tordait de nouveau le ventre. J'aurais dû ressortir, me précipiter au *Rostand* ; le regard de la fille m'en empêchait : quelque chose d'impérieux, vous comprenez, et puis triomphale et irrésistible avec ses chaussures blanches à hautes semelles compensées, son pantalon moulant et son long manteau noir, son beau visage pâle sous ses courtes boucles d'un roux vif, et surtout ce regard qui me clouait sur place, comment le dire autrement, il n'y avait qu'à s'incliner, rester là, sur le fauteuil en plastique de la station de métro aux murs couverts de carreaux de céramique blanche, à attendre un train qui ne venait pas, le ventre travaillé par le froid. »

Et, avait-il dit, plus froid que le vin et la nuit, il y avait le cœur de l'homme qui n'est pas aimé et n'aime pas, à qui le souvenir même de l'amour ne peut tenir lieu de feu — ou bien qui est du feu mué en glace au fond de ses entrailles et qui, cette nuit-là, lorsque le métro fut arrivé et que le jeune Lauve eut pris place dans le premier wagon parce qu'il avait devant l'ordre des choses une soumission d'enfant triste et qu'il avait suivi la jeune fille rousse en face de qui il s'assit ; à moins qu'il ne fût monté là parce qu'il n'y avait presque personne et qu'il devinât ce qui allait s'ensuivre, quelques minutes plus tard, parce qu'il avait tenté le diable et n'était pas descendu, comme il aurait pu le faire, à la station Saint-Michel-Notre-Dame, et que ça l'avait pris, comme ça, alors que le train venait de redémarrer avec, dans le wagon, non seulement la jolie rousse mais aussi un groupe de touristes italiens qui la lui cachèrent, le temps qu'ils trouvent à s'asseoir et qu'il s'abandonne enfin à ce qui lui rongeait le ventre ; à cela, oui, sous les yeux de la jeune fille qui semblait à ce moment relancer l'immémoriale vindicte des femmes contre les hommes, ou quelque chose de ce genre, murmura-t-il. Nous avons haussé les épaules : c'était une affaire qui nous dépassait, un conte à dormir debout, des idées de la ville, avons-nous songé en l'écoutant nous raconter comment il s'était laissé aller, tout doucement, comme si la douceur avec laquelle il se vidait était la réponse à l'opiniâtre force du mal ; de telle sorte qu'il pouvait dire, en effet, que ça l'avait pris comme ça, brusquement, sans qu'il sût par quelle bouche il se délivrerait, penchant pour les vomissements, bien sûr moins déshonorants que le reste, et bien qu'il pensât, quelle naïveté ! que ce sont les femmes qui vomissent et que les hommes, eux, défèquent, comme si, même dans l'immondice, hommes et femmes n'étaient pas égaux.

Il n'avait pas, cette nuit-là, échappé à l'opprobre, les yeux toujours attachés à ceux de la jeune rousse devant qui il s'était mis debout, au fond du wagon, les bras écartés, les doigts repliés sur les barres d'acier, et se vidant sans bruit, non pas d'un seul coup, mais peu à peu, par saccades, au rythme des roues du train. Bien mieux qu'une délivrance : de la joie, oui, quelque chose d'inexplicable qui lui faisait soutenir le regard de la rouquine avec un pauvre sourire, disait-il, parce qu'il venait de se montrer tel qu'il était : un homme seul dans la nuit de Paris, sous terre, plus profond qu'en un tombeau d'Égypte, entre Saint-Michel et Châtelet, ses brages, ses jambes et ses chaussures souillées, puant plus que le diable, immobile à l'intérieur de ce qui n'était plus un cercle de lumière mais un îlot d'immondices, sans voir les autres passagers se lever et s'écarter de lui en s'indignant dans plusieurs langues, plus nu, plus obscène que s'il s'était déshabillé devant eux qui ne voyaient plus, si on peut dire, que l'odeur soufrée, fétide, sournoise, scandaleuse, quoique à peu près semblable à celle qui stagne sur une autre ligne, entre Châtelet et Auber, et que tout le monde respire sans broncher, vu qu'on ne peut l'attribuer à personne, celle-là, et que c'est dans une pestilence de cette sorte, dans cette lie, dans ces souffrances-là, qu'on vient au monde et qu'on finira dans quelque chose de pire, et qu'il n'est sans doute pas d'autre moment où l'on soit aussi nu, même dans l'amour ou dans la maladie.

Nu, en tout cas, comme ne le serait jamais devant lui, pour lui, la jeune fille rousse qui le contemplait sans dégoût, du moins sans sourciller, la seule à ne pas avoir fui, à s'être même approchée avec ce qui ne pouvait cependant être ni gentillesse ni pitié, c'était des sentiments qui, à ce moment, ne pouvaient avoir cours, mais pour lui tendre une cigarette qu'elle venait d'allumer, la faire passer de ses lèvres aux siennes sans se soucier des protestations nouvelles qui s'élevaient derrière eux, et murmurant qu'il ne fallait pas les écouter, qu'il n'avait qu'à fumer, que l'odeur du tabac dissiperait un peu l'autre odeur, ajouta-t-elle en lui essuyant le front avec un mouchoir en papier qu'elle avait tiré d'un petit paquet transparent et qu'elle lui laissa en disant que le train arrivait à Châtelet et qu'il fallait qu'elle se sauve, qu'elle ne pouvait rester là davantage, qu'il allait mieux, maintenant, ça se voyait, qu'il n'avait qu'à descendre, lui aussi, marcher vite, sortir du RER, Paris était plein de clochards et de types bizarres, on ne ferait pas plus attention à lui qu'aux gens qui vivaient dans la rue.

« J'ai tenté de la retenir sur le quai où j'avais bondi à mon tour, abandonnant dans le wagon les traces de mon ignominie, moi qui ai toujours été plus propre qu'un chat, l'écoutant me répéter qu'elle était pressée, vraiment, qu'elle ne pouvait attendre plus longtemps, bien droite, dans un parfum très sucré dont elle s'enveloppait le visage en faisant bouffer le col de sa chemise et qui me tenait à distance, non pas dans l'éternelle, l'irréductible distance qu'il y a entre les hommes et les femmes, mais dans la proximité de la douceur, comment le dire autrement ? grâce à l'espèce de bonté qu'elle avait eue en s'approchant pour me glisser entre les lèvres une cigarette dont le filtre avait, me semblait-il, le goût de sa bouche — du moins celui de son rouge à lèvres presque noir — et que je ne parvenais pas à fumer, et qui, lorsqu'elle se fut consumée entre mes doigts et que la jeune fille eut jeté celle qu'elle avait allumée sur le quai, donna en quelque sorte le signal du départ (l'ordre de dispersion, allais-je dire, la retraite, la fuite), m'offrant non pas de l'accompagner mais, peut-être, de la suivre de loin, c'est ce que j'ai cru comprendre, oui, faisant encore ça pour moi : m'aider à affronter le dehors en me guidant jusqu'à la sortie de la station, à travers ces couloirs et ces escaliers roulants où je ne me reconnaissais plus et ces gens qui, dès qu'ils comprenaient, s'écartaient avec étonnement, colère, dégoût ; avec indignation, surtout, parce qu'ils avaient d'abord cru que les grandes taches sombres qui maculaient mon pantalon étaient du sang et qu'il s'agissait d'un accident, voire d'un attentat, et qu'ils m'en voulaient de les avoir inquiétés, probablement déçus que j'aie mué le noble sang en sentine, ordure, immondice, et que je les aie confrontés à la misère, me faisant dès lors déchoir, passer dans le même soupir du stade de héros à celui de clochard, de sous-homme, voire de mort-vivant, mais surtout pas de victime, alors que je l'étais bien, victime, celle de mon ventre et de ce qui avait entraîné la débâcle de mes entrailles, non seulement depuis le début de la soirée mais sans doute depuis que j'étais né, et qui faisait que je n'étais pas tout à fait responsable de ce qui m'arrivait, oui, une sorte d'innocent, même si personne, à ce moment, ne voulait la reconnaître, cette innocence, sauf la fille rousse qui venait de franchir sans se retourner un portillon automatique et que j'ai vue gravir comme en dansant l'immense escalier roulant qui montait vers le ciel, en tout cas vers le jeune type avec qui elle avait peut-être rendez-vous, puisque les jolies filles ont toujours des rendez-vous, des hommes qu'elles aiment, des lenteurs et des vivacités qui leur font traverser la nuit d'un pas léger. »

Ce qu'il nous dirait encore, ce soir-là, c'est qu'il était remonté de ces souterrains séjours comme s'il avait mis sa vie entre les mains de la fugitive rousse, lui, plus seul qu'un enfant perdu ou que le dernier des Pythre à la fin de son existence, s'attendant à tout moment à être changé en statue d'excréments par un regard de la belle autant que par ceux de jeunes sourds-muets, des Maghrébins et des Noirs pour la plupart, en train de converser dans un fourmillement de mains, de mimiques excessives et d'obscènes bruits de gorge ; ceux ensuite des gendarmes accompagnés de chasseurs alpins en treillis et larges bérets noirs, le fusil d'assaut à la hanche, qui patrouillaient à l'intérieur du nouveau ventre de Paris et qui le suivirent des yeux à peu près comme nous le faisions, à Siom, quand il était enfant et que nous le voyions passer en animal craintif et résigné : pitoyable, vraiment, avec ses yeux trop ouverts et humides, et cette tête alors trop grosse pour ce corps si frêle — un être, en un mot, destiné à ne pas durer, avions-nous pensé, à ne pas demeurer bien longtemps parmi nous, comme ceux de 14, les fusillés de 44, et tous les autres qui n'avaient pas su vivre, sauf que, pour celui-là, c'était l'Éducation nationale qui nous l'avait pris, cette insatiable fonction publique qui aura fini de dépeupler nos villages et nos terres pour les rendre à la ténèbre des grands résineux, autrement dit à la nuit des temps, au-delà de cette porte sombre que nous étions près de passer avec non pas le même espoir mais la détermination que la jeune fille rousse avait mise à passer la porte de la nuit sans s'arrêter au jeune gandin au crâne quasi ras qui la regardait venir en souriant, sous le porche de verre, d'acier et de plastique blanc, et vers qui elle ne tourna pas la tête, comme si elle allait plus haut, dans l'obscurité rougeâtre du ciel, prête à bondir sur l'échelle de Jacob.

Elle pressa le pas dans la rue Pierre-Lescot devant les cafés presque déserts, à l'exception du *Père Tranquille* où étaient attablées, entre elles, souriantes et lasses, loin des hommes, quelques jeunes femmes dont la beauté (cette terrible beauté qui isole autant que la laideur et les autres disgrâces, et qui est, en fin de compte, elle aussi, une sorte de disgrâce) faisait songer qu'elles avaient achevé leur travail dans les boîtes à peep-show de la rue Saint-Denis : des filles très jeunes, des étudiantes souvent, ou des filles perdues, des femmes trop belles, lointaines ou inconnues, comme la jolie rousse qu'il s'efforçait de suivre avec ses brages empouacrées, selon le vent précédé ou suivi ou même enveloppé par l'odeur de cloaque à quoi il pensait pouvoir échapper en s'en remettant entièrement à la jeune beauté rousse, ou à la nuit, c'était la même chose, les femmes étant la nuit, la grande nuit des ventres, la nuit rouge et noire du plaisir, de l'enfantement, des fins dernières. Et c'était devant la nuit qu'il s'était retrouvé, dans la rue au bout de laquelle avait disparu la fille, non pas entrée dans une lumière dont il ne pouvait alors plus avoir idée, mais restituée à l'obscurité, au brouillard, au froid, malgré la courte flamme de sa chevelure, rendue au principe même de la nuit féminine, et lui, ajouta-t-il, aussi perdu qu'au milieu des bois de Veix, transi, grelottant, retenu dans la rue, enfermé dehors, en plein Paris, par des pantalons souillés, lui aussi rendu à la nuit comme s'il était une femme, n'est-ce pas, cette femme qu'il lui semblait être devenu, à ce moment-là, puisqu'il devait continuer d'avancer avec ce qui était sorti de lui comme une accouchée parmi ses eaux et son sang, soudain sans plus de honte que s'il avait été chez lui, à Nogent, dans son petit appartement de garçon, seul et nu dans ses toilettes, au chaud, avec cette souveraine impudeur dont sont capables les femmes et qui est presque une joie, oui, l'espèce d'allégresse qu'il y a dans la proximité de la joie...

En vérité, il n'avait pas parlé tout à fait comme ça. C'était trop beau ; c'est nous qui refaisions l'histoire, qui devinions ses pensées. Son langage était plus simple, mais ses pensées étaient à peu près de cet ordre. Tout ça pour dire qu'il était, à ce moment, aussi seul que sous le ciel muet d'une colline où poussent des oliviers, ce n'est pas exagéré de le dire, tout homme connaît au moins ça une fois, dans les tranchées de Verdun, devant un peloton de la division Das Reich, dans les rizières d'Indochine, les djebels, les rues de Beyrouth, de Kigali ou de Sarajevo, ou plus simplement devant le corps sans vie d'un enfant ou d'une mère, devant une femme qui s'en va et dont on n'aperçoit plus que le dos sombre et la courte chevelure enflammée, au cœur d'une nuit, en novembre, avec votre propre merde à vos brages et cette puanteur qui vous vaut les sarcasmes des jeunes sans-abri assis à l'angle de la rue Rambuteau et de la rue Quincampoix, leurs cris de haine, aussi, car il puait comme la mort, avait-il pu penser dans la rue Rambuteau balayée par un souffle noir qui montait de l'ancien ventre de Paris et l'enveloppait d'un manteau d'infamie.

Il prit à droite, rue Quincampoix où il y eut bientôt trop de monde, un peu plus loin, sur les trottoirs et sur la chaussée, devant une galerie d'art contemporain dans laquelle il avait pu apercevoir des toiles représentant, debout, de face, des hommes et des femmes, nus, sexes, mamelles et bras pendant dans une détresse ou une résignation somme toute aussi grande que la sienne. Il tourna à gauche, dans la petite rue de Venise, pour déboucher devant l'immense vaisseau d'acier, de verre et de lumière du Centre Pompidou, sur une esplanade en pente au milieu de laquelle s'élevait une haute tente pointue, de couleur crème, assez semblable à celle des Indiens qui combattaient les Anglais aux côtés des Français dans les romans de Fenimore Cooper de son enfance, avait-il pu se dire avant de relever les yeux, de les tourner vers autre chose que la jeune fille rousse qui semblait remonter d'eaux plus profondes que la nuit, entourée d'autres jeunes filles et de garçons qui s'écartèrent pour le laisser passer, baissant la voix, presque en silence, et sans que la rouquine ait paru le reconnaître ni qu'il ait cherché à arrêter son regard — l'un et l'autre appartenant désormais à deux ordres de nuit, celle qui abrite les amants et les songes, et la grande nuit des pauvres.

« Un peu comme s'il s'agissait de se traverser soi-même, continua-t-il avec un sourire d'homme revenu de tout, une traversée excédant les forces d'un seul homme et qu'il me fallait pourtant tenter, au milieu de la nuit, dans cette ville qui, malgré ses lumières, avait quelque chose des grands bois du Montheix ou de la forêt qui recouvrait autrefois le plateau de Millevaches, avant l'incendie de 1575, et où je me suis, cette nuit-là, senti plus petit, plus misérable, que lorsque mon père m'avait mené dans le bois de Veix pour, disait-il, m'y abandonner, parce que je faisais le malin, que je m'étais mis à me prendre pour le héros de *Sans famille* ou de *Poil de Carotte*, avec des mines d'enfant perdu. Je n'avais pas dix ans. Il m'a laissé au milieu des sapins, vers cinq heures du soir, en plein hiver, près de l'ancienne ferme des

Pythre dont j'apercevais entre les branches les pignons calcinés — mais non, on ne les voyait pas : je croyais entendre les branches frôler les murs en ruine, je luttais contre la peur, je faisais le brave alors que je n'entendais rien, en tout cas pas ça, puisqu'il n'y avait pas de vent, ce jour-là, et que le seul bruit que je percevais était celui de mon cœur qui battait trop fort, le cœur d'un enfant seul au milieu des bois, dans la ténèbre des sapins où la lune ne descendait pas et où son père l'avait abandonné ; et il ne comprenait pas, ce fils, pourquoi son père l'avait abandonné : il pleurait tout bas, reniflait, demandait à son père pourquoi il l'avait abandonné, oui, clamait cela tout bas, debout contre le tronc d'un grand arbre, les bras reposant sur les branches basses, la tête renversée vers le ciel, percé des flèches paternelles, tandis que l'archer, lui, avait regagné Siom pour lancer à la cantonade, c'est-à-dire à ceux qu'il avait trouvés au café Berthe-Dieu, que le fils de Jacques Lauve ne pouvait avoir d'états d'âme, non, qu'il n'était pas une gonzesse, avait-il ajouté en répétant ce mot de gonzesse qui n'en finissait pas de vibrer et de siffler entre ses dents et dont il s'étonnait de pouvoir le prononcer, lui, ce père rude, si puritain en matière de langage et qui, lorsqu'il était en colère, ne criait jamais, se retirait dans un silence plus terrible que les éclats de voix ou les injures, et qui était donc étonné par ce mot, qui s'en indignait, même, comme s'il voyait là le signe que j'étais coupable, m'a-t-il dit, bien des heures plus tard, lorsqu'il est revenu me chercher et qu'il m'a trouvé, au cœur de la nuit, recroquevillé comme une bête au pied d'un chêne, non pas là où il m'avait laissé mais un peu plus loin, dans la clairière du Cousteau, sous la protection d'un vieux chêne, le plus loin possible des sapins et des ruines des Pythre, à quelques mètres de la pente de mousse et de sable qui menait au lac et où il m'aurait suffi de me laisser rouler sur moi-même pour disparaître dans une eau plus noire que la nuit si je n'avais fini par me faire à la peur, à la forêt, aux bruits, à ce chien qui hurlait à la mort, là-haut, du côté de Couignoux. J'aurais aussi pu suivre la rive pour rentrer à Siom, mais je me disais qu'il ne pouvait m'avoir abandonné que pour la nuit et que, fût-elle interminable, cette nuit, il finirait bien par revenir, qu'il ne pouvait pas ne pas revenir vers cet enfant qui n'avait pas dix ans et qui a fini par le voir apparaître un peu avant minuit, marchant vers la clairière sans se presser, de ce pas lent, inexorable et cependant léger avec lequel il cheminait pour s'approcher des autres, pour arriver jusqu'à moi, cette nuit-là, se planter devant moi, me dire que j'avais bien fait de ne pas chercher à fuir, que j'étais maintenant un homme, ou presque, et qu'il était heureux que je ne me sois pas mis à pleurnicher, qu'il n'y avait que les gosses de riches, les poètes, et les femmes de la ville qui pleurnichaient, murmura-t-il en me prenant par le bras et me poussant vers le haut de la forêt sans avoir cherché ni rencontré une seule fois mon regard, même quand nous avons été sous les étoiles et que les larmes ont roulé sur mes joues... »

Et qu'aurait-il dit, le père Lauve, s'il avait pu, bien des années plus tard, voir dans la nuit de Paris ce fils qu'il avait ramené à Siom, sous la lune de février, sans desserrer sa main du trop mince bras de celui qui grelottait de froid, de faim, de la crainte que ce ne fût pas encore fini, que quelque chose d'autre l'attendît dans la maison déserte, de la peur, donc, que lui inspirait cet homme qui semblait grandi, lui, de ce qu'il venait d'infliger à ce fils qu'il forçait à marcher à grands pas, pour qu'il se réchauffe et n'ait pas l'air d'une gonzesse, comme si les étincelles que les fers de leurs chaussures arrachaient au silex de la route pouvaient éloigner sur-le-champ la congestion pulmonaire qui allait clouer l'enfant au lit sans faire danser nulle flamme inquiète dans le cœur paternel, oui, qu'aurait-il dit en le voyant, si longtemps après, dans une nuit où il faisait plus froid que dans le cœur d'un avare, avec à ses brages autant de merde qu'au cul d'une vache à qui on n'a pas passé depuis longtemps la brosse de fer et qui, le fils, continuait d'avancer dans les rues du Marais, songeant peut-être que les vrais marécages se trouvent au fond des hommes plutôt que sur la lande de Lestang, dans les tourbières de Longeyroux ou dans ces rues où il marchait maintenant plus à l'aise, malgré l'étroitesse des trottoirs, puisqu'on s'écartait de lui avec un même et prompt dégoût, cette foule par exemple qui sortait d'un théâtre, rue des Blancs-Manteaux, et qu'il traversa comme si les eaux de la mer Rouge s'étaient ouvertes devant lui, avançant comme à l'aveuglette, non pas en étendant les bras mais les tenant écartés de chaque côté du corps, bouche et paumes ouvertes, pitoyable, ridicule, abject, vrai misérable tâtonnant dans la nuit jaune et blanche, errant par des rues dont il prononçait les noms à voix haute, rue des Guillemites, passage des Singes, rue Sainte-Croix-de-la-Bretonnerie, rue Vieille-du-Temple, rue du Trésor, rue des Écouffes, rue des Rosiers, rue Pavée, rue des Francs-Bourgeois, tout en cherchant, lui, le jeune pénitent, le plus droit chemin jusqu'à cette place tapie dans la brume et qui n'avait plus rien de royal, qui avait même quelque chose de provincial dans le parfait carré de ses maisons de brique et de pierre blanche dont les hauts toits d'ardoise semblaient appartenir non pas aux demeures mais à la nuit, avec, en son centre, le carré plus petit d'un jardin bordé d'une grille et d'une triple rangée d'arbres sans feuilles sous lesquels il espérait s'accroupir.

Le jardin était clos. Il aurait pu enjamber l'un des huit petits portails : des gens, deux femmes et trois hommes qui sortaient en riant d'un restaurant, le repoussèrent dans l'ombre des voûtes où il trébucha deux fois, devant la boutique de la couturière Popy Moreni dont le nom lui plut sans qu'il sût bien pourquoi, comme on s'enchante de choses agaçantes ou légères, et un peu plus loin, devant la vitrine d'Issey Miyake, où il se rattrapa à un pilier — s'y adossa, plutôt, le dos, les mains et les bras contre la pierre claire, la tête tournée vers la couleur orange qui semblait tomber du ciel avec le crachin et plaquer au sol tout ce qui traînait encore en ville, à onze heures et demie passées, les êtres et leurs voix, et particulièrement celle qui venait du plus épais de l'ombre, dans le coin de la place diamétralement opposé à celui par où il était entré, non loin du pilier au pied duquel il venait de s'accroupir pour, une nouvelle fois, libérer ses entrailles : une voix qui lui disait, lentement, avec une douceur qui n'était pas due qu'au brouillard, de ne pas s'en faire, non, de se laisser aller, de s'abandonner même, puisqu'il avait la nuit pour lui, toute la nuit...

Il tourna la tête vers l'ombre — vers la bouche d'ombre, nous dit-il, comme s'il voulait encore nous la faire, embellir la situation et nous donner le change, à nous qui ne nous souciions nullement de savoir qui lui parlait, assis sur le seuil de la maison de Victor Hugo, à nous pour qui Victor Hugo était un phare, une source de lumière et non ce truchement des ténèbres qu'incarnait ce probable clochard, ce fadard, cette âme errant dans le coin le plus obscur de la place des Vosges, en train de parler à ce pauvre Lauve dont nous nous demandions de quoi il pouvait bien se vider encore et s'il ne fientait pas du brouillard, oui, et si, avec le brouillard, ce n'était pas la nuit tout entière qui était en train de le traverser ; le jeune Lauve qui, en tout cas, continuait de perdre de l'eau et du sang, comme une femme, au bord de ce qui avait été la place Royale, lui rappelait l'homme à la voix d'ombre qui ajouta qu'au Grand Siècle nul ne se fût offusqué vraiment de le voir se soulager de la sorte, pas même en plein jour, et qu'il mettait à cela une certaine grâce, avec son visage légèrement renversé vers le ciel laiteux à la manière d'un saint Sébastien, puisque la douleur, ajouta l'homme, rend tous les visages intéressants, les tire du grand anonymat de la laideur, de l'insignifiance, de l'oubli.

L'homme ne quittait pas son camp d'ombre, ni le jeune Lauve le pilier d'infamie, ses deux bouches ouvertes à la nuit, nous dit-il avec un pâle sourire, comme s'il se rappelait que nous n'étions que ça : de la nuit, du brouillard, des choses qui s'écoulent, et qu'il se trouvait encore (lui qui frissonnait, malgré la chaleur du soir de juillet où nous l'écoutions avec une indulgence grandissante) au cœur de cette nuit de novembre, regardant devant lui en direction de l'inconnu dont il ne cherchait pas à connaître le visage et qui n'existait peut-être pas, finirions-nous par songer, qui n'était en tout cas rien d'autre qu'un de ces singuliers oiseaux nocturnes, une de ces sentinelles de la raison obscure dont Paris se peuple au crépuscule.

« J'ai fini par demander le chemin de Vincennes, continua-t-il. Il fallait bien dire quelque chose. Il a haussé les épaules et m'a demandé si je n'étais pas originaire du Limousin. J'ai dit que je venais de Siom, en haute Corrèze, un village hors du temps — le bout du monde. J'avais dans la voix un tremblement qui me faisait balbutier et rougir comme un enfant : l'enfant que j'étais, dans les bois de Veix, lorsque mon père était revenu me chercher et que j'avais espéré que, pour une fois, il me prendrait dans ses bras, que je pourrais pleurer contre cette poitrine sombre, qu'il oublierait qu'il était aussi dur que le chêne pour, lui aussi, pleurer en me levant de terre et me porter jusqu'à la maison, riant même avec moi, non seulement en guise de pardon mais pour marquer l'accession à un nouvel ordre de choses, à ce qui devait, me disais-je, être le cours normal de l'amour, quelque chose qui n'obéisse plus au châtiment et à la grâce, ni à une colère qui ressemblait au souffle d'une cheminée sans feu, mais aux élans du cœur, à ce qui nous fait bondir vers autrui au lieu de nous en éloigner et qui me faisait, moi, aller parfois hurler au fond des prés et des bois, loin de Siom... Le type de la place des Vosges m'a dit qu'il avait autrefois aimé une femme, du côté de Felletin ; il reconnaissait l'accent, même s'il ne savait pas où était Siom et qu'il ne fût pas loin de croire que ça n'existait pas, en effet, que ce n'était nulle part, comme la Corrèze, que nous n'étions d'ailleurs de nulle part, lui et moi et tous, tant que nous étions, frères déféquants, accroupis dans ces fèces, ce chyle, ces eaux, ce sang dans quoi nous étions venus au monde et dont nous ne nous débarrasserions jamais, il suffisait que nous nous regardions, que je me regarde, moi, derrière mon pilier, au bord de l'ancienne place Royale : n'étais-je pas bien de Siom, de cette Jérusalem inconnue et misérable qui est partout et nulle part, en tout cas là où on souffre, où on s'accroupit pour souffrir et contempler le ciel, là où ça sent la merde, n'est-ce pas, dans la grande fraternité de l'excrément, au centre de cette céleste cité qui est ici-bas notre propre cloaque et rien d'autre, nos ancêtres le savaient bien, eux qui croyaient la trouver à Paris, comme maçons, cette Jérusalem... »

Pas seulement en tant que maçons, loin de là : c'était à une tout autre matière qu'ils avaient eu affaire, ces Limousins d'autrefois à qui il songea, un peu plus tard, quand il eut repris son chemin vers la place de la Bastille en remontant la courte rue du Pas-de-la-Mule puis le boulevard Beaumarchais, un peu avant minuit, ayant laissé la voix de l'inconnu, sur le seuil de la maison de Victor Hugo, se repaître de l'ombre dont elle n'était pas sortie, si bien que, nous dit-il, il avait écouté un homme sans visage (à peu près ce qu'il serait bientôt, lui aussi, ce premier soir, dans le champ de Nespoux, avons-nous songé en regardant sa figure se creuser dans le crépuscule), quelque chose de doucement impérieux, de séduisant, une de ces voix monotones qui vous détournent de votre chemin comme les voyageurs du désert de Gobi ou même chez nous, là-bas, du côté des landes de Saint-Merd-les-Oussines et des tourbières de Longeyroux où errent les âmes des cavaliers tafales assassinés à coups d'épieux et de pioches, et qui vous arrêtent, vous parlent dans une langue inconnue et familière tout à la fois et vous font perdre la mesure du temps. C'était ça, Paris, c'était dans la nuit de la Ville lumière que de telles choses étaient possibles, et c'était par des nuits semblables que ses ancêtres, ces Limousins des siècles précédents, convoyaient à la lueur de lanternes ou de simples torches leurs tombereaux dont le poids ébranlait les maisons, écornait les trottoirs, coupait les canalisations d'eau, été comme hiver, de dix heures du soir jusqu'à sept heures du matin, ayant pompé les fosses d'aisances et rempli les trente-deux tinettes que contenait chaque tombereau et dont les bouchons sautaient parfois, laissant s'épandre les matières sur le pavé qui faisait s'entrechoquer les tonneaux avec le bruit d'un train d'artillerie, comme si l'odeur ne suffisait pas et qu'à l'enfer dans lequel ils descendaient (et où certains laissaient leur vie, asphyxiés par les vapeurs méphitiques et l'ammoniac) il fallait ajouter le bruit et les étincelles arrachées au pavé par le fer des quatre roues sur le chemin maudit de Montfaucon, vers le faubourg Saint-Martin, avait précisé la bouche d'ombre, là même où s'étaient dressés les seize piliers de pierre du grand gibet, et puis, plus loin, au pied des Buttes-Chaumont, dans cette Grande Voirie qui répandrait sur Paris sa pestilence brune pendant un demi-siècle, et dans laquelle les gadouards limousins ont cheminé, braillé, chanté, le ventre plein de ces liqueurs où puiser le contre-poison — de quoi avoir du moins le cœur à l'ouvrage, bien accroché, avançant, donc, avec à la bouche le feu de l'eau-de-vie et ces patois qui faisaient croire aux bourgeois endormis que c'était le diable qui mêlait ses cris au roulement des charrettes, à l'éclat des torches et des lanternes, jusqu'aux marais de Montfaucon, ces gadouards à qui on eut recours pour ensevelir le corps de Louis XV qui puait si fort que nul n'osait s'en approcher, comme autrefois, chez nous, quand on a déplacé le cimetière, avant que les eaux du barrage n'inondent notre vallée, et comme avaient pué le pauvre Jean Pythre et avant lui son diable de père, et comme nous puerons tous, un jour : ils le savaient bien, nos ancêtres, qui, au lieu de la pierre, avaient fini par travailler la sentine humaine à Montfaucon où ils rejoignaient d'autres forçats de l'ordure, des Alsaciens, ceux-là, qui œuvraient à l'équarrissage dans une odeur de pourriture qui n'avait rien à envier à l'autre et leur faisait sans doute songer qu'il n'y avait pas que les pauvres gourles du haut plateau limousin ou des sombres vallées d'Alsace à sentir la charogne. Et rien que pour ça, disait le jeune Lauve, la nuit de Paris valait bien celle de Siom ; sauf que, dans Paris, on n'avait pas de nom alors que, dans la nuit du haut plateau, le nom était votre lanterne, on avançait avec, à la bouche, ces quelques syllabes qui proclamaient qu'on n'était pas mort, non, que nous n'étions pas déjà de simples modulations du vent ou des plaintes d'âmes en peine entre le granit et la lune, souffrant comme devait souffrir, songeait-il, l'homme à la bouche d'ombre assis au seuil de la maison de Victor Hugo, place des Vosges, et aussi comme il souffrait encore, lui, ce jeune Lauve plus infâme que les clochards qui déambulaient non loin de l'Opéra de la Bastille d'où commençaient à descendre des hommes et des femmes en tenue de soirée, l'air étonné d'on ne savait quoi — qu'il fît si froid et si humide, peut-être, qu'il existât quelque chose de plus tragique ou de plus réel que la bohème de Giacomo Puccini ou les enfers de Christoph Willibald von Gluck, oui, comme ce brouillard qui leur cachait le petit Éros doré, au faîte de la colonne de Juillet, au centre de la place que longeait à présent le jeune Lauve, du côté du bassin de l'Arsenal, balançant s'il ne le suivrait pas jusqu'à la Seine, étant toujours descendu vers les rivières et les fleuves, lorsque ça n'allait pas, et particulièrement vers cette Vézère au bord de laquelle il est né et où nous l'avons vu tant de fois se baigner et rêvasser, seul comme il le serait dans la rue du Faubourg-Saint-Antoine où il y avait encore trop de monde, de rires et de cris, pour qu'il ne se soit pas réfugié dans des rues plus étroites, plus obscures, s'égarant dans un réseau de noms aussi étranges que ceux du quartier qu'il venait de quitter, écoutons-les : cour de la Maison-Brûlée, du Cantal, du Saint-Esprit, passage de la Bonne-Graine, rue de Candie, de la Forge-Royale, du Dahomey, cité de l'Ameublement, d'autres encore qu'il prononçait à voix haute comme pour y trouver le signe qu'il était sur la bonne voie, puis retrouvant la rue du Faubourg-Saint-Antoine, le ventre plus que jamais serré par cette poigne de plomb à quoi il ne cessait de songer depuis qu'il était passé rue de la Main-d'Or et qu'il se demandait non pas pourquoi elle se nommait ainsi, mais quelle alchimie aurait bien pu métamorphoser la main de plomb en une main d'or qui apaisât la douleur ; laquelle, une nouvelle fois, le fit se plier à terre et s'étonner qu'il puisse tirer encore quelque chose de ses entrailles, ses dents mordant ses genoux dénudés, frissonnant dans l'obscurité du square qui longe la rue Baudelaire et trouvant le moyen de sourire de ce que le poète à tête de guillotiné eût sa rue, lui aussi, et que tout, la gloire, la maudissure et le reste, finît dans la rue, fût-ce une rue bourgeoise dans laquelle passait une voiture de police qui ralentit, l'obligeant à remettre ses brages en place, à se relever, à quitter le square avec l'air un peu vain d'un homme qui reprend sa marche après avoir renoué le lacet de sa chaussure et que cette position a suffi à rendre suspect, regardant le ciel, cherchant dans ses poches une cigarette qu'il lui fallut porter à ses lèvres puis allumer malgré la nausée qui le reprenait, et qu'il jeta par terre, écrasa avec un soin qui lui valut d'être apostrophé par un vieux clochard surgi il ne savait d'où et qui lui fit remarquer qu'une cigarette non fumée ne se jette point et que, s'il les jetait, bon prince, il pouvait bien lui en donner une et aussi du feu, ajouta-t-il en approchant de la flamme une figure assez semblable à ces masques d'or bruni qu'on trouve dans les sépultures hellénistiques. L'homme puait presque autant que lui, quoique d'une façon plus subtile, si l'on peut dire, quelque chose de plus riche, de corrompu, voire de triomphant, disait, en souriant, le jeune Lauve ; de sorte que, avons-nous songé, ces deux hommes ressemblaient, à l'entrée du square cerné par le brouillard, à des survivants s'entretenant de la vanité de toute chose au milieu d'une nuit de Purgatoire, le jeune écoutant le vieux prêcher dans ce désert nocturne, le temps d'une cigarette, l'un et l'autre sur le point de retourner à la nuit dont il fallait poursuivre la traversée, le vieillard retrouvant l'ombre du square et le jeune gars cette rue du Faubourg-Saint-Antoine où les petits restaurants orientaux et les boutiques bon marché succédaient aux marchands de meubles de mauvais goût, de tapis, de vêtements.

On entendit la demie de minuit sonner au clocher d'une église ; il chercha d'où venaient les coups, écouta encore le vieillard lui dire (de très loin — de bien plus loin que l'éloignement et la brume ne le laissaient penser) que c'était l'église de l'avenue Ledru-Rollin, encore qu'avec la brouillasse de cette nuit il n'en fût pas tout à fait certain. Mais le jeune Lauve ne s'en souciait pas ; il était, comme nous, pénétré de la corruptibilité et du néant de tout sans pour autant croire à un monde meilleur ; mais il tenait à aller jusqu'au bout de cette nuit qu'il traversait comme il eût traversé celle du haut plateau limousin, s'était-il dit après la rue de Cîteaux, en arrivant à l'endroit où la rue du Faubourg-Saint-Antoine s'écarte sous des platanes maculés de fientes de pigeons pour donner naissance à la rue de Montreuil et commence à monter vers la place de la Nation dans la semi-obscurité, songeant, lorsqu'il passa devant l'hôpital Saint-Antoine, à se présenter aux urgences, mais continuant comme l'auraient fait ses ancêtres, passant la rue des Immeubles-Industriels pour arriver sur la vaste place ronde et s'asseoir non loin de la bouche du métro dont on venait de fermer les grilles, sur le banc d'un de ces auvents de plastique et de verre à l'abri desquels on attend l'autobus — en se disant qu'il n'y avait pas d'autre mot pour désigner ce genre d'installation que celui d'*abribus* qui était une marque et qu'il se refusait à employer, que la langue française ne savait plus nommer ou qu'elle nommait mal ce que l'époque inventait, que l'imposition des noms nouveaux était laissée aux publicitaires, aux journalistes et aux Anglo-Saxons, et qu'on en avait peut-être fini avec la dimension littéraire de la nation.

Il était bien ce qu'il était : un mauvais professeur, comme disait sa grand-mère (laquelle par cette épithète ne stigmatisait pas les défauts de son petit-fils, mais la condition même de l'enseignant), et aussi le fils de son père, et le digne élève d'Yvonne Piale, l'ancienne institutrice des Buiges, tatillon, persuadé des vertus salvatrices de la grammaire, alors qu'il ne pouvait pas ne pas savoir que les langues sont éphémères, qu'elles meurent, comme notre patois, par exemple, qui ne sonne plus que dans quelques vieilles bouches, les nôtres, avant de retourner au grand silence des langues, bientôt enseveli avec nous dans la terre noire du cimetière, là-haut, derrière lou brau, avec ces noms dont personne ne se souviendra plus, aussi muets que le granit ou le bois dans lequel ils sont entaillés et que les vents d'automne et d'hiver finiront par raboter. Alors, qu'est-ce que ça pouvait bien nous faire, à nous, qu'il n'y ait pas de mot pour désigner l'édicule à l'abri duquel il se reposait, au bord de cette place où les voitures tournaient comme si elles n'allaient nulle part, non loin de l'endroit où, quelques années plus tôt, un jeune fadard avait tué plusieurs policiers et passants avant d'être lui-même abattu et sa jeune amie arrêtée — et toujours en prison, celle-là, dans l'étroitesse de son morne visage et d'un secret qui n'était peut-être que la vanité de l'amour fou ; dans une gloire, aussi, qui faisait de cette trop jeune Florence Rey une pauvre fille autant qu'une reine nocturne, une Vierge aux mains vides, une sainte muette, la sœur obscure et inverse de la princesse morte près du pont de l'Alma, s'était-il dit en se levant et en marchant vers l'autre côté de la place, y trouvant la même sorte d'abri, au commencement de l'avenue de Bouvines, et s'y asseyant, levant les yeux vers un appartement du troisième étage.

« Elle était là, oui, Agnès Taillebourg, une collègue de Helles que j'avais naguère connue, plus seule encore que je ne l'étais, cette nuit où je levais les yeux vers les fenêtres de l'appartement qu'elle n'avait longtemps quitté que pour aller au collège et qu'elle regagnait dès qu'elle était sortie de la bouche du RER ; un petit deux-pièces dont je n'avais jamais franchi le seuil, pas même après qu'elle m'eut téléphoné, un vendredi soir, me donnant son adresse et le code d'accès à l'immeuble, me demandant de l'appeler régulièrement, pendant cette fin de semaine, toutes les trois heures, me donnant aussi le numéro des secours d'urgence, mais refusant que je vienne la voir, murée en elle-même, dans l'étrange beauté d'un visage qui la faisait ressembler, avec ses yeux verts et sa lourde chevelure brune, à une actrice américaine des années cinquante, Jennifer Jones ou Dorothy Malone, et qui jurait avec le reste du corps, trop lourd, empâté, peu enclin à se mouvoir, et qu'elle négligeait, eût-on dit, comme si elle avait décidé, en désespoir de cause, de ne se consacrer qu'à la perfection de son visage. Elle n'a pas ouvert la fenêtre, ce week-end-là, elle ne s'est pas jetée dans le vide, elle qui oubliait le monde dès qu'elle avait refermé sur elle la porte de l'appartement où nul homme n'avait pénétré, hormis celui qui devint son époux, sans qu'on ait su ni où elle l'avait rencontré ni comment il avait pu trouver le chemin de son cœur : un type des Comores ou d'une autre île de l'océan Indien, celle, peut-être, où, tous les cinq ou six ans, si je me souviens bien, on exhume les morts, on les dépouille de leurs bandelettes et de leurs vêtements d'apparat pour les changer et les retourner comme de très vieux enfants, avant de les remettre au tombeau ; un type qui se prétendait fils de roi et qui, pour cette raison, ne faisait rien de la sainte journée, dormant ou demeurant dans un silence absolu puisqu'il haïssait la musique, la radio, la télévision, fumant cigarette sur cigarette, comme Agnès Taillebourg qu'il venait attendre en voiture, là-bas, dans la banlieue, devant le collège de Helles, sans saluer personne ni regarder ailleurs que devant lui, mettant la voiture en route dès qu'il apercevait sa femme, et haïssant à tel point ceux qui l'approchaient qu'il faillit renverser un professeur de mathématiques qui bavardait avec elle sur le bord du trottoir, un jour qu'il était en retard... Elle ne s'était donc pas suicidée, ce week-end-là, mais elle allait tenter de le faire, deux ans plus tard, lorsque le fils de roi se serait envolé et qu'elle, Agnès Taillebourg, comme nous continuions à l'appeler, malgré l'exotique patronyme dont l'avait affublée son époux, se serait recluse, plus que jamais, dans le petit deux-pièces de l'avenue de Bouvines qu'elle ne quittait que pour des vacances en Normandie, entre la mer et la lande que hantent les chevaliers et les prêtres maudits de Barbey d'Aurevilly, dans une maison de famille où le fils de roi n'acceptait de se rendre que si la famille d'Agnès n'y était pas, et où ils passaient un mois, l'été, sans sortir, sans même ôter des meubles les housses qui les recouvraient, lui allongé sur un lit à fumer et à écouter la rumeur infinie de sa chute, et elle à lire et à relire les grands romans français, russes, et anglais du XIXe siècle, se nourrissant de pâtes au beurre, de sardines à l'huile et de pain ; de somnifères et de tranquillisants, aussi, dont ils faisaient l'un comme l'autre un usage considérable, traversant de la sorte les jours et les nuits, les confondant, vivant parfois lui le jour et elle la nuit, ou inversement, ne se rencontrant plus qu'à l'aube ou au crépuscule, et finissant par ne plus se croiser du tout, jusqu'au jour où elle m'a téléphoné pour me dire que son mari n'était plus là. Rien d'autre. Elle m'a demandé si elle pouvait venir chez moi. Elle est arrivée peu après, en larmes, plus belle et plus lourde que jamais, plus lointaine, aussi, tremblante, titubante, me tombant dans les bras non pas avec l'intention d'aller plus loin mais, justement, parce qu'elle ne pouvait aller plus loin, ayant trop bu, ou avalé trop de tranquillisants, quoique pas assez pour que j'appelle les secours, demandant à s'asseoir et que je lui fasse non pas du café, puisque je n'en avais pas et que, depuis que je ne vivais plus avec mon père, je ne pouvais en avaler la moindre goutte, mais du thé, le plus fort possible ; que je l'empêche de dormir, que je lui parle, la secoue, la fasse en quelque sorte danser au bord du sommeil, elle qui était prête à choir là où elle n'avait jusque-là pas osé jeter un coup d'œil, ne cessant de parler, de tout et de rien, mais pas d'elle-même ni de l'époux envolé, sachant à quoi s'en tenir à ce sujet, l'ayant sans doute toujours su et accepté qu'un jour l'oiseau dût s'envoler, ne tenant à la vie, ce soir-là, que parce qu'elle me parlait et que je la faisais parler, et non seulement parler mais, encore, pisser, oui, la prenant dans mes bras pour l'emmener aux toilettes, lui relevant la jupe, l'aidant à baisser sa culotte sur une chair épaisse et blanche qui sentait la pomme verte, et la tenant par les épaules pendant qu'elle urinait avec des larmes d'enfant, lui tendant ensuite du papier pour qu'elle s'essuie, ce qui la déséquilibrait et me forçait, je le dis simplement, à l'essuyer moi-même, non pas comme un malfaisant ni avec l'espoir qu'elle m'en récompenserait de la plus belle façon, mais comme avec une sœur infirme ou une mère que j'aurais fait pleurer de reconnaissance. Et je ne sentais plus l'odeur d'urine, ni celle de transpiration, ni même la pomme, mais, contre ma joue, le sel de ses larmes, son souffle âcre, le chant rauque et profond de ce qu'elle essayait d'exténuer en elle et qui lui faisait renverser la tête, tandis que nous revenions aux fauteuils de la salle de séjour, devant la baie ouverte sur le parc et la fraîcheur d'une nuit d'avril. Une nuit que nous avons traversée ensemble, elle dans un fauteuil et moi à ses pieds où j'ai fini par m'endormir, la tête sur ses genoux — oui, ma tête qu'elle avait, lorsqu'elle fut un peu revenue de sa torpeur et, peut-être aussi, de son désespoir, posée sur ses genoux, inversant les rôles, regardant poindre l'aube dans cette blancheur quasi printanière et ces chants d'oiseaux qui font espérer je ne sais quel regain d'innocence, jusqu'à ce qu'il fût l'heure de s'éveiller vraiment comme deux amants apaisés qui redescendent dans le jour. Je ne devais plus la revoir ; pendant les trois derniers mois de cours, elle resta en congé de longue maladie, réfugiée chez ses parents, dans une autre banlieue où elle tentait d'oublier son fils de roi, puis, l'année suivante, hospitalisée en province, et ensuite mutée du côté de Maisons-Alfort, je crois, sans que je l'aie revue, donc, jusqu'à cette nuit de novembre, quelques semaines avant la fin du siècle et du millénaire, comme elle disait, debout derrière sa fenêtre de l'avenue de Bouvines : c'était bien elle, je n'en doutais pas, cette silhouette blanche et noire, cette douce figure floue qui paraissait contempler non pas ma petite silhouette affalée sur le banc de l'arrêt d'autobus, mais la nuit, tout simplement, c'est-à-dire elle-même, me disais-je en cessant de penser qu'elle pourrait m'aider, qu'elle me ferait monter chez elle, me déshabillerait, me conduirait sous la douche, me laverait tandis que je fermerais les yeux et pleurerais en silence jusqu'à ce que je m'endorme sur le tapis de la pièce qui devait lui servir de salle de séjour et où elle m'aurait recouvert de ces voiles de madras dont elle m'avait dit envelopper sa douleur depuis la fuite de son époux princier. »

Il ne s'attarda pas devant la fenêtre obscure. La nuit commençait à tourner sur elle-même. Il lui fallait en finir, reprendre la marche, s'engager dans l'avenue du Trône où se levait un vent chargé de l'odeur de forêt qu'il avait respirée à travers les grilles du Luxembourg — mais c'était, cette fois, celle du bois de Vincennes, en direction duquel il levait le museau à la façon, encore, d'un cerf aux abois, faisant sourire les filles qui se tenaient dans les contre-allées du cours de Vincennes, des Noires, des Blanches, quelques métisses, toutes furtives et dures, entre l'ombre et la lumière, filles de la nuit et du feu, murmura-t-il, parce qu'il était facile de les évoquer de la sorte et qu'il ne connaissait rien à ces femmes-là, qu'elles n'étaient à ses yeux que des sentinelles du vain désir ; mais ça aussi c'était trop joliment dit ; c'était encore du rêve, un mauvais rêve, une façon de pactiser avec la nuit et de n'y voir que ce qu'il voulait y voir, alors que les filles, elles, cessaient vite de sourire pour le laisser passer avec une sorte d'effroi, ou de haine, car il n'était pas permis à un vivant de puer comme un mort, devaient-elles se dire en s'éloignant avec des grimaces de dégoût et, pour certaines, des gestes qui le forcèrent à courir dans la contre-allée, comme un mendiant sur un quai désert, pour échapper à ces cris de ménades, nous dit-il sans nous expliquer ce que c'était que des ménades, même si nous devinions que ça avait à voir avec la furie féminine et que rien n'est plus redoutable que la fureur des femmes, n'est-ce pas, les impératrices sanglantes, les reines de la nuit, les vierges folles, les amoureuses humiliées, offensées, répudiées, les cœurs brisés qui demandent justice, ici et maintenant.

Il courut jusqu'au boulevard périphérique, franchit le pont avec l'impression de bondir par-dessus un fleuve tumultueux, se mit à marcher pour souffler, puis recommença à courir dans l'avenue de Paris, d'une foulée toujours fiévreuse, parce qu'il y avait d'autres filles, sur le trottoir à présent moins large, et qu'il ne passait pas inaperçu, là non plus, dans la lumière orange des grands réverbères, ni clochard ni vagabond, crut-il bon de nous faire remarquer : un simple fuyard, un pauvre gars qui courait dans la nuit pour échapper à la honte et à la vindicte des femmes, avec ses brages plus sales que le cul d'un mort et sa besace qui lui battait les reins, fuyant sans se retourner, soulevant les voiles du brouillard à présent trop léger pour le protéger et sans que les oiseaux de nuit qu'il évitait en se détournant largement de son chemin puissent comprendre que c'était lui-même qu'il fuyait, ce corps qui se révoltait contre son esprit, et cet esprit qui souffrait d'avoir été pour ainsi dire traversé, souillé, humilié par le corps.

C'est ce que pensa peut-être la longue fille noire enroulée au fût d'un réverbère, devant les bâtiments de l'Institut géographique national, et qui aurait bien pu passer pour un souffle de la nuit, ajouta-t-il avec dans les yeux, semblait-il, quelque peu de ce brouillard qu'il remuait dans la longue avenue menant au bois ; quelque peu, aussi, nous sommes-nous dit, de la splendeur de la longue fille qui se dénoua un peu pour le regarder et lui demander où il courait comme ça, avec un accent qui l'empêcha, lui, de la comprendre d'abord, à supposer qu'il ait compris qu'elle s'adressait à lui, ces filles-là étant aussi perdues que lui, même si les femmes, disait-il, ont moins de disposition à se perdre à cause du sang qui les relie aux grands cycles des saisons et aux mythes ; à cause, aussi, de toute la compassion dont elles sont capables et de la distance qu'elles maintiennent avec les hommes, sur l'autre rive, pourrait-on dire, et s'en tirant en fin de compte mieux que les hommes, vivant plus longtemps, même celles qui veulent faire comme les hommes et ne pas voir tout ce qui les sépare d'eux et qui est aussi vaste que ce qui les sépare d'elles-mêmes lorsque l'amour ouvre en leur cœur un abîme plus profond que celui où choit le plus beau des anges, nous avaient dit nos mères.

Oui, les femmes plus lucides que les hommes, même cette longue prostituée noire qui s'était tournée vers lui, l'avait arrêté en riant puis en s'enroulant autrement autour du réverbère. Il lui demanda d'où elle venait, à cause de l'accent. Elle rit encore, tout en lançant autour d'elle de brefs coups d'œil, comme si elle ne devait jamais le regarder, lui, le jeune Lauve, et qu'elle fût étonnée d'être vouvoyée. Elle finit par murmurer qu'elle ne venait de nulle part, que le Cap-Vert c'était bien nulle part, il fallait bien le dire, et puis que ces questions-là n'avaient pas d'importance, l'important étant de savoir où on était et où on allait. « Mais vous, lui demanda-t-il, qu'est-ce que vous avez quitté ? » Elle détourna la tête, se détacha du réverbère, s'avança vers la grosse Citroën blanche qui s'arrêtait à sa hauteur, échangea avec le conducteur quelques mots à voix basse, tandis que le jeune Lauve s'éloignait le plus possible de la lumière avant de s'en rapprocher lorsque la fille eut regagné le réverbère sans plus se soucier de lui, l'ayant peut-être oublié, ou voulant l'oublier, comme s'il lui faisait du tort, qu'il lui eût fait perdre le client à la Citroën, qu'il apparût comme une figure menaçante : lui tournant donc le dos, allumant une cigarette dont la fumée s'enroula elle aussi au réverbère, alors que le jeune Lauve demeurait là, immobile, les mains ouvertes, attendant il ne savait quoi de cette longue fille à qui la lumière orangée donnait un teint olivâtre et qui finit par se retourner en lui lançant : « Vas-y, casse-toi, casse-toi ! », ou quelque chose de ce genre qui lui fit baisser la tête et reprendre son chemin vers le bois en songeant, pourquoi pas, à la solitude des femmes, à la perdition, à la violence masculine, ou, plus simplement, aux îles de ce Cabo Verde que la fille avait quitté pour le froid trottoir de Paris.

Nous avions peine à croire ça, peine à penser qu'il puisse exister encore, surtout dans la nuit terrible des villes, des putains au grand cœur, ça ne se voit qu'au cinéma, ça, et ça n'existe sans doute plus depuis que la grosse Lola d'Eymoutiers ou l'Huguette de Limoges ont cessé de pratiquer ; et encore pouvions-nous douter si elles étaient généreuses, celles-là, puisque, nous le savons maintenant, nul ne croit vraiment en personne, que tout le monde ment, se sert de la fausse monnaie des sentiments et se trouve satisfait du mensonge général, sauf, peut-être, quelques innocents comme le jeune Lauve que nous nous représentions cheminant vers ce qu'il appelait, en parlant comme un livre, les sources du vent, c'est-à-dire le bois de Vincennes, renvoyé à lui-même et à la nuit par la fureur des femmes, peinant à marcher, son ventre le faisant de nouveau souffrir, mais décidant de ne pas s'accroupir avant le bois, et cette fois en vain : il ne sortirait plus rien de lui ; il lui faudrait se reprendre, serrer les dents, respirer profondément, tenter de maîtriser cette bouche basse comme il imposait silence à l'autre, la claire, celle dont on se sert pour parler et manger, disait-il, lui qui ne parlait que pour pouvoir manger, le reste du temps volontiers taciturne, sauf en ce soir de juillet, dans ce pré où nous avions pris l'habitude de nous réunir aux beaux jours, nous, les derniers Siomois, lorsque la terrasse aux acacias, au bas de Siom, était envahie de voitures et d'estivants venus contempler le lac, et que nous nous sentions de trop sur ce débarcadère d'où nul d'entre nous n'était jamais parti.

Nous l'écoutions depuis plus d'une heure, ce jeune Lauve que nous avions vu naître et grandir mais qu'en fin de compte nous ne connaissions guère, que nous n'avions, disons-le, pas voulu connaître et qui nous parlait en vérité pour la première fois, comme s'il n'avait attendu que ça, pendant tant d'années, que nous l'écoutions, un soir comme celui-ci, alors qu'après dîner nous prenions le frais dans ce pré où Nespoux remisait son bois, sa voiture, son vieil Allis-Chalmers et tous ces outils qui n'ouvriraient plus jamais nulle terre. Personne ne croit personne, c'est vrai, et pourtant nous avions ce soir-là décidé de le croire, ce jeune Lauve ; du moins l'écoutions-nous sans l'interrompre, sans ricaner, sans l'envoyer au diable, nous raconter comment il avait traversé en pleine nuit la moitié de Paris avec sa merde au cul (dirait Henrion, qui ne l'aimait pas — qui était en outre de ceux qui, toute leur vie, détesteront les enseignants, comme on dit aujourd'hui, et les patrons, les fonctionnaires, les riches et les femmes), oui, comment il avait fini par arriver chez lui en passant devant l'hôpital des Armées, titubant et soufflant, au point qu'un couple d'élégants quadragénaires qui venaient de descendre d'un taxi lui demanda — l'homme et la femme, ensemble, d'une même voix — s'il ne voulait pas aller se faire soigner aux urgences ; à quoi il répondit (mais a-t-il vraiment pu dire ça ?) qu'il y a des choses dont on ne guérit pas, et puis qu'il n'était plus très loin de chez lui, et continuant à marcher jusqu'au château de Vincennes dont le donjon et les remparts étaient éclairés, puisque rien, aujourd'hui, ne doit rester dans l'obscurité ni dans le silence, disait-il, qu'on n'a plus le droit de ne pas savoir ni de ne pas voir, que les horloges calculent publiquement (par exemple au flanc de la tour Eiffel qu'il aurait pu apercevoir dans la perspective de l'avenue de Paris, s'il s'était retourné et s'il n'y avait pas eu de brouillard) le temps qui nous sépare du nouveau millénaire, comme si l'humanité se souciait non plus de sa mémoire mais de son joyeux anéantissement, comme si la mort individuelle n'avait plus de sens et que nous, les derniers Siomois, n'existions plus depuis longtemps, depuis que nous avions cessé de travailler la terre, trente ans auparavant, depuis qu'il n'y avait plus de bêtes dans Siom où les bouses de vaches, avait dit l'ancien maire, faisaient trop sale pour les touristes, et que nos enfants étaient allés vivre en ville, comme ce jeune Lauve qui était un des derniers que nous ayons vu naître parmi nous, plus de trente-cinq ans auparavant, et que nous nous représentions errant, là-bas, à la lisière du bois de Vincennes, dans une nuit aussi froide et inhospitalière que la nôtre, et où il avait songé que c'était là, dans ce donjon, que Jean-Jacques Rousseau était venu visiter Denis Diderot emprisonné, ayant parcouru à pied les deux lieues séparant Paris de Vincennes, un après-midi d'octobre, par une chaleur accablante, sous des arbres élagués qui ne donnaient aucune ombre, s'étendant par terre lorsqu'il n'en pouvait plus, tout comme le jeune Lauve, deux cent cinquante années plus tard, serait maintes fois tenté de le faire, cette nuit-là, sur le même chemin, et comme il le fit pendant quelques instants, sur l'esplanade du même château où on avait interrogé, jugé et fusillé le duc d'Enghien, une nuit de mars, à trois heures, dans les fossés, à la lueur des flambeaux, oui, allongé là, le jeune Lauve comme sur une trop vaste plage, dans une solitude trop grande et une vive pitié pour le jeune prince dont la tête fut brisée par les balles, la mâchoire supérieure arrachée de la face, la mâchoire inférieure fracturée dans sa partie moyenne ; plein de pitié pour lui-même, aussi, à cause du vent froid, de la souffrance, de la nuit profonde qui s'ouvrait devant lui.

Comme si c'était le moment de songer ! Comme s'il n'y avait pas autre chose que les livres, le vent, les rêvasseries, c'est-à-dire rien, quelque chose de plus futile encore que ces îles du Cap-Vert à quoi il avait songé, tout à l'heure, à cause de la longue fille noire, et qui lui faisait penser à cette petite île qui est au milieu du lac de Siom et où il aimait se rendre, en barque ou à la nage, autrefois, à l'époque où il se croyait plus malheureux qu'il n'était et où il lui fallait aller s'attrister au bord de l'eau, comme un poète, du côté de L'Oussine-des-Bois d'où on voyait les collines de Veix, de Couignoux, du Montheix, mais point Siom, et où, d'ailleurs, il préférait, eût-on dit, ne rien voir, allongé, les yeux mi-clos, sous les petits chênes de la rive, respirant, nous dirait-il plus tard, un air où personne d'autre n'avait mis le nez, l'odeur des grands bois, de la terre et de l'eau — à peu près ce qu'il respirerait, cette nuit-là, dans le bois de Vincennes, lorsqu'il se serait remis en route sous les marronniers nus, dans une obscurité que de rares et faibles réverbères ne faisaient qu'accroître, dans ce qui avait été, autrefois, une allée cavalière maintenant recouverte d'asphalte et sur laquelle ne passaient plus que des gendarmes à cheval dont l'uniforme, le képi, les baudriers, la fine moustache et le visage très français lui avaient toujours fait penser à l'ultime portrait d'Alain-Fournier, disait-il en songeant qu'il était loin d'avoir cette noblesse d'allure et le mystère du grand Meaulnes, lui qui s'était mis à courir comme un fadard, en agitant les bras, pour aller s'accroupir au pied d'un grand marronnier, non loin d'un manège de chevaux de bois fermé de bâches sombres, incapable de retenir davantage ce qui coulait de lui et qui ne pouvait être, à présent, avons-nous pensé, que du sang.

« Du sang et des larmes, c'est vrai. J'avais le ventre vide et j'avais mal, et peur, aussi, à ce moment de la nuit où on se sent plus perdu que jamais. Il pouvait être deux heures, j'ai cru les entendre sonner au carillon de la mairie, et sous les arbres le brouillard était si épais qu'on n'y voyait pas à cinq mètres, ou qu'on doutait de ce qu'on voyait — si cette fille que je devinais derrière moi, par exemple, au-delà de l'avenue et sous les arbres, assise au volant de sa camionnette arrêtée, sa trop blonde tête bien droite, ses énormes seins nus posés sur le volant, éclairée par une petite lumière violette, si cette femme au regard fixe, nocturne, absent, n'était pas une divinité de Babylone ou de Khorsabad devant qui j'allais me mettre à trembler. »

Pour un peu, il nous aurait renvoyées à ses peurs d'enfant — aux nôtres, aussi bien, il y a si longtemps, lorsque la nuit du haut plateau avait encore une épaisseur d'origine du monde, et qu'il n'y avait pas sur les villes, les bourgs et les hameaux cette lueur orange qui fait oublier jusqu'à l'idée de nuit noire ; une nuit que, peut-être, il avait retrouvée sous le couvert des arbres et qui montait du plus profond de son ventre, oui, la grande nuit limousine, une nuit que n'avaient troublée, jusque dans les années soixante, que les incendies de forêts et les éclats de la souffrance humaine ; une nuit dont nous écoutions parfois le chant profond avec ses bruits, feulements, petits cris, tout ce qui naît, bondit, gémit et se dissout dans l'obscurité, des vies obscures, des morts ténébreuses, des silences plus inquiétants encore puisqu'on n'y voyait, en ce temps-là, jamais rien, pas même, dans le ciel, les long-courriers en route pour l'Afrique ou l'Orient dans leur haute rumeur d'étoiles voyageuses, puisque pour apercevoir quelque chose il eût fallu quitter la tiédeur de la couche, se muer en bête nocturne, risquer de n'être plus un chrétien, même si la plupart d'entre nous — au moins les hommes — avaient depuis longtemps troqué tout espoir de salut contre les lendemains de la justice sociale : des oubliés de Dieu, à peu près comme le serait, en un tout autre temps, le jeune Lauve qui écoutait la nuit, accroupi sous le marronnier, ses brages autour des chevilles, tel qu'autrefois aux cabinets de l'école de Siom où il lui fallait aller souvent poser le pantalon parce qu'il n'avait jamais assez chaud, ni chez lui ni en classe, et que, disait-il, ça lui tapait sur la tripe et l'obligeait à se soulager, à demeurer là plus longtemps que n'importe quel autre petit Siomois, pendant la récréation tout entière et parfois davantage ; de sorte qu'il était en retard et puni plus durement que les autres, sans chercher à se justifier, acceptant la cagaille et les heures de retenue avec la même placidité qu'autrefois cet innocent de Jean Pythre, oui, un pauvre malheureux, quelqu'un qui subissait tout avec une résignation excessive, un original, aussi bien, dont il était déjà impossible d'avoir pitié, surtout pas la maîtresse d'école qui ne voulait pas d'exception et punissait le moindre écart avec une inflexibilité de grande amoureuse et l'injustice de ceux qui finissent par aimer le devoir, l'ordre et la République plus que les êtres humains, en tout cas mieux que les écoliers rougeauds et particulièrement ce petit Lauve à face blême, aux gestes maladroits et furtifs, qui avait l'air en équilibre sur le faîte d'un mur ; de ces êtres, n'est-ce pas, qui ont toujours quelque chose, les malaveignes, les mal lotis, les incertains, les rêveurs éveillés, les frêles souffles, ceux qui font encore trop de bruit pour ce qu'ils sont et dont le silence même est de trop ; non pas des fadards : des tristes, des mélancoliques, des reclus qui ne sortiront pas d'eux-mêmes, ou qui n'en seraient jamais sortis (comme autrefois leurs frères idiots aux trop grosses têtes qui ne quittaient jamais les chambres reculées ni les femmes qui les avaient mis au monde) sans les progrès de l'instruction, sans ce chemin que la langue française frayait à certains d'entre eux qui finissaient par comprendre qu'ils n'avaient rien à espérer de mieux que ce qui était, si on peut dire, au bout de la langue : un chemin non pas de roses mais de rude et franche clarté, une voie qui menait à une condition tout autre, aurait pu dire Yvonne Piale, l'ancienne institutrice, en tout cas à une sorte de renversement ou de compensation, à défaut de révolution, ce qui rétablissait un peu l'ordre des choses, au moins pour un Thomas Lauve qui avait passé une bonne partie de son temps avec ses pantalons autour des chevilles, dans tous les cabinets de Siom, disait-on ici, en exagérant et en ignorant que ce temps, il ne l'avait pas tout à fait perdu, et que ces heures pestilentielles, comme il les appelait, et celles qu'il passait en retenue, mercredi, dans la salle de classe déserte qui sentait la sueur d'enfant, l'encre violette, le papier humide et la poussière d'insectes, lui avaient laissé le temps de lire, oui, malgré le froid, la douleur, les moqueries des autres, là-bas, devant la porte des cabinets ou debout sur le mur d'enceinte, près de l'endroit où, bien des années plus tard, nous nous tiendrions, en ce premier soir de juillet, pour l'écouter, parce qu'il était facile de grimper sur les tas de bois de Nespoux et d'observer, par-delà les vitres auxquelles on voyait se cogner les mouches enfermées là depuis la veille, le petit Lauve en train de dévorer ces livres qui le faisaient paraître à nos yeux, avec sa tête si souvent inclinée et sa mine de papier mâché, plus bas que les soleils d'hiver.

Il entendit des pas dans le brouillard, sur la terre et les feuilles mortes d'abord, ensuite sur l'asphalte ; de calmes pas, presque légers, qui le forçaient à rentrer le cou, à se replier dans sa puanteur, dans la position d'un lecteur accroupi, avec, entre les mains, le grand livre des nuits, avait-il dit, et comme il l'avait toujours fait dès qu'approchait le père Lauve, qu'il eût ou non la main levée, et dès que lui, le fils, entendait résonner ses pas sur la pierre du seuil, sur les dalles de l'entrée, dans l'escalier qui menait aux chambres, redoutant qu'ils n'aillent point, ces pas, se perdre au fond du couloir, dans la chambre conjugale, mais qu'ils s'arrêtent, à gauche, devant la porte du fils, le père écoutant, flairant, se demandant à travers le battant ce que pouvait bien faire le petit Lauve dans l'étroite pièce aux murs couverts d'un papier posé par l'ancien propriétaire et qu'on avait laissé là parce qu'il était encore en bon état avec ses minuscules fleurs jaunes, bleues et blanches qui faisaient dire au père que c'était là une chambre de fille, et assez bonne pour un bougre qui passait son temps à lire et à rêvasser.

« Des pas nocturnes, donc, même en plein jour, disait le jeune Lauve, des pas qui gravissaient l'escalier et s'approchaient de ma chambre comme s'ils étaient chaussés de nuit, c'est ça, comme si c'était la nuit et le dehors qui venaient à moi, qui hésitaient à ma porte, dans ce couloir toujours plongé dans la pénombre, frôlant le battant, soufflant, tournant la porcelaine du bouton, la relâchant, entrant quelquefois, se tenant sur le seuil et me regardant en silence. J'étais allongé sur le lit, mon livre frémissait entre mes mains, mes lèvres aussi, et mon corps tout entier, sous le regard de cet homme qui ne s'approchait pas davantage et qui me contemplait sans rien dire, mal à son aise, probablement dépité d'avoir pour fils ce frêle gars aux cheveux blonds, presque roux. »

Peut-être se sentait-il, le père, dans la pauvre clarté de ce qui n'avait jamais été une chambre d'enfant, plus loin de son fils que s'il s'était trouvé à l'autre bout du haut plateau dont ils pouvaient l'un et l'autre entendre les souffles puissants remuer l'obscurité des forêts de sapins qu'on y plantait à mesure que les fermes étaient abandonnées pour que les fils de ceux qui avaient lutté pendant des siècles sur la brande, entre le granit et le ciel, puissent se mettre à lire, eux aussi, entrer dans la fonction publique ou aller se faire concierges dans la banlieue des grandes villes parmi les Noirs, les Arabes, les Chinois, d'autres races encore, et tous ceux qui ont abandonné leurs villages et leurs terres pour aller ailleurs renier leur sang, l'appauvrir avec les femmes de la ville et en faire du sang de poulet, rien de bien bon, tout ça pour un peu d'argent fixe à la fin du mois, et revenir, avec une arrogance de citadins, le plus souvent pour la fête des morts ou quelques jours de vacances sur une terre à présent plantée de douglas, d'épicéas, de pins noirs et de mélèzes, et non plus de ces châtaigniers, de ces chênes, de ces hêtres qui avaient accompagné les générations précédentes et qui, songeait probablement le père, avaient attiré dans des patelins tels que Siom des types comme lui, Jacques Lauve, leur avaient fait quitter un village des Deux-Sèvres ou du bas Berry (nous ne saurions jamais très bien d'où il venait), où, au début des années soixante, il n'y avait déjà plus grand-chose à faire, pour venir travailler chez nous, là où la forêt commençait à s'étendre, dans la montagne limousine, avec assez de détermination pour faire oublier ce qu'on a été et finir par louer à Siom, au bord du haut plateau, une maison, dans le haut du bourg, y apposer une plaque d'émail blanche avec, en lettres bleu nuit, l'inscription le désignant, lui, Jacques Lauve, comme maître d'un commerce de bois, ayant appris à connaître les arbres, non seulement à Siom et dans le canton des Buiges, mais aussi là-bas, d'où il venait, les Deux-Sèvres ou le bas Berry, en observant dès l'enfance les forestiers de Chizé ou de Bommiers, et en se disant que c'était peut-être mieux que de soigner les southdowns et les charmois dans les bergeries ou de s'embaucher à la laiterie du coin et supporter toute l'année l'odeur de la crème, du beurre, du fromage.

Celui qui hésitait sur le seuil de son fils avait pourtant eu le culot de ceux qui s'exilent et aussi la faculté d'écouter tout ce qui était propre à le faire accepter, qui en tout cas inspirait confiance, alors que devant son fils il demeurait muet, maladroit, lointain, n'ayant, pour l'approcher, que sa dureté et la fatigue de ces pas qui le menaient à la porte de sa chambre sans qu'il osât passer le seuil, ou n'y entrant que pour se taire, même quand il proférait des mots de reproche, d'interdiction, d'exhortation ; des mots superfétatoires, il ne l'ignorait pas, ayant deviné que le fils, bien qu'âgé de dix ans, savait quelle nuit accompagnait les pas qu'il entendait de l'intérieur de sa chambre — du sein même de son livre, aurait-il pu dire, puisque la chambre était encore le dehors, la grande nuit remuante, alors que le livre, c'était non seulement un autre monde, mais le vrai monde à quoi le père ni personne n'avait accès et aux frontières duquel il aurait pu s'égosiller, le père, à rappeler le fils perdu. Et il aurait pu,

Jacques Lauve, se tenir non plus sur le pas de la porte, dans cet entrebâillement qui faisait entrer avec lui l'obscurité du couloir (et, avec cette obscurité, celle-là même dont la ténèbre se redouble, est peuplée, travaillée, gémissante, oui, ces figures nocturnes dont nous pouvions imaginer que nous faisions déjà partie et dont son père était, à cette époque, la matérialisation la plus sombre — de la même façon que, bien des années plus tard, dans la nuit de novembre, l'inconnu à la bouche d'ombre, place des Vosges, le clochard du square Trousseau, ou Agnès Taillebourg à sa fenêtre obscure de l'avenue de Bouvines), mais il aurait pu s'avancer jusqu'au cercle de lumière dessiné sur le plancher nu par la petite lampe de chevet, ou même aller jusqu'à toucher le fils, sur l'étroit lit de bois clair, il n'aurait pas été, le père, plus éloigné de son fils puisque le bruit de ses pas, dans le corridor du rez-de-chaussée, d'abord, sur ces dalles de granit usées qu'il ne se décidait pas à faire recouvrir de parquet, ensuite sur les dix-sept raides marches de l'escalier, puis dans la partie de couloir qui le séparait de sa chambre, puisque ces pas, donc, avaient fait se replier l'enfant sur lui-même, se recroqueviller comme dans le bois de Veix et comme il le ferait, bien des années plus tard, dans le bois de Vincennes, sous le grand marronnier, avec ce brouillard qui lui pesait sur les épaules plus que la veste de velours dans laquelle il grelottait, les bras serrés autour de ses genoux dénudés, sa besace devant lui, sur ses pieds, écoutant s'approcher d'autres pas.

Des pas qui n'avaient rien d'hostile, précisa-t-il, des pas légers, presque sautillants, des pas de femme ; non pas ceux d'une des filles qui attendaient la fin de la nuit dans leurs camionnettes, le long du fort de Vincennes ou dans les allées profondes, ni ceux d'une des clochardes qui venaient dormir, un peu plus loin, sous le toit pointu d'un kiosque, parmi ses congénères serrés les uns contre les autres, avec leurs chiens et leurs paquetages. Ce qu'il vit surgir dans la lumière du réverbère puis s'avancer vers lui et le contempler avec, dans les yeux, une espèce de sourire calme, sans étonnement, alors qu'il l'était, lui, étonné, quasi effrayé de se retrouver nez à nez avec elle, comme si on n'en finissait jamais avec les figures de la nuit, ce qu'il vit arriver, donc, la tête couverte d'un bonnet en cachemire blanc, c'était une petite vieille femme vêtue d'une chemise de nuit sur laquelle elle avait passé un épais manteau beige. Elle tenait en laisse un minuscule yorkshire lui aussi couvert d'un manteau beige et qui le regardait, lui aussi, les yeux écarquillés, tirant sur sa laisse avec des râles pour flairer l'entrejambe du pauvre Lauve, comme il nous arriverait de l'appeler, ce soir-là, dans le silence de nos chambres, quand il aurait fini de nous raconter sa nuit, peu après sa rencontre avec la vieille toquée qui faisait pisser son chien dans les allées du bois, à deux heures du matin, par une froide nuit de novembre, sans s'inquiéter de rien, avec même une bonne humeur qui semblait lui faire deviner les pensées du jeune Lauve et lui faisait dire qu'à son âge elle n'avait plus rien à craindre, ni des sans-abri, ni des putains, ni de la nuit, que c'étaient même les hommes qui avaient peur d'elle, qui toute sa vie avaient eu peur d'elle.

— Voyez, lui dit-elle, en se penchant vers lui, regardez-moi franchement : mon chien est plus beau que moi, n'est-ce pas !

Et elle se mit à rire. Son rire avait, dans le brouillard, quelque chose de plus singulier encore que ce visage extraordinairement maigre et pâle, aux orbites creuses, aux lèvres retroussées sur des dents jaunes et trop longues. Un visage qui non seulement était laid en soi, mais que sa maigreur rendait effrayant et qui la rapprochait de ceux qu'on peut contempler dans les châsses des églises de province, les cryptes de Sicile, ou des morts qu'on retourne, rituellement, dans l'île d'où venait le fugitif époux d'Agnès Taillebourg : quelque chose qui n'appartenait plus qu'à la ténèbre des langues, et dont, avec le temps, on ne serait pas bien certain qu'il ait pu être celui d'un vivant — non, pas même de ceux qui avaient hésité entre la vie et la mort, ces vieilles femmes de Siom qui l'effrayaient tant, enfant, au fond des cuisines pleines d'ombre et d'odeurs anciennes où elles le faisaient entrer pour qu'il les écoute parler, raconter en caressant sur leurs genoux une poule, un chat, un lapin, des existences à peu près semblables les unes aux autres, d'interminables veuvages, des amours enfouies, d'inévitables déceptions, des expiations languides, des folies minuscules, de bien pauvres secrets, des confessions tremblées, inachevées, perplexes, qu'il écoutait en avalant consciencieusement du sirop d'orgeat ou de grenadine pour faire passer les biscuits mous et les paroles fanées qui semblaient sortir de la même boîte en fer sur laquelle on pouvait lire *Lefèvre-Utile* ou *L'Alsacienne*, tout en cherchant ce qui pouvait lier la matière du verbe et celle des gâteaux, de l'orgeat et de la grenadine, et finissant par dormir debout devant la vieille femme qui la plupart du temps ne s'en apercevait pas, dont la parole les laissait l'un et l'autre au bord des songes, et qui lui faisait redouter, à lui, les seuils de Siom, quittant la maison du père pour se couler dans une sente d'ombre, entre la maison et l'ancienne demeure des Poupey qui tombait en ruine, sur le côté, par un chemin qu'il croyait connu de lui seul, parmi les éboulements, les coudriers et les ronces, et qui descendait dans le pré de la demoiselle Louradour pour déboucher sous le couvert des noisetiers et des hêtres, près de la route qui passe dans la vallée en contournant le bourg d'où il gagnait les hauteurs de Siom et où longtemps on le voyait grimacer au pied de ce petit calvaire de granit gris que nous appelons croix des Rameaux.

« Elle était, cette vieille au petit chien, la dernière apparition de cette nuit de novembre. Elle m'a demandé ce que je faisais là, comme s'il n'était pas étonnant qu'elle y soit, elle, avec son yorkshire exaspéré. Je devais ressembler à un malheureux, un homme perdu, au bord des larmes, puant comme ça n'était pas permis. Elle m'a dit que je ne devrais pas tant boire, que je serais bien mieux chez moi au lieu de traînasser là, au milieu de la nuit, comme ces clochards ou ces types qui hantent le bois, reluquent les filles, répandent leur semence par terre ou sur les arbres, si bien qu'on pourrait se demander, n'est-ce pas, si ces arbres ne sont pas leurs maudits rejetons, a-t-elle ajouté en me poussant du bout de sa canne comme si j'étais une mauvaise bête, avec, elle, un air aussi cruel que bon, quelque chose dans le regard qui me ramenait irrésistiblement à cette tête de vieil oiseau qui s'éloignait en hululant dans la direction du réverbère, pénétrait dans la lumière, se retournait, portait ses doigts à ses lèvres et soufflait en ma direction un baiser qui découvrait une dernière fois ses longues dents jaunes. »

Nous avons souri, non seulement parce que ça aussi, c'était trop beau pour être vrai, mais parce que nous avions fini par avoir pitié de lui, que nous devinions que la fin de la nuit était proche, qu'il n'était plus très loin de chez lui, ce dernier fils de Siom qui titubait dans l'avenue de la Dame-Blanche qui, de Vincennes à Fontenay-sous-Bois et à Nogent-sur-Marne, longe le bois et à l'extrémité de laquelle il regagna son appartement de garçon, aurions-nous pu dire, à l'intérieur d'une résidence tranquille, bâtie dans un parc où poussaient des rhododendrons, des marronniers et un beau cèdre du Liban près duquel il ne passait jamais sans y porter la main, toujours au même endroit, sous la première branche, comme sous le sein d'une femme, avec un frémissement qui lui donnait, disait-il, l'impression que le temps s'enroulait à son poignet — par une de ces superstitions, une de ces manies dont sa vie était hérissée et qui le firent, par exemple, dès qu'il eut franchi la porte de l'immeuble, non pas monter chez lui, mais descendre au sous-sol, dans le local réservé au vide-ordures et aux poubelles, où il se dévêtit entièrement, pliant ses vêtements souillés avec le soin qu'il mettait, chez lui, à serrer ses affaires comme s'il ne voulait pas s'en séparer, répugnant à jeter des effets quasi neufs ou qui pouvaient encore faire de l'usage, précisa-t-il, en cela le digne fils de son père dont la pingrerie n'était un mystère pour personne, chez nous ; le digne descendant, aussi, par sa mère, des Corréziens de la montagne qui valaient bien les ventres-à-choux poitevins ou les rudes Berrichons, et qui avaient le cœur plus dur qu'une pierre ; et encore, disait l'abbé Guerle des Buiges, les pierres pleurent-elles, parfois, tandis que nous autres Siomois étions pour la plupart accrochés à nous-mêmes comme à nos bouts de terre, avec presque plus rien qui nous en distinguât, à peine la parole, et encore, ajoutait l'abbé Guerle, certains vivaient-ils dans le silence comme en une chambre dont ils n'attendaient plus que de franchir la porte sombre, les autres restant murés dans le périmètre de leur regard et de leurs regrets — ce qui n'était pas un bien fameux séjour, même si nous refusions de nous l'avouer, sauf les plus vieux, ceux qui, comme Pauline Dufresnois, en avaient assez, à quatre-vingt-quinze ans, et qui répétaient au petit

Lauve qu'ils voulaient s'en aller, que c'était bien triste de venir si vieux, qu'on ne savait d'ailleurs jamais vraiment si on était encore vivant ou passé de l'autre côté. Et il était là, devant les vieillards, les yeux baissés, le sourire aux lèvres : un pauvre sourire, en vérité, dans cette bouille d'enfant effrayé par l'assemblée des vieillards qui avaient fini, aurait-on dit, par ne plus pouvoir se passer de lui, qui allaient l'attendre au bas de la sente, sous les noisetiers et les hêtres, bien plus vivants qu'ils ne le pensaient ou que ne l'imaginait le petit Lauve, assis sur les chaises de paille et les pliants qu'ils avaient traînés là, ou, plus simplement, accroupis sur leurs talons, comme ont toujours fait les hommes, dans les prés, devant chez eux, au bord de la place, chaque fois qu'ils trouvaient un peu de temps, à l'époque où la place n'était pas recouverte d'asphalte ni encombrée d'automobiles, mais où il y avait de l'herbe et le grand chêne, entre l'église et le monument aux morts, et des enfants qui jouaient entre les racines du chêne et les bouses des vaches de Berthe-Dieu.

Il fallait donc les écouter, ces pauvres vieux, ces vieilles pies, ces taiseux dont le silence était souvent plus bruyant que les mots, oui, les écouter marmotter, rebuser, ressasser des mots, toujours des mots, ce qui était pourtant mieux que rien, assuraient-ils au petit Lauve, comme pour se faire pardonner de retenir dans l'ombre des hêtres et des noisetiers, parmi les ombres aussi qu'ils étaient, eux, quasi devenus, ce mince petit gars à la bouille tachée de son et à la blondeur presque rousse, à l'entretenir de secrets que leurs voix ébruitaient plus aisément que les trompettes de Jéricho, et du temps qui passe et ne revient pas, si lent et si rapide tout à la fois, et, pour les femmes, plus lent et plus rapide que pour les hommes, puisqu'elles vivent plus longtemps dans l'hiver de la beauté et dans la solitude, sur des territoires où les morts étaient en fin de compte plus nombreux que les vivants et où ils parlaient autant que les vivants, le petit Lauve les entendait, ces morts, ne sachant d'ailleurs plus très bien qui s'exprimait par ces vieilles bouches — si c'était par exemple Pauline Dufresnois ou la fille qu'elle avait perdue, âgée d'une quinzaine d'années, et qui donnait à la mère, soixante-dix ans plus tard, une voix de fillette terrifiée ; qui donnait au père Nuzejoux ces inflexions de gamin souffrant avec, aussi, dans sa voix, les râles de son propre frère, tombé à dix-neuf ans devant Charleroi, ou encore les cris de ce fils que lui avait enlevé une autre guerre, bien des années plus tard, dans une cuvette d'Indochine ou de Corée, il ne se souvenait plus exactement ; de sorte qu'il était, Nuzejoux, dans le tremblement de cette voix, et lui-même et son frère et son fils, sorte de trinité crépusculaire qui effrayait le petit Lauve, lequel, toute sa vie, resterait un peu inquiet devant les vieilles gens, exactement comme il venait de l'être devant la vieille au petit chien, dans le bois, ou comme il redoutait de l'être, un peu plus tard, dans cet immeuble où n'habitaient que des gens à la retraite, qui avaient le sommeil léger, qui se promenaient parfois dans les couloirs ou, en été, dans le parc, comme cette demi-folle qui errait dans les étages, la nuit, en chemise, un renard autour du cou, en fredonnant des airs de *Norma* ou de *La Somnambule*.

Il s'était décidé à jeter ses vêtements, à l'exception de la veste. Il avançait dans l'obscurité du sous-sol, très lentement, d'une veilleuse à l'autre, redoutant la lumière bien plus que le noir, son cœur battant plus fort, aussi nu qu'un nouveau-né, sa veste sale au bras, et au cou cette besace contenant un parapluie pliant, des copies d'élèves, un manuel de littérature et probablement quelque livre (étant de ces gens qui ne savent pas ne rien faire et qui ne se déplacent jamais sans un journal ou un livre), avançant donc les bras étendus devant lui, mais ne rencontrant personne, ni au sous-sol, ni dans les escaliers qui le menèrent au troisième et dernier étage, devant une porte qu'il ouvrit en tremblant puis referma en s'adossant au chambranle, sans avoir fait de la lumière, respirant comme il ne l'avait pas encore fait depuis qu'il était sorti du restaurant, oui, aspirant profondément l'air chaud et sec de l'appartement avant d'entrer, à droite, dans la salle de bains, où il n'alluma pas non plus et où il se tint debout sous la douche, sanglotant et riant comme s'il était encore ivre et que l'ivresse se fût tapie en lui après qu'il eut traversé la nuit dans le contraire de l'ivresse et qu'il se fut traversé lui-même, on peut le dire, ou que la nuit l'eut traversé avec toute la vigueur d'une maladie ; comme s'il pouvait s'abandonner enfin à cette ivresse et en jouir avec non seulement un retard considérable mais le souci d'accueillir d'autres ivresses, toutes les ivresses, murmurait-il.

II

« Mon père était un homme d'ordre », dirait-il le lendemain, venu nous retrouver à la même heure, après souper, non pas comme s'il était sorti pour prendre l'air et qu'il se fût avancé vers nous parce qu'il eût été des nôtres, mais parce qu'il lui fallait continuer ce qu'il avait entrepris la veille, étant lui aussi entré dans le souvenir, c'est-à-dire dans le temps féminin. D'ailleurs, dès le deuxième soir, nous ne serions plus que des femmes à l'écouter, dans le pré de Nespoux ; les hommes en avaient déjà assez entendu et c'était plutôt à nous autres, Siomoises, qu'il semblait s'adresser, nous seules étions capables de l'écouter, avions le temps, étions appelées à survivre, même si les hommes n'étaient pas loin, à bavarder entre eux devant la maison de Chave, de part et d'autre de la rue haute, sur la pierre du seuil, sur des souches, sur leurs talons, et d'une voix aussi calme que les nôtres, malgré les voitures qui passaient de temps à autre entre ces haies de regards, comme le jeune Lauve avant d'arriver jusqu'à nous, résigné, un peu maladroit, les yeux vagues.

« Oui, un homme d'ordre qui, pendant toute sa vie, doit avoir pondu chaque matin le même étron bien moulé, de couleur et de dimension à peu près identiques, et à la même heure, quelques minutes après avoir pris son petit-déjeuner, s'enfermant dans les cabinets, au fond du couloir, avec à la main le journal de la veille dont il avait gardé pour cette opération matinale les pages ultimes, malgré l'intérêt qu'il prenait à le lire, le soir, non pas au lit (personne, à Siom, n'a jamais lu au lit, n'est-ce pas ?), ni sur le canapé ou dans un fauteuil du salon, près de la cheminée, comme il le faisait à l'époque de maman, mais sur une chaise de la cuisine, droit comme un i, comme il devait s'être tenu, en classe, autrefois, avec la même application, la même sorte de crainte, aussi, remuant doucement les lèvres, prononçant tout bas ce qu'il lisait, sans rien perdre d'aucune page, y compris la publicité, faute de quoi il aurait eu le sentiment d'avoir payé trop cher le journal, alors que seuls l'intéressaient les nouvelles locales et les articles concernant l'économie, se tournant régulièrement vers moi pour me demander la signification d'un terme que j'étais quelquefois incapable de lui donner, même lorsque je suis devenu professeur, non seulement parce que je l'ignorais mais parce qu'il suffisait qu'il me le demande pour que je me sente incapable de répondre et de me montrer plus savant que lui : ce qui lui faisait murmurer que ça ne servait décidément à rien de tant lire, que je n'étais qu'un rêveur, un bon à rien, comme tous les professeurs.

Du temps de maman, c'était vers elle qu'il se tournait. Elle parlait peu ; elle avait le goût des définitions et du silence ; elle tenait ça de son père et de sa mère, je crois, celui de la solitude où les femmes se mettent à chanter. Ses questions, mon père les gardait pour la fin de la soirée, lorsque dix heures sonnaient à la pendule de la cuisine. Maman lui répondait en tournant vers lui, pour la première fois depuis que nous étions entrés au salon, après dîner, son beau visage étroit et calme ; puis elle m'accompagnait au premier, jusqu'à ma chambre au seuil de laquelle elle s'arrêtait, elle aussi, m'effleurant la joue de ce qui n'était plus, depuis longtemps, un vrai baiser mais quelque chose de bref, de lointain, mais point dépourvu de douceur et, à cause du geste qu'elle faisait en se penchant vers moi, me donnant à respirer une odeur plus intime que celle qui flottait autour d'elle pendant la journée : le parfum qui monte d'entre les seins des femmes qui ont appuyé là, le matin, un bouchon de cristal. Baiser qui ne me consolait de rien mais à quoi je ne me serais dérobé pour rien au monde, parce que c'était ma mère et que je voulais croire qu'elle m'aimait, qu'elle ne pouvait pas me laisser entrer seul dans une nuit qui me paraîtrait dès lors moins redoutable entre le moment où, tournant les talons, elle m'aurait poussé dans ma chambre avec un petit geste qui se voulait léger mais qui avait, malgré le parfum qui l'entourait, quelque chose de sec, de pressé, de quasi coléreux, puisque j'étais cela seul qui la retenait encore auprès de mon père et qu'elle voulait peut-être m'habituer à une tout autre nuit ; entre ce moment, donc, et celui où mon père, qui venait de vérifier une dernière fois que toutes les issues de la maison étaient bien fermées (comme s'il ne savait pas qu'elles étaient fermées depuis longtemps, et par ses soins, et à double tour, et que l'extraordinaire confiance qu'il avait en lui-même se dissipât avec la tombée de la nuit), commençait à gravir les marches de l'escalier avec la pesanteur de ceux qui ont travaillé toute la journée au grand air et s'acheminent vers un juste repos, aurait-il pu dire, au fond du couloir, après une station devant ma porte, qu'il l'ouvrît ou non, et après m'avoir adressé les mots par lesquels il m'enjoignait d'éteindre et de dormir. J'éteignais mais je ne dormais pas, ne pouvais pas m'endormir, demeurais assis dans mon lit à attendre que ses pas aient décru et qu'il soit entré non pas dans la chambre conjugale (il me semblait qu'il ne l'atteindrait jamais, que ses pas n'en finiraient pas, même après qu'on ne les entendait plus) mais dans la nuit obscure, oui, qu'il soit retourné à cette nuit d'où il avait surgi, bien des années auparavant, et de bien plus loin que le Berry ou le Poitou, et que cette enfance dont jamais il ne parlait.

Alors je me remettais à lire, non pas en allumant (il me semblait que le déclic de la poire commandant la lampe de chevet aurait déclenché le tonnerre paternel), encore moins en dépliant les persiennes de fer, mais, lorsque la nuit était claire, en allant m'asseoir sur une chaise de paille, à la verticale du vasistas, attendant que la lune se découpe dans le rectangle de verre, qu'elle me coule sur la nuque et baigne les pages de mon livre, me forçant à relever la tête, à monter sur la chaise pour soulever le vasistas, passer la tête à travers le toit et contempler Siom endormi dans sa couronne de collines et de bois, tandis que minuit sonnait à l'horloge de la cuisine et que je me mettais à trembler, perché dans cette mauvaise clarté comme un paysan monté sur une chaise pour se pendre à la poutre maîtresse et se balancer dans des ténèbres que nous écoutions, maman et moi, elle allongée d'ouest en est, près de mon père, et moi du nord au sud, quelque chose comme ça, entre les bruits de la grande maison et ceux de la nuit, la grande nuit siomoise dont nous entendions, à chaque extrémité du vaisseau de granit, les mille petits bruits, ceux du dedans et ceux du dehors, et non seulement ceux que tout le monde perçoit mais ceux qu'on est seul à entendre (de la même façon qu'on est toujours seul à voir un feu follet ou à aimer ses propres odeurs, n'est-ce pas, ses propres pets et même ses excréments, avec une fierté qui nous fait murmurer en rougissant : "C'est incroyable ce que ça sent mauvais !", pauvres humains, abjects humains !) : les battements du cœur, les nerfs qui sifflent, le ventre, la fièvre, le désespoir, ou, au contraire, la sourde soif d'aurore qui tient éveillés les petits garçons et les femmes, le bruit du sang qui est comme celui des pas sur la neige ou la pluie sur l'ardoise ; des bruits familiers et cependant inquiétants puisque avec eux, en eux, autour d'eux, battait le pouls du temps, pouvais-je me dire en remuant les mauvaises pensées de la nuit comme une terre aussi lourde et noire que mon corps allongé dans le même sens que ceux du cimetière, là-haut, sur la colline, et qui attendaient, ceux-là, la Résurrection, tandis que maman et moi patientions jusqu'à ce que nos chambres se peuplent d'ombres plus claires, que la nuit blanchisse, que les étoiles fassent cesser leur crissement de soie qui se déchire, qu'il soit enfin possible de quitter l'échelle de Jacob pour poser sur le parquet de l'aube un pied frileux, non sans avoir attendu le premier pas du père, mat, pesant, encore chargé de nuit, sur la descente de lit, d'abord, ensuite sur le bois clair du plancher ; le pas d'un homme marchant dans sa nuit : celui d'une statue, d'un commandeur, d'un père, si vous voulez, d'un homme qui n'aurait pas encore défait son manteau de ténèbre — quelque chose, en tout cas, qui m'inquiétait autant le matin que le soir, qui s'approchait de la même façon de ma porte où il hésitait, et qui descendait avec la même lenteur par laquelle il redevenait, pas à pas, mon père et l'époux de ma mère, grâce au bruit qu'il faisait, en bas, dans la cuisine, pour allumer le feu dans la cuisinière à bois, remuant les cercles de fer, secouant le panier à cendres, passant la toile émeri sur les taches de la veille avec une probité qui n'était plus l'apanage des femmes mais le propre de ceux qui entendent maîtriser le principe et la fin.

D'autres bruits encore : le dépliement méthodique des persiennes, le sifflement de l'eau dans les tuyaux, l'aigre moteur du moulin à café qui recouvrait le murmure de la radio ; laquelle régnait bientôt seule, solennelle et familière, comme tout ce qui est amené par l'électricité, et dont la hauteur servait à nous empêcher de retomber dans le sommeil, à nous faire lever, maman et moi, moi le premier, il me fallait moins de temps pour me préparer puis descendre vers les odeurs de café, de pain grillé, de soupe qu'il faisait réchauffer pour lui les jours où il allait dans la forêt, et qu'il mêlait de lait ou de vin en hiver, ou selon l'humeur. Oui, du vin s'il n'était pas de bonne humeur et du lait s'il était content, encore que je ne croie pas qu'il fût jamais de bonne humeur : il y avait des jours où il prenait sur lui, où il faisait semblant de n'être pas ce qu'il était : une mauvaise bête, diriez-vous, il ne pouvait s'en empêcher, c'était plus fort que lui, il fallait qu'il domine, fasse peur, il avait besoin de ça, faire ployer sous sa voix, cette voix étrangement claire par laquelle il nous annonçait chaque matin qu'il allait aux cabinets.

Il le disait sur un ton presque lointain, comme si sa propre personne importait moins que l'exemple qu'il entendait donner et par lequel il signifiait qu'une bonne journée, une honnête et digne journée, ne pouvait commencer sans qu'on soit allé à la selle, disait-il dans les bons jours (les autres, très rares, où il ne pouvait y aller, comme ceux où il était pris de coliques qu'il soignait au Fernet Branca, au Ricard ou à la liqueur de noix, il fulminait, tournait en rond dans la cuisine, semblait perdu), et, s'il n'avait pas pu se délivrer, plus tard, dans les bois, il rentrait, le soir, avec la tête lourde et la hâte d'être au lendemain pour retrouver, disait-il, l'ordre matinal des choses, le moment où il s'éloignerait dans la pénombre, vers les cabinets, au fond du couloir, se tournant vers moi et me souriant avec, dans le regard, quelque chose de calme, en homme qui a toujours raison et à qui ses mouvements d'entrailles donnaient le mystère d'un haruspice familial.

Il refermait derrière lui la porte dont la moitié supérieure consistait en une vitre dépolie sur laquelle on croyait parfois voir grimacer sa figure. Il faisait de la lumière, une lumière vive, donnée par une ampoule de fort voltage, alors que toutes les autres, chez nous, étaient faibles, autant par économie que parce qu'il était persuadé, comme tant d'autres, à Siom, avec le même sentiment de la vanité de toutes choses, qu'on ne saurait rien faire de meilleur, la nuit, que de dormir. Il défaisait sa ceinture, sa braguette, baissait son pantalon, dépliait sur ses genoux ce qui lui restait à lire du journal de la veille — le seul moment, probablement, où il s'abandonnât un peu, où il ne se surveillât plus, où il trouvât, on peut le dire, quelque plaisir à l'existence, celui-ci tînt-il à quelques pets accompagnés de soupirs de satisfaction et d'un chantonnement aussi enfantin qu'obscène dont ni maman ni moi ne pouvions rien perdre puisqu'il avait laissé ouverte la porte de la cuisine et que nul n'aurait osé la refermer, malgré le froid qui venait du couloir avec une lumière plus puissante que celle du petit matin, comme si c'était la vérité même qui dût surgir du fond de ce couloir et du trône de lumière sur lequel nous aurions à lui succéder, moi, du moins, car pour maman il en allait selon lui comme de toutes les femmes : toujours constipées, ou s'accroupissant comme les chats, méfiantes, apeurées, avec l'air de souffrir et le besoin de se cacher pour pondre quelques crottes de lapin, rien du tout, comme si elles ne chiaient pas, disait-il en prononçant ce mot avec le dégoût qu'il affichait devant les grossièretés ; avec, aussi, une sorte d'étonnement, oui, comme si cet homme qui eût été capable de déféquer devant tout le monde par souci d'être exemplaire depuis qu'il avait lu, autrefois, je ne sais où, qu'on ne saurait réussir en rien sans une absolue régularité des fonctions naturelles, comme s'il se fût indigné, donc, que puisse sortir d'une bouche humaine quelque chose de plus répugnant, à ses yeux, que ce dont il se délivrait, là-bas, au fond du couloir, dans l'aveuglante lumière de la vérité, et où j'allais m'installer, à mon tour, que j'en eusse ou non besoin, dans une odeur que je trouvais d'autant plus insupportable qu'elle venait de lui et à laquelle je me faisais d'autant moins qu'il mangeait davantage, s'épaississait et déféquait à proportion, lui qui était arrivé à Siom plus maigre qu'un chien courant.

Je me levais dès qu'on entendait le tonnerre de la chasse d'eau. J'avais beau m'y préparer : je sursautais, je frissonnais, je tournais vers maman un visage dont elle dissipait en partie l'inquiétude en approchant sa main de mon menton pour une caresse qu'elle n'achevait généralement pas, et en me souriant avec l'air de me plaindre de non pas succéder à mon père, dans le froid de ces cabinets où m'écœurait jusqu'à la tiédeur des cuisses paternelles sur l'abattant de la cuvette, mais d'avoir à accomplir une tâche dont j'avais fini par croire que les femmes étaient dispensées et qui me faisait, alors, regretter d'être un homme. J'avais, bien sûr, entendu des femmes péter ; j'avais vu la vieille Roche et la mère Philippeau pisser debout sur la place, devant chez les Pythre, sans relever leurs jupes ni interrompre leur jacasserie ; et si j'avais un jour surpris la petite-nièce de Chadiéras, derrière un arbre, dans le grand pré qui descend jusqu'à la villa des Piale, je ne pouvais admettre que ce qu'elle avait abandonné dans l'herbe ne fût pas le fait du chien qui l'accompagnait, comme s'il eût été indigne qu'une si jolie et si délicate personne puisse tirer de son ventre quelque chose d'aussi considérable que ce que mon père laissait parfois fumer dans la cuvette (une cuvette dont on n'aurait pas trouvé la pareille à Siom, ni même dans toute la région, et qu'il avait fait venir d'Allemagne, disait-on, pour en avoir vu de semblables dans la ferme autrichienne où il avait passé, vers l'âge de vingt ans, quelques mois de captivité, à moins que ce ne fût dans l'armée d'occupation, après la Victoire, on ne savait pas très bien, nul ne connaissait son âge, la seule chose dont on fût sûr — la seule dont il parlât — était qu'il avait séjourné en Autriche en tant que soldat et qu'il en était rentré impressionné par ces cuvettes où les matières ne tombent pas directement dans l'eau, en éclaboussant les parties intimes de l'officiant, mais sur un replat qui permet, en outre, l'examen quotidien et fructueux de ce qu'on tire de soi), comme s'il voulait m'édifier par les dimensions de son étron, sa consistance, sa couleur, son odeur, que sais-je, autant que par la belle, l'impitoyable régularité avec laquelle il disposait sur l'émail l'offrande matinale pour moi qui, en ce temps-là, n'avais à peu près rien à offrir, vu que je ne mangeais presque rien et que je vomissais plus souvent que je ne fientais, maigre comme un petit Chinois, disiez-vous, et incapable de tirer de moi autre chose que ces crottes de bique qui me plaçaient du côté des femmes et ne satisfaisaient nullement mon père, l'inquiétaient même bien plus que les vomissements dont je souffrais et que le médecin éthéromane des Buiges attribuait, avec dans le regard un éclat singulier, à la peur de grandir — et aussi, ajoutait-il avec non moins de mystère, à la haine de tout ce qui est humain.

Il me surveillait ; il guettait, par la porte entrouverte de la cuisine, le bruit de mes efforts, m'interdisant parfois de tirer la chasse, autant pour examiner mes matières que pour s'assurer que je ne l'avais pas trompé et que ce qu'il avait pu entendre choir dans l'eau n'était pas qu'une châtaigne enveloppé de papier hygiénique, au temps où la cuvette autrichienne n'était pas encore installée puisque, à cette époque, nous n'étions que locataires et que le fils de la vieille Léontine Razel ne voulait pas entendre parler de travaux ; si bien que la cuvette autrichienne était restée là, au grenier, jusqu'à ce que le fils Razel soit emporté par la tuberculose ou la syphilis, que sa mère décide d'aller finir ses jours à l'hospice de Treignac après nous avoir vendu la maison et que l'ancienne cuvette aille prendre là-haut la place de celle que mon père passait pour avoir rapportée d'Autriche sur son dos et gardée près de lui, dans son Berry ou son Poitou natal, comme certains, religieux ou vieillards, gardent auprès d'eux le cercueil dans lequel ils attendront la Résurrection puisqu'on ne fait pas pour autre chose, de son vivant, le choix de son propre cercueil, n'est-ce pas, et qu'il avait traînée avec lui jusqu'à Siom, croyait-on se rappeler, la gardant plus précieusement qu'un vase de Sèvres sous une épaisse couverture de l'armée américaine, et qui longtemps m'avait intrigué, inquiété, parfois empêché de m'endormir parce qu'elle avait, là-haut, au-dessus de ma tête, dans la pénombre, quelque chose d'un sarcophage abandonné par ceux qui l'avaient exhumé et qui attendait, pensais-je, le retour à sa fonction initiale, c'est-à-dire d'être de nouveau plein, de contenir le seul corps qu'il pût accueillir : celui d'un enfant recroquevillé, la bouche ouverte, les lèvres retroussées sur un cri de terreur tel qu'en poussaient, interminablement, les morts à travers les siècles.

Il attendait que j'eusse tiré la chasse pour se lever et marcher vers moi, l'air non pas terrible mais inquiet, soucieux, oui, se souciant vraiment, je crois, de ce qui avait eu lieu derrière la porte vitrée et me demandant invariablement : "Ça s'est bien passé ?" Et je lui répondais que ça ne voulait pas venir, que je n'avais pas envie, que j'avais toute la journée pour le faire. J'aurais voulu l'endormir ; mais on ne trompe pas celui qui entrevoyait déjà le commencement et la fin, qui saisissait tout ça d'un seul regard. Il me prenait par l'épaule, la serrait avec une tendresse impitoyable, me ramenait à la cuisine, s'asseyait près de la cuisinière, tandis que je restais debout devant lui et qu'il répétait que l'esprit ne pouvait être sain lorsque le corps gardait ces matières plus de vingt-quatre heures, que je risquais d'y laisser ma santé, voire de crever d'une occlusion intestinale comme le vieux Rigadin de la Croix dont il me décrivit les souffrances et la fin avec une précision qui n'était probablement que le fruit de son imagination mais qui m'épouvanta, quelque douceur qu'il mît dans ses paroles. Une douceur presque triste, sans doute parce qu'il répugnait à se mettre en colère si bon matin, non pas pour épargner maman qui avait fini par descendre et buvait du café, debout près de la table que mon père avait desservie et nettoyée comme s'il craignait que ce ne fût pas fait correctement ou même pas fait du tout (à moins que ce ne fût sa façon à lui, avec la corvée de bois, l'ouverture et la fermeture des issues de la maison, de contribuer à la bonne marche des choses, à l'ordre difficile du couple, à ce territoire qu'il faut maintenir nu et propre entre l'homme et la femme), non pas donc pour respecter le petit-déjeuner de maman mais parce qu'une colère matinale aurait nui à sa digestion ; et il la préparait, cette digestion, en mastiquant ses aliments avec une lenteur qui finissait par intriguer puis rassurer ceux qui mangeaient en sa compagnie, mais qui faisait sa force, une force non seulement physique mais morale, puisqu'il ne croyait pas que le corps et l'esprit existassent sans effets réciproques ni compensatoires, et que cet équilibre-là ne fût pas, avec la santé de son argent et la perpétuation de son nom, ce à quoi devait se consacrer un homme.

Elles le rendaient quasi maître du temps, cette santé, cette lenteur, cette faculté de bien digérer, cette force paisible, chez lui ou au restaurant, dans le salon d'un client, le plus souvent à une table de cuisine, vu qu'il ne se contentait pas de manger et de boire comme s'il eût été seul au monde, mais qu'il parlait, avait son mot à dire, surtout sur les aliments et leurs métamorphoses, s'exprimant avec une faconde qui imposait le respect et inspirait confiance, et faisait qu'on attendait qu'il eût fini de parler ; opérations qui d'ailleurs se confondaient ou dont il entretenait la confusion avec un art singulier, comme s'il avait compris ce que savent les écrivains et les prêtres : que les mots sont à la fois indispensables et vains, qu'on s'en nourrit aussi bien qu'on s'en passe, et qu'il s'agit d'être maître de ce qu'on fait de sa langue, de ce qu'on place dans sa bouche, mets ou mots, disait-il avec une satisfaction prudente d'autodidacte parvenu à ce dont rêvent tant d'hommes : maîtriser le temps ; non pas l'arrêter ni entrer dans je ne sais quelle éternité, mais dans le féminin mystère des cycles et des flux. Maître de sa langue comme de ce qu'il avalait et expulsait, et comme il entendait l'être de son souffle, de son argent, des terres et des bois, de son épouse et de ce fils dont il n'était guère satisfait, qu'il plaignait même de ce qu'il n'allât pas à la selle tous les matins, alors qu'il avait, lui, le père, ouvert en quelque sorte la voie en déposant sur le froid replat d'émail immaculé le même étron issu d'aliments choisis, qu'il humait, observait, contemplait avec un bonheur qu'il s'étonnait de ne pas me voir partager.

Ce n'étaient pas là, pardonnez-moi, des paroles en l'air : devant mes accroupissements infructueux, il m'enjoignit de recourir aux suppositoires à la glycérine tout en me menaçant de lavements dont le seul mot (à cause de la parenté que j'y entendais avec vomissement et saignement) me convainquait de prendre, le matin, pendant que mon père était sur le trône, un de ces suppositoires couleur d'ambre ou de miel de forêt, quand ce n'était pas un simple morceau de savon de Marseille qu'il avait découpé et taillé avec son Opinel, derrière la cuisine, dans la buanderie qui donnait sur la vallée et où j'attendais, entre les grands pans de linge qui séchaient, que le suppositoire fît son effet, que mes entrailles se tordissent, que mon père eût déchaîné son tonnerre pour me précipiter tantôt vers le fond du couloir (ce qui me valait un sentencieux : "Hâte-toi lentement !" attrapé allez savoir où, accompagné d'une caresse qui avait sur ma joue quelque chose d'un battement d'aile nocturne), tantôt, s'il n'avait pas fini ou si je ne pouvais plus y tenir, vers la porte de la buanderie, m'échappant dans le petit pré en pente, sautant par-dessus les pierres du muret pour aller m'accroupir sous les coudriers qui ont poussé dans les ruines de la maison Poupey, dans ce qui avait été la cuisine, devant la cheminée, comme un renard, en veillant à ne pas baisser le pantalon au-dessus d'un serpent, oui, redoutant ça autant que la voix de mon père qui m'appelait bientôt et me semblait plus loin que s'il se fût trouvé de l'autre côté de la vallée, dans les champs de Berthe-Dieu, ou encore plus loin, dans ceux d'Arbiouloux, sur l'autre rive du lac, alors qu'il était tout près, qu'il savait où je me cachais et que je ne comprenais pas pourquoi il y avait une telle distance entre nous.

Il disait que ça suffisait, qu'il allait venir me chercher, qu'il n'aimait pas qu'on lui désobéisse, que je serais puni. J'étais incapable de me relever ; j'avais encore mal au ventre ; j'avais peur ; je baissais la tête ; je pleurais en silence ; je savais qu'il ne viendrait pas, que ce n'était pas à lui de venir, qu'il me fallait me repenailler et courir vers lui qui se tenait sur le seuil de la buanderie en fumant sa cigarette du matin. J'accourais avec la certitude que je n'arriverais pas à temps, que cette voix m'appelait de bien plus loin, encore, que ce que j'avais imaginé — d'un lieu où, par-delà le brouillard qui montait du lac, des bois de Veix, des pentes de Couignoux, des plaines de Plazaneix, je ne parviendrais jamais à le rejoindre, comme si cette voix n'était pas tout à fait celle de l'homme qui fumait tranquillement sur le seuil de la buanderie en contemplant je ne sais quoi, en lui ou devant lui, en attendant que j'eusse retraversé le pré pour me passer la main sur le visage, la gauche, celle qui ne tenait pas la cigarette, en un geste qui n'était ni caresse ni gifle : quelque chose d'indéfinissable qui me faisait sourire en frissonnant, comme un idiot, les larmes aux yeux, tandis que sonnait en moi cette voix qui, me disais-je, n'était pas tout à fait celle de mon père sans qu'elle pût appartenir à nul autre que lui, et qui m'appelait encore, plus impérieuse que celle de la maîtresse d'école ou de maman, quand elle se fâchait, plus douce et plus irrésistible que celles des pauvres morts, pendant les grands hivers : une voix qui me pressait d'aller je ne savais où, loin de ce qui m'était connu, de la vallée de Siom, des contreforts de la vieille montagne limousine, sans que j'eusse à bouger davantage, près de cet homme que je n'étais toujours pas parvenu à rejoindre, me semblait-il, alors qu'il avait posé la main sur ma tête, cet homme qui ne m'aimait pas, me disais-je, et qui murmurait qu'on se sentait tellement mieux quand c'était fait, tout en s'impatientant de ce que je n'étais pas tel qu'il le souhaitait, et qui ajoutait alors, en jetant son mégot dans l'herbe humide, qu'il me fallait à présent me laver, oui, qu'on ne faisait rien de bon avec un derrière empouacré et une tête de romanichel... »

III

Il s'était tu. On voyait bien qu'il avait honte, ce jeune Lauve, alors qu'il y avait en lui quelque chose d'innocent, voire d'enfantin, qui faisait non pas qu'on avait pitié ou qu'on le plaignait, mais qu'on ne lui en voulait pas, qu'on lui pardonnait, même, de nous parler de ces choses-là, à nous, femmes de Siom. Ce n'était d'ailleurs pas ce qu'il disait de ses entrailles qui pouvait nous choquer (nous en avions vu d'autres ; nous avions toujours vécu entourées d'odeurs puissantes, celles de nos bêtes, celles d'hommes qui ne se lavaient que le dimanche et de parents impotents, d'enfants, de défunts dont il fallait faire la toilette — et laver les draps dont l'odeur nous avait tôt fait comprendre ce que c'est que l'odeur de la vie) ; c'était qu'il parlait comme seules le font les femmes, entre elles, au crépuscule ou dans la profondeur des chambres. Et c'était vrai : jamais nous n'avions entendu un homme parler comme ça, surtout pas nos époux, fût-ce dans l'alcôve ou, avant eux, quand ce n'étaient pas les mêmes, nos premiers amoureux, dans le secret des bois où nous les retrouvions, ni même les voix des enfants morts qui se plaignent dans les grands vents d'automne et d'hiver, non, jamais homme ne s'était livré de la sorte, pas même, songions-nous encore, ceux qui avaient murmuré, hurlé, psalmodié, le nom de leur mère dans les orages de Verdun ou qui en étaient revenus, de la guerre, et qui auraient été en droit de se plaindre mais préféraient garder le silence — à supposer que ce fût une question de préférence et non une nécessité, n'est-ce pas, comme s'ils avaient compris qu'il fallait se taire pour continuer à vivre quand on était revenu de là-bas, c'est-à-dire de tout, qu'il leur fallait enterrer leur jeunesse, leurs illusions, leur espoir dans le silence de leurs pères, et des pères de leurs pères, et de l'immémoriale lignée de taiseux qui prendrait fin non seulement avec nous mais avec des innocents, des fadards, des incompris comme Jean Pythre, René Nifle, Amélie Piale, Céline Soudeils, et lui aussi, Thomas Lauve, et tous ceux dont l'enfance n'était jamais passée. Un silence qui aura été notre vraie noblesse, en fin de compte, notre linge le plus propre ; tandis que lui, le fils Lauve, il faisait tout le contraire, depuis la veille, lui qui avait passé ses plus jeunes années à demeurer plus muet qu'une bûche et qui, lorsqu'il ouvrait la bouche, ne donnait pas l'impression de parler, en tout cas pas comme il le faisait maintenant devant nous, murmurant comme s'il était très vieux, les yeux ouverts comme s'il voyait mieux en lui-même que ce qu'il avait devant lui.

Ça en intéressait bougrement quelques-unes, pourtant, et même celles qui feignaient de s'en agacer, de regarder ailleurs, au loin, au-delà du pré de Nespoux, vers le lac, et plus loin encore, vers les sapins de Plazaneix, de Veix et de Couignoux qui auront été notre ultime horizon, et au-delà duquel se trouvent ces territoires où nos vies, songions-nous, auraient pu être différentes, sans doute meilleures, ce n'était pas difficile, encore qu'on puisse penser qu'on n'échappe pas à son étoile ni à la terre qui vous a vu naître et à quoi on finit par ressembler, jusqu'à acquérir peu à peu la nature du granit, du bois, des eaux claires ou sombres, du vent qui vous fait ravaler vos paroles et vous tenir au plus près de vous-même comme un drapeau mouillé à sa hampe. Cela, nous l'acceptions ; nous y étions résignées depuis belle lurette, contrairement à lui, le fils Lauve, ce professeur, ce blanc-bec, cet innocent qui tentait d'y voir clair jusque dans les replis du manteau paternel.

Nous souriions donc, nous qui avions pourtant admis, une fois pour toutes, qu'un père est un père et qu'on ne peut se dresser contre lui, qu'il faut se taire, même si on n'en pense pas moins et qu'on nourrit à son endroit une juste colère. Nous n'aurions jamais raison contre les hommes, nous autres femmes de Siom, du moins pas ouvertement ; nos mères nous ont appris ça, et aussi à faire mine de nous soumettre pour préserver ce que nous sommes, c'est-à-dire des femmes, des êtres différents et qui valent bien mieux que les hommes, avions-nous compris, après toute une vie passée aux côtés d'époux que nous avions fini par faire plier, malgré les apparences, malgré ce que nous avions sacrifié aux apparences, à la brutalité, au verbe haut, à la mauvaise humeur, aux jérémiades, aux disgrâces physiques, à l'ordre des choses...

C'est pourquoi il nous faisait sourire, ce jeune Lauve, à ne parler ni comme un homme ni tout à fait comme une femme, mais comme ce qu'il était vraiment : un gars qui avait quitté Siom et qui, après tout, n'avait pas si mal réussi, il nous semblait le découvrir, à ce moment, de la même façon que nous nous rendions compte qu'il était autre chose, le petit, le fils ou le jeune Lauve, ainsi que nous l'appelions, depuis toujours, avec, pour certaines d'entre nous, le souci de ne pas prononcer ce prénom de Thomas qui nous agaçait tant et dont il nous dirait, une autre fois, qu'il ne l'aimait guère, qu'il était une bannière sans éclat, deux pauvres syllabes résumant toute la pitié, la dérisoire, l'écœurante pitié qu'il avait pour lui-même, il s'expliquait mal là-dessus, mais nous l'avons compris, pas besoin d'en dire davantage, nous étions des femmes, les seules personnes, à Siom, capables de recevoir de telles confidences, parce que avec les années devenues curieuses. Non pas vaines ni frivoles : curieuses, c'est-à-dire plus tolérantes que nos hommes, voire généreuses, oui, à la fois désabusées et soucieuses de mordre dans ce qui restait de pomme, comme Jeanne Lagarde, la plus jeune d'entre nous, qui s'asseyait encore dans l'herbe, les jambes repliées sous elle, sans craindre l'humidité.

— Et qu'est-ce que tu as fait, le lendemain matin, lui a-t-elle demandé, elle qui d'ordinaire ne posait pas de questions et qui, lorsqu'elle le faisait, semblait se moquer du monde ; oui, qu'est-ce que tu as fait, après cette traversée de Paris ?

Il nous a regardées avec l'air de sortir la tête de l'eau, sans paraître comprendre, puis en se mettant à rire tout doucement et en secouant la tête, comme s'il ne voulait pas répondre ou qu'il ne comprît pas. Il a fini par dire qu'il s'était couché, qu'il avait dormi, pendant trois heures, d'un sommeil sans rêves qui l'avait laissé non pas frais et dispos mais étrangement lavé, plus propre audedans qu'à l'extérieur, malgré la douche nocturne et les vêtements propres, oui, lavé, vide, lumineux, avec au creux du ventre, là où il avait tant souffert, une sorte de joie qu'il ne s'expliquait pas, disait-il, vers sept heures du matin, en marchant dans la nuit — la même nuit, et cependant une autre, puisqu'il y avait eu la douche, le court sommeil, une autre douche et puis cette tasse de thé vert avalée avec un peu de confiture de coings, debout devant la fenêtre obscure de sa cuisine, dans la même attitude que sa mère, nous sommes-nous dit, autrefois, le matin, dans la cuisine de Siom.

L'aube était encore loin. Il marchait dans la nuit de la banlieue où il pleuvait doucement et où montaient les premiers bruits, non seulement ceux de Nogent, de Fontenay, de Joinville que traversaient tous les quarts d'heure, à grand fracas, les rames du RER, et des voitures, des autobus, des camions de livraison qui prenaient de la vitesse dans l'avenue du Bois, et, au-dessus de lui, dans l'épaisseur jaunâtre des nuages, des avions long-courriers dont quelques-uns avaient dû passer un peu plus tôt au-dessus de nos têtes, mais aussi les bruits de la capitale qui avait derrière lui quelque chose d'une gigantesque étable pleine de souffles, de grondements et de remugles, et dans laquelle les humains commençaient à remuer avant de sortir dans la nuit avec une hâte maladroite de bétail en route pour les pacages.

Il marchait comme un jeune veau, imaginions-nous, entre la voie ferrée dont les rails luisaient dans l'ombre, en contrebas, et des immeubles de peu d'étages, vers l'arrêt du bus 113, de l'autre côté d'un vaste carrefour qui lui faisait, il ne savait pourquoi, penser à la place de Siom, un jour de foire — sauf qu'il n'y a plus de foire, chez nous, depuis longtemps, et que nous commencions à en avoir assez de toutes ces comparaisons : nous savions ce que parler veut dire, et nous étions plusieurs à être allées dans des villes plus grandes que Limoges, Brive, ou Clermont ; quelques-unes étaient même montées à Paris, comme Jeanne Lagarde ou Mélanie Nuzejoux, ou venues de plus loin, comme Clémence Chave avec sa valise jaune en peau de porc qui datait de l'époque où elle avait débarqué chez nous, avant-guerre, avec cet accent de Marseille qui ne la quitterait pas. Nous l'imaginions sans peine, le jeune Lauve, au commencement de cette journée de novembre, appuyé au poteau d'arrêt du 113, près d'un petit kiosque en fer forgé blanc sous lequel il aurait pu s'asseoir mais où il n'alla pas, craignant non pas de manquer le bus mais de n'être pas le premier à y monter et de se laisser prendre la place solitaire qu'il guignait, derrière le conducteur, et où il s'engouffrerait après avoir dû céder le passage à deux ou trois jeunes lycéens au crâne quasi rasé et aux oreilles percées d'anneaux et bouchées par les écouteurs de leurs baladeurs, vêtus de pantalons de treillis, de survêtements de sport et de blousons kaki, ni agressifs ni brutaux, simplement ignorants de ce qui pouvait exister en dehors d'eux et, par là, semblables aux élèves qu'il allait retrouver, à l'autre bout de la ligne d'autobus : enfermés en eux-mêmes, à l'étroit dans leurs maigres certitudes, ne voyant rien, n'entendant rien, parlant sans se regarder ni s'écouter, dodelinant de la tête sous l'injonction de leur musique, le regard presque aussi vide que ceux des fous qui monteraient, un peu plus tard, à la station de Neuilly-Plaisance, puis descendraient à Ville-Évrard ou à Maison-Blanche, pour l'hôpital de jour, à peu près au moment où le soleil commencerait à se lever, du côté de Marne-la-Vallée, sur l'archipel des hôpitaux psychiatriques où avaient souffert Camille Claudel et Antonin Artaud, disait-il, parmi de vrais arbres et de vrais champs sur lesquels le brouillard se levait en même temps qu'un soleil d'hiver qui lui donnait envie de se mettre à hurler dans l'autobus presque vide où on n'entendait plus, par-dessus le moteur, que le grésillement du baladeur d'un grand Noir qui se balançait d'avant en arrière et qui avait l'air aussi perdu que les pauvres fadards qui venaient de sortir...

Et nous nous sommes dit qu'il aurait pu descendre avec eux, ce jeune Lauve, qu'il avait probablement l'air aussi perdu que cette Claudel ou cet Artaud dont il avait parlé avec une sorte de ferveur et dont les noms ne nous disaient rien, dont nous ne nous souciions pas de rien savoir, notre curiosité s'arrêtant à l'innocent que nous avions devant nous, en ce deuxième soir de juillet, assis dans l'herbe, les bras repliés autour de ses genoux, la tête renversée en arrière dans le soleil couchant. Mais il n'était pas descendu ; il ne les avait pas suivis, ces pauvres cabossés, ces trépanés, ces pèlerins d'une nuit plus longue et plus obscure que la sienne et que nos propres nuits. Il n'était pas non plus descendu à la station suivante avec les silencieuses élèves de l'école d'infirmières, ne s'était pas non plus retrouvé au milieu des champs qu'il venait d'évoquer avec un geste large qui lui faisait désigner, autour de nous, les prés de Chadiéras, de Queyroix, de Berthe-Dieu, de Bugeaud, d'Orluc, et puis, de l'autre côté, ceux de Nuzejoux, de Rivière et de Chave. Il avait continué vers la pointe de Gournay puis vers Helles dont la colline, à l'horizon, par-delà les tours et les pavillons, sortait elle aussi du brouillard avec ses arbres nus et ses pentes en forme de tumulus funéraire.

« Oui, disait-il, à peu près comme le tumulus

qui est au sommet du grand champ d'Arbiouloux, au bout des plaines de Plazaneix, vous savez, celui qu'ont ouvert les archéologues de Limoges, l'année passée, et où ils ont trouvé des urnes brisées, de la vieille cendre, des fibules en bronze — sauf que là-bas, à Helles, la colline est beaucoup plus haute et abrite, je crois, un fort et d'anciennes carrières, je ne sais pas, je ne me suis jamais soucié de le savoir, même pendant toutes ces années à Helles... »

Helles qu'il prononçait singulièrement, en aspirant le h, comme autrefois on prononçait héros ou haine, comme il disait que Jean Cocteau avait été un des derniers à le faire, et qu'il prononçait comme ça, lui, le jeune Lauve, par souci de faire entendre à ses élèves ce qu'il pensait être le bon, le véritable français — et aussi, nous dirait-il un autre jour, pour jouer de l'homophonie de ce nom avec l'enfer anglais : ce *hell* qui le faisait d'autant mieux sourire qu'un des premiers noms qu'on rencontrait en arrivant dans cette ville encore endormie dans une boucle de la Marne était celui d'une entreprise de matériaux de construction, avec son portique en fer forgé à l'enseigne de « Dieu & compagnie ». Ce n'était sans doute pas la porte du Paradis, avons-nous songé, même si ce n'était assurément pas celle de l'Enfer, comme il le prétendait. Car il exagérait, il ne se pouvait pas que le fait d'aller donner quelques heures de cours dans cette lointaine ville de banlieue fût une descente aux enfers, pensions-nous, même ce matin-là, lorsqu'il arriva au terminus de la ligne 113, au pied de la colline tumulaire, devant un ensemble de hauts bâtiments d'habitation ocre dont il regarderait, de sa salle de classe, s'éteindre les lumières, les unes après les autres, jusqu'à ce qu'ils ressemblent, ces immeubles, dans le soleil levant, aux tours funéraires de Palmyre.

Il rêvait. Il n'était jamais allé à Palmyre ni en Orient, ni même hors de France ; et voilà qu'il nous parlait d'une cité de légende comme s'il avait erré le long de la grande colonnade, parmi les tombeaux et les bergers syriens accroupis près de leurs troupeaux. Qu'importe ! Ce qu'il disait ne nous déplaisait pas. Nous sentions, nous autres femmes, qu'il était de notre côté, qu'il ne cherchait pas à nous épater : il se proposait nu, avec ses yeux grands ouverts, étonné d'être là et de ce que nulle d'entre nous ne se levât pour le chasser ou le battre. Car il avait eu peur ; ça se connaissait au frémissement de ses lèvres et de ses doigts quand il racontait cette matinée à Helles, cette première heure pendant laquelle il n'avait pu ouvrir la bouche, ni dans la salle des professeurs ni devant ses élèves de 3e, prenant son stylo-feutre et inscrivant sur le tableau blanc le sujet que les élèves auraient à traiter pendant les deux heures qu'ils passeraient avec lui : « Pourquoi, selon vous, les héros ne sont-ils plus possibles, de nos jours ? », sans rien expliquer du sujet ni même pourquoi il donnait un devoir alors que ce n'était pas le jour de la composition française, soulevant une houle de récriminations qui amena devant lui, au premier rang, la belle Céline Bault, dressée dans un étonnant déploiement de l'*Heure Bleue* de Guerlain qui lui donnait un surcroît d'aplomb, pour lui faire remarquer que la question et le procédé étaient abrupts, bizarres, qu'il fallait au moins quelques explications, lui demandant cela avec une moue et un froncement de sourcils à quoi il ne résistait pas, d'ordinaire, mais qui, ce matin-là, lui firent simplement noter, sous le sujet, au feutre rouge, cette fois, qu'il n'en dirait pas davantage, que le silence faisait partie du jeu, et non seulement du jeu, mais de l'existence — dût-il passer, murmura Céline Bault, pour un prof pas sympa, voire un chacal, comme il l'entendrait murmurer au fond de la salle.

« Je ne l'ai pas écoutée, je ne voulais pas l'entendre. J'étais soudain très loin de cette jolie petite brune dont l'audace m'émouvait tant, depuis le début de l'année scolaire — depuis que j'avais, dès la première heure, entendu un rire clair à ma droite et que j'avais, sans relever la tête, demandé le nom de la rieuse. À quoi cette grande bête d'Anthony Bouchard avait répondu que c'était Céline Bault, un nom que je n'avais pas bien saisi, que j'avais entendu comme un patronyme africain, Selimbo ou, pourquoi pas, Salammbô, oui, quelque chose comme ça qui m'avait agacé et qui, lorsque je me l'étais fait répéter, l'avait été non par le grand Bouchard mais, d'une façon bien plus claire, par l'intéressée elle-même qui tournait vers moi le visage de la fille d'Hamilcar : un visage assez pâle sous des cheveux lisses et bruns, un visage d'une beauté presque mûre, une poitrine lourde, des mains un peu courtes et épaisses, tout comme sa taille pourtant bien prise dans un élégant tailleur vert eau, délicieusement incongru chez une élève de quinze ans. Mais, en ce matin de novembre, je ne voulais pas l'entendre. J'étais prêt à insulter la beauté. J'étais déjà perdu. Un soleil blanc se levait par-dessus le toit d'ardoise de la mairie — une ancienne abbaye dont le collège était séparé par un terrain de sport asphalté et un parking bordé, du côté de la rue, d'une chapelle gothique menaçant ruine et dont j'aurais pu voir, en allant me coller le front à l'une des hautes fenêtres de la salle, tout près de Céline Bault, comme un élève au bord des larmes, les trois ogives brisées, le toit de tuiles mécaniques et les étais de fer. Le soleil faisait étinceler l'ardoise et les branches des grands arbres du parc de la Mémoire. J'avais cessé de rêver : je ne voyais là rien d'autre que de prétentieux bâtiments municipaux et non plus les toits de haute Corrèze que j'y voyais d'habitude comme si je me trouvais dans une chambre de Siom, de Meymac ou de Peyrelevade. Vous souriez, vous ne me croyez pas, vous ne savez pas de quelles chambres ma lassitude m'a fait rêver, pendant les longues heures de Helles, devant ces élèves au regard absent, avec, si souvent, le sentiment d'être détaché de mon propre corps, ou d'être une putain qu'ils appelaient et qui venait à eux avec un petit oui et un sourire de craie, cette même craie dont, dans d'autres salles où le tableau noir n'avait pas encore été remplacé par ces blanches surfaces destinées aux stylos-feutres, je me passais parfois la poussière sur les lèvres pour m'empêcher de hurler... »

Nous ne le comprenions plus. Nous le lui avons dit. Il n'y a jamais eu, pour nous, qu'une seule, une vraie souffrance : la perte d'un enfant — ou alors la maladie, le corps qui se rappelle à nous et que nous avons appris à tenir à distance, comme un aspic au bout d'un bâton fourchu, comme nos peurs, comme les hommes, aussi... Nous n'avons jamais toléré parmi nous les états d'âme et les peines de cœur. Nos mères nous ont montré comment les noyer au plus profond de soi. Nous nous en sommes fait une sorte de devoir. Nous les avons laissés aux hommes. Bien sûr, il est arrivé à certaines de manquer à ce devoir, de s'en laisser conter par le premier gandin venu, quelque musicien de bal, godelureau, barraquin ou gars de la ville. Avec celles-là, nous nous sommes montrées dures ; nous les avons repoussées là où elles seraient plus seules qu'au fond des bois du Montheix, là où elles ne pourraient plus s'en prendre qu'à elles-mêmes, mordre le silence et la nuit, et remâcher leur faute, leur bêtise, leur légèreté. Nous ne sommes pas légères, nous autres ; nous avons su danser, rire et nous laisser tourner la tête, mais pas au point d'oublier ce que nous nous devons à nous-mêmes. Nous sommes du côté de la terre, des saisons, des cycles et du sang. Nous savons ce que parler veut dire, et donc nous taire, oui, nous taire plus que parler, le temps nous l'a appris, le temps et la compagnie des hommes, qui, eux aussi, pour beaucoup, ont fini par se taire, même quand ils sont entre eux, comme présentement, devant chez Chave, à songer ensemble à ce qui s'est perdu, la jeunesse, les années, la terre, les bêtes et, bien sûr, les autres, proches ou lointains devenus tout à la fois lointains et proches, oui, c'est ça, ça a toujours été ça, comme le jeune Lauve, en ce mois de juillet, dans le pré sur lequel commençaient à s'allonger nos ombres, avec ses lèvres frémissantes, ses yeux trop clairs et ses histoires à dormir debout, ses états d'âme, cette douleur qu'il ne parvenait plus à cacher et que nous ne pouvions pas encore prendre au sérieux. Et nous le lui faisions sentir. Il n'en tenait pas compte ; c'était un professeur : il ignorait peut-être ce que c'est qu'un adulte, mais il savait parler. Et il reprenait ; il nous disait ce qui s'était passé, non seulement en ce matin de novembre, mais dans ses plus profondes années, sa jeune vie — cette vie qu'il allait déployer devant nous, sur l'herbe, soir après soir, comme des linges.

Nous l'avons écouté raconter qu'il n'avait pu sortir de son silence, à Helles ce matin-là, que la pluie avait cessé pendant la deuxième heure de cours, que le soleil avait brillé, très blanc, trop blanc, qu'il avait regardé ses mains posées sur le bureau gris clair, presque aussi pâle que ses mains et que le visage de Céline Bault dont les yeux gris avaient toujours l'air de sourire, mais qui ne lui souriait pourtant pas et qui, comme les autres, lui en voulait de ce silence.

« Une génération qui ne connaît pas le silence, ajouta-t-il, qui en a peur, le hait, le réprouve, le combat par le brouhaha, la musique, le bruit de fond, le souci d'une agréable ambiance sonore, et qui, ce matin-là, se dressait contre moi, au moins ces trente-là, d'un seul corps, me réprouvant, me menaçant, me sommant non plus d'expliquer le sujet du devoir mais de m'expliquer, moi, devant eux qui ne croyaient en rien, ni en Dieu ni en l'homme, seulement en la fatalité qui les avait fait naître à Helles, c'est-à-dire en enfer, leur ai-je lancé, debout, plus froid qu'une faux brandie en plein midi, jusqu'à ce qu'ils aient plié l'échine, heureux, peut-être, non pas que je leur parle comme ça, mais que je parle, que je sorte de mon mutisme, qu'il se passe enfin quelque chose. La plupart croyaient que je plaisantais, que je cherchais à les secouer. Quelques-uns avaient compris que je ne m'en tiendrais pas là, Céline Bault notamment qui me regardait comme si je lui faisais pitié, avec même une espèce de dégoût qui me la faisait soudain trouver insupportable, quasi moche, aussi détestable que ce grand couillon d'Anthony Bouchard ou ce petit gagnou de Cyril Gagneur, lequel s'était levé à demi et me lançait, en regardant les autres : "Vas-y, mister Love, t'es encore plus beau quand tu fais le bouffon !" Il rougit, se rassit, regarda encore autour de lui, ne me vit pas approcher. Je le giflai. On n'entendait plus rien. Cyril Gagneur me regardait avec effroi, les yeux immenses, presque beaux, la bouche ouverte sur ce qui n'était ni sourire ni parole en suspens et qui fut bientôt des sanglots et qui le fit se lever, bredouiller quelque chose, quitter la salle en larmes, sans refermer la porte, bousculant le pion qui tentait de le retenir et sautant par-dessus le portail pour se réfugier chez lui, tout près, au pied de la plus haute tour, dans le café *Le Rallye*, me laissant au bord des larmes, debout, les poings serrés, la bouche mauvaise, comme s'il m'avait abandonné sans que je puisse rien faire d'autre que de regarder droit devant moi et demander aux élèves de se remettre au travail, sur un ton dont la douceur m'étonnait, oui, d'une voix si douce que j'y puisais de quoi me reprendre et qui leur a fait baisser la tête sur leurs copies. Je ne pensais à rien ; tout semblait aller de soi, maintenant. J'étais plus innocent que jamais, dans le silence de dix heures qui fut rompu par la voix grêle de Vanessa Louviers : elle s'était redressée à demi et avait vu, en même temps que moi, Cyril Gagneur revenir vers le collège, accompagné d'un homme qui ne pouvait être que son père. “Oh là là, monsieur, dit-elle à mi-voix comme si nous étions seuls, elle et moi, ça va barder, vous ne connaissez pas le père Gagneur...” Je crois que j'ai souri : mon allégresse me plaçait hors d'atteinte. Ce qui m'attendait, je ne pouvais pas ne pas le deviner : on frapperait à ma porte, une surveillante me demanderait de me rendre au bureau de la principale où je découvrirais, devant le chef d'établissement (une femme épaisse, d'une cinquantaine d'années, l'air accablé, agitée d'un tremblement qui lui donnait l'air d'approuver ce qui se passait), le père Gagneur, assis près de son fils qui, lui, était resté debout. Il avait à peu près mon âge, une tête carrée, des cheveux châtain clair, très courts, un anneau à l'oreille gauche, comme son rejeton, et une figure rouge d'homme qui ne tient pas en place, qui se mit en effet debout, interprétant sans doute à tort le geste par lequel j'ajustais le col de ma veste en jean (je ne me souciais pas de ma garde-robe : je vivais seul, je travaillais en banlieue, nulle mère ne m'avait appris à me vêtir, le professorat n'était plus un métier digne de ce nom mais un combat perdu d'avance et j'arborais, parmi ces pauvres d'esprit, un habit de misère). Il levait un visage tout en menton, avec des yeux perdus, clairs, très secs, tout près de moi, plus rouge que jamais, la bouche sifflante : “Tu vas me frapper, moi aussi, connard ? Tu vas me frapper ?” Il était plus petit que moi, guère plus haut que son fils qui avait reculé jusqu'au mur, contre le panneau des emplois du temps, tête baissée, avec dans le regard quelque chose de terrifié, pitoyable gamin habitué aux coups et qui, cette fois, assistait à une effarante inversion des rôles, vu que ce matin-là c'était moi le gamin, non plus un professeur ni un homme du même âge que son père, mais celui qui devait recevoir les coups et à qui le père ne laissa pas le temps de répondre, s'approchant de moi qui avais levé les mains en signe d'apaisement ; de lâcheté, aussi bien, puisque je reculais, que la principale reculait avec moi, et que nous nous sommes tous mis à tourner, lentement, autour du grand bureau, Gagneur continuant d'avancer, les poings serrés, hors de lui, hurlant que j'avais de la chance qu'il y eût une dame dans la pièce, qu'autrement il m'aurait éclaté ma sale gueule de pédé, oui, que je n'étais qu'une pédale d'enseignant, un enculé, une merde, qu'il avait bien envie de porter plainte pour ce que j'avais fait à son fils, et que j'allais devoir lui présenter mes excuses, à ce fils, et sur-le-champ, si je ne voulais pas qu'il me nique la tronche. J'ai regardé la principale : elle me suppliait de céder, tandis que l'autre hurlait : “Répète après moi : ‘Je m'excuse, Cyril !’ Répète, sale con !” Ce que j'ai fait. Il y avait bien, sur le bureau (je le voyais sans le voir, j'y songeais sans y penser vraiment, c'était une pensée plus inquiétante encore que la fureur ou l'humiliation), un morceau d'acier brun, gros comme le poing — un éclat d'obus de la dernière guerre mondiale, qui servait de presse-papier. J'aurais pu me défendre. Je n'éprouvais pas de colère. Je ne songeais pas à m'expliquer. La violence m'épouvantait. Je me sentais à la fois coupable et innocent, c'est-à-dire un enfant, muet, au bord des larmes et cependant sur le point de céder à mon tour à la contagion meurtrière, à ce bondissement, à ces flammes, devant ce type furieux, devant son rejeton aux yeux brillants et veules, devant cette grosse femme qui tremblait. Oui, j'aurais alors été capable de m'emparer de l'éclat d'obus et de frapper la tête du furieux : un geste qui m'eût, dérisoirement, follement, rapproché de mes ancêtres tombés dans la boue de l'Argonne, de Verdun ou de Charleroi, ai-je pensé par la suite. Il aurait suffi que j'ouvre la bouche, que le moindre mot passe mes lèvres, qu'il entende mon souffle : il se serait jeté sur moi, ça se voyait à sa trogne de taurillon furieux, aussi écarlate que l'avait été, une demi-heure plus tôt, celle de son fils. Mais je reculais, je m'éloignais de l'éclat d'obus, j'avais atteint la fenêtre, ma joue frôlait le tulle, j'étais vaincu, j'avais toujours été défait, lâche, perdu, plus pitoyable, à près de quarante ans, que le gamin que j'avais giflé et devant qui son père écumant, écarlate, hors de lui, me forçait, de l'autre côté du bureau, à m'excuser encore, à redire (sa voix avait une étrange clarté — une voix d'enfant jouant à l'adulte, ou bien d'adulte à qui la souffrance tirerait des accents enfantins) non pas de lui demander de m'excuser, comme le voudrait le bon usage (ai-je songé à ce moment, avec cette façon qu'on a, devant le pire, ou dans l'ivresse, de penser à ce qui n'est pas essentiel ou bien à l'armature syntaxique du monde), mais à prononcer ceci : “Je m'excuse, Cyril”, à la suite du père, et non seulement une fois, mais deux, comme si le père et moi voulions être certains que ce soit bien entendu de tous, dans le bureau comme dans le couloir sur lequel le cafetier venait d'ouvrir la porte. Ces mots, je les ai prononcés parce que je savais qu'ils nous délivreraient, et qu'ils rendraient l'un à l'autre ce père et ce fils qui ne pouvaient que se haïr et à qui j'avais révélé ça, cette haine, ce terrible défaut d'amour qui est encore une façon de s'aimer, cette distance, ce territoire où un fils et son père s'éloignaient l'un de l'autre, où ils avaient toujours été loin l'un de l'autre, plus seuls que les plus pauvres gourles du haut plateau limousin. Et j'avais peine à imaginer qu'une femme partageait la vie de ces deux êtres, qu'elle avait assez aimé l'un pour donner la vie à l'autre, tant on eût dit qu'ils s'étaient passés de femme, ces deux-là, qu'ils n'en avaient nul besoin, que le fils était le prolongement de la fureur du père, son affirmation comme sa négation, la preuve triomphale, presque obscène et contradictoire de son existence. Je les rendais donc l'un à l'autre, le père déçu par ce cancre qui commençait à trop lui ressembler, et le fils uniquement soucieux de ne pas trop déplaire à ce type brutal qui était son père, tout en cherchant à lui échapper et ne s'échappant que pour mieux se soumettre, tendant l'échine et la joue à des coups à côté desquels ma gifle était une caresse. Ils les rendirent, mes mots, à une fausse dignité que le père voulut asseoir en se retournant pour me lancer, à moi : "Intello de merde !", et à son fils : "Traîne donc pas là, toi !", le poussant vers la sortie, puis vers les marches du perron, vers le portail qu'il ne prit pas la peine de refermer, vers *Le Rallye*, enfin, où j'imaginais leur entrée triomphale, la porte ouverte par le grand loufiat maigre qui, à cinquante ans, avec son tablier blanc, sa veste bordeaux, ses joues rouges et mal rasées, semblait toujours débarquer d'Ornans dans le Doubs, avais-je pensé, la seule fois où je m'étais assis là, devant un verre de bière, après lui avoir demandé s'il ne venait pas du Limousin, à cause de sa ressemblance avec Gridaine, le cantonnier des Buiges qui faisait chez nous office de croque-mort et qui avait bien la gueule de l'emploi. J'imaginais le père passant derrière le comptoir pour offrir une tournée aux sans-emploi, aux ganaches du quartier, et leur raconter qu'il venait de s'en faire un, oui, un de ces profs payés à rien foutre et qui, en plus, levaient la main sur les gamins. Lequel gamin, imaginais-je encore, restait debout près du comptoir sous lequel son père gardait, disait-on, une batte de base-ball à manche scié et un pistolet à grenaille, à côté des buveurs qui opinaient du bonnet et levaient dans la lumière de onze heures leurs verres de pastis ou de bière, en proférant d'une même voix quelque chose comme : “À la tienne, Jacky !”, tandis que le père se resservait déjà un autre verre de blanc, non pas parce qu'il avait coutume de boire, mais parce que la fureur le possédait encore et qu'elle le faisait à présent se tourner contre le loufiat, puis sa femme qui l'avait écouté sans un mot, debout à la porte de la cuisine, et enfin son fils à qui il cria : “Qu'est-ce que tu fous ici, toi ! Retourne donc en cours !” J'y suis retourné, moi aussi, après que la principale m'eut autorisé à fumer une cigarette et à boire du thé dans un gobelet en plastique, me regardant sans rien dire, affalée dans son fauteuil, son visage retrouvant peu à peu sa placidité d'Alsacienne au teint trop rose et aux yeux trop bleus, son sévère sourire dans lequel on finissait par ne plus voir que l'énorme grain de beauté, au coin de la lèvre inférieure, qui faisait se demander si un homme avait jamais pu lui baiser les lèvres, passer outre cette disgrâce qui lui faisait détester les jolies femmes de l'établissement, et même les belles élèves comme Céline Bault qui en avait fait les frais, un matin qu'elle était arrivée en retard et que la face lunaire l'avait convoquée devant l'éclat d'obus pour lui signifier qu'elle ferait mieux de potasser ses cours plutôt que de passer sa matinée à se pomponner comme une grue, elle, l'élève de 3e ; laquelle élève lui avait rétorqué qu'elle ne comprenait pas ce langage, pomponner, potasser, grue, qu'elle était de son temps, elle, et que, d'ailleurs, ses notes ne laissaient nullement à désirer ; ce qui lui avait valu non pas une gifle, ni même une nouvelle remarque, mais d'être envoyée en cours, séance tenante, d'un geste magnanime de la main ; la même main qui avait renvoyé aux ténèbres d'une banlieue plus lointaine une jeune maîtresse auxiliaire d'allemand tombée amoureuse d'un professeur de gymnastique à qui son épouse, enceinte ou en relevailles, refusait sa couche : mettant donc fin à ces amours clandestines en refusant d'appuyer la nomination de la maîtresse auxiliaire, l'année suivante, sous le prétexte que ces amours nuisaient au bon fonctionnement de l'équipe pédagogique. Elle me jugeait coupable, elle aussi, non seulement d'avoir frappé un élève mais d'avoir laissé le dehors entrer avec tant de violence, oui, de n'avoir pas été capable de me dominer et de montrer l'exemple, finit-elle par murmurer, profitant de l'incident pour me dire qu'il me faudrait veiller à être moins familier avec les élèves — les filles, surtout —, des parents s'étant plaints de gestes et de mots déplacés, et aussi des ouvrages et des thèmes que j'abordais, comme *Le Meilleur des mondes* ou *Le Jeu de l'amour et du hasard*... Son regard m'inspirait, à ce moment, la même sorte d'effroi que le bleu acide du ciel, à Siom, au printemps. Je me sentais plus seul que je ne l'étais, enfant, lorsque j'accompagnais mon père pour la journée dans ces bois où je ne savais que faire, livré à moi-même et cependant surveillé du coin de l'œil avant qu'il ne se pose sur moi, ce regard, à l'heure du casse-croûte, comme sur un arbre à abattre. Il fallait dire quelque chose. J'ai fini par répondre que je ne changerais pas, que je ne le pouvais pas, autant valait détourner le cours de la Marne en y plongeant les mains, que je ne pouvais enseigner autrement, que je m'en irais, que je quitterais l'Éducation nationale. J'avais des sanglots dans la voix, non pas parce que je redoutais cette femme au visage lunaire qui murmurait qu'on ne trouvait pas du travail comme ça, par les temps qui couraient, et puis, plus doucement, qu'elle serait navrée de me perdre, oui, vraiment navrée (elle faisait elle aussi partie d'un ordre hiérarchique auquel elle devait comptes et soumission, elle aussi était jugée, notée, susceptible d'être mutée d'office ; et elle avait, elle aussi, malgré sa fonction, quelque chose d'une vieille enfant prise en faute. Tel était le système, me disais-je : maintenir le personnel enseignant en état de culpabilité permanente, l'étrange culpabilité de l'enfance, puisque nous autres, enseignants, nous n'étions pas tout à fait des adultes, voués à passer toute notre vie à l'école, du jardin d'enfants à la retraite), mais parce que je commençais à m'éloigner de la scène précédente, à prendre un peu de champ, à comprendre (pendant que la face lunaire murmurait qu'il était bien heureux que je n'eusse pas giflé un Noir ou un Maghrébin — un Maghrébin, surtout, ajouta-t-elle en baissant davantage la voix pour dire que c'était avec ceux-là qu'on avait le plus de difficultés, et, parmi eux, les Algériens, on pouvait bien le dire, ici, sans témoin, sans être suspecté de racisme, n'est-ce pas, il suffisait de tirer les leçons de l'Histoire pour comprendre que c'était à nous de payer, maintenant, de tendre l'autre joue pour ne point faire le jeu des puissances dangereuses) à quoi j'avais échappé, tout en regrettant, peut-être, que Gagneur ne m'eût pas rossé : c'était son intention et il avait été étonné, et probablement déçu, de me voir m'aplatir, oui, dépité que je lui ôte l'occasion de casser la gueule à un membre du corps enseignant qui, vingt-cinq ans plus tôt, on peut l'imaginer, l'avait laissé devant les grilles d'un collège avec entre les mains pas même ce brevet d'études du premier cycle qui lui eût ouvert les portes de la fonction publique, par exemple ce métier de facteur dont il avait peut-être rêvé ; avec, aussi, sur les épaules, le poids de ce patronyme dont il tentait de se débrouiller, pestant sans doute contre le père qui le lui avait légué ou contre l'ironie du sort, lui qui, Jacky Gagneur, n'avait pas eu de chance, ni avec ses métiers successifs ni avec ce fils qui se mettait à lui ressembler, encore moins avec cette épouse qui ne lui ressemblait pas et qui s'était probablement trompée en acceptant de l'épouser et de devenir bistrote, qui avait peur de lui et n'avait gagné dans l'affaire que le sobriquet de *Gagneuse* et ce fils qui commençait à mal tourner. "Et puis songez à votre nom, à votre honneur, oui, à ce que chaque enseignant représente, au sein de l'Éducation nationale, pour ces adolescents sans repères...", disait encore la face de lune en élevant un peu la voix, alors que j'étais à mille lieues de ma gloire et qu'à cela j'avais toujours songé comme à la chose la plus dérisoire et la plus enfantine, me suis-je dit, me souvenant d'une promenade, quelques mois plus tôt, avec Agnès Taillebourg, au cimetière du Père-Lachaise, où elle aimait déambuler sous les frondaisons lourdes, avant l'été, dans les allées écartées, se recueillant sur les tombes de personnages qui l'émouvaient, comme Michelet dont elle aimait tant la *Jeanne d'Arc*, Delacroix dont elle venait de découvrir le *Journal*, Chopin dont elle ne se lassait pas, ou encore de la violoniste Ginette Neveu et tous ceux qui lui faisaient oublier un peu la fuite du fils de roi et qui, moi, m'intéressaient moins que d'autres qui gisaient là, dans leurs tombeaux extravagants ou sous de simples dalles de granit, tombes sans nom ou celles de gens qui avaient été quelque chose et qui n'étaient plus rien, comme ce ministre dont je découvris le tombeau, le long de l'allée centrale, et que je montrai à Agnès en lui disant que ce type-là, Vincent Ansquer, avait été ministre du Commerce, ou quelque chose de ce genre, un type qui avait eu son importance, bien des années auparavant, et dont je me rappelais qu'il avait, avec sa petite moustache, une tête de principal adjoint, de représentant de commerce, de syndicaliste enseignant ou de clerc de notaire, ai-je dit à Agnès qui souriait en me faisant remarquer que personne ne pouvait espérer trouver grâce à mes yeux, pas même elle, Agnès Taillebourg. Un ministre qui ne savait pas parler, ai-je ajouté, je me rappelle l'avoir entendu, une fois, à la télévision, dans la cuisine de Berthe-Dieu, dire quelque chose comme : “Je suis intéressé de savoir...”, oui, un solécisme de ce genre, là où il aurait fallu dire : “Il m'intéresse de savoir”, ou “J'aimerais savoir si”, mais pas cette faute de français dont à l'époque je ne pensais pas qu'un ministre fût capable, ni qu'il existât d'ordre républicain sans le souci d'une langue parfaite, encore moins que je murmurerais un jour sur la tombe de ce ministre : “Dors en paix, Vincent Ansquer, honnête et médiocre commis de la Ve République, qui ne survis que grâce à la faute de français que se rappelle un petit professeur de banlieue que l'oubli menace, lui aussi, oui, sois tranquille, la France parle de plus en plus mal et ne s'intéresse plus à sa langue !”, avais-je dit devant Agnès qui avait haussé les épaules en m'entraînant vers la tombe de Proust, celle de Colette ou celle de Géricault, je ne me souviens plus. Je m'étais mis à penser que j'étais soudain plus près de Jacky Gagneur que de ma gloire ou du visage lunaire qui m'exhortait à me reprendre, à méditer ce qu'elle venait de me dire, à retourner en classe, à ne pas finir de perdre la face devant mes élèves... Je me suis levé. Je tremblais comme il devait frémir, Jacky Gagneur, là-bas, derrière son comptoir, une cigarette fichée entre les lèvres, exactement comme je l'aurais fait, en traversant la cour, si je n'avais été soudain repris par mon mal de ventre et que je n'eusse dû m'arrêter aux toilettes, sous le préau du bâtiment principal, pour vomir de la bile avant de m'asseoir sur le plus bas des trônes, dans le froid, jusqu'à la récréation, et même pendant que les élèves s'ébattaient dans la cour. J'étais incapable de me montrer au grand jour. Il me fallait la nuit. Il me fallait redescendre en moi-même, au plus boueux, au plus fétide, là où personne ne descendrait avec moi, et devenir ce nyctalope dont j'avais inconsidérément écrit les lettres au tableau, l'an dernier, en croyant épater mes 4es à propos de Nerval, lequel les renvoyait irrésistiblement non pas au poète ni même, comme ils auraient pu l'entendre, à l'animal fabuleux mais au seul *Narval*, un café-tabac qui se trouvait près du collège de l'autre côté de l'avenue de la Résistance : au mot de nyctalope ils étaient partis d'un éclat de rire qui ne s'était pas apaisé lorsque je m'étais retourné vers eux, furieux, sans comprendre que dans nyctalope ils ne pouvaient qu'entendre non seulement l'écho de "nique ta mère", leur insulte favorite, ce cri de ralliement par mes soins enrichi de quelque chose qui évoquait la salope à quoi se résumait pour eux toute femme, à l'exception de leur mère et de leurs sœurs, mais que ce mot leur permettait soudain de me cracher au visage leur haine de la littérature. C'est de ce moment-là que date la fêlure, me disais-je dans la froide pénombre des toilettes, dans l'odeur puissante de l'eau de Javel et celle, douceâtre, du désodorisant à la pomme de pin dont il était indiqué sur la boîte qu'il était fabriqué à Meaux dont le nom m'a fait songer à Bossuet écrivant en pleine nuit dans son cabinet de travail, enveloppé d'une peau d'ours, dans une pénombre à peu près semblable à celle où je me trouvais, moi, parmi les bruits de chasse d'eau provenant des toilettes des élèves avec leurs cris de joie, de fureur, leurs rires, leurs gloussements, leurs conversations étouffées, leurs sanglots, aussi, et tout ce que la vie peut tirer de bruyant de corps qui s'abandonnent, le temps d'une récréation, et desquels j'étais séparé par beaucoup plus que par une ou deux portes dont la moitié supérieure était en verre dépoli, comme les cabinets paternels, renvoyé à moi-même, ce matin-là, plus seul que jamais, dans les plis d'une langue qui n'avait plus grand-chose à voir avec celle que parlaient ces élèves. Non, nous ne nommions, ne voyions, n'entendions plus les mêmes choses ; le monde s'était déchiré comme un voile, et nous ne pouvions partager aucun plaisir de langage, me disais-je, pas même celui de l'ironie, qui pouvait être assimilée à une gifle et eût amené devant moi tous les Jacky Gagneur de Helles et d'ailleurs, surtout s'ils appartenaient à d'autres races ou ethnies que celle dont j'étais parfois, selon les classes, le représentant minoritaire, et par là même renvoyé à ma qualité de Français comme à une singularité coupable, à tout le moins saugrenue, qui m'amenait à penser que je n'étais plus tout à fait de ce monde, en tout cas pas de mon temps, et que si j'aimais tant Nerval, c'était que j'étais, comme lui, entré dans une nuit dont je ne verrais pas la fin... »

Sa nuit ! Il n'avait que cela à la bouche. Comme s'il n'y avait pas assez d'obscurité qui sortait de la bouche des hommes ! Et il la recherchait, la désirait, l'appelait comme il eût appelé sa mère. C'était d'ailleurs à elle qu'il avait fini par songer, ce matin-là, sur la cuvette des cabinets, la tête entre les mains, les coudes sur les genoux ou bien, peut-être, la tête couchée sur ses avant-bras repliés sur ses genoux, tremblant, pleurant, relevant la tête dans la pénombre malodorante et sortant des toilettes après avoir allumé une cigarette, non parce qu'il en avait envie, mais parce qu'on avait toqué à la porte et qu'il refusait qu'on sente l'odeur de son infamie, lui qui se rappelait être allé, un matin, aux toilettes après une jolie femme, indigné que parmi ces parfums, ces odeurs de sels de bain, de savon, de produits de beauté, régnât celle des fèces, oui, indigné, surtout, que l'amour fût incapable de l'alchimie qui lui eût permis, sinon d'oublier, du moins de métamorphoser l'odeur sournoise en parfum d'Arabie, malheureux de ne pouvoir passer outre, furieux et humilié que les femmes aussi pissent, défèquent, sentent mauvais.

La sonnerie mit fin à la récréation, livrant à eux-mêmes, dans la cour, ses élèves de 4e qui, dès qu'ils l'aperçurent, se rangèrent non pas devant l'emplacement réservé à leur classe et matérialisé sur le bitume, près d'un grand marronnier, par une ligne blanche qui se continuait au bas du mur, mais en diagonale, plus loin, en une double haie murmurante, celle qu'on fait aux vainqueurs — ou aux réprouvés, puisqu'il n'avait, à ce moment, le jeune Lauve, vraiment rien d'un héros, lui qui sortait des toilettes où il avait passé plus de temps qu'il n'eût fallu et qui allait devoir s'en justifier devant la principale venue à sa rencontre, exaspérée, ordonnant aux élèves de se ranger à leur emplacement et de se taire, tandis qu'elle prenait à part le professeur pour lui dire, en ce qui aurait dû être un murmure mais qui avait assez de force pour être entendu des enfants : « N'oubliez pas, monsieur Lauve, que vous êtes responsable de vos élèves... » Et lui — ce que n'aurait sans doute fait aucun de ses élèves — baissant la tête comme un adolescent d'autrefois, ce fils de Siom incapable de soutenir le regard si bleu et si froid de la femme au visage lunaire, ne trouvant rien d'autre à répondre que ceci : « C'est ma faute ! », et pas davantage capable de retenir les larmes qui lui venaient aux yeux et qui firent soupirer d'agacement (et peut-être d'aise) cette femme qui devait, à ce moment, avoir l'air avec lequel nous interdisions au petit Lauve l'accès de notre cœur, autrefois, tant il est vrai que certaines d'entre nous aiment par-dessus tout voir pleurer les hommes, n'est-ce pas, non seulement dans le plaisir qu'ils tirent de nous et qui les rabat violemment sur le côté, vers la nuit heureuse, mais aussi dans l'abandon à la douleur, dans cette solitude qui les rend soudain si proches de nous qu'ils sont, alors, comme des enfants malades et qu'il ne tient qu'à nous — et à nous seules — de leur tenir la tête hors de l'eau, ou bien de leur donner le coup de pied qui les fera replonger au plus sombre d'eux-mêmes. Elle, la principale, choisit le coup de pied en lui disant, après un instant d'hésitation, à voix plus basse — comme si elle attendait autre chose, une explication, des excuses, et non le silence où il se retirait : « Vous êtes malade... », puis, plus fort : « Rentrez chez vous », et, aux élèves : « Allez, en permanence. Et en silence ! »

Il s'en alla. Il attendit le 113, non pas au terminus, où il était descendu, quelques heures plus tôt, mais au premier arrêt, de l'autre côté du collège, face au bâtiment blanc de la Poste sur la façade duquel il regarda les armoiries de Helles : des flammes, une fleur de lys et une échelle, sans les voir vraiment, sans d'ailleurs rien regarder, ébloui par le soleil de midi qui l'obligeait à tourner le dos à la rue. Il aurait pu se réfugier derrière le panneau de l'abri qui exposait, sous verre, les longues jambes d'une publicité pour des collants et, de l'autre côté, une réclame pour la marbrerie funéraire Martin, mais il était seul à attendre l'autobus et il craignait que le chauffeur ne le voie pas, ne s'arrête pas, qu'on l'oublie là, les yeux mi-clos, dans les odeurs de la rue, les gaz d'échappement, les senteurs de la parfumerie Ophélie, derrière lui, celles d'une pizzeria, de l'autre côté de l'avenue, et, surtout, l'odeur prégnante, lourde, écœurante, d'un marchand de sandwichs grecs dont la viande de mouton tournait sur une broche verticale devant des types à crâne rasé sous des casquettes de base-ball et qui tenaient en laisse des chiens à tête plate, triangulaire, aux yeux rouges ; nerveux, les chiens et les types, ricanant, traversant la rue d'une démarche chaloupée, ostentatoire, agressive, quasi simiesque, pour aller manger leurs sandwichs sur un banc, près de la Poste, leurs chiens à leurs pieds, tandis que lui, le jeune Lauve, tentait d'échapper à l'odeur de graisse de mouton et d'ail en se retournant comme un nageur, sur le dos ou sur le côté, pour retrouver les senteurs des cosmétiques et des eaux de toilette.

Il fallait qu'il parle. On l'avait humilié, ce petit gars de Siom debout dans le terrible soleil d'hiver, perdu sur ce territoire ennemi comme l'avait sans doute été son grand-père, au même âge, du côté d'Ypres ou de Charleroi, la bouche entrouverte, les yeux brouillés, rendu au silence des enfants terrifiés et à des odeurs auxquelles il avait voulu échapper, celles de Siom, les nôtres et celles des morts, des âtres froids, de la soupe rance, du bétail, des vieux chiens et de ceux qui étaient devenus semblables à de vieux chiens : ces hommes qui se négligeaient et qui avaient fini par sentir comme des gamins malpropres, à cette différence près qu'ils sentaient aussi ce quelque chose de fade, de douceâtre et d'écœurant qui est l'odeur de ceux qui vont mourir, et que c'était ça qu'il fuyait, avec cette odeur de merde, il n'y a pas d'autre mot, qui l'avait rattrapé, la veille, et qui lui avait fait traverser à pied la moitié de Paris et de la banlieue, puant comme le diable, et qui, ce matin-là, venait le rejoindre encore une fois, avec, il faut le dire, l'odeur mesquine de la peur et de l'humiliation — celle de la déroute, de la débâcle des entrailles et de l'esprit, sans même la dignité du refus, libéré, congédié, rendu à lui-même, à ses basses odeurs, à sa morne enfance siomoise, par cette femme qui refusait de comprendre, comme tant de femmes qui exercent un métier d'homme, dès lors plus dures que les hommes, surtout envers ceux qui font preuve de faiblesse, et pour celle-là tenue par les directives d'une Administration qui donnait raison aux élèves et à leurs parents contre ces professeurs qui ne comprenaient pas qu'il fallait se coucher à la façon de boxeurs pathétiques, en un combat perdu d'avance — la fin de quelque chose qui avait duré des siècles : l'autorité naturelle, le charisme, la gloire quasi anonyme que les maîtres recevaient de la grandeur de leur fonction ; quelque chose qui s'achevait là, de même qu'avait pris fin, dans les années soixante, la civilisation rurale, avec nous qui étions les derniers à avoir attaché des bœufs à des jougs, attelé des charrettes, lié le foin et le blé avec de la paille, battu au fléau, nettoyé notre linge à la main, fait saillir des taureaux, les béliers et les boucs, et cru à l'éternité.

« L'autobus ne venait pas. J'avais mal à la tête. Il fallait continuer, avancer dans cette avenue de la Résistance qui était celle de ma capitulation, me disais-je sans sourire, jusqu'à la gare de Hel-les-Gournay où attraper le premier train pour Paris, franchir encore les cercles d'odeurs du marché qu'on traversait pour arriver à la gare : végétaux pourrissants et bêtes mortes, dépouillées, exposées là dans leur nudité ultime, poissons, poulets, canards, pintades, cailles et lièvres à l'étal près des têtes de veau, des pieds de porc, des râbles, des échines, des côtes, dans la grande nomenclature des morceaux nobles ou bas et des abats en attente de leur passage aux fourneaux puis dans le ventre de l'homme pour retourner enfin à la terre, à la puissante odeur commune et réconciliatrice de la terre, loin des puanteurs animales — des hommes, surtout, plus malodorants et moches encore que les femmes, comme si, ce matin-là, je ne parvenais à me trouver d'indulgence pour personne, surtout pas pour ces pauvres Helloises, moi qui avais pourtant pour les femmes matinales une tendresse si grande qu'il m'arrivait de parcourir le quai du RER, à Nogent-sur-Marne, les yeux mi-clos, pour traverser les parfums qu'elles arborent et qui les rendent si émouvantes, le matin, ces femmes à qui j'ai toujours été reconnaissant de sentir si bon, même les plus laides, même s'il leur arrive, à elles aussi, de se laisser aller à ce qui leur travaille le ventre et que j'en aie voulu à certaines de nous ressembler, oui, à cette Corinne Drouaire que j'ai plaquée non pas parce qu'elle n'était pas très jolie (elle avait de beaux seins, ronds, fermes, d'un bon poids et point dissymétriques, qui me faisaient fermer les yeux sur bien d'autres défauts), mais parce qu'une nuit, alors que nous nous endormions dans son petit appartement quasi nu qui donnait sur la gare de l'Est, elle avait laissé échapper un long pet sonore qui nous avait cloués, elle et moi sur la couche en faisant le mort, dans une parfaite, une interminable immobilité qui nous permît non seulement d'échapper à l'odeur mais d'admettre qu'il était impossible qu'un bruit aussi humiliant (pour elle comme pour moi) puisse provenir de corps qui s'étaient étreints et avaient joui l'un de l'autre avec passion et qu'un pet inconvenant contraignait à gésir comme des princes déchus avec l'espoir que son incongruité ne le rendrait attribuable qu'aux puissances nocturnes. Oui, j'ai été, dès le matin, aussi cruel avec elle que je le serais, quelques mois plus tard, avec une autre jeune femme, cette brune Irène Diaz au si beau port de tête et à la croupe menue et ferme, à qui il échappa en pleine rue un vent silencieux et malodorant qui me la fit soudain trouver tout à fait laide et quitter sur-le-champ, sans qu'il m'ait semblé nécessaire d'ajouter aucun mot à l'odeur indécente, oui, Irène Diaz abandonnée en larmes au milieu des passants étonnés de voir pleurer une si jolie fille, place des Victoires, en balbutiant, comme avant elle Corinne Drouaire, avec à peu près les mêmes mots, qu'elle ne comprenait pas, que je ne lui laissais aucune chance, que je n'étais qu'un pauvre type, un malade qui vivrait éternellement dans le défaut d'amour. Et qu'auraient-elles ajouté si elles avaient su que ce qui me les faisait quitter de la sorte était, dans la colère comme dans la pitié, l'impitoyable correspondance que j'entendais soudain entre leur patronyme et ce qui s'était échappé d'elles : sonore et grotesque pour Corinne Drouaire, bref, silencieux et mesquin pour Irène Diaz... »

Il n'était pas au bout de ses peines. Il marchait, respirant par à-coups, retenant son souffle à cause des gens qu'il croisait et dont il redoutait l'odeur, comme dans le bus ou le métro où il profitait de sa haute taille pour échapper aux haleines fétides, viciées par l'ail, l'oignon, le tabac, aux odeurs de pieds sales et d'entrejambe mal lavé qui l'indignaient, le faisaient se hausser sur la pointe des pieds pour chercher un air moins impur. Et nous rougissions, celles d'entre nous, du moins, qui se souvenaient d'avoir, enfant, respiré avec une étrange satisfaction l'odeur de leurs propres pets dans la tiédeur des draps ou au creux de leur main, et d'avoir reniflé avec non moins de satisfaction l'odeur de leur entrecuisse. Mais ça, il ne pouvait le savoir. Il ne pensait pas à nous. Il était de ces êtres qui ne peuvent ni se supporter ni se détacher d'eux-mêmes, une sorte de vieil enfant, un pauvre gars de Siom mué en petit professeur que nous imaginions sans peine arrivant à la gare de Helles-Gournay, où le nom de Gournay, sur les panneaux bleu et blanc, le faisait songer à la « fille d'alliance » de Michel de Montaigne, à cette Marie de Gournay et à ce livre dont elle était l'auteur et qu'il n'avait jamais lu, parce que introuvable, et dont le titre : *L'Ombre*, ne cessait de l'intriguer tout comme, non loin de Helles, le nom de Pomponne qui évoquait pour lui non pas une ville mais le grand ami de Mme de Sévigné dans les lettres de qui, chaque fois qu'il voyait Pomponne sur les poteaux indicateurs, à l'entrée de Helles, il se promettait de se plonger, le soir même, disait-il avec dans le regard ce quelque chose d'idiot propre à ceux qui ont la tête dans ces singuliers nuages qu'on appelle des livres, et ne sachant pas grand-chose d'autre, ne voulant pas voir quelle ombre s'étendait à présent sur Pomponne, Helles, Gournay, Champs, Fontenay, Nogent, et aussi sur Paris où il avait pensé fuir, ce jour-là, oui, quelle ténèbre envahissait ces territoires où il semblait qu'on fût aussi abandonné de Dieu que nous l'avons été, pendant des siècles, ici, sur les hautes terres.

Il n'irait pas plus loin. Il resterait bloqué par la police dans le hall de la gare, au-delà des portillons automatiques, avec les voyageurs qui sans se regarder ni parler attendaient qu'on les laissât monter aux quais avec le même air veule et résigné que prennent les élèves, sous la pluie, devant les grilles du collège, et s'écartant sans bruit lorsqu'un professeur ou un membre de l'administration franchissait le portail, à peu près comme ces hommes et ces femmes s'écartèrent, un peu plus tard, pour laisser descendre deux agents de police et deux pompiers portant sur une civière un corps enfermé dans une housse de plastique noir à fermeture éclair, puis un autre pompier tenant à bout de bras, dans un sac-poubelle gris, le plus loin possible de son propre corps, d'autres restes du type qui venait de se jeter sous un rapide, au-dessus de leurs têtes, et dont les femmes de service de la gare achevaient de nettoyer le sang qui ruisselait avec de l'eau tiède mêlée d'eau de Javel sur les marches de l'escalier, tandis que d'autres pompiers, là-haut, sur le quai, dans les masses d'air froid que soulevaient violemment les express filant vers Paris ou vers l'Est, ramassaient les derniers morceaux de chair, délicatement, à l'aide d'une balayette et d'une petite pelle...

« Un peu, poursuivit-il après un moment de silence pendant lequel il cessa de nous regarder et de sourire, un peu comme les archéologues de Limoges, sur le tumulus d'Arbiouloux, l'été dernier, avec le même air patient et la méticulosité de ceux qui travaillent sur les morts, qui ont affaire à la poussière du Temps, alors que le troupeau des vivants massé au pied de l'escalier, comme les génisses de Chadiéras devant les clôtures électriques, commençait à s'ébrouer, à parler à voix basse, à allumer des cigarettes, à s'indigner du retard que tout ça occasionnait, à manifester le désir de monter l'escalier, d'aller prendre le train, d'oublier au plus vite ce mort anonyme dont le chef de gare descendait l'ultime dépouille : un sac à dos de toile jaune et noire qui, plus que le corps lui-même (au passage duquel je m'étais retourné alors que la plupart avaient tendu le nez, les yeux écarquillés, dressés sur la pointe des pieds), me bouleversa comme s'il me montrait le suicidé dans toute sa nudité, sa familière, sa pitoyable nudité ; tout ce qui restait, ce sac, d'un inconnu qui avait, ce matin-là, été bien plus terrifié et désespéré que moi, et qui s'était jeté sous les roues du Strasbourg-Paris, vers midi moins le quart, un jeudi de novembre, en gare de Helles-Gournay, sous ce même soleil trop blanc qui m'avait fait quitter l'arrêt de bus et marcher à grands pas en direction de la gare où j'avais, là aussi, trop attendu et dont j'étais à présent incapable de monter les escaliers, croyant sentir l'odeur du sang, là-haut, et entendre le hurlement silencieux, oui, le bruit effroyable du corps déchiqueté, ce même orage qui avait broyé le poète Émile Verhaeren, dans la gare de Rouen, en 1916, et qui avait cloué à des croix d'acier et de flammes ceux de 14, vos époux ou vos pères... Je suis ressorti, le cœur au bord des lèvres. J'ai marché dans l'avenue de la Résistance, jusqu'aux Grands-Prés, à l'entrée de Helles, sans rien voir, sans même prêter attention aux autobus bondés d'élèves qui entrouvraient parfois un fenestrou pour hurler : "Hello, mister Love !" Je ne m'en souciais plus, j'avais depuis longtemps renoncé à mon nom, et, ce matin-là, j'avais fini de perdre la face, tout le collège le savait et devait se dire que je m'étais couché, que j'avais fait dans mon froc, que je n'étais qu'une merde, un vieux, un faux prof, que le français ça puait trop, que c'était relou, que ça faisait pitié, que ça prenait la tête — en un mot que je n'étais bon qu'à me cacher en compagnie des bouffons, des pédales, des bâtards de mon espèce, voire de ma race, devait clamer Cyril Gagneur au milieu d'autres petits mecs de son acabit, à la cantine ou dans la cour, me disais-je en attendant un autobus non loin du garage Peugeot, face aux tours et aux barres des Grands-Prés, là où j'étais à peu près sûr de ne plus rencontrer d'élèves, à l'exception de la jeune Zakia qui habitait dans la grande tour solitaire, aux avant-postes de Helles, non loin des champs de Ville-Évrard et des jardins de Maison-Blanche : Zakia au pâle et doux visage, qui descendit de l'autobus au moment où j'allais y monter et qui me sourit comme elle le faisait toujours, lorsqu'elle était mon élève, deux ans auparavant, avec une indulgence qui faisait de moi son grand frère en vertu d'une sorte de réduction génétique et temporelle qui m'avait souvent rendu proche de certaines de mes élèves. J'aurais aimé lui parler. Il fallait à tout prix que je parle. Je ne me décidais pas à rentrer chez moi : trop de soleil, trop de silence, trop de temps ; et puis je ne pouvais oublier la fureur de Jacky Gagneur ni les muets hurlements du suicidé. J'aurais voulu qu'elle me prenne par la main, cette enfant de treize ans à la chevelure sombre et bouclée, qu'elle m'accompagne jusqu'à la station suivante, près du campement des gitans et de l'école d'infirmières dont j'ai reconnu, un peu plus tard, lorsque je me suis décidé à monter dans un bus, quelques-unes de celles qui se taisaient, le matin, à l'aller — à présent bien réveillées, vives, sûres d'elles, tout le contraire de ces types à triste figure qui étaient sans doute montés à Helles, devant la gare, enfoncés dans leurs parkas, leurs blousons ou leurs survêtements dont la cagoule, rabattue sur la tête, les faisait ressembler à des manants médiévaux, abrutis, hargneux, accablés par quelque chose qui n'était pas ce qui m'accablait, encore moins ce dont étaient la proie les pauvres fadards qui monteraient un peu plus loin, à Maison-Blanche, puis à Ville-Évrard : cette grande fillasse qui se balançait d'avant en arrière avec une raideur d'élève psalmodiant, les mains posées sur un transistor qui faisait tonitruer une chanson anglaise, tandis que de la bave lui coulait sur le menton ; et ce couple qui ne cessait de se bécoter — une femme d'une soixantaine d'années au visage cuivré, aux immenses cheveux gris, sans dents, et l'homme, trente ans de moins, et tout aussi édenté ; ou encore cet humanoïde sans âge, au crâne déformé par je ne sais quelle trépanation, une gueule qui n'avait plus d'humain que le regard, des yeux qui semblaient noyés dans une eau noire : des larmes perpétuelles qui m'auraient presque fait oublier sa face de gorgone s'il ne m'avait demandé l'heure toutes les deux ou trois minutes, et qui, voyant que j'avais sur les genoux un magazine ouvert, bredouilla qu'il aimait la lecture, voulut savoir si j'aimais Victor Hugo, parce que *Les Misérables* c'était quelque chose, n'est-ce pas, et qu'il ne cessait, lui, de les relire — tous ces fadards puant la friture, la bière, le mauvais café, la clope, et tout ce qu'ils avaient avalé avec leurs tranquillisants, au cours du repas méridien, avant de s'échapper, d'attendre le bus qui ne les mènerait peut-être nulle part, ai-je songé en les voyant descendre à Neuilly-Plaisance et se mettre à courir dans les rues, vers l'immense centre commercial qui portait le nom impossible de *Baobab* et au cœur duquel on ne pouvait pas ne pas voir ce restaurant à peine différent du réfectoire qu'ils venaient de quitter et qui, le restaurant, était à l'enseigne de *Miami*, une enseigne sur laquelle un personnage en chemisette hawaiienne levait les bras, le visage illuminé d'une joie à peu près semblable à celle qui éclairait le visage d'autres fadards se précipitant vers la station du RER dont ils gravissaient les escaliers avec une hâte d'insectes effrayés pour aller à Paris, me disais-je encore, en me demandant ce que ces épaves pouvaient bien faire à Paris, alors qu'elles appartenaient à la banlieue, c'est-à-dire à la nuit, à cette nuit qui ne décarre jamais tout à fait des zones suburbaines, une nuit sans bonheur ni repos, qui n'était pas celle à laquelle j'aspirais depuis que, vers dix heures, le soleil d'hiver avait percé les nuages. »

Il avait peur. Souffrir le terrifiait — non seulement sa propre souffrance mais la fin atroce de l'inconnu, et surtout celles des femmes qui avaient péri sous la main des hommes, comme cette jeune femme, dont il nous parla, ce soir-là, violée, torturée, immolée par le feu par deux Turcs, dans le Jura, en juillet 1994 : Annie Blanck, petite aide-soignante dans une clinique de Strasbourg, et dont le prénom et le nom lui tiraient des larmes. Et c'est à cause de ces larmes que nous avons continué à l'écouter, ce soir-là et les suivants, puisqu'il ne faisait pas seulement appel à notre curiosité mais aussi à notre sympathie — avec, nous dirait Monique Bugeaud (celle d'entre nous qui avait le plus d'instruction), le vrai sens de ce mot qui est de souffrir ensemble, de partager la souffrance, d'en appeler, du fond de la nuit, à celle qui donne la vie et qui n'était plus là pour l'entendre, cette souffrance, qui n'avait sans doute jamais été là, même quand elle vivait à Siom, dans la maison de la rue haute, et qu'ils faisaient mine de croire, ces trois-là, que tout était possible, la vie ensemble, le bonheur, la perpétuation de la joie, du sang, de l'innocence.

IV

Sa mère. Nous savions qu'il y viendrait : on en vient toujours à ça, n'est-ce pas, parler de sa propre mère, surtout un homme devant des femmes de notre âge, puisqu'il n'y a plus à faire le paon, à jeter de la poudre aux yeux, à voir la vie en rose... Et puis nous nous disions qu'un homme hanté par une Annie Blanck ou par un inconnu dont les membres ont rejoint sur la Croix ceux de Notre-Seigneur, cet homme-là peut ouvrir la bouche et parler de sa solitude, de sa nuit, de ce qui avait fait de lui quelqu'un de seul. Non pas comme on peut être seul, à Siom, maintenant que le haut plateau est à peu près rendu au bleu du ciel, aux longs hivers, à l'obscurité des grands bois, ni comme l'ont été le dernier des Pythre et toutes ces pauvres gourles mortes sans personne pour les aider à passer de l'autre côté, devant leurs bêtes, comme leurs bêtes, au fond de fermes perdues. Non seul comme ces enfants qui ont grandi entre un père rude et taciturne, et une mère lointaine qu'on voyait beaucoup moins chez elle qu'en ville, à Limoges, à Brive ou à Clermont-Ferrand, où l'on disait qu'elle ne passait pas son temps qu'au cinéma, dans les boutiques ou les salons de thé, en compagnie d'anciennes camarades de lycée (ayant été, comme son époux, comme son fils, de ceux qui n'ont pas cru en l'amitié, qui ont grandi seuls et n'auront sans doute aimé qu'eux-mêmes, en désespoir de cause et à supposer que ce commerce-là puisse recevoir le nom d'amour), mais avec un homme qu'elle rejoignait çà et là, au gré de ses déplacements professionnels, murmurait-on, puisqu'il était représentant de commerce — en produits pharmaceutiques, précisait-on alors qu'on ne savait rien, pas même s'il existait, et qu'on l'avait sans doute inventé pour la simple raison qu'on ne comprenait pas, à Siom, qu'une femme de la beauté d'Anne-Marie Lauve, née Combasteix, à Treignac, à quinze kilomètres d'ici, dans une famille aisée, soit venue s'installer chez nous avec ce Jacques Lauve qui ne serait jamais vraiment des nôtres et son piano qui était bien le seul qu'on ait jamais entendu à Siom, la seule vraie musique qui y ait jamais résonné avant l'arrivée de la radio et de la télévision, si on excepte l'accordéon dont jouait le père Bugeaud, seul, dans sa chambre, pour se consoler d'avoir perdu son gendre à Verdun, et, plus tard, les guitares électriques des bals chez Berthe-Dieu et l'espèce de violon dont le jeune Feuillie jouait dans sa cabane en bois.

Une musique, celle de la mère, qui s'élevait dès que le père avait fait démarrer la 404 marron glacé dans le hangar attenant à la maison, et qui, autant que les fenêtres grandes ouvertes, contribuait à dissiper les odeurs du petit-déjeuner, les miasmes du couloir et à chasser, pouvait-on se dire, jusqu'à la présence déjà lointaine de celui qu'elle n'avait jamais accompagné qu'une fois hors de Siom : à Paris, pour quelques jours de voyage de noces. Une musique à laquelle le petit Lauve était, avons-nous pu penser, aussi sourd que le père, et que nous-mêmes. Mais ce n'était pas ça ; cette musique qui en d'autres circonstances lui aurait tiré des larmes de joie, l'indisposait, l'indignait ; il aurait aimé, nous dit-il, pouvoir empêcher sa mère de jouer, et non seulement de jouer mais de s'accompagner dans des mélodies qu'on ne pouvait prendre au sérieux, chez nous, avec cette voix qui s'élevait de l'autre côté de la rue, par-delà le préau, dans la cour de récréation et dans les salles de classe où les élèves ricanaient sous l'œil faussement sévère de la maîtresse qui finissait par demander qu'on referme les fenêtres pour mettre fin au supplice du petit Lauve, lequel se tenait droit comme un piquet, au milieu des autres, et continuait à entendre, lui, ce piano aigrelet, cette voix qui ne l'était pas moins, ces mélodies où il était question de roses d'Ispahan, du temps des lilas, d'une belle meunière, d'une femme à son rouet, d'un colibri, d'un roi de Thulé, ou encore de feuilles mortes et d'amours dont il ne reste pas grand-chose.

Il les entendait comme si sa mère était nue, là, devant le monde, miaulées, roucoulées, soupirées, exactement comme on disait qu'elle faisait dans les hôtels de Clermont, de Limoges ou de Brive, avec le représentant en produits pharmaceutiques ; et ils allaient écouter ça, les élèves, près du préau, à cet endroit de la cour d'où on percevait le mieux le chant maternel et où ils pouvaient espérer que celle qui chantait entendrait leurs imitations, garçons et filles tournant autour du petit Lauve cloué à la voix de sa mère, plus blême que jamais, la bouche étirée en un sourire imbécile, les larmes aux yeux, les poings serrés dans les poches de sa courte culotte bleu marine, prêt non pas à leur sauter à la gorge pour défendre l'honneur maternel mais à en rajouter, à huer avec ces petits malfaisants, nos fils, nos petits-fils, si on le lui avait demandé, à seule fin qu'ils cessent, qu'ils laissent en paix non pas ce fils qu'ils finissaient par faire chanter avec eux, puis seul, les yeux au ciel comme celui qui chantait dans les supplices, mais cette mère qui ne se souciait pourtant de rien et qui ne voulait rien savoir, de l'autre côté de la rue, dans le salon si froid, si humide, si sombre qu'il fallait y faire de la lumière en plein midi et que le piano n'y tenait guère l'accord plus de trois ou quatre mois.

C'était pendant que le père arpentait du matin au soir les bois du haut plateau, et même plus loin, en Sologne, dans la forêt de Tronçais, dans le Jura, aussi, et même en Finlande où une affaire avait mené une fois, en avion, celui qui était arrivé chez nous à pied, par la route de la gare, en traînant derrière lui, disait-on en brouillant un peu la chronologie, avec la mauvaise foi d'où naissent les légendes et l'opprobre, un charretou contenant quelques effets et une cuvette de cabinets.

À peine exagérions-nous, tant il est vrai que, pour nous, il n'est que deux sortes de voyages : ceux que l'on fait pour aller à la guerre ou prendre le chemin d'exil — le reste étant forcément voué à la bagatelle, comme tout ce qui nous éloigne de la terre. Nous avons toujours vécu entre nous, pour la transmission de la terre et du sang, dans la confusion plus ou moins heureuse de la terre et du sang. Nous n'avons guère été généreux ni justes envers ceux qui sont venus s'installer à Siom : le grand Pythre, les Billy, ces fermiers normands restés ici une vingtaine d'années puis repartis sans avoir pu faire souche, et les Lauve, bien qu'Anne-Marie, la mère, fût née Combasteix dans une honorable famille de Treignac.

Nous ne l'avons pas aimé, ce Jacques Lauve qui n'était presque rien mais paraissait prêt à tout. Nous avons respecté son aplomb, la détermination avec laquelle il a cherché autour de lui le moins mauvais métier et le meilleur parti, ayant compris, dès le début des années soixante, quelques mois après son arrivée, que c'en était fini de la terre, misant non pas sur l'élevage (en quoi il avait tort de ne pas croire et refusant dès lors le seul parti intéressant de Siom : la fille Arbiouloux et sa grande ferme de Plazaneix, non pas parce que la pauvre fille était plus laide qu'un cul, mais parce qu'il lui manquait deux phalanges à un doigt de la main gauche et que, comme les autres, il ne pouvait fermer les yeux sur ce signe funeste qui conduirait le père Arbiouloux, quelques années plus tard, quand il n'en pourrait plus, à mettre sa fille à l'hospice d'Ussel et à planter ses terres de sapins de Douglas, de Lawson et de Banks), mais sur le bois, ce qui n'était pas mal pensé, quoique d'assez courte vue puisqu'il ne faudrait pas vingt ans pour que les principaux consommateurs de bois — les mines et les chemins de fer — délaissent ce matériau.

Il trouva donc à Treignac ce qu'il n'y avait pas à Siom, ni même dans le canton des Buiges : une fille jolie, si peut passer pour belle, chez nous, une femme fluette, aux cheveux clairs, presque blonds, et aux yeux bleus. Une femme qui savait se taire, écouter, se tenir : la deuxième fille d'un négociant en bois de Treignac, près de passer la main — et qui la passa dès que l'affaire fut conclue, c'est-à-dire le mariage, le père Combasteix ayant aimé d'emblée la mine décidée, point celle d'un Apollon, c'était vrai, encore moins d'un bellâtre coureur de dot, mais pas désagréable avec sa tignasse brune et sa peau hâlée, ses épaules larges, sa tête haute, son sourire franc de jeune gars venu frapper à sa porte, non pas comme une espèce de mendiant : un élève sans maître, plutôt. C'était ce qu'il avait aimé, l'aplomb tranquille avec lequel celui qui avait frappé à sa porte avait déclaré, dans l'entrée sombre de la vieille maison à tourelle, au bord du ravin au fond duquel bondissait la Vézère : « Je m'appelle Jacques Lauve, je veux m'installer dans le commerce de bois », ou quelque chose comme ça, souriant franchement, en homme qui n'a rien à perdre, qui a l'avenir devant lui et la tête sur les épaules, le regard bien planté, quoique sans arrogance, dans celui du vieil homme qui se tenait debout à la porte du salon, derrière l'épouse qui ne savait pas si elle devait éconduire l'inconnu à qui le père Combasteix lança, de la voix qu'il avait toujours eue dans les bois, les scieries, les cours de fermes, trop fort, donc, et qui, à ce moment, traduisait plus d'étonnement et de curiosité que de jovialité : « Finissez donc d'entrer ! »

Et de sa large main ouverte, plus habituée à flatter l'écorce des arbres ou la surface des planches que la croupe des bêtes ou celle des femmes, il désignait l'étroit salon meublé de ce faux rustique qui trahissait l'homme arrivé, aurait pu penser Jacques Lauve s'il avait su, à l'époque, ce que c'était que le style rustique, voire ce que c'était qu'un style ; or il ne savait rien, ou pas grand-chose, hormis qu'il ne retournerait plus dans le Poitou ou dans le bas Berry, se disait-il probablement en ouvrant la bouche pour répéter qu'il était disposé à apprendre, qu'il avait fait tout ce chemin pour ça, et, pouvait-il songer encore, qu'il était même disposé à devenir le fils que le père Combasteix n'avait pas eu et qui était (il l'avait entendu dire à l'usine de contreplaqué des Buiges où il avait trouvé à s'embaucher, dès qu'il était descendu du train) son grand, son unique regret.

Il finit d'entrer : il passa au salon et demeura debout entre la cheminée et le fauteuil que Combasteix ne lui proposait pas et en face duquel, lui, le père, s'assit, regardant posément ce gars aux épaules carrées, plus âgé qu'il avait pensé, à l'air vif et honnête, même si on pouvait s'étonner de le voir débarquer comme ça, presque à l'heure de la soupe du soir, au milieu de l'hiver, un inconnu, une sorte d'étranger, pas même un Limousin, sans autre recommandation que cet amour de la forêt qui lui avait fait, disait-il, quitter les bocages de l'Indre ou ceux des Deux-Sèvres.

Le père Combasteix l'écouta exposer cette théorie qu'il avait faite sienne après l'avoir surprise dans la bouche de deux marchands de bestiaux qui déjeunaient, un dimanche, dans un restaurant de Moncoutant ou de Sainte-Sévère, en tout cas là-bas, dans le bocage, où lui-même, Jacques Lauve, prenait l'apéritif : une théorie qui disait que l'agriculture n'était plus ce qu'elle était, qu'il y aurait bientôt trop de paysans, que l'avenir n'était plus à la terre mais à d'autres ressources comme le bois, l'eau, l'uranium, et même le tourisme. Et il avait écouté ça, Jacques Lauve, comme s'il avait entendu des voix dans le désert, sans regarder qui parlait ni chercher à en savoir davantage sur les deux inconnus, non pas cloué sur place, aurait-il pu dire au père Combasteix, mais entré dans la rumination d'une vérité difficile et puissante qui l'avait, quelques semaines plus tard, fait partir sans se retourner, abandonnant la ferme familiale qui ne nourrissait déjà plus son homme et où il avait toujours été, plus que ses frères et ses sœurs, une bouche en trop, lui, le petit dernier, le fruit non pas de l'amour conjugal mais d'un de ces faux mouvements nocturnes qui grèvent les familles ; quittant dès la fin du mois son emploi à la laiterie et prenant un billet pour cette Siom qui serait, imaginait-il, au centre de vastes forêts futures et dont il avait retenu le nom parce qu'il s'écrivait Siom mais se prononçait Sion, avaient dit les deux inconnus, comme la Jérusalem des Psaumes et qu'il avait vu là un signe propitiatoire. Il travaillait en silence, non pas, comme les Algériens de l'usine, avec la fierté un peu dédaigneuse d'être d'un pays qui venait d'accéder à l'indépendance, mais comme quelqu'un qui n'a plus de territoire et doit s'en inventer un, et pour cela cherchant à qui s'allier, et ne trouvant personne, parmi les hommes, du moins, comprenant que c'était avec les femmes que ça se ferait, que c'est toujours grâce aux femmes qu'on arrive, refusant donc les audacieuses et les esseulées de l'usine pour se réserver, donner de lui une image sans tache, comme une fille de bonne famille, se forgeant peu à peu une réputation de garçon probe, quoique un peu inquiétant, et intransigeant, ce que confirma le patron de l'usine des Buiges à qui le père Combasteix téléphona une fois que Jacques Lauve eut réenfourché le vélo sur lequel il était descendu à Treignac.

Il avait encore dit, ce Jacques Lauve, debout près de la cheminée de granit rose, le visage tourné vers les ruines du château de Richard II d'Angleterre, de l'autre côté du ravin où coulait la Vézère, qu'il voyait les hautes terres non plus peuplées de paysans et de bêtes mais d'arbres, de bois, de forêts qui poussaient vite et en rangs serrés, comme une armée triomphante. Il voyait le haut plateau repeuplé non pas de ces forêts de châtaigniers qui avaient brûlé au XVIe siècle, mais des noires colonnes de douglas, de lawsons et de banks, de ces essences américaines qui sauveraient le haut Limousin de la même façon que les soldats du Nouveau Monde avaient sauvé l'Europe, quinze ans auparavant. Il disait que l'agriculture était le propre des plaines. Il répétait mot pour mot ce qu'avaient dit les deux inconnus, quelques mois plus tôt, dans le petit restaurant de Moncoutant ou de Sainte-Sévère. Et il le redisait non pas avec la calme indifférence des deux inconnus, ni avec la force des visionnaires, mais plein d'une ferveur qu'il pouvait enfin laisser éclater, dans l'enthousiasme de ceux qui croient en quelque chose de nouveau, avec l'humilité des disciples.

Un visionnaire n'eût pas obtenu l'oreille d'Émile Combasteix ; il n'aurait pas demandé qu'on lui explique ce qu'il savait déjà et dont le vieux négociant répugnait à parler : l'irréversible déclin des usines de pâte à papier installées dans les vallées, sur les rivières, au pied du haut plateau, ou la fin prochaine des locomotives à vapeur et du bois de mine. Il n'aurait pas écouté ce que lui répondait le père Combasteix, un samedi après-midi d'octobre, vers cinq heures du soir, dans le petit salon où le soleil se couchait sur les ruines du château de Richard II, les toits d'ardoise et dans les fumées d'automne, faisant rougeoyer les figures et les mains au milieu d'ombres trapues.

Le père n'avait d'ailleurs pas été le seul à l'écouter : la jeune Anne-Marie (celle qu'on n'attendait pas et qui était venue plus de douze ans après l'aînée, alors que le père avait déjà près de cinquante ans) l'avait elle aussi entendu, debout en haut de l'escalier qui menait à l'étage, sur le palier où elle s'était avancée avec l'intention de descendre aider sa mère à préparer le dîner et où elle était restée plantée, d'abord par timidité, puis retenue là-haut par la voix de l'inconnu, sur le seuil, ensuite dans le salon : une voix jeune, dépourvue de l'accent de haute Corrèze, une voix qui évoquait des choses auxquelles elle s'étonnait de prêter attention, puisqu'il s'agissait encore de forêts et de bois et qu'elle, Anne-Marie Combasteix, n'avait, à dix-huit ans, que le souci de ce qu'elle appelait les belles choses : les mélodies de Schubert, de Fauré, de Chausson, les chansons d'Yves Montand et de Jacques Brel, et les romans de l'automne, les nouveautés de Paris, et ce qu'elle attendait sans pouvoir le nommer ou qu'elle refusait de nommer, par superstition, et qui était près de lui faire trouver belles, soudain, les forêts qu'évoquait l'inconnu.

Un père qui ne demandait qu'à se laisser convaincre, elle le sentait, elle-même étant déjà convaincue, bien qu'elle n'eût aperçu l'inconnu que de dos, et en plongée — dans une sorte de gloire, ou de grâce, oui, cette beauté qu'on reçoit de la lumière qui tombe sur vous et que le fils Lauve remarquerait, bien des années plus tard, chaque fois qu'il descendrait, par exemple, l'immense escalier mécanique menant aux entrailles du RER, à Châtelet-Les Halles, et qu'il découvrirait, sur l'escalier parallèle, les visages de ceux qui montaient, transfigurés par la lumière, oui, même les plus laids, tous touchés par cette lumière qui n'était pas seulement celle du jour, dirait-il. C'était quelque chose de ce genre qu'elle avait perçu, la jeune Anne-Marie, lorsque son père avait raccompagné l'inconnu dans l'entrée en lui disant qu'il fallait réfléchir, en reparler, revenir le voir, dans quelque temps. L'autre ne savait pas très bien ce que c'était qu'un tel délai. Il commit une erreur. « Dans combien de temps ? » demanda-t-il. Le vieux négociant se montra aussi indulgent que lorsque le jeune gars avait refusé le thé proposé par Mme Combasteix en avouant qu'il n'en avait jamais bu et qu'il préférait un verre d'eau. « Dans quelques semaines », lui répondit-il, de la même façon qu'il lui avait dit, un peu plus tôt, quand sa femme était allée chercher à la cuisine non pas de l'eau mais une bouteille de vin ordinaire : « Pour réussir dans le bois, il ne faut pas rechigner à lever le coude ! »

Elle l'avait alors aperçu de profil, brièvement, dans la nuit pleine du brouillard qui montait de la Vézère, au moment où il avait enfourché la bicyclette achetée à un camarade de travail qui venait de passer au vélomoteur. Elle avait découvert, lorsqu'il s'était penché vers la roue arrière pour placer la roulette de la dynamo contre la jante et serrer dans une pince à linge le bas de son pantalon, ce profil au nez droit sous lequel poussait une fine moustache ; et elle l'avait revu, ce profil, puis l'autre, et puis toute la face, un mois plus tard, lorsque le jeune gars était revenu sonner à la porte de la maison à tourelle, un samedi, à la même heure (étant sans doute de ceux qui croient trouver dans la répétition et la ponctualité de quoi favoriser le sort), non plus sur la vieille bicyclette mais sur un vélomoteur emprunté à un camarade d'usine, et néanmoins vêtu, comme la fois précédente, de ses habits du dimanche, puisqu'on était encore en ces temps où l'on se faisait un devoir de s'habiller, ce jour-là, mieux que les autres jours de la semaine, par respect pour soi-même autant que parce que c'était le jour du Seigneur — Celui-ci eût-il, ce jour-là, aurait-on pu se dire avec exaspération ou complaisance, la figure d'Émile Combasteix. Jacques Lauve était attendu, semblait-il. On parla affaires. Ce que le jeune gars ignorait, c'est que le père avait arrêté au mois suivant le temps d'une autre réflexion, demandée celle-là par la mère qui était la seule à n'être pas convaincue par un disciple sans doute capable de se muer en soupirant ; elle voulait en avoir le cœur net, ayant deviné que sa fille n'avait pas non plus été insensible à la chaude voix de l'inconnu ; et elle avait tenté de le repousser vers les seules forêts, là où rôdent les loups, les barraquins, les chemineaux, les mendiants, les jeunes gars aux dents longues.

Elle avait parlé à sa fille. Celle-ci avait des yeux pour voir et des oreilles pour entendre, et assez de solitude et de songes pour que son cœur ne bondît pas sur ce nouveau venu qu'en vérité (lorsqu'elle pénétra dans le salon avec le plateau supportant la théière, les tasses, le sucrier et une assiette chinoise sur laquelle était découpé un petit cake) elle ne trouva pas vraiment beau, en tout cas moins séduisant que ce que lui avait laissé croire son regard plongeant, mais à propos de qui son élan initial lui fit se dire qu'elle n'était pas déçue, non, qu'elle ne pouvait être déçue, qu'il n'était malgré tout pas si mal, plutôt attirant, même, avec sa fine moustache et son visage énergique, oui, c'était ça, cette force physique et cette beauté intérieure qui est tout, paraît-il, pliant son cœur non plus à la sentimentalité des romans et des chansons, mais à ce qui fait qu'une femme élit un homme : cette rapidité de jugement qui est l'apanage des femmes, et cet aplomb et cette grâce qui métamorphosent en un clin d'œil la jeune fille en fiancée et qui fit, cette fois, avaler à Jacques Lauve deux tasses de thé et trois morceaux de cake et avec le thé et le cake, malgré la réserve de la mère, la certitude d'entrer un jour dans la famille Combasteix.

— Et puis vous avez un nom qui pourrait être de chez nous, dit encore le père, un nom qui sonne bien, en tout cas, quelque chose de brave.

Il restait à séduire la mère, la mettre de son côté, la convaincre qu'il était un brave type, sérieux, plein d'avenir, même s'il avait débarqué comme ça, sans le sou, sans même un vrai métier, riche de ses seuls bras et de sa bonne volonté ; d'une mine point trop désagréable, aussi, avec cet air de santé et cette voix chaude qui inspirait confiance et qui finit par faire tomber les défenses maternelles — les plus visibles, du moins, car elle ne se rendit jamais complètement à ce qu'on pouvait bien appeler le charme sourd de celui qui allait devenir son gendre, après environ un an de réflexion et d'observation au cours de visites d'abord mensuelles, puis bimensuelles, hebdomadaires, enfin, au cours desquelles il n'était à peu près question que de forêts, de cours du bois, de semences, de coupes : le grand récit des fondations et de la gloire de la maison Combasteix — l'interminable monologue paternel, un ressassement de fin de règne que les femmes et le visiteur écoutaient sans ouvrir la bouche.

De bien étranges fiançailles, n'est-ce pas, puisque le prétendant n'avait, disait-on, rien demandé, ne s'était jamais déclaré, ne s'était pas une fois retrouvé seul à seul avec la fille, laissant le père s'émerveiller jusqu'à l'irréversible du goût qu'il disait qu'Anne-Marie avait pour lui, Jacques Lauve, faisant rougir non seulement la fille et la mère, mais également le visiteur qui ne trouvait peut-être pas en Anne-Marie une fille selon ses goûts — préférant aux pâles et frêles blondes, dirait-on plus tard, les brunes plus accortes, mieux en chair, plus vives, mais pressentant que le tour était joué, qu'il fallait accepter de revenir non plus pour le thé mais pour l'apéritif et le déjeuner, et donc sourire, faire mine d'aimer non seulement le vermouth mais la musique, et de trouver émouvants les longs regards de la jeune fille, ses sourires mystérieux, ses silences, ses petits rires étouffés, ses coléreux mouvements de tête qu'il ne s'expliquait pas mais qu'il acceptait avec, pouvait-on dire, d'autant plus de reconnaissance qu'il fuyait, plus que jamais, les filles faciles de l'usine, regagnant chaque soir la cambuse de Siom qu'il louait au-dessus du garage de Chabrat, rognant sur sa paie pour acheter un vélomoteur d'occasion, des ouvrages sur la forêt, des journaux de Paris et même un manuel de comptabilité qu'il déchiffrait lentement, sous l'ampoule nue qui pendait au-dessus de la petite table carrée, assis sur une des deux chaises de paille, s'il ne faisait pas trop froid, ou bien, lorsque le fils Chabrat se fut marié et s'en fut allé vivre aux Buiges, dans la cuisine de la veuve Chabrat qui tricotait en regardant la télévision et en songeant à ceux qui n'étaient plus de ce monde.

Il se rendait à Treignac par n'importe quel temps. On raconte qu'il y allait même à pied, comme un chien amoureux, lorsqu'il y avait trop de neige pour rouler, abrité sous l'immense parapluie noir que Mme Heurtebise, la postière de Siom, avait retrouvé dans son hangar, près du vieux corbillard à attelage, et qui avait appartenu à un gars de Condeau qui avait été portier d'hôtel à Paris et qui l'avait apporté à Siom où il s'était pavané quelque temps sous cette aile de chauve-souris avant qu'une aile plus noire et plus ample ne l'enveloppe à jamais. Mais Jacques Lauve avait autre chose en tête que de se promener sous cette calotte nocturne à moitié déglinguée. Il allait faire allégeance et cour, ayant compris que l'une ne pouvait aller sans l'autre, et ne s'en trouvant en fin de compte pas plus mal puisque, à la fin de l'année suivante, environ deux ans après son arrivée chez nous, le père Combasteix le prenait dans son affaire, on ne savait pas très bien en qualité de quoi, et peu importait : il était, paraît-il, l'homme de la situation — une situation qui eût, en vérité, exigé un successeur mieux au fait du commerce ; mais c'était là une petite entreprise familiale, et le successeur apprenait d'autant mieux que l'affaire incluait la jeune Anne-Marie dont, il faut le dire, nul ne semblait vouloir depuis qu'elle prenait des airs d'ange exilé et, surtout, que l'aînée, mariée à un médecin parisien, avait divorcé et prétendait s'intéresser à l'affaire dont on commençait à murmurer qu'elle périclitait, revenant de plus en plus souvent à Treignac, se mêlant de tout, y compris du mariage d'Anne-Marie avec ce Jacques Lauve à propos de qui elle prétendait qu'il n'y avait qu'un type comme celui-là, un étranger, sans passé ni états d'âme, pour épouser sa rêveuse de sœur, laquelle était bien la seule à croire qu'on pouvait faire encore un mariage d'amour.

Elle avait surtout compris, cette Véronique Combasteix, qu'elle ne pourrait rien contre l'inconnu venu du fin fond du Poitou ou du bas Berry, puisque ce n'était pas lui qui épousait la jeune Anne-Marie, mais le père Combasteix qui s'offrait là, en quelque sorte, le fils qu'il n'avait pas eu et que le gendre médecin n'avait pu incarner — à supposer que l'homme qui déflore votre fille puisse être jamais un fils, pouvait se dire Émile Combasteix en considérant la métamorphose du jeune Lauve, un an après qu'il était venu sonner à la porte parce qu'il avait entendu dire, aux Buiges, que l'affaire du père avait besoin de sang frais, ayant sans doute entendu le mot sang là où il était question d'argent, ou bien se proposant lui-même comme l'opératif élément par lequel un sang jeune se muerait en argent frais. Il n'avait plus rien d'un ouvrier, encore moins d'un type débarqué un soir de pluie, à la gare de Siom, avec quelques francs en poche : il avait à présent non pas l'allure d'un employé, mais celle d'un homme de confiance, presque d'un successeur — en tout cas de quelqu'un qui ne maniait plus les perceuses ni les scies électriques de l'usine des Buiges : quelqu'un qui se haussait du col, qui montait, ça commençait à se dire, non seulement à Treignac, bien sûr, où il avait fini par venir habiter et où il était passé d'une mauvaise chambre sous les combles de l'hôtel de France à un petit meublé donnant sur la place des Pénitents, mais aussi à Siom, aux Buiges, à Villevaleix, jusqu'à Meymac, à Saint-Andiau et à Ussel, là-haut, où sont les gros négociants, les grandes scieries et les usines qui transforment le bois en mobilier.

On murmurait que le père Combasteix allait passer la main. On croyait savoir que le successeur serait ce jeune inconnu, quelqu'un qui n'était pas d'ici mais qui ferait bien l'affaire, pensait-on, et non seulement celle d'Émile Combasteix mais celle d'Anne-Marie, au grand dam de la mère et de l'aînée, lesquelles n'auraient pourtant pas à se plaindre puisque Jacques Lauve n'était pas le croqueur de dot qu'elles croyaient. Et s'il ne fut pas le fils dont avait rêvé Émile Combasteix, c'est peut-être qu'il n'en eut pas le temps ; on sauta une étape, une génération ; le fils fut en fait le petit-fils, c'est-à-dire Thomas, qui naquit en 1963, un an à peine après les noces discrètes d'Anne-Marie et de Jacques Lauve et ces trois-là partirent pour Siom, vu que la maison à tourelle était devenue trop petite, non seulement à cause du nouveau-né, mais de la sœur aînée, qui passait à Treignac un temps toujours plus long.

Il ne fut pourtant pas le successeur : il y avait l'aînée, la mère et bien sûr le vieillard qui ne se décidait pas à se retirer entièrement des affaires mais qui aida le jeune couple à s'établir et le gendre à monter la sienne, chez nous, à Siom, dans l'ancienne maison des Razel, parce que notre bourg était plus près des forêts présentes et futures, au cœur de ce qui avait été la grande forêt médiévale qui recouvrait encore le haut plateau avant d'être détruite pendant les guerres de Religion, par un incendie qui avait duré plusieurs mois ; oui, quelque chose de ce genre, un rêve d'étranger, démesuré, impossible, qu'il commença néanmoins à mettre en œuvre en achetant, dès le milieu des années soixante, des terres que des paysans sans postérité lui laissaient pour presque rien parce qu'ils avaient besoin d'argent pour se soigner ou pour aller finir leurs jours dans le chauffage central de l'hospice ou d'un deux-pièces en ville, devenus des étrangers sur leurs propres terres comme chez leurs enfants, dans un faubourg d'Égletons, de Tulle ou d'Ussel, où ils se retrouvaient plus bas que cette terre qu'ils avaient tant remuée et que leurs enfants avaient fuie, et que Jacques Lauve plantait de noirs sapins qui ont ramené autour de Siom une nuit dont nous pensions être sortis grâce à l'électricité et à la télévision, et qui faisait ressembler les bords de notre lac à ce Canada français dont Jacques Lauve gardait sur le buffet de la cuisine quelques cartes postales envoyées par des correspondants québécois, aimant sans doute déjà cette nuit que rechercherait son fils, bien des années plus tard, et que fuyait son épouse par la micheline du matin, une fois par semaine, d'abord, puis deux, puis trois, si bien que tout le monde croirait l'avoir vue quelque part, loin de chez elle, avec, sur le visage, l'air d'être encore plus loin, ailleurs, on ne savait où, pour ainsi dire perdue...

Mais que savait-on d'elle ? Ce qu'on croit d'ordinaire savoir les uns des autres, voire de soi-même, c'est-à-dire pas grand-chose. On s'en est aperçu lorsqu'elle disparut, un matin d'avril, sans rien emporter qu'un sac à main et cette gabardine beige qu'elle ne quittait presque jamais. C'était en 1973. Elle avait trente-deux ans, et le silence où elle s'enfermait, quand elle avait fini de pousser ses chansons qui clouaient son fils à lui-même, l'avait éloignée de nous, lui avait donné ce mystère propre aux femmes qui ont reconnu leur douleur et qui restent fières de ne pas l'avoir rendue vulgaire, cette douleur, d'avoir noué avec elle une sorte de pacte, pourrait-on dire, jusqu'à ce qu'il arrive ce qui arrive à tout pacte : la trahison, la rupture, à cause, par exemple, de l'extrême solitude, du trop lourd secret, de l'interminable nuit siomoise.

Elle était partie sans un mot, ni lettre d'adieu, comme ça, comme il faut faire quand on a décidé de ne plus regarder par-dessus son épaule ; exactement ce qu'avait fait, bien des années plus tôt, l'époux qu'elle fuyait en silence, en ce matin d'avril — les femmes s'en vont toujours au printemps ou au début de l'automne, dans la poussée des sèves ou à la tombée des feuilles, vers des histoires plus belles ou plus pathétiques que celles qu'on lit dans les livres ou qu'on chante devant un piano droit qui ne tient guère l'accord.

On n'entendit plus jamais de piano, à Siom. Le père et le fils vécurent comme ils le faisaient du temps d'Anne-Marie, et sans qu'il y ait eu, le jour où elle s'enfuit, ni fureur ni sanglots. Rien, pas le moindre mot. Le fils rentra de l'école sans trouver le chocolat du goûter en train de fumer sur la table : le grand bol était bien là, mais vide, à côté de la boîte jaune de chocolat en poudre dont l'étiquette représentait un poulain bondissant et de la cuillère à soupe en argent posée de l'autre côté comme une paume froide et lourde, et, sur la cuisinière, un petit pot de lait qui avait tourné et qu'il alla verser dans l'écuelle du chat, derrière la maison, avant de monter faire ses devoirs comme si de rien n'était et qu'il fût possible d'accepter ce qu'il redoutait depuis si longtemps, n'est-ce pas, que sa mère fût partie pour toujours, que ceux qui murmuraient que ça finirait bien par arriver eussent raison, qu'ils eussent toujours eu raison, et qu'il eût fallu non seulement s'y attendre mais s'y préparer, parce que vivre n'était rien d'autre que se résigner au pire, à la fuite des mères et des femmes, à la chute des corps, à la solitude, comme si elle, la mère, était morte et qu'il y eût dès lors quelque chose de mort en celui vers qui il descendit, dès qu'il eut entendu le bruit de la 404, et qu'il accueillit au bas de l'escalier, la tête basse, la main gauche glissant de la rampe pour tomber comme la droite, avec une telle apparence d'humilité, de soumission et de détresse que le père s'en indigna, qu'il lui cria qu'il avait l'air d'un pauvre couillon à demeurer pantelant de la sorte, comme une gourle, dans cette baraque où on avait laissé mourir le feu, puis s'arrêtant, inspectant la cuisine, se retournant vers le petit Thomas, comprenant, mesurant non seulement ce qui était arrivé, mais dans quel surcroît de solitude et de nuit il allait falloir s'enfoncer avec ce fils dont il doutait s'il ferait jamais quelque chose de bon — quelque chose qui, bien sûr, l'éloignât de cette mère à qui il ressemblait tant, et ce soir-là davantage, maintenant qu'elle avait disparu et que le fils allait faire l'épreuve du lointain de l'amour, voire de l'absence d'amour : un amour qui ne se reporterait pas sur lui, le père, et qui ne relèverait en tout cas pas de cette filiation dont il avait sans doute rêvé, lui aussi, Jacques Lauve, comme le vieux Combasteix, comme la plupart des hommes d'ailleurs, et dont il verrait, année après année, que ce n'était qu'un songe, qu'il n'avait fait que défier le destin — lequel l'avait, disions-nous, remis à sa place : celle d'un étranger parmi nous, et qui serait en fin de compte bien moins des nôtres que ces sombres légions de douglas, de lawsons et de banks dont il recouvrait les terres abandonnées.

Il avait confondu, disait-on, son enfant et ses arbres, l'épouse et la forêt ; il les avait traités comme on traite une plantation ; mais il ne ferait pas souche, ça se voyait bien : c'était un homme pressé et un rêveur ; il ne savait ni se faire aimer ni se faire vraiment craindre. Il était seul. Il n'avait pas la rage désespérée d'un André Pythre ou d'une Amélie Piale, ni de tous ceux qui ont eu, parmi nous, de la sève, des songes, de la fureur à revendre. Il ne serait même pas une légende.

Quant à l'autre, le surgeon, le fils aux mains pendantes, il reçut, ce soir-là, la seule gifle que lui donna jamais son père, parce qu'il se tenait là, tout droit, au cœur de la maison froide et sombre, coupable, devait se dire le père, coupable comme il l'était, lui aussi, et impardonnable comme on peut l'être dans les affaires amoureuses et, davantage, dans les mésalliances. Il entendit, le petit Lauve, son père déclarer qu'un garçon dont les mains pendaient comme ça n'était qu'un bon à rien, et que lui, Jacques Lauve, n'était pas en mesure de le supporter. Pas un mot sur la mère, nulle question du fils à propos de celle qui ne revenait pas, qui ne rentrerait pas, qu'on ne reverrait jamais dans les trois rues de Siom et que nul ne regretterait, ici, encore que nous autres femmes dussions souvent songer à elle avec une sorte d'envie, à elle qui avait eu le courage de partir, comme naguère Pauline Pythre ou comme le ferait un jour la bru de chez Orluc.

Bien sûr, nous avons parlé, nous leur avons jeté la pierre, c'était dans l'ordre des choses, mais aussi — c'est le plus important — nous les avons secrètement admirées d'avoir franchi les bornes de Siom et des hautes terres, d'être descendues seules dans la clarté des plaines et le bruit des villes, d'être allées se perdre et sans doute se retrouver le plus loin possible, c'est-à-dire à Paris, du moins pour Anne-Marie Lauve, puisque c'était là-bas que le jeune Chave soutiendrait l'avoir croisée, quelques années plus tard, oui, rencontré ce regard bleu-gris qui n'appartenait à nulle autre et que personne, chez nous, ne pouvait avoir oublié, même si, répétons-le, Anne-Marie Lauve était bien trop fluette pour être à nos yeux une belle femme.

Il avait donc, le petit Chave, soutenu ce regard altier qui donnait l'impression qu'elle contemplait le monde avec l'air de ne pas vraiment le voir et de vous remettre à votre place — renvoyant en tout cas Jean-Marc Chave à ce qu'il était : un petit bidasse rentrant du camp de Commercy à l'occasion d'une permission avec, pour sa mère, dans sa besace, un paquet de madeleines. Un pauvre type, assurément, aux yeux d'Anne-Marie Combasteix, à supposer qu'elle ait pu le reconnaître ou même poser les yeux sur cette tête de gourle, songions-nous en nous disant qu'elle devait bien avoir, depuis le temps, jeté au caniveau le patronyme de Lauve pour recouvrer le sien, ou un autre, pourquoi pas...

Elle marchait dans la rue de Rivoli, vers six heures du soir, comme elle n'avait jamais eu l'occasion de marcher, ni à Treignac, ni à Siom, ni aux Buiges, ni même dans les villes où on disait qu'elle allait retrouver un homme alors qu'elle allait, nous finirions par le savoir, prendre des cours de piano, à Limoges, près de l'église Saint-Martial, chez une dame qui avait été l'élève de Marguerite Long, dans un salon sentant l'encaustique, le tilleul, la sauge, la vie recluse, les occasions manquées, le renoncement, derrière des rideaux d'indienne un peu passés, et alors qu'elle ne se rendait à Clermont ou à Brive que pour faire les boutiques et respirer un autre air, vraiment, c'était aussi simple que ça. Jacques Lauve, lui, n'en avait jamais douté, quoi qu'il ait pu entendre à ce sujet, étant de ces hommes qui épousent une bonne fois pour toutes et croient à l'éternité conjugale, à la fidélité, à la perpétuation ; un de ces hommes qui se convertissent à une femme et ne tolèrent pas l'apostasie.

— Et à quoi est-ce qu'elle ressemblait ? avons-nous demandé.

Alors le petit Chave l'a suscitée ; il a fait surgir

devant nous une femme qui avait probablement refait sa vie, qui avait réussi ce qui nous avait paru toujours aussi improbable qu'un voyage sur la lune, et qui avait en tout cas attrapé l'air de Paris et assez d'indépendance et de hauteur pour avoir posé sur cet enfant de Siom qui avait alors à peu près l'âge du sien un regard lointain et, à supposer qu'elle l'ait reconnu dans ce troufion à tête rase et aux oreilles décollées, l'avait rejeté non seulement dans la multitude des passants mais dans l'obscurité de sa condition, ce fils de cantonnier bientôt devenu, par la grâce de sa vision, l'employé de Jacques Lauve, son commis, son homme à tout faire, puisque Thomas Lauve, le fils, restait plus malingre qu'une jeune brebis, flottant dans des vêtements qui ne lui allaient pas et que le père achetait dans les foires des Buiges, de Meymac ou d'Eymoutiers : des vêtements solides mais sans goût, choisis sans essayage ni hésitation, et qui auraient mieux convenu à Jean-Marc Chave qu'au fils du patron ; et encore Jean-Marc Chave ne les eût-il portés que pour aller dans les bois : il avait sa coquetterie, il voulait être à la mode, porter des jeans à pattes d'éléphant, des pulls serrés, des chemises à large col et un blouson de cuir qui lui arrivât au nombril ; il voulait plaire aux filles de l'usine des Buiges, les mêmes, peut-être, que celles dont s'était écarté Jacques Lauve, bien des années plus tôt, ou bien aux filles de ces filles, tandis que le petit Lauve les endossait, ces habits, pour se rendre au collège des Buiges, chaque matin, par le car de ramassage scolaire, puis au lycée d'Ussel, par l'autorail qui avait emmené sa mère loin de Siom, plus que jamais taciturne, mal vêtu, mal foutu, aussi, puisqu'il se nourrissait mal, qu'il avait le teint brouillé de ceux qui fientent mal, disait son père, et avec ça l'air d'être toujours la proie d'un ver solitaire, alors qu'il entendait ne plus manger pour n'avoir plus à aller à la selle, le matin, sous l'œil du père.

Nous en avions vu quelques-uns ne plus tenir à la vie que par un cheveu, un remords, un espoir ridicule. Celui-là, c'était un fil de la Vierge qui le maintenait parmi nous, ça crevait les yeux. Étions-nous lâches ? Nous ne nous mêlions que de nos affaires. Personne n'aurait osé affronter ce père devenu sombre, coléreux, imprévisible, avec le temps, avec ce temps qui s'était mis à passer tout autrement depuis le départ d'Anne-Marie et dont il avait avec elle perdu la mesure, ce père Lauve, comme nous nous sommes mises à l'appeler alors qu'il n'avait pas cinquante ans et qu'il semblait n'avoir plus rien d'un père. Celles d'entre nous qui s'avisèrent de murmurer plus fort que d'habitude et d'aller trouver Farges, le maire, pour lui signaler que le petit Lauve filait un bien mauvais coton, s'entendirent répondre que cela ne relevait nullement de la non-assistance à personne en danger, vu que le fils Lauve ne se plaignait pas. Nous nous sommes tues. En effet, il ne se plaignait pas ; il était, si l'on peut dire, au-delà de la plainte : il suivait ses cours comme s'il contemplait un mur d'hôpital ou une fenêtre vide. On s'en émut, là-haut. Le proviseur du lycée d'Ussel convoqua le père. Chave attendait dans la Land-Rover que le père avait acquise non seulement pour passer là où nul ne passait, mais pour forcer le destin, disait le commis d'un air mystérieux. Comme Chave, Jacques Lauve sentait le feu, le bois, le mauvais après-rasage, l'homme sans femme. Le proviseur l'invita à s'asseoir devant lui. Jacques Lauve répondit qu'il n'avait pas l'habitude de négocier assis.

— Il ne s'agit pas d'une négociation, mais de votre enfant, dit le proviseur en ajoutant que Thomas n'allait pas bien.

Le père eut ce petit rire qui ressemblait à un cri d'épervier et qui le rendait plus inquiétant que ses colères ou son silence.

— Il passe son temps dans les livres, monsieur le proviseur ; je m'en vais vous le secouer...

— Ce n'est pas de ça qu'il a besoin, murmura le proviseur derrière ses doigts réunis en ogive, mais bien d'un psychologue, de quelqu'un qui le fasse sortir de sa forteresse de silence, qui sache l'écouter, le rendre à la parole, à la vie, ça n'est pas exagéré de le dire...

Ça l'était en tout cas pour le père, qui rit encore, plus brièvement, avant de dire qu'on ne consultait pas ces gens-là pour des états d'âme et de s'entendre répondre que ce n'étaient pas là des états d'âme, que son fils était vraiment malade.

— Je vais m'en occuper, ne vous faites pas de bile, dit-il en se dirigeant vers la porte, avec, pour cette dernière expression, l'accent de chez nous qu'il avait fini par attraper ou qu'il faisait mine de posséder afin de mieux négocier tout en étant capable de revenir sur-le-champ à son accent poitevin ou berrichon, ou même de prendre l'accent de Paris qui lui donnait, dans certains cas, quand il était loin de Siom, un surcroît d'aplomb.

— Je m'en occupe, répéta-t-il avant de franchir la porte, se retournant vers le proviseur dont il serra la main avec une force excessive, puis tapant sur l'épaule de son fils qu'on n'avait pas fait entrer et qui attendait là, loin de la porte, sur une chaise, dans le bureau de la secrétaire.

La bourrade fut assez forte pour les faire chanceler tous deux, le fils dont la tête alla heurter le mur, et le père qui demeura étonné soit de sa force, soit de la faiblesse de son fils à qui il lança, trop haut, sans doute gêné par le haut-le-cœur de la secrétaire :

— Tu as besoin d'exercice !

Phrase qu'il répéta, on peut l'imaginer, devant Chave, en guise d'explication, et, le soir même, devant le fils, encore, qui le regardait en souriant, comme autrefois la mère, heureux, peut-être, non pas de ce que lui promettait son père mais de ce qu'il lui adressât la parole, calmement, presque gentiment, et qu'il le regardât, lui, le fils, avec l'air de vouloir le mettre dans sa poche, et en tout cas de dire : « On ne va quand même pas te mettre dans les pattes d'un psychologue, hein ? »

Et le lendemain, dès l'aube, il attendait le fils dans la cuisine, non pas pour le mener, avec la Land-Rover où il faisait toujours froid, à la gare devant laquelle ils attendraient l'autorail, en silence, guettant parmi la brume et les dernières ombres la sonnerie qui, sur le quai couleur lie-de-vin, annonçait que l'autorail venait de quitter, sept kilomètres plus bas, la gare de Villevaleix ; non, il l'attendait comme en un jour de fête, auprès de la cafetière où passait le café mêlé de chicorée et des tartines grillées qu'il avait disposées sur une assiette, en une pile bien droite, à côté d'un pot de confiture de fraises, d'un ravier de rillettes et d'un morceau de saint-nectaire. Il était plus tard que d'habitude. Le fils mangeait du bout des lèvres. On aurait pu croire qu'il priait ou, ce qui était presque la même chose, qu'il se récitait une leçon.

— Mange donc, bougre d'âne, tu vas en avoir bien besoin !

Il n'en dit pas davantage. Le fils ne posa pas de question. Il suivit son père qui, ce matin-là, n'alla pas s'enfermer au fond du couloir. À la radio il était question d'une guerre entre l'Iran et l'Irak.

— Il n'y a pas d'arbres, là-bas, murmura le père en haussant les épaules.

Le fils le regarda ; il aurait pu répondre qu'il y avait du pétrole, des fleuves, des sites antiques, qu'on se battait sur ce qui avait été les territoires de Nabuchodonosor, de Cyrus, d'Alexandre le Grand, et aussi, lorsqu'un peu plus tard il fut question d'une autre guerre, au Liban, celle-là, qu'on s'entre-tuait sur la terre des fiancés du Cantique des Cantiques ; oui, il aurait pu dire ça à son père ; il se contenta de lever vers lui de grands yeux un peu troubles. Il attendait. Il ne se mit debout que sur un signe du père. Il monta près de lui dans la Land-Rover. Chave avait congé pour la journée. Le fils ne pouvait savoir où ils allaient. Peut-être songeait-il que son père voulait lui montrer quelque chose d'extraordinaire — la mère, pourquoi pas, revenue à Treignac, chez les Combasteix, et qui les attendait là-bas, dans la maison à tourelle où ils n'étaient pas retournés depuis la fuite d'Anne-Marie ; pas même lui, le fils, pour ce qui aurait pu être des vacances plus douces que celles qu'il passait à Siom, seul avec ses livres, dans la grande maison de granit ou dans les chemins creux et les bois de la commune, sans que personne eût songé à le tirer de sa solitude, non, ni à Siom ni à Treignac, chez ses grands-parents qui étaient bien, ceux-là, comme les autres : des gens pour qui importait avant tout que les apparences fussent sauves et qui racontaient que leur fille travaillait maintenant à Paris, sans expliquer à quoi une fille qui n'avait pas fait d'études supérieures pouvait bien s'y employer ni pourquoi on ne la revoyait jamais à Treignac ou à Siom.

Il avait donc pu croire, le jeune Lauve, qu'il allait la revoir, lorsque le père avait monté la côte de la croix des Rameaux, tourné à gauche, sur la route de Treignac, jusqu'à ce qu'il s'engage dans le chemin de Peyre Nude et les bois de Font Granier, non pas, bien sûr, pour le perdre, comme autrefois dans la forêt de Veix, ni même pour lui donner une leçon d'un autre ordre, comme naguère, quand il l'avait mené dans le petit bois d'épicéas qui avait appartenu à Berthe-Dieu, de l'autre côté du val Saint-Martin, avant que Berthe-Dieu se mette à faire comme les autres : à vendre ses terres par parcelles pour payer les frais de maladie de son épouse et le manque à gagner d'un commerce qui périclitait. Le père avait abattu un petit sapin avec cette machette, qu'il portait dans un étui de cuir passé à sa ceinture, dont on n'avait jamais vu la pareille, chez nous, et qui ne le quittait guère quand il allait inspecter ses propres plantations et qu'il n'avait pas besoin d'inspirer confiance en son éternel costume de velours marron qui le faisait ressembler, comme sa façon de s'exprimer et la fureur tranquille de son regard, à un gentleman-farmer déclassé, éternellement accompagné de son commis en pantalon de treillis, veste de l'U.S. Army et béret basque vissé un peu en arrière sur des cheveux trop longs, comme un compagnon d'Ernesto Guevara.

Il avait, ce jour-là, laissé le petit Thomas devant l'arbre abattu avec ordre de ne rentrer à la maison que lorsqu'il aurait compté toutes les aiguilles de l'arbre. Le fils rentra au bout d'une heure, en donnant un chiffre et en parlant de probabilités. Le père avait ricané, avait dit qu'il se foutait du monde, que ce dont on avait besoin, dans la vie, ce n'était ni de probabilités, ni de moyennes, mais de comptes exacts, et que ce n'était pas avec des probabilités qu'il le nourrissait. L'enfant (il avait alors douze ou treize ans) l'avait regardé pour la première fois en souriant avant d'expliquer d'une voix très douce que les probabilités ne signifiaient pas que les comptes fussent inexacts, mais que c'était une autre façon de voir. Quelque chose en tout cas qui avait déplu au père et que le fils n'aurait pas dû savoir, à cet âge, ça faisait froid dans le dos qu'un gamin s'exprime de la sorte, avec un aplomb de même nature que l'indifférence de la mère fumant naguère ses cigarettes américaines et regardant, par la fenêtre de derrière, au fond du salon, les hêtres et les grands sapins de la plus haute colline de Siom, où se trouvait le cimetière ; à moins qu'elle ne regardât ailleurs, en elle-même, c'était plus probable, ou bien là où elle devait sentir que son cœur l'appelait et où elle se retrouverait bientôt, loin de Siom et de ces forêts qu'elle avait fini par prendre en horreur et où le père, quelques années plus tard, amènerait le fils pour lui montrer qu'il n'y avait pas que les probabilités, les psychologues et les livres, dirait-il en jetant au pied du jeune Lauve la bêche qu'il avait prise à l'arrière de la Land-Rover.

— Creuse !

Le fils ne bougeait pas, ne comprenait pas, se demandait quelle fosse il devait ouvrir en plein bois, dans ce petit matin glacial.

— Dépêche-toi !

Il ramassa la bêche puis la leva au-dessus de sa tête ; elle brilla dans le soleil qui inondait la clairière, et le père put croire que la tranche allait s'abattre sur lui : les yeux du fils avaient une couleur étrange, bleu sombre, celle d'une eau dangereuse, presque nocturne — un regard de fadard, devait nous raconter le petit Orluc qui, ce matin-là, cherchait des champignons dans les bois et avait surpris la scène, à plat ventre sous les basses branches des sapins que le père Lauve avait plantés, dix ans auparavant, ses premiers sapins, sur sa première terre, achetée pour une bouchée de pain à ce poitrinaire de Chadiéras.

« Ils étaient là tous les deux, avait-il dit, le père et le fils, sauf qu'on ne savait plus très bien qui était qui, à ce moment-là, vu que c'était le fils qui avait l'air de commander, soudain, avec sa tranche levée au-dessus de sa tête et le père qui semblait prêt à s'agenouiller à ses pieds, comme s'il allait lui trancher le cou et que le vieux acceptât ça, comme si ça lui faisait non pas plaisir, mais qu'il lui en était reconnaissant, oui, comme si ça pouvait le débarrasser, enfin. Mais l'autre n'avait pas la force de le faire ; il n'était pas assez costaud et le poids de la tranche, comme ça, à bout de bras, ça l'a entraîné en arrière. Il est tombé à la renverse, sans chercher à se retenir ou à se protéger, et sans que son père fasse rien d'autre que le regarder comme une bête crevée. À cause de l'herbe haute, je ne pouvais pas bien voir ce que faisait le fils : sans doute il avait les yeux ouverts et il regardait son père hausser les épaules, ramasser la tranche, battre l'herbe, se mettre à creuser. On aurait dit qu'il ouvrait une tombe. »

« Pourtant ce n'était rien, un simple étourdissement, nous dirait le fils, bien des années plus tard, dans le pré de Nespoux. Je ne mangeais presque pas. Mon père se désolait que je sois si maigre, malingre, malaveigne ; il voulait que je fasse de l'exercice. Il a fini de creuser le trou, assez profond, et il y a jeté les ordures de la semaine, comme d'habitude, malgré les remontrances du maire qui entendait qu'on utilise désormais la décharge municipale de Lornon, sur la route de Villevaleix. Il n'en faisait qu'à sa tête, mon père, vous le savez bien ; et il a fallu le menacer des gendarmes pour qu'il se décide à abandonner ses ordures à la décharge. Je n'ai jamais compris pourquoi il tenait à les enfouir là, lui qui aimait tant la forêt. Peut-être que cet endroit, au creux d'une combe, entre des pentes bien plantées de douglas, avec ses genévriers, ses grosses touffes d'herbe jaune et ses bouleaux, lui rappelait la mauvaise terre qu'il avait quittée, dans le Poitou ou le bas Berry ; ou alors entendait-il la féconder avec ses détritus, cette terre, sous prétexte que rien ne devait se perdre. Souvent je me suis demandé ce que sont devenues ces ordures, sous les bouleaux et les ajoncs, tout comme il m'arrive de me représenter ce que deviennent les corps, là-haut, dans la terre du cimetière. Oui, continua-t-il (les yeux mi-clos, avec cet air d'être ailleurs et cependant bien là qui nous faisait penser qu'il n'avait pas fini d'être fadard), je me demandais ce que la terre pouvait bien faire de tout ça, avec le temps, l'acidité, l'eau, les vers, tout ce qu'elle met en œuvre pour la grande métamorphose des corps, ces chiffons, ces papiers gras, ces épluchures, ces boîtes de conserve, ces bouteilles et récipients de plastique, surtout, qu'elle ne peut digérer et qui demeureront là jusqu'à la consommation des siècles, me disais-je, tandis que le reste, le fer, le bois, le carton, le tissu, les végétaux, les os de poulet, de lapin, d'agneau, ça se décompose, chacun à son rythme, la vie secrète du rebut, du déchet, des corps morts. Je n'ai jamais osé aller y voir de plus près, même quand il m'est arrivé, bien des années plus tard, de me promener par là-bas ; l'herbe, les ajoncs, les racines ont tout recouvert ; les ronces et les fougères s'y sont mises ; il faudrait débroussailler ; je n'en ai jamais eu le courage : autant ouvrir une tombe... »

Il ne l'avait donc pas ouverte — du moins pas celle-là. Ce qu'il ouvrait devant nous, c'était son for intérieur, disait Jeanne Lagarde ; c'était lui-même, et il faut avouer que c'était bien singulier, cet homme qui se dressait tout entier devant nous, comme un arbre, avec à présent un beau feuillage... Mais on voyait bien qu'il ne durerait guère, pouvions-nous penser, en oiseaux de mauvais augure. Nous ne songions qu'à nos propres peurs, ou à notre tranquillité. Le pire a toujours fait partie de notre façon de voir les choses. Or il tenait à la vie, ce jeune Lauve, c'était clair, maintenant, même s'il avait l'air de s'étonner d'être de ce monde, de n'avoir pas été déjà appelé de l'autre côté par les absents et, aurait pu ajouter son père, par tous ceux qui n'avaient jamais existé et lui faisaient tourner la tête, ces personnages de romans qui l'avaient éloigné de son fils, l'avaient détourné de la vraie vie, laquelle était, selon le père

Lauve, la vie au grand air, la seule qui vaille, tout le contraire de cette vie de rêveur, de rat, de fonctionnaire, de professeur à quoi, dès l'âge de dix-huit ans, semblait aspirer le fils.

« Nous sommes souvent retournés dans la forêt, disait le jeune Lauve. Je l'ai accompagné dans ses tournées ; j'ai assisté aux négociations, aux débroussaillages, aux coupes. Je ne voulais pas le décevoir tout à fait. Je ne prendrais pas la place de maman : je ne tiendrais pas la comptabilité ; il y avait pour ça cette veuve de Villevaleix, vous savez, dont on a dit pis que pendre mais qui est une des rares personnes qui m'aient en ce temps-là montré de la bonté, même si, disait-on, cette bonté n'était peut-être qu'une étape vers le cœur et le lit paternels. Je suis revenu dans la forêt, mais j'étais déjà trop loin de lui. Il le savait. C'était peut-être aussi bien. À ses clients il me présentait non pas comme son fils mais comme il désignait Chave : sans le nommer, un commis dont on finira bien par entendre le nom, quelque chose de lointain et de familier ; et ce qui se dit au fond des bois n'est ni plus ni moins familier, ni lointain, ni étrange que ce qui se passe dans le cœur humain, n'est-ce pas... J'étais à côté de lui comme si je me trouvais hors de portée de voix, et non seulement moi, mais tout le monde ; ceux qui ne le connaissaient pas trouvaient d'abord ça étrange, cet homme qui était là, devant eux, avec ses grandes mains soignées qui inspiraient confiance autant que sa voix chaude, et qui avait en même temps l'air d'être ailleurs, oui, de s'être avancé dans la forêt la plus obscure et de consentir à revenir un peu en arrière ; l'air non pas d'un homme des bois, comme Thaurion de Saint-Priest ou Adrien de la Vialloche (il a toujours tenu aux apparences, à cette discrétion, à ce langage correct qui est l'élégance des vaincus, des floués, de ceux qu'on a abandonnés et qui continuent d'espérer envers et contre tout), mais d'un type qui en sait plus que les autres, une sorte de Grand Veneur sans légende ni cortège, un homme point désagréable à regarder ni à écouter mais qui interdisait toute familiarité, qui vous en imposait, rappelez-vous, on ne faisait pas le malin devant lui ; et pourtant il n'avait de redoutable que la dureté qu'il s'imposait à lui-même et ne supportait pas de ne pas trouver chez les autres, étant de ceux avec qui on ne peut vivre, tout simplement, un vrai solitaire, de ceux qui ont tôt déchanté ou qui sont nés sans illusion. D'où ce regard lointain, ces gestes lents et mesurés, cette soumission à l'ordre, au temps, à la grande division des sexes qui est pire qu'une ligne de front. Vous souriez ! Mon père était, avec le temps, du côté des arbres bien plus que des humains, par raison plus que par sentimentalisme. C'est pour ça qu'il aimait fréquenter la dernière des Piale, la forestière du Montheix, la sauvageonne, la Diane infirme avec qui il parlait de coupes, de plants, de sèves, des cours du bois, des légendes de la forêt, sans doute, et de rien d'autre, puisque Amélie Piale était bien la dernière, surtout à la fin de sa vie, quand elle ne pouvait plus se déplacer seule, à qui on aurait osé conter fleurette, sauf à être changé en cerf, souvenez-vous... Mon père aimait l'ordre. Il ne s'accordait aucun répit, pas même le dimanche. Je lui ai pardonné, encore qu'il soit invraisemblable qu'un fils ait à pardonner quoi que ce soit à son propre père, même si on ne regarde jamais vraiment un père dans les yeux, c'est trop dur, plus dur que le granit et plus profond que la nuit, alors qu'on peut se noyer dans les yeux d'une mère, ou d'une épouse. Et puis, ce n'était pas un combat : on ne se bat qu'avec les anges ou avec le démon, ou avec soi-même, et mon père n'était ni ange ni démon. Quant à moi... »

Quant à toi, nous te revoyions bien, à dix-huit ans, plus maigre qu'un chardon avec ta tête qui nous semblait trop grosse et, dans le regard, cette sorte de flamme qu'il y avait dans celui de ton père quand il avait frappé à la porte des Combasteix ou signé chez maître Chabrol, aux Buiges, l'acte qui les rendait propriétaires, sa jeune épouse et lui, de dix hectares de terres, à Peyre Nude, dans la commune de Siom. Une flamme qu'il avait encore à ta naissance, toi qu'on prénomma Thomas, parce que ça sonnait bien, disait ton père, ferme et haut, et plus doux que tout ce qu'il avait pu entendre, là-bas, dans le bas Berry ou le Poitou, ou dans cette haute Corrèze où les noms sentaient encore la terre, la pierre, le bois et tout ce qu'il avait fallu d'opiniâtreté pour qu'un homme se distinguât d'une bête. Oui, nous te revoyions bien, face à ton père, ce matin de juin, au fond des bois de Veix, pas très loin de l'endroit où il t'avait autrefois abandonné. Les types d'Uzerche avec qui il avait fait affaire venaient de remonter vers la route des Buiges. Il faisait beau. Chave attendait dans la Land-Rover avec cette chopine de rouge qui ne le quittait plus. Ton père s'était éloigné pour s'accroupir derrière un gros hêtre où il est demeuré longtemps, comme s'il était seul, c'est-à-dire soupirant avec une satisfaction extrême qui t'indignait encore, à cette époque, même au milieu des bois, même devant un soûlot tel que Chave. Peut-être que tu avais peur et que ces bruits de ventre sonnaient pour toi plus fort que le tonnerre au-dessus du lac ; et tu t'étais mis à pleurer, malgré tes seize ans. C'est ce que soutenait Chave, qui nous a raconté la scène et qui t'avait lancé qu'il n'y avait quand même pas de quoi pleurer, que c'était la nature... Ce qu'il avait aussitôt prouvé en lâchant à son tour une pétarade qui t'avait fait t'éloigner. « Il était devenu tout pâle, avait dit Chave. Il ressemblait à sa mère, à ce moment-là, à sa mère telle que je l'ai croisée, rue de Rivoli, à Paris, à mon retour du régiment, avait-il raconté comme si nous ne connaissions pas l'histoire, oui, la même pâleur, la même fierté, la même façon de faire semblant d'ignorer qu'on marche dans la merde... » C'est ce que Chave t'avait dit ; et brusquement tu as été devant lui, tu allais le frapper ; c'est du moins ce qu'il a cru, ce grand couillon qui était descendu de la Land-Rover et qui ne savait pas, qui ne pouvait comprendre avec quelle attention ton père et toi vous regardiez les yeux du commis, les seuls qui aient rencontré ceux de la mère, là-bas, dans sa nouvelle existence qui avait pour vous deux quelque chose de l'outre-tombe — du Paradis, peut-être... Des yeux de gourle, perpétuellement embués, plus soumis que doux, et dont le marron se diluait dans un blanc jaunâtre, à cause de tout le vin qu'il avalait et en dépit de quoi ton père ne se décidait pas à le renvoyer, puisqu'il avait vu Anne-Marie, rue de Rivoli, à peu près comme s'il lui avait été donné de jeter un coup d'œil derrière la porte sombre. Ce qui faisait murmurer à beaucoup que vous étiez, vous autres Lauve, aussi fadards l'un que l'autre, quoique pas de la même façon, et que Chave avait aperçu non pas la femme qui vous avait laissés là, à Siom, comme deux malheureux, pour aller refaire sa vie dans la capitale, mais qu'ils avaient vu quelque chose comme la Sainte Face, ces yeux de gourle, rien de moins, à l'endroit où la rue de Rivoli rencontre celle du Plat-d'Étain et où se mêlent des odeurs de parfumerie et de marrons grillés vendus sur le trottoir par des Pakistanais taciturnes. Chave en profitait maintenant pour boire pendant le travail, certes sans se soûler tout à fait ni devenir dangereux avec la hache ou la tronçonneuse, mais suffisamment pour que ça lui délie la langue et qu'il soit en mesure, dès que le père Lauve fronçait le sourcil, pour l'engueuler, de reprendre son histoire comme l'autre souhaitait l'entendre, fît-il mine de ne pas l'écouter, de hausser les épaules, d'être loin de tout ça.

— Elle était belle, vous savez, monsieur Lauve, et fière, malgré qu'elle avait l'air en deuil...

Les premiers temps il n'allait pas plus loin, d'abord parce qu'il n'avait rien d'autre à dire, Anne-Marie Lauve ayant probablement passé son chemin sans reconnaître ce troufion aux yeux sidérés, aux oreilles rouges, à la bouche trop ouverte ; ensuite parce que ton père lui interdisait de poursuivre, c'est-à-dire d'inventer, de broder, de rêver avec lui à la beauté de l'enfuie et de plonger avec lui dans des songes plus creux que les arbres où nichent les hiboux. Mais Chave recommençait ; il avait, avec le temps, des prétentions d'écrivain ; il ne se contentait plus d'une version laconique ; les autres non plus : il fallait quelque chose de grand, de fort, de mystérieux, à la mesure de l'événement ; alors on l'écoutait avec l'indulgence de ceux qui rêvent, au fond des bois, sur les routes du haut plateau, dans la pénombre quasi nocturne d'un salon où rien n'avait changé depuis le départ d'Anne-Marie, ni les meubles de bois clair, ni le canapé recouvert d'indienne, ni les rideaux de tulle, ni même les reproductions encadrées du *Clown triste* de Bernard Buffet, du *Christ en croix* de Dalí et d'une forêt de l'école de Barbizon, près de laquelle Chave restait debout, alors que le père était assis dans son fauteuil, près de la cheminée où il n'y avait jamais de feu, bien qu'on eût ôté de l'âtre le poêle à mazout du précédent propriétaire et installé à la place un savant tas de bûches de chêne sous lesquelles il suffirait de craquer une allumette dès qu'Anne-Marie pousserait la porte, devait songer ton père devant ce Chave à peu près ivre qui parlait d'une femme qui n'était sans doute plus celle que vous aviez connue et qu'il aimait encore, lui, le père, mais une créature qui déambulait dans Paris à la manière, pensions-nous, d'une reine de la nuit et qui vous faisait rêver, non seulement le père abandonné, sombre, silencieux, et son commis toujours entre deux vins, mais toi aussi, qui étais rentré du lycée par l'autorail de dix-huit heures après avoir fait à pied les deux kilomètres séparant la gare du bourg de Siom, et qui redescendais de ta chambre, à pas de loup, pour écouter, assis sur l'avant-dernière marche de l'escalier, le grand récit de Chave, le cœur battant, les yeux pleins de larmes, sachant bien qu'il ne s'agissait plus tout à fait de ta mère mais faisant comme si c'était elle qui surgissait de cette voix d'ivrogne, parce qu'il fallait bien croire à quelque chose, n'est-ce pas, qu'on ne peut pas toujours souffrir, ou pas toujours de la même façon, et qu'il y a des larmes qui ne passent pas par les yeux.

Chave avait sa douleur, lui aussi, non seulement celle qui lui appartenait en propre et qu'il noyait dans le vin, mais encore celle qu'il avait fini par s'approprier et partager avec vous autres, et qui lui avait fait trouver moyen de boire toujours plus, de parler tout son soûl, de devenir aussi sombre que ton père et toi, nous disions-nous. C'est pourquoi tu ne l'as pas giflé, ce matin-là, dans les bois de Veix. Tu étais aussi loin de Chave que de ton père. Tu t'es retourné ; tu as pleuré ;

c'est ce qu'a raconté Chave, vois-tu, que tu n'en pouvais plus, qu'il fallait faire quelque chose, qu'il allait se passer quelque chose, enfin, entre toi et ce père qui remontait ses brages, là-bas, derrière le hêtre, sur son ventre d'homme demeuré plutôt mince malgré les bons repas et les verres innombrables que son métier l'obligeait à avaler.

Ce qui s'est alors passé, Chave n'y a pas compris grand-chose. Il ne pouvait mesurer que ce qui vous séparait, ton père et toi, était bien plus profond et sauvage que les gorges de la Vézère. Ton père t'a appelé. « Viens voir ça ! » a-t-il crié d'une voix enjouée, heureuse, presque fière — une voix que tu n'avais jamais entendue et qui t'enjoignait d'approcher, de marcher vers l'arbre au pied duquel il t'a désigné, avec un geste large, le fruit de ses accroupissements, épais et long comme une couleuvre ou plutôt, précisait Chave, comme un serpent exotique, avec des anneaux de diverses couleurs, qui allaient du marron sombre, quasi noir, grenu, à des nuances plus claires et des alternances de vert presque kaki et de jaune, avant de retourner au marron, glacé, celui-là, et lisse — le tout enroulé sur lui-même avec une perfection reptilienne. « Vois ça ! » a-t-il répété, les yeux humides, avec un sourire satisfait, on aurait dit béat. « Il y a des traces des repas de la veille, la soupe et le pain du matin, les pois cassés et les saucisses de chez Berthe-Dieu, et puis la soupe et l'omelette aux cèpes du soir, oui, c'est beau, jamais je n'en ai vu un de cette taille... Viens voir ça, Chave ! »

Et c'était vrai, on n'en avait jamais vu d'aussi imposant, confirma le commis qui avait là-dessus sa théorie, sans doute entendue dans la bouche du père, ce même jour, et selon laquelle il est donné à tout homme, une fois dans sa vie, au moins, de tirer de ses entrailles un étron magnifique, une sorte de chef-d'œuvre, quelque chose d'aussi parfait et terrible que le grand anaconda de la mythologie indienne, et qui, ce matin-là, fut admiré, à tout le moins contemplé par l'homme à tout faire qui hochait la tête en murmurant : « C'est bien beau, monsieur Lauve, on a beau dire, c'est bien beau... », tandis que toi, tu regardais non pas l'étron mais le visage de ce père qui avait, à ce moment-là, tu ne savais quoi de radieux et de bête, de plus stupide même que celui de Chave, quelque chose qui devait être aussi sur ton propre visage, à toi, la même stupidité, à cause de l'odeur, sans doute, de l'humiliante puanteur, et aussi du ciel bleu, de l'air frais, des oiseaux qui chantaient au-dessus de vous, petits humains réunis autour de ce que l'un d'eux avait expulsé de son ventre et qu'ils contemplaient en frissonnant comme s'ils assistaient à la naissance du monde.

V

À la fin nous étions lasses de ces histoires anciennes. La nuit tombait. Nos ombres n'en finissaient pas de s'allonger avec celles des pommiers qui penchaient sur le pré de Nespoux. L'herbe avait une couleur d'émeraude. On se serait cru au fond de la Vézère, et d'ailleurs c'était là que nous nous trouvions en quelque sorte, au fond de nous-mêmes, dans cette rivière à présent obscure où le temps n'avait cessé de couler. Bientôt on ne nous verrait même plus, on ne nous distinguerait plus des billes de bois que Nespoux laisserait sécher tout l'été contre le mur de ce qui avait été l'école et la mairie, et qu'il couperait, à l'automne, dans le chant de la scie circulaire. De l'autre côté de la rue, nos hommes s'étaient tus en même temps que les oiseaux et les chiens du soir : ils regardaient devant eux, ou en eux, ou bien avaient cessé de voir et d'entendre, eux aussi allongés au fond de ce lit où le temps ne cesse de couler. Nous nous sommes levées pour rentrer. Nous voulions croire que nous habitions autre chose que le temps, que ce peu de clarté qui nous séparait encore du moment où le temps n'aurait plus nulle fraîcheur, où il deviendrait le temps des temps, l'éternité, l'accomplissement de l'amour, ce souffle, cette respiration de lumière que nous découvririons sur les lèvres de Dieu, se disaient peut-être certaines d'entre nous : celles, justement, qui ne se levaient pas, qui demeuraient encore dans le pré, les plus jeunes, celles qui n'avaient pas froid aux yeux, qui en avaient entendu d'autres, qui ne sentaient pas encore la fraîcheur de la nuit tomber sur leurs épaules comme un châle tiré d'une trop profonde armoire.

Elles auraient dû, celles-là, Jeanne Lagarde, Monique Bugeaud, Suzanne Nespoux, le faire parler davantage, afin qu'il n'entre pas seul dans la grande nuit siomoise ; car on voyait bien qu'il faiblissait, qu'il devait rester encore un peu là, avec nous, qu'il avait un compte à régler avec l'ombre et la lumière, avec les saisons de son propre cœur, nous dirait-il le lendemain, ou une autre fois, en une de ces expressions singulières qui nous faisaient frissonner d'aise autant qu'elles nous agaçaient, nous qui n'étions pas habituées au beau langage et qui pouvions penser qu'il se moquait ou qu'il ne croyait pas vraiment à ce qu'il disait. Mais il n'a rien ajouté. Nous sommes restées là, devant lui, silencieuses, sans nous regarder, avec des sourires de femmes qui regagnent la nuit en serrant doucement leurs châles sur les épaules. Ce n'est que le lendemain soir que Clémence Chave a brisé le silence.

— Et qu'est-ce que tu as fait, ensuite ? a-t-elle demandé, d'entrée de jeu, sans lui laisser le temps d'ouvrir la bouche, pour lui rappeler que nous étions de celles à qui on ne la fait pas, nous, les femmes de Siom devant qui il avait toujours baissé la tête, même lorsqu'il était devenu professeur.

— Ensuite ?

— Oui, en novembre dernier, quand tu es rentré chez toi par cet autobus plein de fadards...

Il haussa les épaules en regardant par terre comme une poule qui vient de gratter de l'ongle. Il finit par murmurer qu'il ne s'en souvenait pas bien, qu'il avait probablement dormi jusqu'au lendemain, d'un sommeil agité, oui, c'était ça, un sommeil étrange, avec des boules de cire dans les oreilles et des réveils en sursaut qui le faisaient se retrouver au bord de lui-même comme au plus haut du barrage, là-bas, au Montheix, sur les gorges de la Vézère, et puis se réveiller tout à fait pour retrouver devant lui le suicidé de Helles, dans le fracas du Strasbourg-Paris qui avait avalé les hurlements de l'inconnu afin d'en recracher les membres sur la voie ferrée, qui les avait rendus inhumains, ces membres et ces hurlements, et avec eux les cris de toutes les victimes qui hantaient ses nuits et ses jours, l'immolée du Jura, Marion, l'enfant disparue d'Angoulême, les deux Tchétchènes dont la télévision avait montré non pas l'exécution, bien sûr, mais deux moments de leur supplice, avant et après, un homme et une femme à genoux contre un mur en ruine, puis recroquevillés dans les décombres, après la salve, et cette jeune Américaine qui attendait sa mise à mort dans une prison du Texas et que la grâce avait touchée, oui, celle-là et tant d'autres dont il fallait sans cesse réinventer la figure, comme autrefois les jeunes prostituées juives de Soroca, en Bessarabie, les quarante-deux victimes de l'ogre de Jitomir, et tous les inconnus de la souffrance anonyme, les oubliés, les enterrés vivants, les emmurés, ceux que la souffrance avait jetés hors de leur nom et hors du temps humain, à qui on ne pouvait plus songer que dans la générosité d'une prière tout aussi anonyme, même si on ne savait pas prier et qu'on ne pouvait que se souvenir et compatir, comme le jeune Lauve, recroquevillé dans son lit de garçon, au fond d'un appartement, à Nogent-sur-Marne, dans la banlieue de ce Paris où il existait des tueurs fous et tant de criminels ordinaires à qui il ne cessait de penser, les oreilles bouchées par de la cire, seul avec le bruit de son cœur et les sifflements des nerfs et du sang, atteignant tant bien que mal l'aube du vendredi, le corps et l'esprit assez apaisés pour se lever, avalant du thé vert et quelques biscottes nappées de confiture de coings, descendant dans la nuit froide et claire pour aller se poster à l'arrêt du 113, près du kiosque où un jeune clochard semblait écouter avec terreur la musique d'un baladeur caché dans un blouson maculé de traînées blanchâtres. Il était près de huit heures. Les cours ne commençaient qu'à neuf heures et demie et il regardait autour de lui, le jeune Lauve, comme s'il voyait tout ça pour la première fois : le kiosque, le haut bâtiment d'une banque, la carapace de béton du RER, et, plus loin, les branches nues du bois et au-dessus de lui, dans le ciel dégagé, d'un bleu qui appartenait encore à la nuit, les avions qui allaient atterrir à Roissy-en-France et se succédaient à quelques minutes d'intervalle avec, sous le ventre, ce phare puissant qui semblait chercher quelque chose qu'on ne trouve pas et qui, nous disait-il, était une sorte de paix, oui, cette paix que ne pouvaient lui laisser espérer à lui, le jeune Lauve, les lumières du café *Le Watteau*, de l'autre côté du boulevard de Strasbourg, ni, plus près, l'odeur du levain chaud montant du soupirail d'une boulangerie ; une odeur qui lui donna envie de pleurer non seulement parce qu'elle lui rappelait le fournil de Joseph, le boulanger de Villevaleix, mais aussi parce que c'est dans ce voile de levain qu'il vit une voiture frôler le scooter d'un coursier et le coursier s'arrêter net, planter là sa machine, alors que le feu était au vert, descendre, aller à la voiture, se mettre à hurler à l'intérieur de son casque qui brillait comme celui du Prince Noir des livres d'Histoire de notre enfance, puis donner des coups de pied dans la portière de la voiture dont la blonde conductrice se mit à sangloter, la tête sur le volant, jusqu'à ce que le feu, redevenu rouge, soit repassé au vert, que le faux chevalier soit remonté sur sa machine et que la femme se soit ressaisie, et qu'elle ait redémarré, laissant le jeune Lauve frémissant, les mains ouvertes, au bord des larmes.

« Je suis donc retourné à Helles pour sauver la face : non pas m'expliquer, me justifier, être disculpé, mais pour montrer que j'étais capable de revenir, de me présenter devant eux, de parler, de reprendre les choses là où je les avais laissées, d'être le professeur que j'avais rêvé d'être, quelqu'un d'exemplaire, m'étais-je dit, lorsque j'avais débarqué à Helles, une dizaine d'années plus tôt, un lundi, après les orages d'août, alors que le monde, pour moi, se résumait à des livres, à des forêts et à une femme enfuie. Le ciel avait, je me souviens, la pâleur des fins d'été. Les vitres de l'autobus étaient sales, comme ce début d'après-midi où j'égrenais le nom des stations que je saurais à la longue par cœur et que je reconnaîtrais sans avoir à lever la tête, selon les bruits du moteur, la vitesse, le temps d'arrêt, les sons et les odeurs du dehors, les couleurs, la lumière ; selon, même, les gens qui montaient ou descendaient, et qui, les mauvais jours, me feraient fermer les yeux et me réciter, pour ne pas me mettre à hurler avec les fous de Ville-Évrard et de Maison-Blanche, les noms des stations, Paul-Bert, Louis-Armand, Faidherbe, Anquetil, Général-Leclerc, Joncs-Marins, La Maltournée, Général-de-Gaulle, Villebois-Mareuil, Hélène-Boucher et tant d'autres, oui, le vieux rosaire de noms que, cet après-midi-là, je découvrais en m'émerveillant de leur fadeur, de leur parfum de France républicaine, héroïque, mourante, détachée de sa propre histoire comme des papillons morts ou des vocables de la Rome antique, dans ce paysage de petits pavillons en meulière, de résidences de pierre claire, de hauts immeubles en brique jaunâtre qui se découpaient sur le ciel comme des observatoires babyloniens, et ces tours et ces barres entre lesquelles subsistaient des maisons minuscules, tapies derrière de maigres arbres, toujours les mêmes, prunus, thuyas, saules, bouleaux, tout ça plus désert, lointain et abandonné, à cette heure de la journée, que les cités perdues de la forêt péruvienne, ai-je pensé pendant que le bus poursuivait sa route vers Helles à travers Nogent, Le Perreux, Neuilly-Plaisance, et que mon œil continuait de chercher des correspondances entre le paysage et les noms des stations (tout de même que, quelques jours plus tard, je chercherais sur le visage de mes nouveaux élèves la justification quasi musicale, harmonieuse ou dissonante de leurs noms), heureux si quelque chose me renvoyait à ce qui était alors, je le dis sans grandiloquence, ma raison d'être : la littérature française, cela même qui m'avait conduit jusque-là, si loin de Siom, dans l'enseignement public et dans ce bus qui roulait dans un paysage que je ne voyais qu'à travers ce que je lisais et dans quoi je lisais comme en un livre, quelle pitié ! Mais quel plaisir, aussi, quand je surprendrais, à l'aube, au premier étage d'intérieurs sombres, des hommes ou des femmes seuls, hagards, flottant dans le phrasé de Louis-Ferdinand Céline, le seul qui ait dit la mélancolie des banlieues, entre des murs recouverts de sombre papier à fleurs, près de lits à montants de cuivre, sous un crucifix auquel était accroché une branche de buis séché, ou sous un portrait d'Elvis Presley, d'Édith Piaf, de Thérèse de Lisieux ou de Lénine, avec, dans un coin de la pièce, la lueur remuante de la télévision qui est bien, aujourd'hui, le regard devant lequel on meurt, plus seul, peut-être, que l'a été le dernier des Pythre, ou comme était mort ce type dont j'ai oublié le nom, ce n'est pas un hasard, il y a quelques années, chez lui, dans une petite baraque de la banlieue de Lille, je crois, devant l'écran de son téléviseur, et qu'on avait retrouvé, des mois plus tard, aussi sec et noir que le sapin foudroyé sur le chemin de l'Oussine-des-Bois ou que la demi-baguette de pain qui était sur sa table, assis sur son canapé, son cœur ayant lâché, devant l'écran où des visages continuaient à défiler, à rire, à bouffonner, à deviser tranquillement, un peu plus pâles que d'ordinaire et privés de voix, le son ayant depuis peu cessé de fonctionner, ce qui avait fini par attirer l'attention des voisins, quatre ou cinq mois après que l'homme était mort, assis, les bras de chaque côté du corps et la face grimaçante comme celle d'une momie inca surgie des neiges d'un volcan, sauf que pour ce type-là ce n'était pas au voisinage du ciel, mais dans une ville aussi minable que Helles, un de ces endroits où on ne va que pour finir, où on ne peut que mourir puisqu'on y est plus seul qu'au milieu du plateau de Millevaches, la nuit, et que nul ne se soucie de savoir ce que vous devenez, du moment que la télévision jette ses éclats aux vitres de votre domicile et que le son veille sur vous... Oui, reprit-il après un moment de silence pendant lequel il nous sembla, ce troisième soir, entendre la nuit se poser tout doucement sur Siom — non pas la nuit qu'il évoquait en frissonnant, mais la fraîche, la bonne nuit d'été où nous écoutions avec encore plus de complaisance ce que racontait le dernier fils de Siom. Oui, je ne savais que rêver, c'était ma façon d'être de ce monde, et je rêvais inlassablement, un rien me suffisait : par exemple, sur la gauche, juste avant l'hôpital psychiatrique de Maison-Blanche, dans un terrain appartenant à la Société nocéenne de tir à l'arc, au fond duquel se dressaient de grandes cibles de paille et où, le soir, lorsque je ne rentrais pas trop tard du collège, je pouvais apercevoir non seulement de bien réels archers, vêtus de blanc, debout dans le crépuscule, en train de viser quelque chose qui n'était peut-être ni devant eux ni en eux mais ailleurs, hors de ce monde, me disais-je, mais aussi les archers de Senlis et de Loisy, le cor et le tambour qui résonnaient dans les hameaux et les bois du Valois, les fraîches jeunes filles tressant des guirlandes de fleurs aux petits chevaliers en route pour la fête de l'arc. Je ne songeais plus qu'à la *Sylvie* de Nerval, et j'espérais alors je ne sais quoi de meilleur, quelque chose qui puisse se mériter, ou enfin de la chance, tout le bataclan des songes d'un homme seul en train d'imaginer que l'autobus poursuivait sa route non pas vers Helles, mais, par une nuit perdue d'octobre, vers les territoires du poète qui ressemblait tant à un professeur malheureux, vers le Valois, vers Loisy, Chaalis ou Mortefontaine, vers je ne sais quelle Cythère automnale où me tendrait la main une jeune fille aux yeux noirs, vive et fraîche, au profil régulier, à la peau légèrement hâlée, vers la pelouse inondée de lune d'un château du temps de Henri IV, ou d'un parc empli de secrets chuchotés et d'étoffes moirées, et non vers ce terminus, place de la République, à Helles, devant le café *Le Rallye*, au pied des grandes tours ocre où je descendrais, ce jour-là, désemparé comme au sortir d'un rêve agité, vers trois heures, au moment le plus vide de l'après-midi, au croisement de la rue Marie-Sallé et de l'avenue Massenet, songeant au singulier hasard qui rapprochait la mythique cantatrice du XVIIIe siècle sortie du plus brumeux d'un parc de Watteau, et l'auteur de *Manon* dont j'imaginais qu'il aurait pu écrire un opéra tiré de *Sylvie*, me disais-je en me rappelant que le bus venait de passer devant une rue qui portait le nom d'avenue de Sylvie et que cela m'avait paru de bon augure (m'avait même enchanté un instant, parce que j'étais entré dans un tissu de noms singuliers, sonores et beaux, ceux de la préhistoire helléenne, ceux de la reine Bathilde, de l'empereur Chilpéric, de Jehan de Helles, de la reine Hortense, du Grand Veneur, de l'Étoile d'or, de la Croix brûlée, avais-je pu lire sur les plaques jaune safran), ce premier jour, sous le fade soleil de septembre et les feuilles lie-de-vin des petits prunus à l'abri desquels je tentais de m'orienter grâce à un plan que je tenais ouvert dans ma paume et qui devait me donner l'air d'un fadard descendu prêcher dans le désert, c'est-à-dire devant le collège Paul-Zalisky, de l'autre côté de la rue, derrière la chapelle en ruine qui avait dû abriter un commerce de bois et charbons dont on voyait encore les lettres à demi effacées, au-dessus d'une porte latérale murée. L'entrée du collège se trouvait à côté, entre deux bâtiments de meulière. J'ai sonné. Le concierge m'a fait traverser des salles de gymnastique qui sentaient la poussière et les adolescences mornes. Nos pas résonnaient comme dans un musée de province, et j'en étais presque heureux, comme si j'étais parvenu en territoire connu, par exemple dans l'ancienne salle d'attente de la gare de Limoges, étroite et sombre, dans la sueur des voyages, du mauvais sommeil, des vies en suspens, défaites, oubliées. Je me suis retrouvé sur le gravillon de la cour, près d'un épais marronnier, face à un bâtiment préfabriqué semblable à ceux qu'on utilise dans les chantiers. Mes pas soulevaient une poussière blanche. Je transpirais. J'aurais aimé me passer un peu d'eau sur le visage, mais le concierge avait déjà regagné son poste, près de l'enseigne de bois bleu ciel sur laquelle on pouvait lire le nom du collège, en lettres blanches évoquant le style nouille. Tout était vieux, lointain, provincial, et il m'aurait suffi de peu pour que je me sente vieux, moi aussi, puisque provincial et lointain, je l'étais déjà. J'ai souri à l'homme assis dans le bureau, sur la droite, près de l'entrée, et qui, sans se lever, sans sourire, s'est présenté comme le principal adjoint.

— Vous êtes le nouveau surveillant, j'imagine ? m'a-t-il demandé.

J'aurais aimé ne pas le détromper : peut-être, à ce moment-là, il y a dix ans, devinais-je comment tout ça finirait, parce que je ne savais pas très bien où j'étais, que Helles c'est nulle part, n'est-ce pas, et que devant ce petit homme maigre qui était à quelques mois de la retraite j'ignorais qui j'étais, nouveau surveillant, trop jeune professeur, ou autre chose, un père (j'y ai songé, j'ai même été sur le point de me livrer à cette folie) venant inscrire l'élève Thomas Lauve, ou bien n'importe qui, j'étais assez médiocrement vêtu pour avoir l'air d'un individu sans importance.

Je me suis présenté. Il a eu l'air déçu. On ne m'attendait pas. On n'avait pas reçu d'avis officiel. Je ne cherchais pas à comprendre. Je me taisais. J'aurais bien aimé lui être agréable, et n'avoir pas été affecté si loin, à l'autre bout de la ligne 113, à une heure de chez moi. Je demeurais assis sur la petite chaise recouverte de moleskine grise, comme un étranger en situation irrégulière, les mains posées sur mes genoux bien joints, me demandant si je ne transpirais pas trop, si je ne m'étais pas mis à puer, si mon haleine n'empestait pas le tabac de la cigarette que j'avais fumée à moitié avant de passer le porche. J'aurais voulu paraître à mon aise, un jeune professeur dynamique, pourquoi pas, et j'avais l'air d'un coupable, avec ma veste et mon pantalon en jean bleu délavé, à l'heure la plus creuse d'une après-midi de fin d'été, ensoleillée, poussiéreuse, interminable.

— L'emploi du temps, l'emploi du temps, c'est ça qui est enquiquinant, monsieur Lauve, murmurait le petit homme sec en m'écoutant lui demander de me laisser au moins une demi-journée de libre, le mercredi matin, par exemple.

Je m'efforçais de le regarder bien droit dans les yeux, quoique en rougissant puisqu'il avait, en prononçant mon nom, hésité entre Lauve et Love, avec une petite grimace, et devinant ce qui allait clocher, quel parti les élèves tireraient de mon patronyme et à quoi lui-même, dès maintenant, s'essayait comme s'il n'était pas possible de prendre au sérieux quelqu'un dont le nom pouvait se confondre avec "love", me disais-je en le reprenant sur Lauve, d'une voix mal assurée, et sans le quitter des yeux, non par défi mais parce que mon père m'avait souvent dit que ne pas regarder les yeux de son interlocuteur était un signe de faiblesse. Or on n'était pas au fond des bois du Montheix, ni dans une cour de ferme ou de scierie, à discuter le prix d'une coupe ; et le plus étrange était que lui, le principal adjoint, évitait mon regard, qu'il ne parviendrait jamais à le soutenir, qu'il se leva brusquement pour me conduire dans les profondeurs d'un autre bureau où le principal, comme son subordonné, semblait attendre la retraite dans une pénombre benoîte : on le dérangeait, lui aussi, on l'avait sans doute réveillé, lui qui semblait tirer son autorité de la rareté de ses apparitions, de l'onctuosité de sa voix, et de son patronyme : Noblement, ça ne s'invente pas, et qui non seulement le portait bien, ce nom, mais qui m'avait tendu sa main épaisse et blanche comme à un solliciteur qui avait l'audace de demander à ne pas travailler le mercredi et à qui il l'accordait, cette faveur, pourvu que je le laissasse retourner à sa sieste et au lent glissement de l'été sur les parois de son bureau, que je cessasse de le remercier, oui, et d'être sur le point de pleurer de reconnaissance, comme un personnage de roman russe, me dit-il en souriant et en réprimant un bâillement : Vous aimez le roman russe, monsieur Lauve ? C'est le seul qui m'émeuve encore ; mais qui aime encore ça, de nos jours ? ajouta-t-il en se rasseyant et en tournant la tête vers l'ombre avec, sur le visage, une expression qui n'admettait ni contradiction ni réponse, qui était même l'ordre ferme et doux d'aller se plonger dans Gogol ou Dostoïevski et de le laisser en paix, lui, le digne, le noble dormeur, de quitter la pièce en compagnie de l'adjoint à qui il me fallait dire quelque chose d'aimable, sans rien trouver de mieux que de lui demander qui était ce Paul Zalisky qui avait donné son nom au collège. Il me tendit deux photos : la première, encadrée, sous verre, montrait un visage calme, au regard clair, aux cheveux gominés, assez agréable, celui d'un homme jeune, confiant en soi et en l'avenir, souriant avec sérieux ; l'autre, assez floue, laissait voir le corps d'un jeune supplicié au visage singulièrement beau, le même que celui de la première photo, mais transfiguré, aux yeux extraordinairement ouverts, une chemise blanche déchirée à l'endroit du cœur autour d'un trou profond, béant, d'une insupportable noirceur.

— C'était un instituteur, un gars d'ici, de cet établissement, je veux dire. Les Boches l'ont fusillé... De l'histoire ancienne, a-t-il ajouté doucement. J'espère que vous aimez la musique, monsieur Lauve. Nous avons une chorale. Nous nous réunissons, ici, au collège, le mardi soir, après la classe...

J'ai hoché la tête. Je ne pouvais pas dire que j'étais sourd à la musique, ni que les voix humaines chantant m'eussent fait hurler à la mort. Mon silence pouvait passer pour assentiment. J'ai serré la main qu'on me tendait et je suis allé attendre l'autobus sous le feuillage sale des prunus.

Dix ans plus tard (presque une vie, n'est-ce pas, puisque notre temps n'est pas tant un rêve d'éternité que ces cycles plus longs que les saisons qui font de nous quelqu'un d'autre, d'étranger à nous-mêmes, comme si nous nous engendrions nous-mêmes et qu'il nous faille tout recommencer, ce qui nous rend si différents des femmes et fait que vous l'emporterez toujours sur nous, en fin de compte), dix ans plus tard ce n'étaient plus tout à fait les mêmes bâtiments ni le même personnel administratif. On avait rénové le collège, coupé des marronniers, asphalté la cour, condamné l'entrée par le sombre porche de meulière pour en ouvrir une autre, plus grande, du côté du parking, sous un portique d'acier et de verre. Les travaux avaient duré plus de deux ans, réveillant les morts, non seulement ceux du cimetière carolingien sur lequel était bâti l'établissement, mais des morts bien plus anciens, du paléolithique, de ce helléen dont les pelleteuses avaient mis au jour une sépulture, au milieu de la cour, et que des archéologues avaient minutieusement fouillée, à plusieurs mètres de profondeur, derrière des palissades de bois qui faisaient dans la cour une sorte de labyrinthe dans lequel les élèves déambulaient avec des cris et des rires.

Comme je les ai aimés, ces deux squelettes, au fond de la terre noire, un homme et une femme, la femme plus petite que l'homme, le premier couple, me disais-je en les regardant depuis le dernier étage, par la fenêtre de ma salle, ces deux fougères blanches, fragiles, délicatement tournées l'une vers l'autre, qui avaient traversé le temps pour s'offrir avec une extraordinaire pudeur aux doigts de la jeune archéologue aux longues jambes nues, laquelle relevait de temps à autre sa tête aux courts cheveux châtains et me souriait, brièvement mais franchement, comme si le fait de déterrer ces morts, de les défaire à petits coups de pinceau de leurs siècles de terre noire, lui permettait de contempler un vivant avec toute l'innocence que les hommes et les femmes s'acharnent à perdre ensemble : un mystère qui apparaissait tout entier, non seulement à la jeune archéologue et à celui qui les contemplait de la fenêtre de sa salle, mais aussi aux quelques élèves qui n'étaient pas descendus dans la cour de récréation et qui se pressaient contre mes flancs : des filles de 4e qui me demandaient — la brune Naïma, surtout — si elles aussi traverseraient le temps avec l'homme de leur vie, comme ça, l'homme et la femme réunis dans une paix éternelle, deux empreintes de fougères blanches sur un drap sombre, et qu'il fallait imaginer, venus du fond des âges, non pas comme des vieillards mais en jeunes et éternels amants, à cause de leur position, de ce qu'elle avait de tendre et d'abandonné, à cause aussi de la jeune archéologue qui s'inclinait sur cet amour, et de moi qui, entouré de frêles et inquiètes adolescentes, me penchais vers la jeune femme aux jambes nues et le secret d'amants immémoriaux. »

Dix années plus tard on avait oublié qu'on marchait sur des morts, et ceux qui s'en souvenaient avaient préféré les enfouir en eux-mêmes. Ils étaient retournés au silence des siècles, ces chasseurs de la préhistoire, comme les abbesses et les nonnes de l'ancien couvent et tous les inconnus gisant sous les bâtiments et sous la cour d'un collège de banlieue. Le principal et son adjoint étaient allés rejoindre d'autres ombres, dans leurs provinces natales du Dauphiné ou du Périgord blanc ; et c'est devant la femme au visage de lune que le jeune Lauve se retrouvait, un vendredi matin, devant celle qui avait eu peur en même temps que lui, qui s'était elle aussi humiliée devant Jacky Gagneur et venait de lui demander de s'asseoir dans le fauteuil où s'était tenu le père furieux pour lui dire que cette histoire était bien fâcheuse, mais que lui, Thomas Lauve, devrait porter plainte, même s'il ne fallait pas oublier qu'il avait frappé l'élève et que ça se retournerait probablement contre lui...

— J'en resterai là, répondit-il en se levant.

— Vous avez tort, murmura la principale en regardant, par la fenêtre, le petit cèdre offert par le Rotary Club de Helles, pendant qu'il quittait le bureau et marchait dans la cour, au-dessus des morts, le visage tourné non pas vers le cèdre ou les frondaisons du parc de la Mémoire mais vers d'autres arbres, beaucoup plus loin, vers ces forêts plus profondes où l'on finit toujours par retourner, comme les chasseurs de la préhistoire, les moines du Moyen Âge et tous ceux qui n'auront pas su vivre.

Ce qu'il n'avait pas dit au visage lunaire, c'était qu'il avait peur, qu'il n'avait pas eu le courage de descendre devant *Le Rallye*, qu'il s'était arrêté trois stations avant le terminus et avait traversé le parc de la Mémoire en sens inverse des ombres qui se hâtaient vers la gare, parfois frôlé par d'anciens élèves qui le saluaient et qu'il ne reconnaissait pas ou dont il ne se rappelait plus le nom, le ventre noué, retrouvant dans l'ombre du matin de novembre la sueur de l'humiliation, marchant d'un pas vif au milieu de la grande allée, vers les bâtiments de la mairie qu'il contourna pour se retrouver sur le parking, devant les portes encore closes de l'entrée des élèves, et où il attendit, comme eux, en silence, sous la petite pluie qui s'était mise à tomber sans que les élèves cherchassent à s'abriter, comme si de rien n'était, parlant, fumant, se bécotant, écoutant leurs baladeurs avec une placidité de bêtes au pacage : toute la misère d'une génération pour qui ouvrir un parapluie serait déshonorant et la pluie, le brouillard, la neige, des phénomènes qui n'existent en quelque sorte que dans les films, auraient-ils pu dire s'ils avaient eu des mots pour l'exprimer et comprendre qu'entre le jeune Lauve et eux il y avait une distance qui n'obéissait plus aux lois du temps, et qu'ils se trouvaient même, eux et lui, de part et d'autre du temps, ou de la langue — ou, ce qui est peut-être la même chose, de l'amour.

« Ils étaient là, murmurait-il, sans rêves, ignorants, sans avenir ni mémoire, l'air de ne sentir rien, de ne rien désirer, résignés à la pluie comme à la fin du siècle ou de la civilisation, attendant que ça sonne, de l'autre côté de la grille, et que Saïd, le pion venu de Mauritanie et qui semblait, sous ces ciels trop bas, ne jamais être tout à fait là, regrettant sans doute un pays où le vent, le désert et le soleil, bien plus que l'Histoire, forgent les destinées, vienne ouvrir les portes et les regarde entrer à peu près comme Arbiouloux ses génisses à l'étable, le soir, avec la même tête un peu basse. Et moi, je restais là, sous la pluie, incapable d'avancer, de me glisser parmi ces jeunes corps, dans cette rumeur, ce bruissement de pas, debout contre la haute grille du terrain de basket, les yeux tournés vers *Le Rallye*, de l'autre côté du parking et de l'avenue Massenet, vers les hautes baies embuées du bistrot qui portaient, encore, inscrit à la peinture blanche, le menu de la veille, et derrière lesquelles s'agitaient le garçon originaire d'Ornans et Jacky Gagneur, en bras de chemise derrière son comptoir, le col largement ouvert sur une poitrine glabre où brillait, par moments, l'or d'une petite croix. Je me disais qu'il aurait suffi que je traverse le parking, que je remonte à contre-courant le flot d'élèves, entre les barrières mobiles dont l'État entourait les établissements publics d'enseignement à cause des risques d'attentats islamistes, que je pousse la porte du café, que je m'approche du comptoir, que je tende la main à Jacky Gagneur pour que tout soit effacé, pardonné, que chacun reconnaisse qu'il avait eu tort, ou, plutôt, qu'il n'y avait ni innocent ni coupable, ni vainqueur ni vaincu, pour une fois, ou même que Jacky Gagneur quitte son comptoir, s'approche de moi, me gifle, me fasse tomber à terre avant de me relever et de me la serrer, cette main, oui, qu'il me conduise devant le comptoir et me serve un verre de calvados ou de blanc pour me remettre d'aplomb et signifier que l'incident était clos, que c'en était fini de tant de malentendus et de haine, que nous proclamions la paix des braves devant tout le monde, les buveurs matinaux comme les élèves qui m'avaient vu entrer et qui collaient leur nez aux vitres, que nous nous embrassions, comme des hommes, puis que je retraverse la rue et le parking, avec les derniers élèves, que je les serre contre moi, eux aussi, que je me montre souriant, plein d'esprit et d'enthousiasme, dans les couloirs et dans ma salle de classe, qu'ils voient eux aussi que j'étais innocent, digne d'être là, devant eux, et qu'on pouvait pleurer de joie... »

Mais il avait fini par entrer au collège avec les retardataires, les fortes têtes, les cancres, aussi mouillé qu'eux, le cœur battant, la tête basse, le corps sans doute plus meurtri que si Jacky Gagneur l'avait roué de coups. Et à ses deux 4es, pendant deux heures, il parla des compléments d'objet, deux fois le même cours, presque mot pour mot, reprenant chaque phrase, exemple, démonstration, non pas avec l'arrogance d'un technicien ni le cabotinage du métier, mais l'enthousiasme de celui à qui la grammaire restitue un peu de ce mystère que les professeurs ont perdu depuis que la République leur a fait baisser la tête, qu'elle a fait d'eux des « enseignants » : non plus les gardiens ni les transmetteurs d'une tradition, mais des animateurs sociaux, des zélateurs de l'idéal démocratique, antiraciste, tolérant, depuis, aussi, que les ministres ne parlent plus correctement le français et que la principale d'un collège pouvait signifier à un Thomas Lauve qu'il n'était pas bien de ne pas porter plainte, fût-ce en pure perte, qu'il devrait le faire sinon pour lui-même, du moins pour tout le corps enseignant, qu'il fallait dire non à cette violence-là, avait-elle déclaré tout en le dissuadant de le faire et en lui représentant que la lâcheté était une forme de sagesse ; et encore ne pouvait-elle pas savoir que cette lâcheté serait à son comble, dans la dernière heure de cours de la matinée, devant les 3es, lorsque le fils Gagneur demanderait au jeune

Lauve la faveur de distribuer les copies qu'il s'apprêtait à rendre, et qu'il l'obtiendrait, cette faveur, presque sur-le-champ, comme s'ils n'attendaient que ça, l'un et l'autre, et aussi parce que Cyril Gagneur avait à ce moment un visage plus abject que le sien ou celui de son père, oui, plus veule, plus pitoyable que ce que le jeune Lauve sentait sur sa propre figure depuis qu'il avait quitté le bureau de la principale et qui le faisait sourire en rougissant devant la classe qui retenait son souffle — devant, surtout, le beau regard de Céline Bault qui lui reprocherait d'avoir accordé cette manière de pardon à un Gagneur, oui, d'être descendu jusque-là, de s'être renié et perdu, comme un héros de roman russe, lui dirait-elle plus tard.

Il souriait encore, assis dans l'autobus à côté de la négresse naine dont il pouvait sentir l'odeur de femme noire tout en se disant que c'était en réalité non pas celle d'une race, ni même celle de la pauvreté, ou pas seulement cela, mais peut-être celle d'une condition et, par-delà cette condition, la disgrâce d'une femme qui montait chaque matin, à Neuilly-Plaisance, et qui le contemplait avec un ravissement sans borne après avoir dévalé l'escalier du RER et bondi dans l'autobus, se précipitant vers la banquette dont il occupait une des deux places, près de la fenêtre, au milieu du véhicule, la petite femme poussant une sorte de hululement qui faisait se retourner les gens, indignés qu'au petit matin on eût à supporter non seulement la pénombre sale et moite du véhicule et le trajet vers un travail ennuyeux, mais aussi les dingues : un hululement presque silencieux et qui le faisait rougir, lui, surtout lorsque la naine se plantait devant lui et le contemplait, la bouche entrouverte, avec une telle ferveur qu'il détournait la tête, cherchant un peu d'air frais et des figures plus calmes, de beaux visages — ceux, par exemple, des jumelles qui montaient, un peu plus loin, semblablement vêtues de noir, pantalons très serrés, vestes cintrées et chandails qui moulaient leur petite poitrine haute sur laquelle retombait une chevelure châtain clair, frisée, très épaisse : toutes deux d'une étrange beauté, retenue, discrète, avec, pour l'une, un air de douceur et une clarté qui la rendaient plus jolie encore, au point de faire paraître l'autre presque fade, selon cette injustice qui fait qu'on est toujours plus beau qu'un autre, distancé, bafoué, renié par le double, le frère, l'ami, l'amant qui devient rival ou traître et qui, pour ces jumelles, pouvait se résumer, songeait-il, à la distance qu'il y a de l'amour sacré à l'amour profane.

Ce matin-là, le deuxième après l'incident, il ne se déroba pas. Il laissa la négresse naine s'abandonner doucement contre son épaule, comme s'il était des leurs, ces tordus, ces éclopés, ces épaves parmi lesquelles il avait quelquefois envie de se fondre, puisqu'on ne peut pas toujours lutter, n'est-ce pas, ou, plus simplement, parce qu'il remarquait que ses ongles à lui étaient sales et qu'il se disait qu'il ne lui était pas possible d'être entièrement propre, qu'il y aurait toujours quelque endroit du corps qu'on néglige et par quoi on est toujours peu ou prou abject, comme ces pauvres fadards qui descendaient un peu plus loin, après le pont du chemin de fer que franchissait, à ce moment, un convoi de wagons-citernes, après l'ancienne fabrique de caoutchouc abandonnée, démolie l'année précédente et dont il se rappelait encore le nom, les Établissements Nourtier, qu'il se répétait en souvenir d'une jolie élève d'autrefois, Aurélie Nourtier, tout en contemplant les passagers de l'autobus, les matinaux sans nom et sans espoir, le petit peuple des aubes sales, des gens qui ne s'incarnent pas tout à fait ou qui outrepassent le réel et dont il ne saurait rien, dont il ne serait pas même capable d'inventer l'histoire, qui n'ont peut-être pas d'histoire ou dont l'histoire n'est probablement rien d'autre que la lente accumulation des joies et des malheurs de tout individu qu'on envoie, à l'aube, dans les banlieues lointaines, et dont il lui fallait s'éloigner au plus vite parce qu'il était malgré tout, ce matin-là, près de leur ressembler, de les rejoindre, d'aspirer lui aussi à l'accumulation de la joie et du malheur.

« Sans doute, ajouta-t-il, parce que je sentais que rien n'allait plus, que le simple fait de déplier un journal dans l'autobus était incongru et qu'il en adviendrait quelque chose de funeste, comme, quelques minutes auparavant, au bruit sec des bagues de la plus jolie des jumelles sur une vitre de l'autobus, quand elle avait gagné la sortie, suivie de sa sœur au visage calme, ou bien, plus tôt, le jacassement de deux Tamouls dont il m'avait soudain paru que je comprenais la langue, et ce qui les faisait glapir : la mort d'un frère tué par l'armée gouvernementale, dans le nord de Ceylan, avais-je pensé. Soudain si insupportables, les uns et les autres, que j'avais fui la multiplication des signes, et que j'étais allé m'installer à l'autre bout du bus. La tête me tournait. Depuis une semaine, je ne mangeais presque rien. Le panneau indiquant la direction de Gagny avait été barbouillé de blanc de manière à ne laisser que *Gag*, mais ça ne me faisait pas rire, c'était aussi sinistre que le visage de mes compagnons de voyage ou que le ciel qui blêmissait, à l'horizon, au-dessus de Helles. Je suis descendu à Ville-Évrard, derrière la négresse naine. Une femme au visage cuivré pissait derrière la paroi de verre d'un abri où attendre l'autobus. Je me suis assis sur un banc. J'ai regardé passer les voitures en essayant d'en deviner la marque ; mais je ne m'intéresse pas aux automobiles et ça ne m'a pas apaisé. Alors je me suis mis à marcher : la femme m'a regardé sans sourire, en murmurant quelque chose que je n'ai pas compris. J'ai marché le long des pavillons de l'hôpital. Je me suis arrêté un instant devant une petite plaque de marbre noir apposée là à la mémoire d'un type tombé sous des balles allemandes, le 22 août 1944, et à laquelle était encore accroché un petit bouquet fané. Je me suis demandé comment il était mort, cet André Vitasse, infirmier à Ville-Évrard et membre des FTPF, par quel temps, s'il avait souffert, quel ciel il avait contemplé, en tombant, si même il avait pu regarder le ciel avec l'impression que j'aurais, moi, quelques minutes plus tard, d'y choir... »

Car il était tombé, lui, le jeune Lauve, dans un des champs qui bordent l'hôpital : un territoire rural, insolite, mi-sauvage mi-cultivé, où il était entré comme on descend dans le lit d'un fleuve, avec des pierres plein les poches. Il avait fait quelques pas avec l'espoir de le franchir, ce fleuve, d'aller au-delà, sous les arbres, au milieu des champs, après les espaces défrichés par les pensionnaires de l'hôpital. Il ne savait plus s'il était tombé ou s'il s'était laissé choir dans l'herbe couverte de givre parce qu'il n'en pouvait plus ou qu'une corneille était perchée sur une branche nue et semblait s'être mise à attendre que le soleil se lève, là-bas, sur les édifices néoclassiques de Marne-la-Vallée, et, plus loin, sur les tours de Helles. Il avait aimé cette chute, cette lente façon de tomber, de fermer les yeux, de retrouver la fraîcheur de la terre, de réveiller dans sa chute les odeurs de l'automne, oui, une fraîcheur bientôt muée en froideur et qui lui ferait horreur comme s'il s'allongeait dans une fosse dont il serait incapable de sortir, même quand la femme à figure de gitane ou d'Indienne cria, dans un bruit d'herbes froissées, quelque chose qu'il ne comprit pas, ne chercha pas plus à comprendre qu'il ne regardait le visage cuivré, aux yeux bridés, qui se penchait au-dessus de lui comme jadis, dans les forêts du haut plateau limousin, à la lueur des incendies, les cavaliers mongols sur les hommes et les enfants avant de les percer d'une lance et sur les femmes, ensuite, pour leur ouvrir le ventre avec une tout autre lance et faire jaillir dans leur chair un peu de l'or des steppes.

Sans doute s'endormit-il. Quand il se redressa, le soleil était déjà haut. La femme au visage cuivré devait avoir rejoint, de l'autre côté de la nationale, le campement de gitans dont on voyait s'élever les fumées, derrière une rangée d'arbres nus. On entendait le bruit d'une débroussailleuse ou d'un motoculteur. Pour un peu, il se serait cru à Siom, sur la route de Lestang, en train de rêvasser comme autrefois devant quelqu'un de ces bousiers qui avaient été une de ses premières passions, à telle enseigne qu'on s'était étonné, chez nous, qu'avec ce goût pour les insectes il ne soit pas devenu professeur de sciences naturelles au lieu de s'orienter vers ces Lettres, cette littérature dont il n'y a jamais rien eu de bon à attendre et qui l'avait, on peut le dire, mené là où il en était, dans le champ des fous, un matin de novembre, avec en lui quelque chose de froid, quelque chose qui s'était éteint, qui était devenu l'objet d'une nostalgie, et depuis plus longtemps qu'il ne pensait, mais dont il découvrait soudain, nous dit-il en une belle, une trop belle expression, tout le poids d'astre mort.

— Une vieille lune, murmura Jeanne Lagarde.

Il sourit. Il nous faisait confiance. Nous pouvions nous moquer gentiment de lui : c'était notre façon de lui marquer de l'estime, faute de pouvoir l'aimer vraiment. Il était de ces hommes qui ont un secret, et nous croyions connaître la nature de ce secret, cette vieille lune, cet astre éteint dont la lumière continuait pourtant à rayonner en lui et le poussait à parler. Nous en savions déjà beaucoup ; c'était un fils de Siom, que nous le voulions ou pas, comme tous ceux qui étaient nés parmi nous, et son secret, pensions-nous, n'avait plus lieu d'être gardé puisqu'il voulait, ce jeune Lauve, sa place parmi les hommes, cesser d'être un fils perdu, un mauvais professeur, un rôdeur devant le seuil. Il voulait en finir avec ça et on voyait bien, ce quatrième soir, que la délivrance était proche, qu'il lui fallait nous faire partager ce qui lui tenait lieu de joie et qui n'était pas du même ordre que celle dont il avait été la proie lorsqu'il s'était relevé, près de Helles, cet hiver, dans le champ des fous, le dos et les jambes trempés, la nuque glacée, les yeux pleins de larmes. Une joie qui l'avait fait marcher vers l'école d'infirmières, jusqu'à l'arrêt du 113 qu'il avait attendu longtemps et dans lequel il était monté en montrant sa carte de transport à la machiniste et lui souriant parce que c'était une femme, une jeune aux courts cheveux blonds et au visage point désagréable qui lui rendit brièvement son sourire et lui fit penser qu'il était entré dans le pays des femmes, qu'il n'avait plus qu'à s'abandonner tout à fait, parce qu'il était dix heures passées et que c'était là une heure de femmes, en tout cas pas une heure d'hommes, s'était-il dit, debout au milieu de l'autobus qui roulait vers Helles, le ventre vide mais lumineux, le cœur battant plus vite, prêt à aimer la première venue.

« Non pas à tomber amoureux, ajouta-t-il en souriant comme s'il l'avait jamais été, amoureux, mais à aimer vraiment, absolument, dans l'irréversibilité de l'amour, cette femme d'une quarantaine d'années, par exemple, que je connaissais de vue parce qu'elle montait toujours au même endroit, à la pointe de Gournay. Je ne l'avais pas revue depuis plusieurs mois, et je la retrouvais, ce matin-là, vieillie, paraissant plus de cinquante ans, avec non plus ses deux gosses qu'elle menait à l'école Pierre-Curie de Helles et qui lui en faisaient voir de toutes les couleurs, à qui ils faisaient même honte, à elle qui ne savait répondre que par la douceur, modeste, épuisée, toujours au bord des larmes, mais, cette fois, avec la seule fillette encapuchonnée de rouge et silencieuse sur les genoux de sa mère qui était en train de parler à une énorme femme noire montée en même temps que moi.

— J'y vais tous les jours, disait-elle, sinon il sera oublié... Vous savez pas ce que c'est, la mort d'un petit garçon...

Elle était plus douce, plus larmoyante, plus laide que jamais, et jamais je n'avais été aussi près de l'aimer, malgré ses grands cheveux décolorés et mal coiffés, son anorak jaune, son pantalon noir moulant, ses bottines d'adolescente.

— Ça fait huit mois, a-t-elle ajouté.

Mon regard a croisé le sien, très bleu, lui aussi, presque pâle, comme un de ces ciels d'été qui vous font espérer la nuit avec ferveur. Je n'ai pas baissé les yeux. Elle a tourné la tête. Un peu plus tard, alors que la grosse femme noire était descendue à la gare, et qu'elle montrait à la fillette la devanture d'un fleuriste, elle a dit, d'une voix plus claire :

— C'est là qu'on ira ; la vendeuse est gentille.

Je veux que Philippe ait la plus belle tombe.

J'avais les larmes aux yeux, à cause du petit mort à qui je pensais comme si c'était moi qui n'étais plus de ce monde et que j'allais les voir venir, depuis ma fosse, la mère aux cheveux filasse, le dos courbé dans son anorak jaune, donnant la main à la fillette encapuchonnée de rouge qui tiendrait, elle, le bouquet qu'elle déposerait sur la tombe qui deviendrait ainsi, croyait-elle, la plus belle de Helles, oui, j'étais sur le point d'en pleurer, à cause aussi du ciel à présent trop bleu, et de l'espèce de vide où je me sentais choir de nouveau. »

S'il avait dit *tomber*, nous ne l'aurions sans doute pas compris ; mais il était déjà un vieux routier de la parole et il avait dit *choir*, non pas parce que c'était plus beau ou qu'il voulait nous épater mais parce que (remarquerait Jeanne Lagarde) c'était proche de *déchoir*, oui, de ce vers quoi il allait en renonçant à ses cours, descendu à l'avant-dernier arrêt, avenue Chilpéric, et à présent sur un muret pendant que la femme et la petite fille passaient devant lui avec de simples fleurs des champs et qu'il leur souriait sans s'étonner qu'elles ne lui rendent pas son sourire ni qu'elles pressent le pas, qu'elles baissent les yeux, et que lui se levait, marchait derrière elles, les accompagnait le long d'une avenue déserte, entre un étroit terrain vague bordant le remblai de la voie ferrée sur laquelle passait à grand fracas un train de marchandises qui le fit penser à l'inconnu du Strasbourg-Paris, comme il l'appelait encore, bien qu'il eût appris, le lendemain, par *Le Parisien*, que cet inconnu était un jeune vagabond, un Tchèque du nom de Jan Tesnohlidek, ou quelque chose comme ça : un nom presque impossible, renié, déchiqueté par les roues du train lancé à grande vitesse vers la Ville lumière. Un nom qui l'avait cependant délivré, lui, le jeune Lauve, de l'idée que l'inconnu était peut-être une femme, même s'il s'était dit que les femmes ne se suicident pas de cette façon-là, qu'elles ne peuvent pas, quelque désespérées qu'elles soient, s'abandonner à une telle horreur, non, pas ça, pas les roues d'un train traversant en hurlant le vent glacial d'une gare de banlieue et dispersant les membres et le nom d'un être vivant, non, ce n'est pas possible, elles souffrent trop, beaucoup plus que les hommes, bien plus qu'il ne souffrait, lui, le jeune Lauve, avait-il pensé en regardant la mère et la fillette avancer dans la lumière blanche, vers l'extrémité de l'avenue. Oui, ce qui lui rongeait le ventre n'était rien en regard de ce qu'enduraient les femmes et les filles, c'était presque ridicule d'entendre ça dans la bouche d'un homme, n'est-ce pas, ces jeunes filles qu'on capture au nord de la Thaïlande, au Népal, en Albanie, et qu'on revend aux bordels de Bangkok, de Calcutta, d'Istanbul, de Sofia ou de Rome, et toutes celles qu'on tue et qui hurlent sans comprendre, qui n'ont même pas le temps d'avoir sur elles-mêmes le regard de Jésus sur la Croix mais qui se sont déchirées comme le voile du temple ; et non seulement les petites filles mais les petits garçons, ceux qui ont crié, comme les soldats de 14 redevenus enfants dans les orages mythologiques, qui ont demandé à leur mère pourquoi elle les avait abandonnés, pourquoi elles avaient rendu ça possible, se disait-il en ralentissant pour garder la distance avec celles qu'il suivait et qui avaient pris sur la gauche, puis sur la droite, entre des pavillons en meulière et des maisons au crépi beige, presque toutes semblables les unes aux autres, par des rues qui portaient des noms d'arbres et de fleurs, jusqu'au nouveau cimetière où il entra après elles, marchant sans se presser dans les allées sans arbres ni aucun de ces monuments qu'aimait tant regarder Agnès Taillebourg, au Père-Lachaise, jusqu'à une tombe modeste, sans dalle ni croix : un simple rectangle de gravier blanc bordé de pierres grises, une plaque de marbre noir et un vase de fer renversé sur le gravier.

— C'est les oiseaux, murmura la mère : ils viennent boire sur les tombes.

La fillette alla jeter les fleurs fanées au bout de l'allée, dans une benne de plastique gris à couvercle orange ; elle emplit d'eau le vase à un robinet et revint en le portant à deux mains pour le déposer sur le gravier, près de la petite plaque que la mère venait d'essuyer et sur laquelle on pouvait lire ce prénom : Philippe — et rien d'autre.

— Il s'appelait Philippe ? demanda-t-il, en s'approchant et en parlant doucement.

Sa voix avait quelque chose du gravier qui crissait sous ses pieds. Elles ne se retournèrent pas ; elles savaient qu'il était là, qu'il les avait suivies, qu'il leur faudrait faire face. La mère continuait d'arranger les fleurs dans le vase.

— Je ne voulais pas vous faire peur. Je vous ai souvent vus dans le 113. Je me souviens de lui : il était plus blond que sa sœur.

La femme le regarda avec un sourire dur, incrédule, presque ironique.

— Vous vous en rappelez ? murmura-t-elle en pressant contre elle la fillette qui dévisageait l'inconnu et qui était sur le point de lui sourire et de parler malgré les mains maternelles prêtes à bondir vers ses lèvres.

Elles attendaient. Ils attendaient tous les trois, par un beau temps d'hiver, de part et d'autre de la tombe étroite, la mère et la fille aux yeux levés vers l'homme qui ne savait plus quoi dire et qui les regardait à peu près de la même façon, avec inquiétude, dans une sorte de résignation, aussi ; la femme et la fillette incapables de comprendre ce qu'il leur voulait, et lui qui ne le savait sans doute pas davantage et qui était là, devant elles, comme s'il était — comment le dire autrement — le petit mort lui-même qui se fût relevé et qui se tînt debout, là, sous le soleil de onze heures, oui, le petit mort auquel tous trois songeaient : celui qui serait toujours le petit mort, même quand, des siècles plus tard, peut-être, une jolie archéologue aux cheveux courts ouvrirait la tombe pour nettoyer au pinceau les frêles os et qu'un Thomas Lauve regarderait ça, depuis une haute fenêtre, comme il l'avait fait pour les amants du paléolithique et comme il le faisait non seulement pour le petit Philippe, mais pour lui-même, comme si c'était lui, le petit Lauve, qui gisait là dans cette enfance brisée, cette mort plus inadmissible que d'autres, disait-il, avec, à ce moment, non pas une tête de fadard, mais quelque chose d'extraordinairement jeune, d'enfantin même, qui le ramenait à ses premières années, quand il attendait, dans les toilettes de l'école, la sonnerie qui le délivrerait de tout, des petits Siomois, de la voix maternelle qui chantait de l'autre côté du mur, de la peur et de l'humiliation, de ce qui lui tordait les entrailles mais pas de ce qui était dans son cœur et qui était déjà plus qu'il n'en pouvait porter et qu'il lui fallait néanmoins porter devant la maîtresse d'école qui ne comprenait pas, ne voulait pas comprendre, n'avait pas les épaules assez fortes pour être juste sans se mettre à dos le reste de la classe pour ce petit malingre, ce malaveigne, ce demi-étranger qu'elle ne pouvait faire autrement que de punir, d'envoyer au piquet.

— Philippe, c'est un joli prénom...

La femme le regarda franchement. Elle l'écouta ajouter que c'était bien, que ce n'était pas un de ces prénoms américains à la mode. Elle haussa les épaules puis se mit à crier :

— Je vous pose pas de questions, moi !

Elle ne bougeait pas. La fillette avait attrapé les mains de sa mère pour les plaquer sur son visage tout en continuant de regarder à travers ses doigts. Le jeune Lauve non plus ne bougeait pas. Il fallait continuer à parler, coûte que coûte, montrer qu'il n'était pas ce qu'elles pouvaient croire, dans ce cimetière de banlieue, dans cette lumière qui durcissait leurs visages.

C'était trop long, ils le voyaient bien, non seulement la mère et l'inconnu, mais aussi la petite fille qui commençait à se tordre entre les jambes de sa mère. Il fallait en finir, répondre, ne pas dire qu'il était professeur, inventer, mentir, prétendre, par exemple, que lui aussi avait perdu un enfant âgé de sept ans, un petit garçon qu'il décrivit à la femme et en qui nous n'avons pas eu de mal à le reconnaître, lui, tel qu'il était quand il avait découvert ce que c'était que la mort, devant le corps, entouré de fleurs, de sa tante, la sœur de sa mère qui avait divorcé et qui était revenue de Paris non pas, comme on avait pu le croire, pour reprendre l'affaire paternelle ou se la couler douce, dans son lit de jeune fille, au bord de la Vézère, mais pour y mourir d'un cancer, à quarante-trois ans, au début d'un printemps froid. Il parla de cet enfant, de sa maladie, de son agonie — son lent endormissement, plutôt, un soir de juin, dans la lumière dorée de Siom. Il raconta ça les larmes aux yeux, jusqu'à ce qu'il sente qu'il allait trop loin, que la femme allait se mettre à pleurer, et que s'il n'y avait pas eu l'espace de la tombe et la fillette entre ses jambes, il lui aurait pris la main, que peut-être elle aurait laissé aller son front contre sa poitrine avant de relever la tête et de reculer en disant que ça n'était pas possible, non, pas possible, en ajoutant que c'était comme s'il venait de raconter la mort de Philippe, à peu de chose près, à l'hôpital de Lagny-sur-Marne.

— Il s'appelait comment ? demanda-t-elle.

— Pierre, dit-il en tournant le visage vers le nord, comme pour échapper au soleil.

— Pierre... C'est un vieux nom, ça... Elle, c'est Laura, ajouta-t-elle en prenant sa fille par la main, faisant avec elle quelques pas dans l'allée, puis se baissant pour la prendre dans ses bras, tandis que s'élevaient les sirènes d'alarmes mensuelles, celles qui faisaient hurler les chiens et baisser la tête aux humains, ou se figer sur place, comme ce jour-là au bord de la tombe, le jeune Lauve vers qui la femme se retourna, hésitant, regardant autour d'elle, comprenant qu'elle était seule à pouvoir faire quelque chose et lui disant, lorsqu'elle fut revenue près de lui, que les emmerdes, après tout, elle y était jusqu'au cou, et puis que ce n'était pas une raison pour laisser un homme pleurer sur une tombe qui ne lui appartenait pas ; qu'il ne pouvait pas rester là, comme ça, en plein soleil, par un froid pareil, non, qu'il fallait venir, elle ne disait pas où, mais elle avait dans la voix une douceur qui fit qu'il la rejoignit sans un mot, la tête basse, puis marcha à côté d'elle jusqu'à ce qu'ils aient rejoint l'enfant qui se mit à gambader entre eux.

Sans doute aurait-on pu penser que c'était là un couple bien singulier si on avait encore pu s'étonner de quelque chose, en cette fin de siècle, surtout dans un endroit comme Helles et à une époque où il faut traverser les jours sans regarder ailleurs que devant soi pour n'accrocher nul regard qui puisse être prolongé par des mots et ces mots par des insultes puis des coups, oui, avancer dans les rues de Helles sans s'étonner que les hommes mûrs et à demi chauves se laissent pousser des queues-de-rat et portent des anneaux de corsaire, des jeans, des blousons de cuir, des bottines pointues de vieux rockers qui n'ont pu se résoudre à voir mourir Elvis Presley et, avec lui, leur jeunesse, que les jeunes se fassent percer l'arcade sourcilière, la lèvre inférieure, le nombril, ou qu'ils portent un anneau dans le nez, comme les taurillons de Chadiéras, sans remarquer non plus que les Noirs deviennent blonds, que les Blancs portent des dreadlocks comme des Jamaïcains, que les Asiatiques ont l'accent maghrébin, que les Maghrébins méprisent ouvertement les gitans, les Tamouls et les Français de sang qu'ils appellent Gaulois — les uns et les autres vivant dans le silence des vaincus, dans l'irréductible forteresse de leur peau, de leurs patronymes et de leurs langues, dans la haine ethnique et la séparation des races, dans une solitude qui les laissait désemparés, les mains vides, oui, c'était ça le plus étonnant, le vide de ces mains, ces paumes retournées vers le ciel, ce grand désœuvrement, cet acquiescement au soleil, au terrible soleil d'hiver.

— Écoutez, dit la femme, je fais jamais des choses comme ça, mais si vous voulez, montez prendre un café...

Ils venaient de descendre du bus, au pied de la dernière tour, la plus haute, là où il avait croisé l'élève Zakia quelques jours plus tôt, et où il suivit la femme qui ne savait quoi dire à cet homme qui, depuis qu'ils étaient sortis du cimetière, n'avait pas ouvert la bouche, même quand ils furent dans l'appartement et qu'elle lui eut demandé comment il s'appelait (« Le prénom, supplia-t-elle, le prénom, seulement, le reste, ça me regarde pas ») et qui, lorsqu'il le lui eut dit, ajouta qu'elle s'appelait Jocelyne.

— Je vais faire le café, murmura-t-elle encore après l'avoir observé et, à défaut de paroles, avoir attendu un geste qui la rassurât enfin et les fît pénétrer sur d'autres territoires.

Elle avait ôté son anorak et il put lire sur un sweat-shirt blanc cassé : *Power League Spirit World Product*, avec le mot *Power* surmonté d'une petite couronne, sans bien comprendre ce que ça pouvait vouloir dire, comme si on se moquait de lui, soudain irrité contre cette femme qui arborait les mots d'une langue qu'elle ne comprenait sans doute pas et qui devait commencer à se demander pourquoi elle avait invité ce type, on voit tant de choses, aujourd'hui, tant de sadiques et de maniaques, n'est-ce pas, comme ce mulâtre qu'on venait d'arrêter et qui depuis des mois faisait régner la peur dans les quartiers de l'est de Paris, où il violait et tuait des jeunes femmes, elle avait retenu leurs noms, Pascale Escarfail, Agnès Nijkamp, Hélène Frinking, Magali Sirotti, Estelle Magd, Elsa Bernadys, Cathy Rocher, elle les récitait d'une voix très claire et revenait vers lui après avoir mis de l'eau à chauffer, attirant contre elle la fillette qui lâcha sa bouteille de Coca-Cola et se mit à pleurer, tandis que la mère suppliait le jeune Lauve de les laisser tranquilles et qu'il les regardait, lui, assis sur le mauvais canapé, devant une table basse en verre, qu'il découvrait le petit salon-salle à manger avec son mobilier de supermarché, son papier trop rouge, ses bibelots, ses posters sous verre reproduisant des jeunes filles de Renoir, un paysage de la Polynésie française et un autre du Montana, oui, découvrant tout ça et s'ébrouant, comme s'il se réveillait, se demandait où il était, disant à la femme, d'une voix claire, avec ce sourire qui était, il faut le reconnaître, non pas ce qu'il avait de mieux mais qui faisait oublier ce qu'il n'avait pas de beau : « Ne vous inquiétez pas. Ça ne va pas très bien, en ce moment. L'hiver... La solitude... », avec une telle innocence que la femme fut rassurée, qu'elle cessa de penser (lui dirait-elle un peu plus tard) au tueur en série de l'est parisien et à ce genre de choses, relâchant même la fillette qui alla ramasser sa bouteille de Coca-Cola dont le contenu s'était en partie répandu sur le parquet et qui, la fillette, retourna s'asseoir sur le bord du canapé, tandis que la mère demandait au jeune Lauve s'il voulait manger quelque chose avec elles.

Il ne voulait rien. Elle insista. Il dit qu'il les regarderait manger, oui, qu'il aimait bien voir les gens manger, lui qui n'avait jamais eu grand appétit ; et il s'assit face à elles, à la table de la cuisine, à la place, probablement, de celui qui avait été le mari ou le compagnon (et qui, ce n'était pas difficile à deviner, avait depuis belle lurette fichu le camp avec une plus jeune, confirmerait-elle plus tard avec un bref commentaire sur la lâcheté masculine), et non à la place de l'enfant mort à qui la mère et l'invité ne cessaient probablement de songer, comme ils l'avaient fait de part et d'autre de la tombe (laquelle, remarquait-il, avait à peu près les mêmes dimensions que la table), tandis que Laura mangeait des pâtes au ketchup, et lui, le jeune Lauve, un peu de ce qu'il avait fini par accepter : de la confiture d'abricots sur des biscottes, tout en buvant du soda et en les regardant, la mère et la fille, tenter de faire comme si de rien n'était, comme s'il n'était pas étonnant que cet homme fût là, ramené du cimetière et à présent assis à la place du père enfui — prêt à décamper, lui aussi, et se levant d'ailleurs bientôt, se dirigeant vers son blouson et sa besace pendus à une patère, dans l'entrée, posant la main sur la poignée de la porte, l'ouvrant, se ravisant, repoussant doucement le battant pour demander à la femme qui s'était levée et le regardait, sans comprendre, s'il pouvait voir la chambre.

— La chambre de Philippe ? dit-elle en rougissant, interloquée, presque en colère. Y a rien à voir...

Il ne répondit rien. Il ne les regardait pas. Il

était à ce moment incapable de soutenir aucun regard. Il bondit vers la porte puis dans l'escalier, dévala les marches, déboucha dans la cour où des adolescents jouaient au basket et où il continua à courir, les imaginant toutes deux, là-haut, devant la porte entrouverte, la fillette qui venait d'attraper la main de sa mère et se retenait de pleurer, et la mère qui se disait probablement que c'était toujours comme ça, avec les hommes, qu'on ne pouvait pas les retenir, qu'il fallait qu'ils partent, qu'ils fuient, qu'ils abandonnent.

Il ne se retourna pas. Le ciel était presque blanc. Le soleil lui faisait mal aux yeux. Il marchait sur la terre battue du trottoir, en direction du campement de gitans qu'il pouvait apercevoir, debout, rassemblés autour d'un feu de planches vers lequel ils tendaient les mains. Il entendit derrière lui le moteur de l'autobus, se mit à courir, s'arrêta presque aussitôt, reprit sa marche vers l'arrêt, devant l'école d'infirmières, d'un pas lent, parce qu'il n'avait plus de raison de courir au bruit du 113 qui ne s'arrêta pas, cette fois-là, personne n'ayant demandé l'arrêt, et qu'il regarda filer vers Maison-Blanche avec, à l'arrière, quelques fadards qui le regardaient, l'avaient peut-être reconnu, lui faisaient de la main des signes auxquels il ne répondit pas, qui l'indignèrent même, quoiqu'il n'y eût là personne pour supposer qu'il avait quelque chose à voir avec les occupants de cette nef filant vers l'archipel des hôpitaux psychiatriques, un peu plus loin, de part et d'autre de la nationale, oui, ces pauvres fadards bientôt descendus de l'autobus et qui marchaient vers lui, avec une allure ferme et calme de justes, pour prendre ce qui leur était dû, lui semblait-il, dans le milieu du jour, emmenés par un grand type à cheveux gris, au visage rendu bouffi par les médicaments et qui ne cessait de parler non pas aux autres mais à lui-même, très fort, et que les autres écoutaient et suivaient avec ferveur, hommes et femmes, jeunes et vieux, braillant, soufflant, bavant, ricanant, les yeux égarés, et se dirigeant vers le jeune Lauve, comme si c'était à lui qu'ils en avaient.

« À moi, oui, à moi qui avais trouvé dans l'autobus, quelques jours plus tôt, une bague qui devait avoir glissé du doigt de l'un d'entre eux, probablement du grand fadard, lui seul pouvait être le propriétaire de ce bijou de mauvais argent au chaton représentant une chouette endormie. Je l'avais ramassée un matin sans oser le rappeler, encore moins me précipiter vers lui, on m'aurait pris pour un fou, moi aussi, alors que je ne souhaitais rien d'autre que de rester inconnu, insignifiant, immobile, au fond de l'autobus, dans la pénombre, comme à l'arrière de la nuit et dans le demi-sommeil de la raison, avec les oubliés, les songeurs, les femmes lasses. J'avais gardé la bague, l'avais nettoyée, passée à l'index de ma main gauche avec le sentiment d'une fraternité dérisoire, non pas comme si nous étions, les fous et moi, de la même race, voués à la même nuit ou à la folie du plein jour, mais que, grâce à cette bague, rien ne pût m'arriver de mauvais ou de pire que ce que je connaissais, protégé par cet anneau qui me rendait en quelque sorte invisible à moi-même, qui m'avait permis de rêver quelque temps que j'allais pouvoir oublier qui j'étais, où j'étais et ce que je faisais là, mais dont j'ai dû me défaire, cet autre jour, lorsque les fous ont été à quelques mètres de moi. Je l'ai jetée aux pieds du grand fadard qui bataillait dans le soleil et qui ne s'est pas arrêté pour la ramasser, pas plus que les autres, qui ne m'avaient peut-être pas vu, ni quand j'avais jeté la bague ni quand j'avais traversé la route en courant, entre les automobiles qui freinaient brusquement, non pas à cause de moi mais de ce qui se passait là-bas, derrière moi, du côté du campement des gitans, et qui attirait les fous, les romanichels et des badauds sortis on ne sait d'où, comme des bêtes d'une prairie en feu, sauf que ce n'était pas la prairie qui brûlait mais une voiture arrêtée au carrefour et que sa conductrice, une très jeune femme brune en robe et gilet noirs, regardait flamber en pleurant, les bras ballants, tout près, trop près, comme si elle ne croyait pas que ce fût possible, ou qu'elle regardât brûler là quelque chose qu'elle était seule à voir dans la puanteur du plastique, du caoutchouc et de l'huile, dans ces flammes qu'elle contemplait au risque de s'y brûler. Car ce n'était pas les fadards qui l'auraient retenue : ils se pressaient les uns contre les autres, en demi-cercle, et semblaient l'empêcher de reculer, avec l'air de vouloir non seulement qu'elle brûle, elle aussi, mais de brûler avec elle, d'en finir avec ce qui les consumait, cet autre feu plus ardent et cette voix en eux plus forte que les sirènes des pompiers et les cris des passants et qui leur commandait d'en finir, oui, une voix que je croyais moi aussi entendre, à ce moment, non loin de l'endroit où était tombé, le 22 août 1944, le franc-tireur partisan André Vitasse, une voix qu'il me semblait avoir déjà entendue sans que je sache où ni quand, ni si c'était une voix d'homme ou de femme, une voix jeune ou de vieillard, une voix d'aujourd'hui ou bien venue de mon propre passé et donc terriblement ancienne, une voix qui eût été celle du temps si le temps avait une voix et que cette voix pût être autre chose que l'effroyable, l'interminable rumeur de ce qui n'a pas de voix et qui disait, cependant, haut et bas tout à la fois, avec une vive fraîcheur de neige à ma joue, qu'il était dommage que ça n'explose pas, oui, que c'était bien dommage, et qui le répéta, m'a-t-il semblé, sans que j'eusse cherché autour de moi si quelqu'un avait pu dire cela, jusqu'à ce que ça explose enfin, alors que la chaleur et les pompiers avaient desserré le cercle des fous et emporté la jeune femme brune, évanouie, sur l'herbe du talus... »

VI

Ce n'était donc plus tout à fait le même homme, ni celui qu'il était, dix ans auparavant, lorsqu'il avait débarqué à Helles, ni même celui que nous pensions connaître lorsqu'il s'était mis à nous parler avec ce visage qu'il nous semblait découvrir, soir après soir, et qui était comme un ciel où passent de hauts et rapides nuages : à la fois jeune et vieux, un vieil adolescent, ou un adulte qui rêverait trop à son enfance. Un enfant, s'était même écriée Solange Orluc, ce soir-là, quand il nous eut laissées sur l'herbe, parmi les ombres. Et Rolande Philippeau avait murmuré, le lendemain, juste avant qu'il entre dans le pré : « Il y a une femme derrière tout ça, non ? » Ce qu'Amélie Nuzejoux répéta, mot pour mot, devant lui, et à quoi il ne répondit d'abord rien, comme si c'était l'évidence même, comme si tout secret masculin était lié à une femme et que les femmes fussent l'unique secret des hommes, que seules les femmes, avec le Christ, pussent ouvrir une tombe et rappeler à la lumière celui qui s'était mis à gésir dans les ténèbres de son propre cœur.

Cette main lumineuse ne pouvait être, songions-nous, que celle d'Anne-Marie Combasteix dont on n'avait plus entendu parler, sauf par Chave — et encore n'étions-nous pas certaines que Chave n'eût pas inventé ça pour se rendre intéressant ou (les hommes ont parfois de ces lubies) s'imaginer qu'il avait rencontré une femme qui avait illuminé sa vie et qu'il était entré lui aussi dans la légende de cet amour.

Elle n'était pas venue à l'enterrement de sa sœur, ni même, quelques années plus tard, à ceux de ses parents, croyait-on savoir, ayant réglé la succession par le truchement de notaires, ce qui, pour nous comme pour les Lauve, était comme si elle avait réglé ses affaires depuis l'outre-tombe, étant donné que, pour le père, elle n'existait plus que dans l'espoir infiniment déçu et relancé qu'elle revienne, et qu'il s'en tenait à cela, lui, car, pour le fils, ça n'était pas aussi simple : il croyait dur comme fer à l'histoire de Chave, à cette version mythologique, songeant à sa mère non pas telle qu'il l'avait connue, à Siom, pendant les dix années qu'elle avait passées, ici, avec eux, mais telle qu'à Paris, dans la lumière d'or de la rue de Rivoli, vêtue de noir, non seulement (avait dit Chave) comme si elle portait le deuil, vu qu'à Paris, avait-il précisé avec une autorité de soûlot, plus personne ne porte le deuil, mais parce que le noir y est la couleur des belles femmes, des élégantes, de celles qui traversent les ans dans la gloire du soir.

Et si un Chave l'y avait rencontrée, il n'y avait nulle raison pour qu'il ne lui fût pas donné de la revoir, à lui, le fils, l'innocent, l'abandonné, celui à qui son père dirait un jour que ça n'était pas la peine de pleurer, qu'elle ne reviendrait pas, qu'elle était comme morte, et qu'il ne fallait plus écouter cette ganache de Chave, ce tordu, ce pauvre couillon. Et lui, le fils, continuerait à pleurer dans l'obscurité de sa chambre, des larmes qui avaient fini par lui donner un air si étrange, si lointain, qu'on ne pouvait pas ne pas le plaindre ni s'irriter de le plaindre, ce singulier petit garçon qui n'était pas tout à fait comme les nôtres et qui s'était obstiné, raccroché à l'histoire de Chave, jour après jour, d'une année à l'autre, persuadé qu'elle finirait par lui apparaître, à lui aussi, rue de Rivoli ou ailleurs, dans ce Paris à la fois trop vaste et si petit où il n'avait pas osé s'installer, une fois revenu de la petite cité du Nord où il avait fait ses débuts, quelques mois plus tôt, et plus de dix ans avant ce soir de juillet où il s'était mis à nous parler (disait-il en rougissant un peu, comme s'il croyait qu'il y a des débuts dans la vie, que chacun a un rôle à jouer, et que tout n'est pas joué d'avance), non seulement par superstition, mais parce que l'immobilier était moins cher en banlieue, avait dit le père en louant l'appartement de Nogent-sur-Marne où il l'avait amené, un dimanche d'août, vers le milieu du jour, lui ouvrant la porte et le poussant par-dessus le seuil avant de déjeuner avec lui d'un peu de charcuterie, de fromage, de pain et de vin achetés la veille aux Buiges, assis l'un à côté de l'autre sur le rebord des grandes portes-fenêtres d'un deux-pièces très clair — si clair qu'après les chambres sombres et froides de Siom, le jeune Lauve se serait cru dans le jardin, bien qu'on fût au troisième étage, et que, dès qu'il se retrouva seul face aux quelques meubles qu'ils avaient apportés de Siom dans la Land-Rover, il eut l'impression que le soleil lui entrait dans la bouche.

— Il fallait la fermer, cette bouche, murmura Solange Orluc, qui commençait à en avoir assez, qui ne comprenait pas combien il était seul, à ce moment-là, ni dans quelle détresse, non pas parce que son père venait de le quitter pour retourner à Siom sans même être allé avec lui à Paris pour boire quelque chose sur les Champs-Élysées, comme il l'avait promis à son fils, fuyant, dès la fin du repas, comme s'il avait soudain peur, ou qu'il se sentît trop seul, lui aussi qui pourtant avait chaque jour commerce avec les esprits des bois et savait pactiser avec la lune, les sèves et les grands souffles, mais parce qu'il lui suffirait, au fils, de sortir, de prendre le RER pour, un quart d'heure plus tard, se retrouver à l'endroit de la rue de Rivoli, près de la place du Châtelet, où Chave avait rencontré Anne-Marie Lauve, dans l'or d'un soir de juin, bien des années auparavant, et se rendre compte que ce ne serait pas aussi simple, que les dieux n'étaient pas avec lui comme ils l'avaient été avec Chave, qu'il lui faudrait attendre, chercher, arpenter les rues de Paris, oui, les arpenter et non s'y promener, le dimanche, les jours fériés, et quelquefois le soir, décidant, d'abord selon le nom, ensuite avec une rigueur de géomètre ou de prêtre chaldéen, de la station de métro d'où il sortirait pour marcher en direction de l'endroit où la rue de Rivoli croise celle du Plat-d'Étain, ayant toujours à l'esprit ce point comme l'étoile du berger et ne s'en approchant jamais sans que sa gorge se serrât, marchant plus lentement, le cœur bondissant à la première silhouette de femme aux cheveux clairs et de noir vêtue qu'il regardait venir à lui puis s'éloigner comme si elle n'avait pas eu de visage...

Il disait des choses comme celles-là et aussi, afin que nous ne pensions pas qu'il avait fini de venir fadard (parce qu'un homme reste un homme, avec ses prétentions, ses illusions et la petite fierté qui l'oblige à soutenir par la parole ce qui se dresse entre ses jambes), il s'était mis à nous parler des femmes qu'il avait connues pendant tout ce temps, comme en attendant, pour s'étourdir, disait-il, pour tromper l'ennui et le désarroi, dans les cafés où il s'arrêtait pour souffler, des restaurants, des chambres pleines d'ombre ; et nous, nous pensions alors à la seule femme que nous lui avions connue : cette fille du Nord qu'il avait amenée ici, pendant des vacances de Pâques, et présentée comme sa fiancée, avec un sourire qui le rendait méconnaissable, quasi stupide, frémissant comme une trop jeune fille, et fier d'avoir déniché l'oiseau rare.

Elle avait quelque chose de froid, de hautain, en tout cas de réservé, qui lui venait surtout de sa haute taille, de ses longs cheveux blonds et raides et de ses yeux d'un bleu-gris tel qu'on n'en voyait guère par chez nous où la plupart des yeux sont marron ou noirs et gardent moins trace du bleu de l'œil gaulois que de l'ambre ou du charbon des Huns et des Arabes qui se sont arrêtés sur nos hauteurs pour y forcer les ventres, les forêts et la terre. Et puis elle n'était pas d'ici, cette Ingrid ; elle venait de là-haut, près de la frontière belge, peut-être même une Belge, une Hollandaise, voire une Allemande, bref quelqu'un, nous l'avons vu tout de suite, avec qui nous ne nous entendrions pas, ni nous ni le père Lauve, lequel avait renoncé à ce qu'une autre femme puisse partager sa vie et n'était pas davantage disposé à s'encombrer d'une belle-fille, surtout d'une fille comme celle-là, avec ce nom d'actrice, trop grande, trop blonde, trop blanche pour être des nôtres, et qui le comprit d'emblée, elle aussi, qui l'avait même compris avant de poser le pied sur le gravillon lie-de-vin de la gare de Siom, un soir d'avril, s'étonnant que ce soit aussi paumé, avait-elle murmuré en ramenant une mèche de couleur paille derrière son oreille (elle passerait son temps à faire ce geste, à nous en agacer, comme si elle soulevait le poids du monde), oui, un vrai trou, avec cette gare définitivement fermée, à deux kilomètres du bourg, au milieu d'une plaine de bruyère et d'ajoncs qu'il avait fallu traverser à pied jusqu'à la départementale reliant Limoges à Clermont sous une voûte de grands hêtres, avant de descendre dans la vallée, de franchir le faux pont séparant le lac de l'étang du curé, de remonter vers la terrasse aux acacias, ensuite vers la place puis la rue haute au bout de laquelle le père, qui ne les attendait pas et à qui le jeune Lauve avait peut-être voulu faire la surprise, les vit arriver, sans un sourire, sans autre mot de bienvenue que ce : « Te voilà ! » par lequel il accueillait invariablement ce fils dont il ne se faisait pas à l'idée qu'il était professeur et qu'il ne l'aiderait pas à féconder les terres abandonnées, à les planter, à marquer le paysage de sa griffe, à remplacer les hommes et les bêtes par la nuit des résineux.

Il l'accueillit comme si la fille n'avait pas été là et qu'il n'eût même pas entendu que le fils la lui présentait comme sa fiancée, prononçant ce nom d'Ingrid avec inquiétude, parce qu'un nom ne va pas forcément de soi et que celui-ci était propre à susciter la méfiance du père, un prénom qui évoquait plus les fagnes de Wallonie, les bouleaux de Norvège ou les rivages de Courlande, disait-il, que la belle clarté des prénoms de chez nous, Jeanne, Yvonne, Amélie, Pauline, Marie, Suzanne, Odette ou Lucie. Ils entrèrent en silence, avec, pour Ingrid, on peut le croire, le sentiment qu'elle pénétrait dans le silence, et, pour le père, la certitude que tout ça n'irait pas bien loin, que toutes les femmes se valaient, anges de lumière, légères, lointaines, fugitives, ou ménagères des ténèbres. Il les emmena sur-le-champ aux Buiges. Ils dînèrent dans la grand-salle du *Café de Paris* où n'était attablé qu'un manchot en béret basque et bleu de travail délavé. On entendait, de l'autre côté du couloir, le bruit d'un billard électrique et des rires de très jeunes filles.

— Elle est professeur ? avait demandé le père, sans regarder personne, les yeux perdus vers un morceau de ciel encore clair, à l'extrémité de la salle.

— J'enseigne les travaux manuels et les arts plastiques, avait répondu Ingrid en tournant ses yeux clairs vers le père.

— Au moins vous faites quelque chose de vos dix doigts...

Et il se leva pour aller, dans l'autre salle, s'attabler avec un client, comme s'il n'était venu que pour ça, laissant les fiancés l'un à côté de l'autre, à se sourire comme si de rien n'était et qu'ils ne comptassent plus que sur la force de leur amour, se prenant les mains, mêlant leurs doigts, le fils finissant par emprisonner celles d'Ingrid dans les siennes, et regardant ensemble le soir tomber sur l'ardoise des Buiges, par-delà le tulle des fenêtres, puis contemplant le manchot au regard perdu en train de mâchonner sa floniarde et de finir la bouteille de vin rouge ordinaire qu'il avait entamée à midi ou, qui sait, ce même soir, tandis que le père revenait pour prendre un peu de cette même floniarde en disant que les affaires n'allaient pas aussi bien que naguère. Et ce fut tout. Il ne desserra plus les lèvres avant le lendemain, sauf pour ajouter, à Siom, devant le fils, et sans baisser la voix, quand ils eurent regagné la maison silencieuse et froide, tandis que la jeune Ingrid se lavait, au fond du couloir, dans le cabinet de toilette qui avait été celui de la mère et dont le père ne se servait même pas pour prendre une douche, le dimanche, préférant l'évier de la buanderie, comme un domestique de ferme :

— Elle est trop maigre.

Le fils nous la présenta quand même, malgré le verdict paternel et une nuit passée non pas ensemble (le père l'avait interdit puisqu'ils n'étaient pas mariés et qu'il ne voulait sans doute pas avoir l'air de fermer les yeux sur quelque chose qui lui rappelait sa solitude d'homme abandonné), mais Ingrid dans la chambre du fils et ce dernier sur le canapé du salon, ayant décidé de se plier à la loi paternelle, de convaincre, de séduire, de s'aveugler aussi parce qu'à vingt-cinq ans on croit encore possible de soulever la pierre des tombeaux et d'ordonner à ceux qui sont morts de se lever et de marcher.

Nous les avons vus frapper à nos portes, le lendemain matin, découpant sur le ciel printanier leurs silhouettes hautes et minces, l'un à côté de l'autre, la grande fille à l'air lointain et absent, et lui qui s'efforçait de paraître enjoué, à son aise, la tenant par la main ou par le bras et ne la lâchant que lorsque nous avions murmuré : « Finissez d'entrer », certains d'entre nous leur faisant même l'injure de ne dire que : « Sabâ d'entrâ », dans ce patois qui signifiait à la fille qu'elle ne finirait jamais d'entrer, elle, qu'elle n'était rien pour nous, non, qu'elle ne serait jamais rien. À quoi il répondait, invariablement, comme il l'avait fait devant le père :

— Ingrid, ma fiancée.

Il avait l'air de le chantonner, ce prénom, alors que nous le répétions à part nous comme si nous avions dans la bouche des cailloux de la Vézère qui nous empêchaient de le prononcer à voix haute mais pas de manquer entièrement à nos devoirs ni d'oublier de faire asseoir les tourtereaux et de leur offrir à boire, à la fille de la bière qu'elle disait préférer à tous les vermouths et dans laquelle elle se contentait de tremper les lèvres, et à lui, le brave fiancé, de cette liqueur brune que l'eau muait en une sorte de lait qui, à la fin de la matinée, lui avait fait tourner la tête, balbutier, rire comme un gamin, prendre la main de la fille et l'embrasser avec des larmes de joie avant d'aller se coucher sur le coup de midi, quand il fut soûl comme une bourrique, titubant dans les trois rues de Siom au bras de sa blonde, sa froide, sa grande fiancée qui n'avait pas prononcé le moindre mot. Et si nous n'avions rien dit, nous non plus, si nous avions fait semblant de ne rien voir, de ne pas nous vexer, c'était, nous le devinions, qu'elle avait compris, qu'elle savait qu'elle ne resterait point parmi nous et qu'il n'était pas besoin de lui montrer ce qu'elle avait à faire : elle trouva même le courage de dire au jeune Lauve, dès qu'il eut dessoûlé, vers trois heures de l'après-midi, qu'elle ne resterait pas une nuit de plus dans ce trou, parmi les araignées et les mulots ; et sans doute parlait-elle d'araignées et de mulots pour ne pas dire les Siomois ni, surtout, évoquer ce père qui ne lui avait adressé la parole, pendant le mince repas qu'ils prirent ensemble, elle et lui, dans la cuisine, que pour lui demander, quand ils en eurent fini avec le pâté, le saint-nectaire et la salade, ce que c'était que les arts plastiques et s'entendre répondre que c'était le dessin, « l'expression personnelle des élèves, leur créativité, si vous voulez », avait-elle ajouté, sinon avec gentillesse, du moins avec le souci de ne pas avoir l'air pédante tout en marquant un point dans le combat qui l'opposait à cet homme et qui était, elle le savait, perdu d'avance, mais dont il fallait sortir avec les honneurs.

On les avait vus se disputer, les deux fiancés, au milieu de l'après-midi, là-haut, au-dessus de Siom, sur la route de Treignac, après que le fils eut rendu tripes et boyaux et que le père fut apparu à la porte de la chambre avec un seau en émail jaune plein d'eau fumante, sur le bord duquel était repliée une serpillière qu'il tendit à la fille en marmonnant non pas : « Ça lui servira de leçon », mais un presque enfantin : « Ça lui apprendra » ; après aussi qu'Ingrid eut nettoyé les vomissures et fut descendue dans la cuisine pour déposer le seau aux pieds du père, brusquement, avec l'orgueil de qui rend les armes, et en montrant qu'elle n'irait pas jusqu'à nettoyer le seau ni la serpillière. On avait vu le jeune Lauve gifler la fille parce qu'elle s'était mise à crier qu'elle voulait s'en aller, oui, en femme qui a ses nerfs et que rien ne put arrêter sinon la gifle que lui donna le fiancé et qui les fit se taire, se dévisager comme s'ils se voyaient pour la première fois, elle debout dans le fossé où la gifle l'avait fait dégringoler et où elle n'osait bouger de peur de poser le pied sur un serpent, dit-elle, et lui sur le bord du talus où Chave, qui ne travaillait plus pour Jacques Lauve depuis qu'il avait pu prendre la succession de son père comme cantonnier communal, venait de passer la débroussailleuse, lui tendant (le fils Lauve) une main qu'elle refusa en clamant au milieu de ses sanglots qu'il était bien comme son père, oui, aussi moche et sinistre et mauvais que lui, et qu'elle comprenait bien pourquoi sa mère avait foutu le camp ; car, même si elle ne savait rien, qu'elle s'en était tenue au peu qu'il lui avait raconté, à savoir qu'Anne-Marie Lauve n'était pas bien portante, que le rude climat de haute Corrèze ne lui réussissait pas et qu'elle vivait maintenant à Paris, Ingrid avait deviné qu'elle s'était enfuie — une femme s'aperçoit toujours de ces choses-là, n'est-ce pas —, puisqu'il n'y avait nul signe féminin dans la maison, sauf, peut-être, le piano qui était la seule chose dont le père ne se fût pas débarrassé, quoique personne n'en jouât et dont il n'avait pas toléré que retentît la moindre note ; la seule, aussi, qu'il n'eût pas brûlée, comme il l'avait fait, au bout d'un an — ayant attendu un an et un jour, exactement, comme pour les objets trouvés —, un matin, dans le coudert, derrière la maison, pour les vêtements, les livres, les papiers, les affaires de toilette et tout ce qui avait appartenu à Anne-Marie, les larmes aux yeux, sous le regard du fils qui lui aussi pleurait de voir son père lancer, à la fourche, dans le brasier, ce qui restait de celle qui n'était pas rentrée et dont il aurait tant voulu sauver quelque chose, un foulard représentant des roues de calèche, par exemple, et que son père lui fit tomber des mains d'un coup de fourche qui le fit crier tandis que le père ramassait l'étoffe, la déchirait, la jetait au feu en maugréant que tout devait disparaître et que s'il continuait à pleurnicher de la sorte il le foutrait lui aussi au feu...

Il regardait sa fiancée avec, cette fois, des larmes qui roulèrent sur ses joues. Il chancela. Ingrid bondit hors du fossé et se retrouva contre lui, le prit dans ses bras, fit couler sur son visage sa chevelure couleur paille tout en murmurant à son oreille qu'elle allait partir, qu'elle n'en pouvait plus, que lui non plus ne pouvait en supporter davantage, ça crevait les yeux, qu'ils devaient partir, ensemble, et ne jamais remettre les pieds à Siom. Et lui, quelques instants plus tard, lorsqu'ils eurent rebroussé chemin vers la croix des Rameaux, au-dessus du bourg, au carrefour des routes de Treignac, de Lestang et de Villevaleix, nous dirait-il avec un étrange éclat dans les yeux, il répondit qu'il fallait partir, en effet, qu'il comprenait, mais qu'on ne pouvait pas partir comme ça, que lui, en tout cas, ne pouvait pas laisser son père, non, pas comme ça, pas cet affront, devant tout Siom.

— Ton père ? s'écria-t-elle. Mais il s'en fout que tu restes ou que tu partes !

Il fallait les voir, à ce moment, sous l'acide soleil de Pâques, là-haut, au pied de la croix des Rameaux : elle, qui avait fière allure dans sa courte robe noire qui lui donnait non pas l'air d'une créature, comme nous l'avions d'abord pensé, mais d'une chasseresse, d'une déesse orgueilleuse et blessée, égarée hors de ses bois, à la portée de nos flèches, de nos cris, de nos regards, tandis que lui, avec sa veste que le vent faisait bouffer et son jean délavé, la tête baissée, les paumes ouvertes et l'air de tenir à peine debout, il écoutait, au pied du calvaire de granit, la jeune femme lui répéter qu'elle s'en allait, qu'elle le quittait, qu'il devait comprendre ça, aussi, que les araignées, les mulots et le froid n'étaient rien à côté des ténèbres paternelles et qu'elle, Ingrid Maes, n'avait pas sa place entre le père et le fils, que nulle femme n'y avait d'ailleurs de place.

Il la regarda hausser les épaules, s'approcher, se pencher pour lui donner un baiser puis renoncer à ce geste, tourner les talons, descendre la côte jusqu'à la maison du père d'où elle ressortit, quelques instants plus tard, sans refermer la porte, puis reprendre seule la route de la gare, à pied, sans qu'aucun de ceux qui se trouvaient sur le pas de leur porte l'aidât à porter son grand sac de voyage ni qu'aucune voiture s'arrêtât pour la prendre, la laissant se tordre les pieds sur ses trop hauts talons et ses longues jambes dont les collants brillaient au soleil, le corps vaillamment penché du côté opposé à celui où pesait le sac, les cheveux attachés en queue de cheval, grimaçant dans la montée de La Chapelle, mais heureuse, malgré l'humiliation et la peine, d'échapper au père et même au fils ; pleine de colère aussi, on peut le croire, contre ce dernier qui n'avait pas bougé, là-haut, au pied du petit calvaire, et qui la regardait s'en aller, les larmes aux yeux, les bras ballants comme un pauvre fadard, oui, regardant, sans rien faire, partir la seule femme qui l'ait sans doute jamais aimé, la seule en tout cas qui eût accepté de partager son existence, et qu'il avait amenée à Siom afin de recevoir la bénédiction paternelle — ce qui revenait, il faut bien le dire, à obtenir son refus et la confirmation que, sur le chapitre des femmes, les deux Lauve étaient bien des perdants ; pas même des cocus : des damnés de l'amour, des types hors du temps aussi bien que des gourles, nous sommes-nous dit en voyant la jeune Ingrid peiner sur le chemin de la gare et le fiancé qui regardait disparaître, là-haut, dans le tournant, de l'autre côté de la vallée, celle qui aurait pu être sa femme, tout en songeant peut-être à ce que devait se dire le père, qui avait lui aussi assisté à tout ça depuis la porte de la buanderie en fumant une cigarette : que c'était sans doute de la même façon que s'en était allée une autre femme, quinze ans plus tôt, à pied, sans se retourner, sur la route de la gare, avec à l'épaule un grand sac de voyage qui lui tordait le corps.

Et probablement songeaient-ils, le père comme le fils, que l'amour n'est en fin de compte que cette vaine reverdie, cette illusion, cette défaite, l'abandon, la déréliction, même, malgré le récit mythologique d'un Chave. Toujours la même histoire, n'est-ce pas : une femme qui s'en va, vous plante là avec des paroles énigmatiques ou sans un mot, et ces images qu'il faut toute une vie pour enfouir, non seulement, pour le fils, celles de la mère lointaine, mais d'autres datant de sa première année d'enseignement, dans une ville de la frontière belge, entre l'Ardenne et les cités ouvrières du Nord, où il lui avait fallu sortir du silence et remâcher autre chose que les mots de la peur, de l'ombre, du froid et de l'attente, oui, tenter d'aimer autre chose que ce qui vous fait souffrir : de très jeunes figures qui se tournent vers vous et ne demandent qu'à vous aimer et qu'il avait aimées, d'abord avec maladresse, ensuite avec l'habileté et la distance de ceux qui sont payés pour parler, songeait-il alors dans la chambre que le père lui avait trouvée chez une vieille dame, au premier étage d'une petite maison de brique située dans une rue descendant vers l'Oise, non loin des aciéries qui avaient fait la prospérité de la ville, du temps qu'elle était un important nœud ferroviaire, avant les bombardements de la dernière guerre, lorsqu'elle n'était pas devenue cette ville quasi fantôme où les installations de l'ancienne gare de triage restaient debout, à l'abandon autour d'une tour d'horloge en béton sur laquelle on pouvait lire encore le temps arrêté.

« La chambre avait été celle d'un fils tué pendant les bombardements, disait-il. Je revenais m'y taire, après les cours, dans des odeurs de compote de pommes, de soupe aux poireaux, de tarte au maroilles, de verveine, de charbon, et celles, plus fades, de vieille femme propre. Je m'allongeais sur le lit à montants d'acier chromé, entre une armoire imitant l'acajou et une petite table avec sa chaise de paille cirée, face à un petit miroir ovale vers lequel je levais rarement la tête. De quoi se taire, en effet ; de quoi demeurer dans le silence pendant toute l'année scolaire, sous un crachin quasi perpétuel qui donnait à la brique sa belle couleur sang-de-bœuf et aux collines et aux bois qu'on pouvait apercevoir par la fenêtre de la salle de bains, de l'autre côté de la maison, un vert plus profond encore que celui de Siom, même si ces bois-là étaient moins épais, moins noirs, moins inquiétants, puisqu'on était encore loin des grandes forêts de l'Ardenne et qu'on pouvait y marcher à sa guise, au pas de promenade, qu'on franchissait parfois la frontière sans s'en apercevoir mais avec le bonheur de passer de l'autre côté, de se retrouver à Chimay, par exemple, où dîner à nuit tombée dans un restaurant de briques peintes en blanc et en vert, et où la serveuse avait des seins magnifiques et pas plus froid aux yeux que celle d'un vert cabaret de Charleroi que j'évoquais, bien que je n'y eusse jamais mis les pieds, avec une ferveur qui faisait sourire les collègues qui m'accompagnaient, et qui, cette ferveur, faisait de moi une sorte d'idiot de notre temps, dirait la jeune femme qui loua une autre chambre, chez la vieille dame, cette Ingrid, justement, qui est venue troubler le silence de la maison, non pas parce qu'elle était particulièrement bruyante mais parce que la présence d'une nouvelle personne (une femme, une jolie fille qui plus est) modifie notre rapport au bruit, suscite un nouvel ordre sonore, énigmatique et familier tout à la fois : exactement ce qu'était Ingrid Maes, fille d'un ouvrier au chômage et d'une mère restée au foyer pour les élever, elle et ses sœurs, dans un trois-pièces d'Origny-Sainte-Benoîte, où tout est blanc à cause de la raffinerie de sucre qui fonctionne jour et nuit dans cette odeur de betterave qui vous colle à la peau et vous dégoûte de rien avaler de sucré, soupirait-elle, qui vous fait aimer le sel plus que de raison, sauf que là, dans un tel patelin et avec un père qui ne travaille pas et passe son temps au bistrot, ce n'est pas le sel de la vie que vous goûtez mais celui des larmes, ajoutait-elle en souriant, car elle n'était pas fille à se plaindre, ayant pas mal roulé sa bosse avant d'arriver dans l'enseignement public qui, à cette époque, était déjà le cimetière de l'esprit, le refuge des solitaires et particulièrement des femmes, celles qui n'en pouvaient plus de se morfondre chez elles, qui en avaient assez de la brutalité des hommes, de leur mépris, de l'obscénité, de la violence de leur désir, et même de se prostituer, comme l'avait fait Ingrid à Valenciennes, m'avait-elle avoué, un soir, après avoir gratté à ma porte. Et je l'avais écoutée, le cœur serré, comme si elle avait été soudain nue devant moi, entrée dans ma chambre avec la lumière d'octobre et sa chair si blanche, ses cheveux blonds, son rire tranquille. Elle parlait et je regardais par la fenêtre, de l'autre côté de la rue, les façades d'autres maisons de brique semblables à celle où j'écoutais Ingrid avec l'impression que la nuit entrait dans ma bouche, elle et moi baignés dans le même silence, la même tiédeur, la même odeur de compote, de tisane, de bière, de linoléum, de naphtaline et de charbon. Ingrid venait de dire, maladroitement, avec une de ses innombrables fautes de français qui non seulement ne m'irritaient pas mais sonnaient à mes oreilles avec une sorte de grâce : "Je suis été prostituée", et qui étaient, ces fautes, sa façon à elle d'être franche, courageuse, honnête, à peu près comme elle l'avait été avec les hommes qui la payaient et qui pouvaient faire d'elle ce qu'ils voulaient, du moment qu'ils s'étaient mis d'accord sur le prix, avait-elle ajouté.

Je lui ai demandé pourquoi elle pensait me devoir cette vérité.

— Je ne sais pas, peut-être parce que nous finirons bien par coucher ensemble, a-t-elle murmuré en bondissant hors de la chambre. »

Ça n'a peut-être pas été aussi simple, mais ça a fini par arriver, ça ne pouvait qu'arriver, après plusieurs semaines passées à feindre de s'ignorer, elle qui avait deux ou trois ans de plus que lui et qui avait roulé sa bosse jusque dans le ruisseau, et lui qui ignorait à peu près tout de la vie mais savait qu'on peut la passer à attendre le retour d'une femme sans voir qu'il y en a d'autres, tout près de vous, qui vous invitent à vivre autrement, qui prennent des libertés extraordinaires comme celle de ne pas fermer leurs portes, même quand elles se lavent ou qu'elles sont assises sur le trône, à lire un magazine ou regarder s'approcher le muet colocataire, telle Ingrid Maes s'amusant de lui entendre rabâcher cette phrase : « Tu pourrais quand même fermer ta porte ! », et lui répondant en riant, doucement, toujours la même chose : « Les femmes ne chient pas : elles se délivrent, tout doucement, sans odeur, des crottes de lapin, tiens, viens voir... », tandis qu'il rabattait la porte avec, à chaque fois, un peu moins d'irritation, jusqu'à ce qu'il ne la claquât plus du tout, se contentant de la refermer avec un haussement d'épaules.

Nous aurions dû l'accueillir, cette jeune Ingrid ; nous aurions pu nous comporter mieux que le père Lauve, ou même que le fils. Étions-nous de si mauvaises bêtes ? Il était trop tard, il avait sans doute toujours été trop tard, nous étions déjà dans l'enfer de la vieillesse et l'envers de l'amour, dans le reniement, dans le crépuscule des sentiments. Et puis il n'aurait pas dû débarquer comme ça, ce jeune Lauve, sans prévenir, par l'autorail de six heures, avec à son bras une fiancée bien trop blonde et trop belle pour Siom et, qui sait, se disait-il peut-être, pour un type comme lui, oui, débarquant chez nous, à peu près de la façon qu'ils avaient dû débarquer, quelques semaines plus tôt, chez les parents d'Ingrid, à Origny-Sainte-Benoîte, où on l'avait reçu, au deuxième étage d'un immeuble modeste, avec l'amabilité des gens du Nord, le père buvant, pour l'occasion, plus que de coutume et la mère se taisant à proportion, d'abord méfiante (ayant elle aussi rêvé de fuir, de devenir fonctionnaire, d'échapper aux beuveries du mari et à la pestilence blanche de la betterave, de vivre avec ses filles dans un monde sans hommes) ; prête ensuite à l'accueillir comme un fils, lui dit-elle, elle qui avait déjà trouvé une sorte de fils dans le petit garçon qu'elle élevait : l'enfant qu'Ingrid avait eu, six ans plus tôt, d'un type à barbe rousse rencontré dans une ville où elle faisait un remplacement, Vervins, Le Nouvion ou La Capelle, et qui l'avait plaquée dès qu'elle lui avait annoncé qu'elle était enceinte et qu'elle garderait l'enfant ; un type dont elle ne disait jamais rien, sinon qu'il était professeur de musique, avait une allure de Viking et passait la plupart de son temps à ce piano à queue qui était sa seule richesse et qui l'accompagnait de poste en poste, au hasard des remplacements, dans des maisons louées le plus souvent en pleine campagne pour jouer à son aise jusqu'au milieu de la nuit.

« C'est toi qui vas être mon père ? m'a demandé l'enfant.

J'ai eu un sourire niais. J'entrais dans une histoire dont je ne maîtrisais pas grand-chose et à laquelle je ne faisais que m'abandonner davantage en allant déjeuner chez les parents d'Ingrid, en laissant le père me tutoyer, me taper sur l'épaule, et trinquant avec lui tandis que la mère me pressait de reprendre de tout et que je ne voulais pas la décevoir, acceptant même d'aller faire la sieste en même temps que tout le monde, presque aussi ivre que le père. Plus tard, vers cinq heures de l'après-midi, quand je me suis levé pour aller aux toilettes, dans la salle à manger qui sentait la frite froide, le gigot à l'ail et le vin, je suis tombé sur le petit Gregory assis, seul, par terre, dans la nuit qui montait avec la clarté orange des réverbères et des lumières de la raffinerie. L'enfant tirait d'une grande boîte en carton qui avait contenu des bouteilles d'eau de Vittel des jouets en plastique, des peluches sales, des bouts de bois polis comme des manches de vieux outils. C'est à ce moment qu'il m'a posé la question, et nous nous sommes regardés comme si nous savions l'un et l'autre que ce ne serait pas possible, que je n'étais pas capable d'être un père pour lui, qu'on ne pouvait tromper le monde, en tout cas pas ceux-là, non, ni celui qui n'avait pas de père, ni celui qui en avait de reste et point de mère, ai-je pensé en souriant au petit Gregory et en lui demandant où se trouvaient les toilettes. Il m'a pris par la main et m'y a mené d'un pas vif, puis il m'a regardé pisser comme si je venais de franchir les limites d'un tout autre royaume ; et il aurait bien continué à me regarder me soulager d'une tout autre façon si je ne lui avais fermé la porte au nez, libérant mes entrailles avec une telle abondance qu'il n'a pas été possible d'évacuer les matières, la chasse fonctionnait mal, tout est remonté à la surface et resté là, flottant à ras bord, non seulement mes propres excréments, mais d'autres matières encore, plus ténébreuses que la nuit. J'ai dû laisser les choses comme ça, ouvrir à l'enfant qui était demeuré là, à m'attendre, et qui m'a dit que ça puait mais qu'ils en avaient l'habitude, avec la raffinerie et cette chasse qui fonctionnait mal, qu'il fallait aller chercher le grand-père qui allait sûrement gueuler.

— Tu diras que c'est toi, lui ai-je soufflé.

Il m'a regardé sans comprendre pourquoi ce grand type semblait terrifié pour si peu, oui, ce grand gars qui ne pouvait pas être son père et qui avait honte de sa propre merde, soudain tout pâle, avec de la sueur au front et des lèvres qui tremblaient comme s'il allait se mettre à pleurer, et qui le suppliait de prendre sur lui une affaire pour laquelle il n'y avait vraiment pas de quoi se mettre dans un état pareil, a-t-il dit, calmement, en répétant que le grand-père allait arranger ça, puis se mettant à rire avec une douceur qui rappelait celle de sa mère.

Je suis resté debout près de la porte des toilettes, à regarder Gregory courir vers le fond de l'appartement puis revenir au bout de quelques minutes avec l'homme corpulent et rougeaud dont je ne pouvais pas ne pas alors savoir qu'il ne serait jamais mon beau-père et qui s'avançait, avec l'autorité et le calme de ceux qui ont pouvoir de délivrance ; un peu à la façon dont, quelques mois plus tôt, sa fille s'était approchée de moi, alors que je me trouvais sous la douche, dans la petite maison de brique, un soir d'octobre ; je ne pouvais la voir mais j'entendais la porte s'ouvrir et quelqu'un marcher qui ne pouvait être qu'elle et qui avançait non pas comme si elle était venue chercher là quelque objet oublié mais parce qu'elle était nue, je le devinais au bruit mat de son pas sur le linoléum gris, un peu comme une bête traversant la nuit de Siom, et je n'ai rien pu faire, aucune femme n'était venue à moi comme ça, tandis que je laissais couler sur moi l'eau de la douche et attendais, les bras le long du corps, les yeux mi-clos, qu'elle soit là, cette femme, contre le rideau presque transparent dont elle m'a enveloppé avec une douceur que je ne connaissais pas et qui m'a fait renverser la tête en arrière, tremblant et mêlant mes larmes à l'eau qui ruisselait, laissant la jeune femme desserrer les bras et faire un ou deux pas en arrière pendant que je chancelais sous l'eau et qu'elle ouvrait les rideaux et entrait dans la douche, et non seulement dans la douche mais, si j'ose dire, en moi, puisqu'elle était de ces femmes qui ouvrent dans nos cœurs les fosses où elles reposeront, et que j'étais, moi, me dirait-elle quelques mois plus tard, en m'abandonnant au pied de la croix des Rameaux, de ces hommes qui vivent dans la nostalgie des femmes qui se sont approchées d'eux, les ont aimés, soutenus, puis abandonnés, de guerre lasse, et Ingrid plus qu'aucune autre. Ingrid que je ne devais jamais revoir après qu'elle eut remonté toute seule, ce jour de Pâques, la côte de La Chapelle en direction de la gare, vous l'avez vue aussi bien que moi, cette mince silhouette noire et blonde que nous avons chassée comme une réprouvée, une étrangère, une malfaisante, et qui était trop bien pour nous. Ingrid qui est partie sans que j'aie rien fait pour la retenir ou partir avec elle, comme l'aurait fait tout homme sensé ; mais moi, j'avais déjà (et, qui sait, depuis le début) renoncé à elle, et je ne chercherais pas à la revoir ni à la retrouver : à mon retour à la frontière belge, elle avait été affectée ailleurs, dans les Ardennes, je crois, et j'ai été muté à Helles dans la banlieue parisienne dès la fin de l'année scolaire.

Je suis redescendu lentement vers le bourg. Mon père n'avait pas refermé la porte laissée ouverte par Ingrid. Je suis entré. Je me suis assis à la table de la cuisine, en face de lui qui épluchait des légumes pour la soupe du soir et je l'ai aidé, d'abord en silence puis, quand les légumes ont été lavés, coupés, trempés dans le faitout, j'ai levé les yeux vers lui pour dire, d'une voix que je pensais posée mais qui était sans doute légère et niaise :

— Tu m'as humilié.

J'avais encore à la main l'Opinel qui m'avait servi à éplucher les pommes de terre. Je m'étais mis debout pour parler, et on aurait pu croire, j'imagine, que j'allais lever la main sur mon père. Mais il voyait bien que j'étais au bord des larmes, que nous allions devoir parler, rompre le silence qui régnait depuis que j'avais débarqué à Siom avec cette fille dont nul ne voulait, à commencer par mon père qui m'a représenté qu'elle n'était pas de notre milieu et qu'elle ne pourrait jamais vivre là, à peu près comme il eût expliqué pourquoi maman était partie.

— Tu en trouveras d'autres. Et puis, si ça te démange tant, tu n'as qu'à aller à Limoges, à cette adresse, a-t-il ajouté en notant sur un bout de papier arraché au journal sur lequel nous avions épluché les légumes l'adresse d'une maison de passe que j'ai laissée sur la table, à côté de l'Opinel, mais que j'ai retrouvée, soigneusement pliée dans une poche de ma veste, le lendemain matin, dans le train qui me ramenait à Paris. Nous ne nous sommes rien dit d'autre. J'ai longtemps gardé l'adresse dans mon portefeuille, j'ignore pourquoi puisque je n'avais pas l'intention, bien sûr, d'aller à Limoges pour ça, et surtout pas de passer après mon père. Je ne l'ai jetée qu'il y a quelques mois, lorsque j'ai appris par un ancien collègue de la frontière belge, rencontré un après-midi d'automne sur le sinistre boulevard de Magenta où il venait solliciter un emploi, sanglé dans un costume dont il n'avait pas l'habitude et qui le faisait paraître vieux, triste, pitoyable, qu'Ingrid était morte, qu'elle s'était tuée en montagne, sur le glacier de la Meije, la montagne, disait-il, ayant été la dernière passion de cette fille du Nord qui dessinait merveilleusement des arbres aux formes complexes, excessives, inquiétantes, qu'elle exposait dans les collèges et les mairies des villes où elle faisait des remplacements, et qui était allée mourir là où il n'y a plus d'arbres. »

VII

Il disait qu'on ne sait jamais rien de personne, qu'on ne veut rien savoir, qu'on meurt bien plus de cette ignorance que de sa propre mort. Il faisait le brave. Il avait peur de l'ombre, lui aussi, non pas de celle qui s'étendait sur le pré de Nespoux, ni même de son ombre à lui, mais de celle qui était en lui, de cette nuit qu'il avait traversée, l'hiver précédent, qu'il avait mis tout un hiver à traverser et qui n'avait laissé en paix ni ses entrailles ni sa tête : la peur, les souvenirs, la mort d'Ingrid et le reste, tout ce qui ne passait pas avec la nuit et le jetait, le soir, dans les rues de Paris avec un visage qui n'était pas celui qu'il avait devant nous et qui nous le faisait trouver beau, avouons-le, d'une beauté que nous lui avions jusque-là refusée et qui creusait doucement sa figure en donnant à ses yeux l'éclat de quelqu'un qui va se mettre à chanter ; quelque chose en tout cas qui nous faisait penser qu'on n'a pas besoin d'en savoir davantage sur les autres, qu'on les connaît bien assez, qu'on en sait même toujours trop et que cette connaissance-là n'est pas bien fameuse, et que si nous l'écoutions, nous, c'était à peu près comme si nous étions à l'écoute du vent dans les branches des hêtres, des chênes, des sapins. Et puis nous sommes des femmes, presque des ombres, un faisceau de souffles, une conscience anonyme, de très vieux feux. Et nous ne l'écoutions peut-être que pour ne plus songer au peu de temps qui nous sépare encore des éléments et au vent, oui, au vent qui nous console un peu d'être encore là, comme tout ce qu'il racontait et qui n'était peut-être que du vent et qui nous le rendait néanmoins si proche, si émouvant, lui qui n'avait vécu que dans l'envers de l'amour qui est sans doute plus proche du véritable amour que notre médiocre pain de ménage.

Il avait connu le silence des pierres, le secret, la faute, les erreurs, les ombres qui peuplent les grandes villes et en compagnie de qui il errait, depuis qu'un médecin de Nogent lui avait accordé, après l'incident de Helles, un mois de congé, marchant dès le crépuscule dans les rues de Paris, le ventre creux, souvent près de défaillir mais s'obstinant à ce jeûne, somnolant presque toute la journée, les oreilles bouchées par de la cire, sans répondre au téléphone ni ouvrir sa porte, comme si les créatures du jour ne pouvaient rien pour lui, et dès lors s'éloignant de celle qui était, à ce moment, le plus proche de lui, encore que, pour un gars comme celui-là, ce ne pût être qu'une proximité fugitive et lointaine. Il ne s'approchait des femmes, disait-il, qu'à la façon dont on tend sa main au feu : pour caresser la flamme ; non pas les flammes vives d'un brasier mais celle, droite, fluide et silencieuse d'une bougie. D'ailleurs, poursuivait-il, Christelle Dupuis avait quelque chose d'une bougie, vraiment, toute la douceur ombreuse des brunes aux yeux calmes. Elle était arrivée à Helles l'année précédente. Elle enseignait les sciences naturelles. Sans doute la regarda-t-il comme il nous regardait toutes, avec l'air de chercher quelque chose derrière notre visage, ce qui le faisait nous contempler de si étrange façon, nous toutes, non seulement celles de Siom mais celles qui croisaient son chemin, comme s'il nous apercevait depuis une autre rive, de très loin, avec l'air de savoir ce que c'est que d'être seul, de regarder toute chose avec le sourire de ceux qui sont revenus de tout et s'abandonnant pourtant à cette jeune Christelle qui n'était ni très jolie ni particulièrement désirable, mais lisse, patiente, pleine de l'audace des rêveurs et de promesses d'extrême douceur. Elle souhaita le rencontrer ailleurs qu'à Helles : à Paris, par exemple, au jardin du Luxembourg où il arriva le samedi suivant, à cinq heures du soir, comme il l'avait proposé (« à dix-sept heures », avait-elle rétorqué, en souriant, comme s'ils ne vivaient pas tout à fait dans le même temps et qu'elle se fût mis en tête de le convertir à un autre ordre de choses), après une de ces marches qui venait de lui faire traverser la moitié de Paris, depuis la porte d'Asnières jusqu'à cet endroit de la rue de Rivoli qui correspondait au moyeu d'une roue dont la circonférence aurait eu les dimensions de la capitale et dont, depuis des années, il arpentait les rayons avec une vaine patience qui ne l'empêchait pourtant pas d'espérer une rencontre vespérale, plus belle encore que celle qui avait été donnée à Chave, et, bien sûr, que celle de la jeune Christelle devant qui il se dressa, près de la chaise de fer sur laquelle elle prenait le soleil, si chaud, encore, de cette fin d'octobre, le visage renversé, les yeux clos, les pieds sur la balustrade de pierre claire, dans l'angle qui faisait, comme l'avait précisé la jeune femme, vingt-cinq degrés par rapport à l'axe du palais du Luxembourg, et souriant de lui entendre dire : « Me voilà », exactement comme elle l'eût dit, elle, en tout cas pas comme aurait dû le dire un homme arrivant à un premier rendez-vous, non, pas avec cette douceur désabusée, cet épuisement dans la voix, cette tentation du renoncement qu'on devinait chez lui, comme s'il lui était indifférent que les choses se fassent ou ne se fassent pas, et qu'une Christelle Dupuis puisse penser qu'il n'avait de goût que pour les femmes quelconques.

Elle se redressa ; elle ouvrit les yeux ; elle s'ébroua ; elle mentit en lui disant qu'il lui avait fait peur, qu'elle n'avait pas l'habitude de Paris, elle, la petite Bourguignonne qui n'était plus, puisqu'elle l'avait rencontré, une femme tout à fait quelconque, seule, mélancolique, devait-elle se dire. Elle se remit à sourire en déclarant sans le regarder qu'elle ne voulait pas être seule, ce soir-là, que rien n'était plus sinistre que d'être seule à Paris, un samedi soir ; et elle attendit, refermant les yeux, tournant de nouveau son visage sans grâce vers le soleil déclinant, tandis qu'il demeurait là, lui, devant elle, non pas cloué sur place par la joie ou la promesse d'une bonne fortune, mais comme s'il était trop las pour ouvrir la bouche et qu'il ne pût faire autrement que d'obéir à la jeune femme qui se leva d'un bond, l'embrassa sur la joue, lui prit le bras en lui disant : « Marchons... », et puis, comme il ne bougeait pas, craignant peut-être d'être allée trop loin ou de ne pas lui plaire, rachetant son impertinence par un surcroît d'audace qui lui faisait murmurer à son oreille en l'entraînant vers le parking de la rue Soufflot où elle retrouverait sa petite Twingo bordeaux : « Allons dîner chez moi... »

Ils se taisaient. Sans doute songeait-il, lui, que tout venait d'être dit, que tout se passerait selon la grande loi féminine de l'élection, de la séduction et de la chute des corps : non pas le triomphe de l'amour mais, pour Christelle, le fait de ne pas se retrouver face à elle-même, un samedi soir, et pour le jeune Lauve le recommencement de ce à quoi il s'était toujours plié et qui, depuis qu'il enseignait à Helles, lui amenait à chaque rentrée une femme nouvelle qui ne tardait pas à tomber amoureuse avant de le détester, quelques mois plus tard, le temps de comprendre qu'il ne croyait pas à l'amour, qu'il était une sorte de Lazare qu'on eût aimé rendre à la lumière du jour mais qui ne se serait pas levé, qui n'aurait pas marché, et à qui Christelle crierait probablement, comme les autres : « Pourquoi es-tu venu me chercher ! », oubliant que c'était elle qui l'avait pris par la main, à cause de cet air mélancolique et sombre qui les intriguait tant et leur faisait espérer qu'elles pourraient quelque chose pour lui, se prenant toutes à cette flamme et espérant refaire le monde parce qu'elles ont le pouvoir de se donner comme nul homme ne le fera jamais et qu'il n'est rien de plus bouleversant, disait-il, qu'une poitrine qu'on dénude, des cuisses qui s'ouvrent, la fraîcheur d'une bouche, une voix qui s'exténue. Et puis elles retournaient à elles-mêmes, avait-il encore dit, les unes après les autres, en lui représentant qu'il n'avait pas de cœur, qu'il était lâche comme tous les hommes, qu'il crèverait seul, sans gloire ni postérité, un pauvre type, un minable, un malade même, finissaient-elles par crier avant de se mettre à pleurer et de partir en claquant la porte sur celui qui était non pas indifférent à la beauté mais incapable de la contempler autrement que de loin — fût-elle évidente, cette beauté, comme celle d'Ingrid, ou bien cachée, comme chez Christelle, dans la nudité des corps et dans cette nuit, disait-il, où les corps se cherchent, se palpent, se hument, se lèchent, se mordent, s'épuisent en une infinie misère de paroles ; non pas dans le silence mais dans ce qui précède éternellement le silence : les halètements, les petits cris, les râles et les souffles, les pleurs aussi, car elles pleuraient à peu près toutes de la même façon, Ingrid Maes, Christelle Dupuis et les autres, toutes figures de la nuit, avant de s'abandonner au sommeil, contre lui, autant dire contre des songes, non seulement parce qu'il n'était souvent plus là au matin (répugnant, avouait-il, à rester dormir auprès d'elles à cause du lendemain matin, de l'autre fonction des ventres, quand il s'agirait de se délivrer d'autre chose que du feu des reins, n'est-ce pas, dans les toilettes d'appartements mal insonorisés, souvent trop proches de la chambre à coucher), mais parce qu'il n'était jamais vraiment là, se plaignaient-elles, entrées dans la grande litanie des femmes, la plainte élevée contre l'autre sexe à qui elles reprochent de ne pas croire à la fusion des cœurs, de ne pas s'illusionner, de ne pas être sentimental ou bien de l'être trop, et finissant, les unes et les autres, par lancer à la figure des hommes qu'ils étaient incapables d'aimer, qu'ils n'avaient pas ce courage, qu'ils ignoraient ce que c'est qu'une femme, qu'elles mouraient de cette ignorance-là.

Elle s'était, celle-ci, pourtant montrée plus audacieuse, plus légère que les autres, plus forte, aussi, et soucieuse apparemment du seul plaisir des sens, du moins le premier soir, dans le studio qu'elle louait sur les hauteurs de Helles, dans le quartier des Cordeaux, au troisième étage d'un immeuble d'où l'on voyait toute la ville, la Marne, l'ancienne gare de triage abandonnée, comme celle de la frontière belge, après les bombardements de la dernière guerre, et, plus loin encore, à l'horizon, les collines de Fontenay, de Montreuil et de Rosny derrière lesquelles montait la lueur orangée de Paris : la vaste lueur maudite des villes qu'il avait longuement contemplée par-dessus l'épaule dénudée de Christelle, après qu'ils se furent embrassés et qu'elle se fut mise à préparer un repas à partir de conserves cuisinées par sa mère, à Ainay-le-Duc, en Bourgogne.

« Une sorte de pot-au-feu, ajouta-t-il, qui rappelait celui qu'on mangeait chez Berthe-Dieu et qui m'a fait penser à mon père, à cause des légumes et parce que c'était le premier jour des vacances de la Toussaint, la première fois, donc, que je n'irais pas à Siom, ai-je dit à Christelle qui s'est retournée en souriant, les yeux brillants, heureuse, comme toute femme, qu'on lui sacrifie quelque chose et murmurant qu'elle n'avait pas assez de fric pour redescendre à Ainay à toutes les vacances, et me tournant de nouveau le dos, sans doute ravie et inquiète de se croire arrivée à ses fins, chez elle, à Helles, un samedi soir, à la fin d'un beau jour d'octobre, avec un homme qui avait presque dix ans de plus qu'elle, assurément bien plus beau qu'elle mais ne se décourageant pas, s'étonnant malgré tout de sa bonne fortune et que ce fût si aisé, se disant dès lors qu'ils avaient le temps, que la nuit était douce, qu'il serait peut-être bien de ne pas coucher dès le premier soir et puis se ravisant, se disant qu'il valait mieux tenir que courir, puisque j'avais l'air d'apprécier ce qu'il y avait dans mon assiette comme si j'avais non seulement faim du repas qu'elle me donnerait mais de sa métamorphose nocturne et de la délivrance matinale, oui, comme si elle avait deviné ça et qu'elle partageât cette faim et la soif, aussi, de ce saint-amour que j'avais acheté, en chemin, à Neuilly-Plaisance, et dont elle nous resservait en s'émerveillant et de sa qualité et de l'appellation dans laquelle elle voyait, disait-elle, les yeux brillants, une promesse heureuse. Car elle savait, la petite Christelle, que tout n'est que métamorphose, que tout dépend non pas du hasard ou de la grâce mais de l'alchimie, et particulièrement de ce que nous laissent dans le corps les aliments, et que ce vin était par exemple assez grisant pour ne pas finir de nous jeter l'un vers l'autre, et trop puissant pour ne pas diminuer, sur le coup, mes capacités sexuelles, elle savait ça, Christelle, tout jeune professeur de sciences naturelles et amante experte. Elle savait aussi qu'il nous faudrait attendre la métamorphose du riche liquide en semence rare et précieuse, elle se le rappelait et demeurait à distance du mâle, déployant, comme on dit, des trésors de patience et leur donnant, à ces trésors, l'apparence d'une salade de fruits qui remplaçât la tarte tatin qu'elle avait prévue de servir mais oublié de décongeler, ou avait peur de rater, et pour laquelle, cette salade, il faudrait néanmoins le temps de peler les fruits, de les couper, de les laver, de les mettre à rafraîchir au frigo, tout ça avec des gestes lents par lesquels elle ramenait sa chevelure brune derrière son épaule en un mouvement qui lui déliait la taille et lui faisait cambrer les reins, me révélant ce qui m'avait plu d'emblée, chez elle, ses fesses, oui, ces fermes et hautes fesses bien prises dans un jean noir, me suis-je encore dit, à ce moment, en me levant et en songeant que toute femme a quelque chose qui doit pouvoir la sauver aux yeux des hommes, qu'il suffit de se dire que la beauté est toujours au-delà de la beauté, en tout cas des apparences, non dans le pis-aller qu'on appelle la beauté intérieure et qui ne console personne, mais dans la prodigieuse métamorphose des corps qui se délient et s'abandonnent.

Et rien, à ce moment, n'aurait pu m'empêcher de m'approcher d'elle, de poser les mains sur ses hanches, de remonter jusqu'à ses seins que je me suis contenté d'effleurer autant pour en apprécier le volume que parce que j'étais entré dans sa patience, dans cette grande patience féminine qui m'a fait baisser les pattes, Christelle ayant fait mine de se fâcher, de se plaindre de ce que je l'empêchais de poursuivre la préparation du dessert, et moi de lui donner raison, de faire comme si je n'étais venu là que pour dîner et regarder la nuit rougeoyante de Helles avec, à l'horizon, le cylindre illuminé du moulin de Montfermeil.

— Le moulin de Cosette, a-t-elle murmuré.

Mais je ne me souciais pas de Cosette, ni d'aucun de ces misérables d'autrefois. Ce soir-là, le misérable c'était moi, l'homme sans amour — et j'avais envie de rire. Je murmurai les vers que Victor Hugo avait écrits sur Helles, ses cressonnières, le doux tic-tac de ses moulins, ses blondes meunières aux bas bien tirés. Comme Hugo, je me sentais une sorte de fou qui semble un sage, dans le grand trouble du paysage, avec des yeux vaguement éclatants. Christelle ne croyait pas que ces vers fussent de Hugo. Elle pensait que je les inventais, qu'elle me les inspirait. Elle riait. Nous avions le temps. À cause du moulin de Montfermeil, probablement, je m'étais mis à songer à Guylaine Le Bailly, petite femme aux cheveux châtains qui avait enseigné l'espagnol, à Helles, où elle avait aimé pendant plus de dix ans un homme marié, quinquagénaire épais et moustachu, père d'un de ses élèves rencontré lors d'une réunion entre parents et professeurs, patron d'une petite entreprise helloise de maçonnerie et qui lui avait promis de quitter sa femme pour l'épouser, elle, la jeune enseignante, l'installant dans un petit pavillon moderne dont je pouvais apercevoir la façade derrière une rangée de peupliers aux feuilles jaunies, et où j'avais pénétré, un soir, pour y prendre l'apéritif : nous l'avons pris plusieurs fois, cet apéritif, et avons fini par être un peu ivres, mais pas au point de tomber dans les bras l'un de l'autre, je n'étais pas là pour ça, nous le savions, elle avait quarante-cinq ans et moi pas même trente ; et puis j'étais de ceux qu'on invite un soir chez soi pour seulement tâcher de comprendre la lâcheté masculine, oui, l'incroyable vilenie des hommes, et s'entendre dire que tous les hommes ne sont pas comme ça, pleutres, volages, cruels, indifférents, non, qu'il y a plein de braves types seuls et crevant de cette solitude, de l'éternel malentendu entre les hommes et les femmes, de ce qui avait fait qu'une Guylaine Le Bailly s'était retrouvée là, à Helles, dans une maison dont le loyer dépassait ses moyens financiers, au milieu de meubles imitant le rustique, d'un tapis de style népalais, de posters représentant des paysages normands avec des pommiers en fleur et la mer, au loin, par-delà une falaise de craie ; il y avait aussi un téléphone enveloppé de satin vert, de la fausse peau de mouton sur l'abattant des toilettes, et maints objets choisis dans le catalogue d'une coopérative d'achat réservée aux enseignants et qui montraient bien qu'elle s'était laissé avoir par le temps, passée du rang de maîtresse et de femme en quelque sorte entretenue, malgré son métier de professeur, à celui de vieille fille, ayant tenté d'avoir un enfant de son amant, non pas de le lui faire dans le dos, cet enfant, mais d'avoir au moins quelque chose de l'homme qu'elle aimait, un fils qu'elle eût élevé seule, on ne lui aurait pas jeté la pierre, pas aujourd'hui, pas même là-bas en Normandie, à Orbec, où elle était née, et où ses parents avaient une petite maison avec un bout de pré et quatre ou cinq pommiers, et dans laquelle ils accueillaient leur fille à toutes les vacances, à l'exception du premier été, lorsqu'elle avait loué une chambre d'hôtel à Collioure, où le chef d'entreprise passait ses vacances en famille et où, en un mois, il ne trouva le moyen de venir la voir que trois ou quatre fois, pour de brèves étreintes qui l'avaient fait entrer, elle, dans la patience et un espoir peu à peu vidé de ce que toute femme est en droit d'attendre, sans réussir, Guylaine Le Bailly, à rien concevoir d'autre qu'un chagrin grandissant, de l'amertume, l'altération d'une médiocre beauté, prisonnière d'elle-même et d'une image de l'amour bien plus que du chef d'entreprise aux moustaches à présent grisonnantes que je lui ai conseillé de quitter puisque après tout c'était pour m'entendre dire ça qu'elle m'avait invité chez elle, ai-je dit à Christelle Dupuis qui n'avait pas connu Guylaine Le Bailly mais qui m'a répondu que c'est toujours quelque chose de ce genre qu'on demande à un homme comme moi... Et c'est ce qu'elle a fait, quelques jours plus tard, plaquant l'amant devenu sexagénaire, qui s'était contenté de lui rendre visite une fois par semaine, pendant près de dix ans, lui promettant la lune pour ne lui laisser que l'amertume de n'être même pas mère et la certitude qu'il était trop tard pour cela, mais pas l'idée qu'elle ne pourrait rien changer de sa vie, du moins vivre autrement et ailleurs, à Orbec, par exemple, où elle se fit muter, dès l'année suivante, et où elle rencontra un militaire qui venait de prendre sa retraite et ne voulait pas vivre seul.

— Pourquoi tu me racontes ça ? a murmuré Christelle sans me regarder, le visage plongé dans l'ombre de sa chevelure.

Le savais-je vraiment ? J'ai dit que c'était à cause du moulin de Cosette, et aussi parce que nous avions le temps, elle et moi, que je pensais que le temps ne passerait pas pour nous comme il avait passé pour Guylaine Le Bailly, Ingrid Maes ou Agnès Taillebourg. Nous pouvions même nous croire maîtres du temps : nous avions la nuit pour nous, ou ce qui en restait, entre les fruits en salade et le moment où nous écraserions la dernière cigarette pour nous regarder d'une tout autre façon, nous dévisager, nous lever, ensemble (avec, cependant, l'avantage que prend sur nous la femme qui s'approche, vous saisit la main, avance la bouche, défait le bouton de votre col), obéissant à l'espèce de frisson qui nous rappelait à l'ordre, ce tressaillement qui est une sorte d'injonction et qui nous cloua sur place avant de nous jeter l'un contre l'autre, et qui nous aurait fait tomber à terre si la sonnette de la porte n'avait alors retenti pour faire paraître dans l'entrée une jeune femme, blonde, très grande, aux membres et aux traits épais, vêtue d'un jean bleu ciel et d'un sweat-shirt blanc, les cheveux attachés par un de ces élastiques enveloppés de velours noir qu'on désigne du nom exaspérant de chouchous. Elle venait emprunter une lampe de poche. Christelle lui a proposé de la salade de fruits qu'elle a acceptée sans y toucher, allumant une cigarette, se tournant vers moi pour me dire qu'elle s'appelait Valérie et qu'elle était prof de gym au collège Jacques-Prévert.

Je me suis incliné avec un mince sourire, sans ouvrir la bouche ni la regarder vraiment, décidé à me montrer lointain, à m'effacer, à attendre qu'elle ait non seulement fini sa cigarette et, peut-être, sa coupe de fruits, mais surtout ce pour quoi elle était descendue de son cinquième étage et qui était probablement tout autre chose que la lumière d'une lampe de poche et une incursion à la cave : une histoire simple et compliquée tout à la fois, encore un amour malheureux, la descente vers des profondeurs autrement inquiétantes que celles d'une cave, l'éternelle jérémiade de l'abandonnée en quête de dignité, de salut, de paix.

Christelle voulut allumer une lampe.

— Non, murmura Valérie, pas cette lumière...

Et elle se leva pour aller s'asseoir un peu plus loin, sur un étroit canapé, devant le téléviseur qu'elle mit en marche et dont elle coupa le son, regardant des musiciens de rock se trémousser en grimaçant, continuant à parler, elle, à se plaindre, à récriminer contre les hommes, en général, puis contre celui qui venait de la trahir. Nous l'écoutions en nous serrant la main, sans nous regarder, les uns et les autres attirés par l'écran sur lequel des écrivains, semblait-il, avaient remplacé les rockeurs, avec non moins de grimaces, de ridicule, d'obscénité.

— Tous les mêmes, dit Valérie, des bouffons, de pauvres cons...

Il était difficile de savoir de qui elle parlait, des hommes en général, ou bien des écrivains, et si elle était au bord des larmes ou sur le point de rire. Nous continuions à nous taire. Christelle avait débouché l'autre bouteille de saint-amour. Il n'y avait rien d'autre à faire que boire et attendre que Valérie en ait fini, qu'elle soit allée au bout de sa souffrance, car ce genre de souffrance, comme la nuit, a une extrémité, on peut en voir la fin, ce n'est qu'une maladie, après tout, nous le savions, vous le savez, vous, femmes de Siom, même si vous n'avez eu, peut-être, qu'un seul amour à étouffer de la sorte, un jeune homme trop pauvre, ou un beau parleur, un gandin de la ville qui n'aura pas levé deux fois les yeux sur vous, ou bien un brave gars mort à la guerre... »

C'était vrai. Nous sommes des survivantes. Nous n'avons généralement pas su aller au bout de ce qu'il appelait nos amours. Nous nous étions raisonnées, résignées, reniées, nous avions dit oui à ceux qui étaient devant le doigt de nos pères, nous avions triché, décidé que nos fils et nos filles ne seraient pas des enfants de l'amour mais ceux de la raison ou du renoncement, ou de la patience, et nous nous étions pliées au temps, alors que les trois autres, là-bas, à Helles, dans le studio de Christelle Dupuis, ne savaient même pas ce que c'est que le temps, trop jeunes, trop frêles, avec, dans le cœur, imaginions-nous, des battements qui n'étaient pas tout à fait semblables aux nôtres, et le visage tourné vers le fond de la pièce, vers ce téléviseur sur lequel la blonde Valérie avait changé de chaîne et qui donnait à voir un écran brouillé sur lequel on distinguait cependant un homme et une femme en train de s'étreindre, nus, en gros plan, avec une lenteur extraordinaire, comme s'ils n'avaient que ça à faire, l'amour, et que rien ne fût plus important.

Valérie s'était tue. Elle laissa aller sa tête sur l'épaule de Christelle qui était venue s'asseoir entre elle et le jeune Lauve à qui elle tendit ses lèvres, non pas comme si Valérie n'eût pas été là mais, sans doute, parce qu'elle était là et que celle-ci s'était levée pour s'agenouiller devant eux, prenant appui sur leurs cuisses, s'élevant doucement jusqu'à eux, approchant ses lèvres pour avoir sa part de baisers, tous trois se levant ensuite dans ce singulier baiser et se déshabillant les uns les autres, lentement, avec une sûreté d'aveugles, dans les lueurs moirées du film dans lequel, à présent, deux couples s'étreignaient sur le même lit avec un souci de la performance et de l'extase qui n'était pas tout à fait celui des trois personnages qui les regardaient à la dérobée et qui se retrouvèrent nus dans la pièce sombre, les deux femmes chevauchant l'homme à tour de rôle, avec une grâce, une lenteur presque solennelles, parce que c'était la première fois qu'ils se laissaient aller à quelque chose de ce genre, s'y abandonnant un peu comme on se résigne à mourir, et bien décidés à enfouir cela dans leurs terres intérieures, Valérie avec ses peines de cœur, Christelle et Lauve avec ce qui les éloignait déjà l'un de l'autre, les ramenant au bord d'eux-mêmes où crier de plaisir revient à gémir de solitude, se mentant à eux-mêmes parce que, n'est-ce pas, on ne peut faire autrement avec le plaisir, les sens, la recherche harassante de l'autre et des territoires de l'amour — eussent-ils, ces territoires, les dimensions provisoires d'un studio de banlieue où s'enlaçaient trois personnages sur lesquels le téléviseur jetait des lueurs régulières : sur leur peau luisante de sueur, sur les dents, les ongles, les yeux, sur tout ce qui remuait entre les lèvres des jeunes femmes, exactement comme le haut membre de l'homme, sur l'écran, derrière eux ; de quoi ils ne se soucièrent bientôt plus, tout à ce qu'ils faisaient, c'est-à-dire à eux-mêmes, non pas dans la générosité de l'échange ou le don de soi, mais en un surcroît de solitude, oui, une solitude effrénée dont ils ne se tiraient pas mieux à trois que s'ils avaient été deux ; incapables, en fin de compte, de se délivrer d'autre chose que des humeurs corporelles et d'illusions passagères, et mettant à cela autant de décision que d'ardeur afin d'accepter, le lendemain, qu'une telle chose ait pu avoir lieu, que deux femmes et un homme aient tenté de se défaire d'eux-mêmes, ensemble, jusqu'à ce que les femmes, d'abord, aient cessé de gémir, de râler, de crier, qu'elles soient parvenues, l'une après l'autre, sous la langue et sous l'épieu du jeune Lauve, au plus haut de leur solitude, à peu près de la même façon, avec le même halètement, la même incantation de pauvres syllabes, de quelques mots qu'elles avaient chantés, déclamés, scandés, transfigurés, quelque chose d'impérieux, de très éloigné de la parole et néanmoins des mots enchanteurs, excessifs, comme tant de mots, n'est-ce pas, comme ça, continue, oui, là, tu me fais du bien, oui, tu fais ça bien, Thomas, mon amour, Thomas, Thomas, ne t'arrête pas, mon Dieu, c'est ça, c'est ça, je te sens, c'est très pur, très pur, tu sais, écoute-moi, écoute, mon amour, je vais jouir, oui, je vais jouir — et jouissant l'une comme l'autre au bout de ces mêmes mots, dans l'espèce de silence qui suit la perte de tout sens et fait croire que tout est dit, accepté, que rien ne vaut la secousse qui vous a amené là, c'est-à-dire nulle part, dans l'acquiescement à rien, pas même une vraie délivrance, étant donné qu'il faudra recommencer encore, même si on sait que l'amour n'est qu'une ruse du temps, et rien d'autre, auraient-ils pu se dire, une fois que la semence de Thomas Lauve eut jailli dans la nuit et qu'ils soufflèrent, retournant à eux-mêmes, roulant dans leur nuit comme dans la farine des songes et puis se redressant, se remettant debout, cherchant leurs vêtements à tâtons dans la pièce à présent presque obscure, depuis que Christelle avait arrêté le téléviseur, chacun se rhabillant dans sa propre nuit bien plus que dans la nuit orangée de Helles vers laquelle se tournaient malgré tout leurs regards, de l'autre côté de la fenêtre sans rideaux, vers ce point de l'horizon où s'élevait le moulin de Cosette, comme avait dit Christelle — avec l'air d'y croire, oui, de croire, elle aussi, que la littérature a toujours le dernier mot, qu'elle l'emporte sur le réel, qu'elle se confond en tout cas avec lui, et que la petite enfant martyre avait quelque chose d'eux-mêmes, cette part d'eux-mêmes sur laquelle ils allaient, chacun dans sa nuit, pouvoir s'apitoyer, non pas pour s'être livrés à de scandaleux ébats mais parce qu'ils avaient encore une fois triché, voulu passer de l'autre côté de l'écran et confondre le rêve et la réalité, ce qui n'est pas si grave, puisque le réel n'est, dit-on, que le miroir du songe.

Et lui, encore : « Je me suis mis à rire, le front contre la vitre humide, parce que c'était fini, que tout me semblait soudain faux et qu'il fallait partir, que chacun était seul et ne pouvait, après ce qui venait d'avoir lieu, que retourner d'où il venait. Je suis parti en même temps que Valérie. Elle aimait rouler la nuit. Elle m'a raccompagné à Nogent. Nous n'avons pas parlé. Elle s'est garée devant chez moi. Nous nous sommes regardés sans sourire. Je n'avais pas sommeil. Je lui ai proposé de marcher le long du bois : elle a posé sur mon avant-bras une main bronzée, frémissante, impérieuse. Elle m'a dit qu'il fallait en rester là, que nous ne nous reverrions sans doute pas, que l'épisode de cette nuit n'était qu'une parenthèse et qu'elle n'aimait d'ailleurs que les Noirs — qu'elle n'appelait pas ainsi, mais, de façon exaspérante, en faisant fièrement claquer la langue pour bien me montrer qu'elle était de son temps et qu'elle faisait là l'épreuve d'une vérité qu'elle était seule à pouvoir apprécier : "les Blacks", ajoutant que je n'aimais pas le genre humain, que ça se voyait tout de suite, elle me le disait sans colère, que j'étais méprisant, en tout cas un homme lointain, c'était ça, trop lointain, et qu'on ne pouvait pas rejoindre.

Je l'ai regardée franchement, pour la première fois. J'avais l'habitude de ces constats nocturnes, de ces femmes qui vous lancent à la figure des vérités qui sont comme des poignées de braises alors qu'elles demeurent, ces femmes-là, en deçà de toute vérité, dans la déception, l'amertume, la défaite des sens : tout ce qu'on peut dire, à trois heures du matin, à un homme avec qui on vient de faire l'amour comme si on s'était jeté dans des eaux ténébreuses.

— Tu es du côté des morts, a-t-elle murmuré.

J'ai souri. Cette sentimentale sportive donnait dans le théâtral ; j'aurais pu rétorquer que c'était elle qui était du côté des morts, elle qui, nous avait-elle raconté avec force détails, avait passé l'après-midi à Disneyland, parce qu'il n'y avait pas, selon elle, de mauvaise consolation, sans comprendre qu'elle était descendue, cette après-midi-là, au royaume des morts, de la fausse joie, de la perpétuation niaise de l'enfance, elle qui s'était indignée que j'ironise sur le fait qu'on avait donné le nom d'un poètereau tel que Jacques Prévert à un établissement d'enseignement secondaire ou qu'on puisse croire que le moulin de Cosette avait une réalité historique. Je l'ai remerciée de m'avoir ramené. Elle a tourné la tête vers moi en plissant les yeux comme si j'étais en effet très loin ou que, plus simplement, elle eût envie de pleurer ; je lui ai pris la main ; je l'ai baisée doucement. Je suis descendu. Je n'avais pas ouvert la bouche. J'ai traversé la rue sans me retourner. Il s'était mis à tomber une petite pluie fraîche. »

La blonde Valérie n'avait pas tout à fait tort : il marchait dans la nuit comme s'il se fût trouvé sur l'autre rive, parmi les ombres des femmes qui s'étaient tournées vers lui, Ingrid Maes, Agnès Taillebourg, Guylaine Le Bailly et toutes celles à qui il ne cessait de songer : les enfuies, les suppliciées, les sacrifiées, celles aussi qui s'y laissaient prendre, comme Christelle Dupuis qui lutta quelque temps contre ces ténèbres, vaillamment, même si ce qui venait d'avoir lieu l'avait d'abord éloignée du jeune Lauve, incapable de soutenir son regard ni sa vue, lorsqu'ils se rencontraient, au collège, dans le réfectoire, les couloirs ou la salle des professeurs, ensuite comme si cette nuit-là marquait non pas la fin brutale de ce qui était peut-être mort avant de naître, une occasion manquée, si l'on préfère, mais un commencement violent, mystérieux, une initiation, l'entrée dans un domaine auquel la jeune Christelle, enfant unique d'un ajusteur bourguignon et d'une caissière de supermarché, songerait bientôt comme à une étrange fête dont elle aurait assez de nostalgie (oui, ce regret qui n'est qu'un reste de pudeur et le temps nécessaire à l'illusion pour que soit bue toute honte et qu'on se présente désormais avec le visage nu de l'amour) pour s'avancer de nouveau vers lui et lui dire, non sans hauteur, cela même qu'elle pensait qu'il aurait dû lui demander, lui, s'il avait été un homme comme les autres : « J'aimerais qu'on se revoie », ou quelque chose de ce genre, songeait-il en la voyant s'approcher de lui dans la cour de récréation où un vent froid soulevait les feuilles mortes.

— Il n'est pas trop tard, hein ? ajouta-t-elle, à voix plus basse, en se disant peut-être qu'avec un type comme lui il n'était jamais trop tard, alors que (aurait-elle dû comprendre, cette trop jeune Bourguignonne, avec sa foi inébranlable dans la cuisine et le vin de son terroir, et son obstination à croire en son métier, au perfectionnement de l'être humain, à la lumière de l'amour) il était toujours trop tard, que tout avait été dit et les jeux faits depuis si longtemps que ce qui pouvait arriver n'avait que peu d'importance en regard du désordre initial, de la catastrophe qu'elles auraient pu évoquer, toutes, et dont toutes, avec leur courage et leur abnégation d'amoureuses, entendaient le sauver sans savoir, ces jeunes amoureuses, qu'elles ne faisaient que souffler sur de vieilles braises, c'était comme ça, c'était ce qui ferait, une fois quitté celui qui ne pouvait les aimer que de loin, dans cette distance où une très vieille main lui tenait la tête ployée en arrière, c'était ce qui leur ferait supporter leur chagrin, leur désillusion, songeant à lui d'abord avec colère, puis en le détestant franchement, ensuite plus calmement, bientôt sans haine, pour finir dans une fausse indifférence où il entrait un peu de cette nostalgie qui était le seul sentiment qu'il disait pouvoir vouer aux femmes.

Et puis il y eut, quelque temps après, cette nuit pendant laquelle il traversa la moitié de Paris plus souillé qu'une âme de damné, et ces jours de fatigue passés à somnoler, chez lui, dans son appartement trop chauffé, les volets clos, les oreilles bouchées par de la cire, sans jamais répondre au téléphone ni à la sonnette de la porte d'entrée, sans se soucier que la jeune Christelle l'attendît en pleurant derrière le battant de bois sombre ou dans son appartement de Helles ou bien plus loin, encore, plus loin, encore, dans cette Bourgogne où elle se réfugia, à Noël, et où il l'imaginait, non pas dans le modeste logis parental d'Ainay-le-Duc, mais dans l'or des soirs bourguignons, parmi les odeurs de terre lourde, de bois et de vin qu'il respirait dans sa chevelure et, disait-il, entre ses cuisses. Il ne sortait qu'au crépuscule à la rencontre d'autres ombres dans les rues de la capitale, abandonnant les marches rayonnantes qui le conduisaient rue de Rivoli pour des déambulations transversales, capricieuses, auxquelles il mettait fin n'importe où, loin de la rue de Rivoli, comme si cet endroit était devenu le lieu même de la désillusion ou de l'absence d'espoir. Il avait, avons-nous songé, trop sollicité le destin : plus de vingt-cinq ans que sa mère était partie, et près de vingt que Chave l'avait rencontrée, un soir de juin ; et il avait sans doute attendu tout ce temps pour se dire qu'il serait, lui, le fils, probablement incapable de la reconnaître, ne possédant d'elle pas même une photo depuis que le père Lauve avait brûlé tout ce qui avait appartenu à sa femme en se disant que c'était dans des flammes pires que celles-là que l'âme d'Anne-Marie Combasteix devrait brûler, un jour, si elle n'était pas déjà en train de le faire, et ne gardant donc d'elle, le père comme le fils, que l'image étrange et familière d'une jeune femme aux yeux et cheveux clairs, au beau visage étroit, fermé, un peu hautain, déjà lointain ; et avec ce visage le regret de la voix qu'il trouvait si belle, lui, le fils, si émouvante alors qu'elle faisait rigoler les gamins et les hommes de Siom.

« J'ai pourtant cru la rencontrer plusieurs fois, murmurait-il, rue Poirier-de-Narçay, par exemple, un soir de juillet très chaud, vibrant d'insectes d'or, ou encore une après-midi de décembre, boulevard des Capucines, cloué sur place, les bras ballants, sourd à tout, et particulièrement à une jeune Maghrébine qui proposait des cartes postales pour contribuer à la lutte contre le racisme, le chômage ou le sida, quelque chose comme ça, et à qui je n'ai pas répondu et qui s'est mise à crier que j'étais encore plus laid que je ne l'étais en faisant semblant de ne pas la voir. J'ai failli la gifler. J'ai regardé le ciel couleur de plomb, puis les vitrines d'un couturier. J'aurais voulu me trouver quelque pitié pour cette fille qui vendait des cartes postales, une veille de Noël, sur les grands boulevards, dans un vent glacial. Je ne lui en voulais pas ; elle avait encore moins de visage que celle que je venais de prendre pour ma mère et qui n'était qu'une inconnue, bien sûr, une femme trop jolie suivie jusqu'à la place de l'Opéra et qui s'était retournée vers moi avec un sourire de morte. J'ai aussi cru la voir rue de la Folie-Méricourt, rue des Abbesses, rue de Rome, place Dauphine, à la poterne des Peupliers, dans le parc Monceau, au pied de la tour Saint-Jacques, ailleurs encore : toujours ce sourire de morte. J'ai fini par me dire qu'elle était peut-être morte, que ce serait la même absence de visage que je découvrirais lorsque les femmes en manteau noir que je suivais se retourneraient vers moi. »

Il s'était donc tourné vers d'autres visages, pour peu qu'ils fussent calmes, étroits, pleins de cette grâce un peu triste et hautaine qu'il disait avoir été celle de sa mère, sans savoir encore, à près de quarante ans, que cette grâce et cette beauté ne sauraient être l'apanage d'une seule femme mais de toutes, puisque, disait-il, sans être dotée de l'ensemble des qualités qu'on appelle beauté, chaque femme possède quelque chose d'émouvant, de gracieux et de beau, par le fait qu'elle est femme, par son appartenance au sexe qui a le vrai pouvoir, et parce qu'il lui est donné, à un moment de son existence, fût-ce quelques secondes, de la dévoiler, cette beauté, d'en être la manifestation lumineuse et irrésistible, de la même façon que tout être humain a quelque chose d'infiniment digne de pitié, disait-il, même l'agressive Maghrébine du boulevard des Capucines, même le pire des individus, à cause de sa nuque, oui, la nudité désarmante d'une nuque, ajoutait-il, comment résister à cela, à ce qu'il y a là de fragile, de pathétique, de ridicule, parfois, même chez les vieux paysans de Siom au cou épais, plein de plis et de rougeurs, ou chez les élèves les plus durs, ceux-là mêmes qui l'avaient offensé et dont, pour leur pardonner, il allait contempler, en cachette, pendant un travail écrit, les nuques rases sur lesquelles tombait parfois une queue-de-rat, les oreilles décollées, pitoyables, rougeâtres, percées d'un ou de plusieurs anneaux — ces nuques donc qui semblaient appeler toute la pitié du monde, à laquelle cédait son grand-père maternel, le vieux Combasteix si dur en affaires et qui n'aurait pas hésité à voter pour les partis de la droite s'il n'y avait eu la question de la peine capitale, aurait-il dit un jour où sa fille aînée, celle qui est morte d'un cancer, à Treignac, la divorcée de Paris, comme on l'appelait là-bas, avait hurlé de rage en apprenant qu'un type qui avait assassiné un enfant, à Troyes, si nous nous souvenons bien, venait de sauver sa tête. C'était il y a une vingtaine d'années. Elle ne savait pas qu'elle était condamnée, elle aussi, et qu'elle ne la sauverait pas, sa tête, qu'il n'y aurait pour cela ni avocat ni prêtre, vu qu'elle ne croyait en rien sinon à je ne sais quelle fureur vengeresse qu'elle appelait de ses vœux, ce soir-là, devant le téléviseur. Le vieux Combasteix avait regardé sa fille comme s'il voyait déjà en elle les signes de la maladie qui l'emporterait, quelques mois plus tard, et contre laquelle elle lutterait avec des impatiences, des terreurs de gamine. Il avait regardé sa nuque jusqu'à ce qu'elle se retourne, puis il lui avait dit qu'elle ne savait pas ce qu'elle disait, qu'il l'avait vue, lui, enfant, la guillotine, non pas une exécution, pour rien au monde il n'aurait assisté à cela, mais l'instrument dans une cour au fond de laquelle il s'était échappé pour aller pisser, à Tulle, il ne se rappelait plus très bien où, mais il revoyait encore l'engin dressé au fond de la cour déserte, le couperet brillant en haut des bois de justice dans la solitude des objets qui ont pour eux l'universalité de la Loi ; et il s'était mis à trembler et à pleurer, avait-il encore dit à sa fille, des larmes, oui, lui qui se croyait, à dix ans, le plus courageux du monde parce qu'il pouvait rentrer chez lui en traversant un bois obscur, et qui pleurait de la même façon que, bien des années plus tard, son petit-fils, la nuit de janvier où la jeune Karla Tucker serait exécutée dans une prison du Texas.

Ce qu'il disait là, le jeune Lauve (avec sur le visage quelque chose de lumineux, comme si la grâce de la jeune suppliciée l'avait touché lui aussi, et que ce fût bien là le signe qu'il changeait et qui nous donnait l'impression de le regarder pour la première fois non plus comme le fils de Jacques Lauve et d'Anne-Marie Combasteix, mais comme un individu à part entière), il l'avait déjà dit à d'autres : à Christelle Dupuis, probablement, qui avait fini par forcer sa porte, un après-midi de janvier, et qui, faute d'avoir trouvé le chemin de son cœur, entendait se rendre indispensable d'une autre façon, lui faisant le ménage, la cuisine et l'amour avec la même opiniâtreté de petite provinciale qui espérait peut-être un profit global de ses actes mais qui ne pouvait rien pour lui, qui le savait sans doute et qui se résignait à ce pis-aller parce que terrienne, sentimentale et seule, désarmée aussi devant les puissances de la nuit, non seulement les femmes qu'il rencontrait dans la nuit de Paris, mais aussi des personnages plus obscurs comme ce type rencontré un soir de janvier, place de la Bastille, au *Café français* où le jeune Lauve aimait se reposer et où il se laissa aborder par un homme d'une cinquantaine d'années, au visage empâté, à la moustache et aux cheveux teints, aux yeux extraordinairement grands, brillants, mélancoliques, qui semblaient regarder de bien plus loin qu'il n'était possible à un homme de contempler ses semblables.

— Elle était belle, n'est-ce pas ? murmura-t-il en désignant, à la une du journal posé sur les genoux du jeune Lauve, le beau visage de Karla Tucker, radieux sous ses boucles brunes.

« Je n'ai pas répondu. Il s'est mis à parler de la beauté des mourants, un peu trop fort, car il y avait entre nous une table inoccupée. Qu'on puisse l'entendre m'indignait. Il a dû le sentir. Il est venu s'asseoir non pas sur la chaise qui se trouvait à côté de moi, mais à la table inoccupée, et j'ai fini par lui dire, parce qu'il fallait bien dire quelque chose, que sa voix ne m'était pas inconnue. Il a souri : on croit parfois reconnaître des voix alors que c'est l'obscurité qui les rend semblables, interchangeables, qui leur donne le même grain obscur, les traversant, ces voix, métamorphosant les visages, les altérant, les pliant au grand anonymat de la nuit. "Arrêtez votre baratin !" lui ai-je lancé, presque étonné de m'exprimer comme ça, avec l'intonation banlieusarde qui mêle l'accent d'Afrique du Nord et celui des anciens faubourgs de Paris ; avec, même, la moue méprisante de mes élèves, moi qui, à Helles, avais mis tout mon cœur à élever contre leur langage en guenilles la gloire de la langue française, celle qui m'avait amené devant eux et qui, avec les années, me laissait plus démuni que mes ancêtres limousins devant les cavaliers tafales, les Sarrasins et les Anglais, ne cherchant plus à lutter, leur empruntant même quelques expressions, me mettant à parler comme eux, non seulement à Helles mais ailleurs, dans les situations de désarroi ou de violence, entré à mon tour dans cette altération de la langue, cette déchéance, cette misère qui me faisait me dresser, une nuit, vers onze heures, au *Café français*, place de la Bastille, contre ce type dont il me semblait connaître la voix et qui faisait mine de n'avoir pas entendu, qui reprenait, sur un ton très doux, en regardant devant lui la façade de l'Opéra sur le fronton duquel étaient à l'affiche *Tristan et Isolde, Billy Budd* et *Parsifal* : "Elle est bien morte, elle", en désignant non seulement le visage de Karla Tucker, exécutée la veille, mais aussi, semblait-il, de tout autres figures, plus haut, dans la nuit, et qui n'étaient ni celles des amants éternels, encore moins du marin mis à mort ou du chevalier en quête de délivrance, mais qui désignait dans le ciel, peut-être, je ne sais quoi de familier, de proche et de lointain, une énigme et sa résolution. "Prenez autre chose", murmura-t-il ; et il fit claquer ses doigts en direction du garçon avec la certitude qu'il était le seul à pouvoir agir ainsi, non seulement parce qu'il le connaissait, ce garçon, mais parce qu'il payait ce privilège de pourboires considérables, commandant pour moi une autre blanche de Bruges, et, pour lui, un armagnac. "Vous êtes professeur, n'est-ce pas ?"

dit-il encore, un peu plus tard, en me regardant cette fois bien en face. Oui, lui ai-je dit, un professeur de collège, c'est-à-dire presque rien, un pauvre type, mal habillé, malade, déchu de tout prestige social et intellectuel, un tâcheron du savoir théorique, qui faisait semblant d'enseigner quelque chose qui relevât de l'ordre, de la grandeur, de la mémoire, de l'universalité, à des élèves qui vivent dans la haine, le mépris, le repli ethnique, et, quant à moi, dans le deuil de cette langue qu'on m'a appris à aimer, enfant, ici même, à Siom, non pas en tant que signe de classe ou de distinction mais comme le grand ferment français, le principe unificateur d'une République qui s'accommode aujourd'hui d'une langue qui n'aura même pas une belle mort, la mort d'une langue n'est jamais belle, n'est-ce pas, vous comprenez ça, vous qui voyez mourir la vôtre, celle de votre enfance, ce patois limousin que vous êtes les dernières à parler, cette petite langue qui a su porter vos peines, vos joies, votre silence, le récit secret de votre vie.

Il a bien fallu quitter le café. Nous avons atteint l'autre côté de la place en la contournant par la droite, entre les baraques d'une fête foraine. Rue du Faubourg-Saint-Antoine, je me suis retourné vers la colonne de Juillet, au sommet de laquelle brillait l'ange d'or nu, loin de moi, comme tous les anges, oui, terriblement lointain. J'avais envie de pleurer. Le type marchait devant moi d'un bon pas. Je l'ai rattrapé. Nous avons cheminé ensemble, sans un mot, jusqu'au passage de la Main-d'Or, où j'ai fait quelques pas entre des façades obscures avant de m'immobiliser, comme si j'étais en danger et que rien ne pût néanmoins m'arriver de funeste. "Pourquoi vous arrêtez-vous ?" m'a-t-il demandé. Je n'en savais rien. Pouvais-je lui dire que c'était à cause, peut-être, de la beauté du nom de la rue ? Il voyait bien que je ne disais pas tout, que j'étais même loin de la vérité ; il s'est approché ; je lui ai raconté que c'était là que j'avais revu, l'année précédente, une sœur d'Ingrid Maes, cette Véronique qui vivait à Paris, qui avait trouvé mon numéro de téléphone dans les papiers de sa sœur et m'avait appelé pour me reprocher de n'être pas venu aux obsèques, à Origny-Sainte-Benoîte (et dans sa bouche amère, avec son accent du Nord, le mot obsèques avait une emphase de nouveau riche), de m'être contenté de cette couronne qui les avait déçus, voire choqués, ses parents et elle, et aussi le petit Gregory qui avait tant rêvé d'être mon fils, puisque après tout nous avions été fiancés, Ingrid et moi, avait-elle ajouté avec la même emphase, oui, indignés, surtout Gregory qui était à présent presque un homme et qui n'aurait jamais de père, avait-elle murmuré, en se mettant à réciter les vers d'Apollinaire que j'avais fait inscrire sur le ruban de la couronne :

Un aigle descendit de ce ciel blanc d'archanges
Et vous soutenez-moi
Laisserez-vous trembler longtemps toutes ces lampes
Priez priez pour moi.

Je suis quand même allé la voir. Je ne la connaissais pour ainsi dire pas et je savais qu'après tant d'années j'aurais du mal à la reconnaître, passage de la Main-d'Or, dans le sombre deux-pièces où elle avait tenu à habiter parce qu'elle pensait que le nom du passage pourrait lui porter chance et où elle vivait seule. "On n'a pas beaucoup de chance, nous autres, filles Maes", avait-elle déclaré d'emblée. Elle ajouta qu'elle ne se réalisait pas dans son boulot, puis elle évoqua longuement sa condition d'aide-soignante, les cours de psychologie qu'elle suivait et qui l'aidaient à tenir le coup, à communiquer, à ne pas être exclue... Je n'avais pas compris qu'elle était au chômage. Je souhaitais en entendre le moins possible. J'étais assis sur une chaise de toile et elle sur le bord d'un matelas recouvert d'un tissu indien élimé, posé à même le plancher. Elle avait allumé un bâtonnet d'encens. J'avais mal au ventre. Je le lui ai dit. "La porte en face", a lancé Véronique Maes, qui me voyait la chercher du regard, cette porte que je préférais soudain à la porte de sortie : je savais que je n'aurais pas le temps de rentrer chez moi, mais seulement de lancer à Véronique Maes : "Bouche-toi les oreilles !" "Surtout, tu ne me donnes pas d'ordres !" a-t-elle crié en se retournant pour allumer une cigarette, et souriant comme pour me signifier qu'elle avait l'habitude des malades, qu'elle se réjouissait de me voir humilié, soufflant sa fumée en renversant la tête en arrière, installant sur ses oreilles les écouteurs d'un baladeur, fermant les yeux, s'abandonnant à la musique.

Quand je suis sorti des toilettes, elle était devant moi, debout, entièrement nue, le baladeur dans une main, dans l'autre une cigarette de shit, comme elle dirait plus tard, de ce shit que fumait un grand Noir, une nuit, dans la station du RER, à Vincennes, à l'extrémité la plus sombre du quai. Je m'étais approché ; je lui avais demandé une taffe : il m'avait tendu le joint en me regardant avec un mépris que je n'avais jamais encore vu dans aucun regard, ai-je dit au type du *Café français*, et qui semblait, ce regard, prendre toute la mesure de ce que les races ont de différent, de lointain, d'inconciliable. Non que j'en eusse envie, de ce joint, ni que j'eusse voulu voir ce que ça faisait, puisqu'il n'y a pas de paradis, n'est-ce pas ? Mais j'étais trop seul, ce soir-là, et je ne voulais pas me mettre à hurler sur ce quai désert ; et voilà que je n'étais plus qu'un petit homme blanc devant le grand Noir qui aurait pu, à ce moment, lui apporter la mort, oui, lui donner cette mort qu'il demandait peut-être avec un sourire d'enfant perdu — exactement la figure que je devais avoir devant Véronique Maes qui dansait nue, les yeux mi-clos, pour un homme qu'elle connaissait à peine, en murmurant qu'Ingrid était morte et qu'elle communiquait avec elle, qu'elle lui parlait, qu'elle l'entendait, oui, que ça lui était donné, que rien n'était plus bouleversant. Et ce qu'elle entendait, ce n'était pas l'âpre voix de sa sœur ni le hurlement qu'elle avait dû pousser en se détachant de la paroi alpine, mais la voix douce, lumineuse, de celle qui dessinait des arbres aux frondaisons plus enchevêtrées que des chevelures, la voix claire-obscure du sang et l'infinie distance où elle résonnait.

Pour rien au monde je ne me serais laissé embarquer dans cette affaire, cette transaction suspecte, cette communication avec l'outre-tombe qui supposait que je couche avec Véronique et que je la paye, pas exactement pour la remercier des faveurs médiumniques grâce à quoi elle prétendait me faire jouir encore de sa défunte sœur, mais, plus simplement, parce qu'elle était dans le besoin, sembla-t-elle me dire lorsqu'elle eut cessé de danser et compris que je ne céderais pas : ses yeux bleu pâle avaient à ce moment quelque chose de plus désespérément nu que son pauvre corps frissonnant, blanc et fade de fille du Nord.

Je lui ai donné ce que j'avais sur moi. Nous n'avons rien ajouté ; nous ne nous sommes plus regardés, même quand j'ai ouvert la porte pour partir et que la ténèbre malodorante du couloir a pénétré dans l'appartement, et avec elle, l'obscurité du passage de la Main-d'Or et la grande nuit de Paris où je me suis retrouvé seul et aussi tremblant que si j'avais cédé à Véronique Maes, dont le creux des bras portait des hématomes qui disaient qu'elle ne tarderait pas à tomber, elle aussi, et d'une paroi aussi haute que celle d'où avait chu sa sœur.

Je savais qu'elle me téléphonerait encore, qu'elle avait encore des choses à me raconter sur ses échanges nocturnes avec Ingrid, qui lui parlait, disait-elle, de plus loin que la nuit. Elle avait même, prétendait-elle, quelque chose d'Ingrid à me remettre ou à me vendre : un cahier, une sorte de journal intime qui me concernait, et qu'Ingrid eût été heureuse de me voir lire. J'ai refusé de la revoir. Je lui laisse pourtant un peu d'argent, de temps à autre, que je monte glisser sous sa porte après m'être assuré qu'elle n'est pas là, ou qu'elle, devinant que c'est moi, fait semblant de n'être pas là.

C'est ce que j'ai raconté à l'inconnu, cette nuit-là, à l'entrée du passage. Il a eu ces mots : "Vous voulez que je vous en débarrasse ?" Je n'ai pas voulu comprendre. "Elle finira par mourir, elle aussi, lui ai-je dit, et plus vite qu'elle ne croit." Il a eu un geste agacé. "Vous ne m'en croyez pas capable ?" J'ai haussé les épaules. J'étais encore sous l'effet de la bière ; et puis je connaissais ce genre de type, j'en avais rencontré plusieurs au cours de mes marches de nuit : des oiseaux de nuit, ni tout à fait fous ni vraiment sensés ; des bavards, des gens qui sortent de leurs souterrains et sont capables de tout pour qu'on les écoute, qui feraient tout pour ne pas rentrer chez eux et qu'on les aide à traverser la nuit. Je me souviens d'une comédienne sur le retour, rencontrée galerie Vérot-Dodat, un soir, et qui m'a invité à prendre un verre dans un bar à vin de la rue Jean-Jacques-Rousseau pour raconter ses amours désastreuses avec un jeune danseur de tango homosexuel et son amitié un peu trouble, maternelle, protectrice, avec un couple de jeunes professeurs qui venait d'emménager dans son immeuble, rue du Jour, sur le même palier, et qui, la comédienne, voyant qu'elle ne retenait guère mon attention, que j'en avais probablement assez de sa figure ravagée sous une chevelure lisse, noir de jais, coupée au carré, s'est mise à raconter qu'elle avait connu les membres d'un club de mangeurs de fœtus, vraiment, quelque chose d'aussi abominable que ça, à quoi participaient des personnalités de la télévision et du show-business, disait-elle avec une sorte d'effroi, cette Albertine Dor, je n'ai pas oublié son nom, qui me faisait croire qu'elle ne jouait plus la comédie, qu'elle ne savait pas le jouer, ce rôle-là, et qui avait envie de me retenir auprès d'elle, de me choyer, de me regarder vivre et sans doute davantage, comme le petit couple de la rue du Jour, mais qui n'osait franchir le pas, donner ou inventer des noms, ni même en dire davantage sur les démons qu'elle évoquait et qu'elle préféra abandonner à leur nuit tout en me laissant partir, moi, me saluant en levant le verre qu'elle venait de se commander, non plus du vin, mais quelque chose de plus fort qui ressemblait à de l'ambre et qui était, avait-elle dit en comparant son bourbon à la pierre d'une de ses bagues, la couleur même de la solitude.

Oui, un type de ce genre, celui de la Bastille, un être perdu, un réprouvé, un solitaire que j'ai fait mine de croire lorsqu'il m'a dit qu'il pourrait tuer, n'importe qui, le premier venu : “Tenez, ce clochard, là ; c'est dangereux, là, parce qu'il y a trop de monde, mais je le ferais sans hésiter : il y a une telle distance entre lui et nous...” J'ai souri.

Je ne savais plus très bien de quoi il parlait. Je n'avais plus la force de m'indigner, ni de contempler l'abîme où tombait une Véronique Maes ni la nuit dans laquelle une Albertine Dor allait à la rencontre des ogres nécrophages, de ses amours désastreuses, de ses enfants incertains. "Marchons encore", a-t-il dit en me prenant par le coude et m'entraînant vers le square Trousseau, là où, quelques semaines auparavant, un vieux clochard m'avait demandé une cigarette. "J'ai déjà tué des gens, reprit-il, oui, pour rien, c'est si facile, voyez-vous, à Beyrouth, à Sarajevo, à Freetown, dans la confusion des guerres civiles, il suffit de payer, et encore..." Cette fois je me suis mis à rire ; je me rappelais ce que j'avais inventé, quelques années auparavant, à Helles, devant une classe de 3e particulièrement morte, pour tenter de la réveiller, ce genre de provocation suscitant quelquefois d'étonnantes discussions : que j'étais allé à Sarajevo, pendant les vacances de Pâques, non pas avec une organisation humanitaire, ni pour combattre, mais pour tirer sur des hommes, que j'en avais probablement tué un, un musulman, avais-je précisé, sans qu'aucun élève réagisse, même quand j'avais raconté que le singulier voyagiste qui m'avait amené là, au sommet d'un immeuble à demi ruiné donnant sur l'allée des Snipers, m'avait laissé entendre que c'était une place de choix, d'où on ne manquait jamais sa cible, surtout au crépuscule, c'était bien plus agréable et excitant, surtout quand ils tentaient de sortir, là-bas, sur le trottoir d'en face, comme des rats ; si bien, avait ajouté l'étrange voyagiste en prenant mes dollars et en me remettant le fusil à lunette, qu'on ne faisait pas que satisfaire son plaisir, mais qu'on œuvrait pour une Europe blanche et chrétienne, continuais-je à prétendre. Je transpirais ; je parlais trop fort ; j'étais sur le point de pleurer : je n'existais pas. M'entendaient-ils, ces petits Hellois, plongés dans la torpeur méridienne, les relents de cantine, l'ennui, ne voulant rien, attendant je ne sais quoi avec une sorte de calme qui n'était plus de la patience ni de la résignation mais, pour certains, quelque chose d'animal, voire de minéral ? J'étais entré au désert, je parlais en vain, le récit de mon prétendu crime sonnait sans doute pour eux comme de la littérature, et il n'était rien qu'ils méprisassent autant que la littérature. Ils ne m'écoutaient pas ; ils s'échappaient vers des territoires qu'ils croyaient moins sinistres que les miens mais qui l'étaient sans doute davantage, malgré les couchers de soleil hawaiiens, californiens ou australiens qui étaient leur littérature à eux, les plages où ils couraient sous les palmes, éperdument, comme je le ferais, cette nuit-là, sauf que c'était en gamin terrifié, fuyant, à la hauteur de l'hôpital Saint-Antoine, l'inconnu en noir qui m'a regardé, j'imagine, détaler comme un damné vers la Nation... »

VIII

Un gamin, en effet, un vieil adolescent qui ne se résignait pas à faire comme tout le monde : s'abandonner au temps. Une sorte d'innocent qui avait galopé vers la place de la Nation tel qu'autrefois, à Siom, dévalant la rue qui mène au lac comme s'il allait se jeter à l'eau ou dans le soleil levant, et qui aurait toujours l'air de n'être pas tout à fait de ce monde, surtout devant la mort d'une femme, lui qui avait écouté quelques jours plus tard son coiffeur lui raconter l'agonie de la sienne — enveloppé dans le drap bleu nuit et maintenu contre le dossier par la main du jeune veuf armée d'un rasoir qui jetait des éclats sous les spots du plafond, et à qui le jeune Lauve ne trouvait rien à dire : « Rien d'autre que ce qui surgit à mes lèvres, comme ça : "Moi aussi je viens de perdre quelqu'un...", sans qu'il m'écoutât, ne pouvant pas m'entendre, devant continuer, parler à coups de rasoir, n'ayant pas d'autre moyen de s'en tirer, même si je ne l'écoutais plus, vu que j'étais tout entier à ce que je venais de balbutier, les lèvres tremblantes, avec la sueur qui commençait à me couvrir le visage, oui, tout à mon mensonge et à l'espèce de vérité qu'il y a au fond de tout mensonge, comme si je voyais la fin des légendes et la vérité en face : que ma mère était non seulement à jamais sortie de Siom et de la parole de Chave, mais aussi de mes songes, qu'elle avait accédé au rang de mortelle, c'est-à-dire de femme mûre, puis de vieille femme et peut-être de morte, me disais-je en serrant la main au coiffeur qui me souriait avec compassion, m'aidait à enfiler ma veste et me poussait dehors, sur le trottoir que j'ai suivi jusqu'à chez moi, où j'ai trouvé la concierge en train d'écouter ce que lui disait un jeune type au visage bouffi, vêtu d'une chemise à carreaux et d'un jean sale qui menaçait de lui tomber des fesses. Devant cette Espagnole toujours bien mise et hautaine, je me sentais presque aussi coupable que devant la principale du collège Paul-Zalisky, surtout depuis que j'étais en congé pour maladie et qu'elle me voyait sortir tous les soirs, trouvant sans doute que je n'avais pas l'air bien malade, qu'aujourd'hui les médecins vous donnent des congés pour un oui ou pour un non, particulièrement aux professeurs, et que, d'ailleurs, les hommes aujourd'hui ne valent pas grand-chose, en tout cas pas ceux d'autrefois, m'avait-elle dit un jour, cette Mme Rosas qui avait supporté pendant des années non seulement l'exil mais l'alcoolisme de son mari et cette tâche de concierge qu'elle avait dû assumer toute seule pour cacher que son époux buvait, qu'il rentrait soûl deux fois par jour, à midi et à minuit, avec dans le sang de quoi dormir jusqu'à la fin de l'après-midi et puis jusqu'au milieu de la matinée suivante ; assumant donc, cette forte femme, les travaux réservés aux hommes, sortant les poubelles, balayant, lavant les étages des trois bâtiments de la résidence, arrosant le parc, à la belle saison, écoutant les doléances des petits-bourgeois de l'immeuble, les confidences des vieux garçons et des femmes solitaires, et le reste du temps esquivant la fureur du mari qui devait songer, comme elle, à ce plateau de Galice qu'ils avaient quitté, à ce village où ils étaient nés, tous deux, où ils s'étaient fréquentés, avaient ensemble cru à un avenir meilleur, malgré le caudillo au regard lointain, brillât-il, cet avenir, au-delà des Pyrénées, à Toulouse, d'abord, puis à Clermont-Ferrand, dans le bâtiment pour le mari et pour elle dans une cantine scolaire, et à Paris, enfin, jusqu'à ce que le mari se casse une jambe et trouve le moyen de boire pour enfouir en lui les rêves galiciens et sa dignité perdue de boiteux, oui, enterrée là-bas avec les rêves de lumière et les enfants qu'ils n'avaient pu avoir, rêvant aussi à cette Galice où ils étaient retournés, une fois, pour des vacances d'été, avec l'idée d'y revenir lorsqu'elle serait, elle, à la retraite, et où ils s'étaient fait voler les roues de leur voiture : ils avaient compris, devant leur Citroën retrouvée sur cales, qu'ils étaient là aussi des étrangers, qu'ils seraient des étrangers jusqu'à la fin, et partout, et qu'une banlieue de Paris valait bien le reste du monde : une rue calme du

Perreux, par exemple, où l'époux délaissa un peu la bouteille pour retaper un petit pavillon délabré et où, en compagnie de sa femme qui avait pris, avec les années, des allures de grande dame, s'était même allongée, affinée, embellie, tandis qu'il s'était tassé, lui, il regarderait passer ce qui leur restait de temps en se demandant qui s'en irait le premier et souhaitant que ce soit lui, malgré le dieu qui protège les ivrognes, n'est-ce pas, vous qui souriez, comme Mme Rosas ce jour-là au jeune fadard obèse qui avait à présent les larmes aux yeux et serrait contre lui une grande bouteille de soda, si bien que Mme Rosas a dû le prendre par le bras et le faire rentrer chez lui, dans son petit studio du rez-de-chaussée, car il n'était pas assez couvert et ne savait plus où il était, ce pauvre fadard qui parlait d'un complot, de gens qui étaient venus le trouver, une secte qui nous menacerait tous, avait dit la concierge, qui ne connaissait pas la suite puisqu'il s'était mis à pleurer... »

La suite, ce furent, quelques jours plus tard, les cris de terreur du fadard errant tout nu dans les couloirs de la résidence, des larmes et du sang sur les joues, et ses imprécations contre ceux qui s'étaient introduits dans son studio pour le battre, le déshabiller, le faire coucher dans le couloir après lui avoir fait croire qu'ils allaient s'occuper de lui, lui donner du bonheur, répétait le pauvre bougre, plus bouffi que jamais, tremblant, balbutiant un nom de femme qui était celui de sa mère, avait dit la concierge : une Hollandaise qui vivait un peu plus loin, à Fontenay, dans un bel appartement avec vue sur le bois, où elle recevait beaucoup à cause de son métier d'agent immobilier ou d'antiquaire — incapable en tout cas de s'occuper de ce fils qu'elle avait eu d'un amant de passage et qui, à trente ans passés, n'avait jamais vu son père ; encore moins capable de le supporter chez elle, ayant pour s'en débarrasser acheté ce studio, à Nogent où il errait toute la journée entre son appartement, les supermarchés et les boulangeries où il achetait du soda, des gâteaux, des sucreries qui étaient sa nourriture principale et qui le faisaient grossir à vue d'œil, les écouteurs d'un baladeur aux oreilles, dévisageant tous ceux qu'il rencontrait pendant ses allées et venues : les filles et les femmes, surtout, au cou desquelles il lui arrivait de sauter et qui se défendaient en hurlant ou frappant ce visage rougeâtre, boutonneux, et ce grand corps indolent qu'elles laissaient parfois se tordre de douleur sur le trottoir jusqu'à l'arrivée de la police qui ne pouvait que le ramener chez lui, et non chez la mère, laquelle n'était d'ailleurs jamais là, répétait le concierge de la résidence de Fontenay, aux ordres de la mère chez qui il réussit pourtant à pénétrer, un soir, à la suite d'un livreur de pizzas qui avait le code d'accès, introduit chez madame par un maître d'hôtel engagé pour la soirée et qui comprit trop tard son erreur et ne put retenir ce grand gaillard obèse à la chemise de trappeur canadien déboutonnée sur un T-shirt sale, les yeux pleins de larmes, les paumes et les bras ouverts, balbutiant, bavant un peu, s'avançant vers sa mère, près de la baie qui donnait sur les chênes et les marronniers du bois, pour sangloter devant l'élégante quinquagénaire en train de rire et de dire en anglais à deux jeunes gandins que les temps étaient certes difficiles mais qu'on commençait à en avoir par-dessus la tête du « social », de l'« intégration », de la « crise », de la grande pleurnicherie sur les plus démunis, les quartiers prétendument défavorisés, les exclus, les clochards, les immigrés, les problèmes raciaux. « Et puis les pauvres sont devenus ennuyeux, ils n'ont plus la dignité d'autrefois, ils ne mendient plus : ils revendiquent, ils ont un discours, ils veulent des droits, quel ennui, mon Dieu, quel ennui, quel sentimentalisme, et que la France est devenue sinistre ! » ajouta-t-elle en français avant de s'interrompre, de prendre un air sévère pour regarder celui qui venait de se planter devant elle et bredouillait : « Maman, maman... », ou quelque chose de ce genre, devant sa mère qui ne le regardait pas, non, pas même un coup d'œil, n'ayant pour lui que les paroles cinglantes par lesquelles elle disait son indignation d'être importunée jusque chez elle par un de ces mendigots, pire même qu'un mendiant puisque celui-là n'avait pas l'air normal, mais ça aussi, dit-elle, en anglais cette fois, c'était dans l'air du temps : qu'on laisse les cinglés et les maniaques en liberté, qu'ils puissent se promener parmi les bonnes gens comme des personnes saines, oui, encore le prêchi-prêcha de cette fin de siècle, ce mélange de christianisme, d'action humanitaire et de psychanalyse à l'usage des employées de bureau, et cette obscène façon d'étaler les tares et les maladies les plus honteuses, tout ça dans un langage qui n'est pas moins abject puisque tout le monde a aujourd'hui des opinions, n'est-ce pas, et quelque chose à revendiquer, fût-ce le simple droit à la parole, même si on n'a rien à dire... « Fichez donc ce type dehors ! » finit-elle par lancer en se retournant et en allumant une cigarette pour ne pas regarder partir le fils disgracié qu'il fallut presque traîner jusque dans l'entrée et qui emportait sous ses chaussures de basket éculées un beau tapis persan, raccompagné par le maître d'hôtel et les deux gandins jusqu'au portail de la résidence. Il titubait. Il pleurait dans la rue, accroché à la grille, hurlant qu'il voulait sa mère, puis se mettant à marcher dans les rues de Nogent, du côté du bois, où il tentait d'arrêter des femmes, finissant même par en agresser une, dans sa résidence, une jeune femme qui prenait son courrier dans la boîte aux lettres avant de rentrer chez elle et sur qui il est tombé, dans l'obscurité, l'attrapant à la gorge et commençant à serrer en pleurant, jusqu'à ce que les voisins sortent, que la police arrive et qu'on le renvoie à l'asile pour plusieurs mois.

Et lui, le jeune Lauve, était, à cette époque, assez semblable à ce pauvre type. Il le disait lui-même : « Aussi désespéré, du moins, et, depuis le début de l'hiver, depuis l'interminable nuit de novembre, cerné par les fous, les criminels, les suppliciés, les enfants perdus et tous ces hommes étranges qui me répugnaient et me faisaient me demander comment une femme peut aimer un homme, cette violence, ce poids, cette sueur, cette odeur de bête morte qu'ils ont toujours sur eux... »

Nous n'avons pas répondu. Nous n'avions rien à dire. Nous nous étions toujours tues devant les hommes, même dans l'espace de nos lits ; nous les avions subis ; c'était là notre sort ; c'est comme ça que nous avons été élevées : pour subir en silence le soc de chair par quoi il est si difficile et si aisé tout à la fois de mener les hommes, tout en leur laissant croire qu'ils conduisent le monde. Pourquoi parler de ça ? Devant le jeune Lauve nous étions, soir après soir, non pas fascinées (il y a belle lurette qu'aucun homme ne nous fascine plus — et puis ce n'est pas là un mot que nous emploierions : le temps a fini par nous soumettre les hommes, dans le calme des cuisines comme dans la pénombre des chambres), mais intriguées, curieuses, pleines d'une sorte d'amour, aussi, puisque nous avons fini par nous dire, le cinquième soir, que nous l'accompagnerions jusqu'au bout. Nous lui devions bien ça.

Nous l'avons donc suivi dans la nuit parisienne, non pas celle des fêtards et des saltimbanques, mais les ténèbres peuplées de personnages entre la vie et la mort, dans le premier cercle de l'Enfer, disait-il en se décrivant en train de gagner le quai du métro Saint-Michel avec le sentiment qu'il descendait dans un tombeau, une fois passé le portillon automatique menant à l'immense puits d'acier, après avoir évité de jeunes clochards assis les uns contre les autres, hommes, femmes, chiens, mendiant de l'argent, des cigarettes ou des tickets-restaurant, oui, le jeune Lauve descendant marche par marche dans la moiteur fétide, esquivant la mince chute d'eau qui ne venait d'aucune pluie qui fût tombée, là-haut, sur les bouches d'air de la place Saint-André-des-Arts, mais de la vessie des clochards qui se soulageaient dans un coin de l'immense escalier tournant et laissaient choir cette liqueur d'or terne sur la tête de ceux qui ne savaient pas et pensaient essuyer sur leur joue et leur lèvre une rosée nocturne, tandis que le jeune Lauve poursuivait sa route et arrivait aux Halles, sur le quai du RER, en direction des espaces incertains de Boissy-Saint-Léger ou de Marne-la-Vallée, ayant franchi des groupes de jeunes Antillais au visage lointain, debout eux aussi sur la rive de l'Achéron, sauf qu'ils ne savaient pas où ils se trouvaient, eux, ou qu'ils ne voulaient pas le savoir, et entre qui il fallait passer sans accrocher aucun regard, sans rien regarder, le visage calme, debout dans l'ultime convoi qui emportait vers les banlieues lointaines des ombres épuisées, titubantes, ricanantes, qui avaient renoncé au pouvoir de l'amour avant de s'enfoncer davantage dans les ténèbres avec leur langage en lambeaux et leurs têtes de bagnards, hallucinés, stupéfaits, harassés, comme ce jeune Maghrébin au crâne rasé et aux oreilles décollées qui avait abordé une jolie blonde — laquelle ne lui avait même pas jeté un coup d'œil et à qui il hurlait qu'il existait, putain, qu'il était un être humain, lui aussi, même s'il n'avait pas une tronche de Gaulois, et que ses camarades retenaient et consolaient en lui disant : « Vas-y, fous-lui la paix à cette meuf, tu vois pas que tu lui fais peur, putain, à minuit et demi, avec ta grosse tête d'Arabe ! », avant de se mettre à rire avec lui, puis déboucher des échantillons de parfums dont ils épelaient les noms, Caron, Lacoste, Lagerfeld, Cacharel, Gaultier, et comparaient les senteurs, découvrant peut-être là ce qui les séparait de leur propre peur ; comme si ce n'était que ça, la vie : un peu de parfum, presque rien, une volatile, une subtile fragrance qui nous distingue de la charogne, pas grand-chose, vraiment, en tout cas rien qui échappe au temps, même s'ils se croyaient immortels parce que jeunes et n'ayant devant eux que l'éternité du mal, non pas la connaissance du bien et du mal, mais l'abandon à ce souffle qu'ils appellent la haine et qui est la jubilation du mal, ajouterait le jeune Lauve en nous regardant comme si nous allions lever la main sur lui.

Mais nous avons continué à l'écouter, à l'accompagner dans la nuit de Paris, dans ce qu'il appelait le deuxième cercle de l'Enfer : « Rue Saint-Denis, rue Sainte-Apolline, rue Blondel, parmi les filles publiques et les désespérés de toute sorte, dans la grande famine de notre temps qu'est la misère sexuelle, en compagnie de mes semblables que je ne pouvais me résoudre à appeler mes frères, ces pauvres types dont je faisais pourtant partie, dans le vent noir de cette nuit, en train de reluquer les filles qui frémissaient, tapaient du pied, semblaient sourire ou murmurer de bien plus loin que de leur propre visage quand elles ne se tapissaient pas dans le silence, comme cette très jeune brune un peu boulotte vers qui je suis allé parce qu'elle avait l'air de se cacher, à cause, aussi, de son opulente poitrine que le froid semblait étrangement épargner, à qui il donnait même un velouté laiteux sur lequel j'aurais, à ce moment, tout donné pour poser mes lèvres, moi qui n'ai pourtant jamais eu de goût pour les prostituées et qui ne me trouvais là que parce que j'étais rendu à ma propre nuit, trop loin de Siom, des forêts et des landes, et surtout de moi-même, devant cette fille qui se dissimulait le visage derrière la main avec laquelle elle tenait sa cigarette et qui a bien dû la retirer, cette main, et me découvrir sa figure comme pour que je m'approche davantage et tente de rendre un nom à ce visage qui m'était familier et à qui je souriais parce que je me rappelais son histoire : celle d'une Portugaise boulotte qui avait été mon élève, quatre ou cinq ans auparavant, et qui passait son temps à tenter de se taillader les veines, ne supportant pas que ses parents divorcent, que le père aille vivre dans la Seine-Saint-Denis avec une autre femme, une Africaine bien plus jeune, la mère tombant entre les mains des Mormons ou des Témoins de Jéhovah et quittant avec sa fille l'appartement de Helles pour aller habiter Neuilly-Plaisance, la fille se confiant dès lors à moi, dans l'autobus, dans la cour, dans les couloirs, malgré les ricanements des autres filles, sans qu'elle puisse se plaindre, elle qui était aux yeux de tous passée du côté des profs, c'est-à-dire traîtresse, balance, cafarde, et à qui la bande des Grands-Prés décida de le faire payer, lançant contre elle la blonde Samantha Legrand qui avait été son amie, donc sa rivale, et qui la provoqua, la bousculant tant et si bien qu'il fallut régler ça, un soir, après les cours, à Helles, au parc de la Mémoire, sur le rond-point central dont les plus grands, avec quelques types d'une bande de la cité des Bosquets, à Montfermeil, que Samantha Legrand avait appelés à la rescousse, bloquaient les issues, retenant dans sa maisonnette le gardien qui n'osa appeler la police que lorsque Monica Dos Santos (je retrouvais son nom, je le proférais doucement, ce qui l'a fait sourire et me dire qu'elle l'avait gardé, ce prénom, qu'il lui valait un succès qu'elle devait aussi à sa ressemblance avec l'autre Monica, l'Américaine, celle qui avait recueilli dans sa bouche la semence de l'homme le plus puissant du monde, ajoutait-elle) fut à terre, frappée non seulement par Samantha Legrand, mais par une dizaine d'autres filles et garçons, trouvant dans le fait d'être tabassée, vaincue, humiliée, une sorte de gloire presque égale à celle de Samantha Legrand, disparaissant pendant des journées entières pour travailler, au noir, dans une sandwicherie, au centre commercial de Neuilly-Plaisance, où elle se lia avec un vigile qui lui proposa de se mettre en ménage avec elle. “Vous vous rendez compte ! me mettre avec un grand mec comme ça qui voulait que je lui fasse sa bouffe et lui garde son gosse !” m'avait-elle dit, la dernière fois que je l'avais vue, dans l'autobus, un matin de septembre où elle m'avait remis, enroulé dans une petite boîte de plastique transparent, un chapelet aux perles de nacre acheté pour moi cet été-là au Portugal, à Fatima, où elle était allée en pèlerinage avec sa mère et d'où elle m'avait rapporté cet objet avec lequel elle avait prié, pour moi, disait-elle, pour sa mère, pour elle enfin. Ce qui ne l'avait pas empêchée de tomber aux mains du vigile, lequel ne lui avait pas seulement fait faire sa tambouille, son ménage et garder sa gosse, mais l'avait mise sur le trottoir où je venais, quelques années plus tard, de la retrouver et où elle refusait de me parler davantage. "J'ai rien à vous dire, maintenant, rien du tout. Cassez-vous ! Il va savoir que je travaille pas et il va me battre. Cassez-vous ! Retournez dans votre collège !" criait-elle.

Je l'ai laissée rejoindre son camp d'ombre. J'avais pourtant imaginé que je montais avec elle, qu'elle se dévêtait, que je caressais cette chair pâle et grasse sous ses yeux humides, cette fille à qui je n'avais jamais trouvé la moindre beauté et qui cracherait son chewing-gum avant de prendre mon sexe dans sa bouche et qui me caresserait la tête lorsque j'aurais tiré d'elle un plaisir qui nous ferait pleurer vraiment, elle et moi, ensemble, comme s'il était inévitable qu'après l'intimité de l'autobus, les confidences et les lettres, la curée du parc de la Mémoire et le chapelet de Fatima, nous en arrivions à ça, l'étreinte silencieuse, tarifée et néanmoins libératrice, sur le faux velours rouge d'un mauvais lit, dans un obscur studio de la rue Saint-Denis, songeais-je en descendant dans l'enfer du RER où la musique d'ambiance, cette nuit-là, ça ne s'invente pas, Agnès Taillebourg m'avait appris à la reconnaître, était *Le Tombeau des regrets* de Sainte-Colombe.

J'ai en quelque sorte obéi à Monica Dos Santos : je suis retourné à Helles, où la première chose que j'ai remarquée, en descendant de l'autobus, place de la Mairie, a été la carcasse du *Rallye* entourée par le ruban rouge et blanc que la police avait tendu tout autour de ce qu'il fallait peut-être appeler l'aire du crime puisque, m'a-t-on dit au collège, ça avait l'air d'un incendie criminel ; non pas d'un incendie destiné à masquer une faillite frauduleuse, mais d'un règlement de comptes au cours duquel Jacky Gagneur avait trouvé la mort. Je n'ai pu m'empêcher de sourire. Non que je me sois réjoui de la mort de celui qui m'avait fait choir au plus bas de moi-même (je savais qu'il me faudrait y revenir, à cette mort, et dès cette nuit, affronter Jacky Gagneur dans les flammes de son enfer, tenter de l'y soustraire, prier pour lui, disons-le, même si je n'avais pas de mots pour cela), mais parce que c'était en quelque sorte trop beau pour être vrai et que le destin m'avait déjà fait cette terrible faveur en terrassant, quelques années plus tôt, sur le trottoir, devant le collège, un père d'élève qui était venu me dire que je notais mal, que je ne savais pas évaluer sa fille et que si je ne lui donnais pas de meilleures notes, c'était que j'étais raciste : je revoyais le torse lisse et brun de ce Réunionnais, deux ou trois mois plus tard, entre les mains des pompiers qui tentaient de le réanimer, un matin d'avril ensoleillé, alors qu'il était en train de mourir sous un ciel pommelé qui ne pouvait lui rappeler celui de son île natale, puisqu'il ne le voyait pas plus qu'il ne voyait les visages rougis par l'effort des pompiers, ni ceux, plus lointains, des badauds, ni même ceux des ancêtres qui allaient l'accueillir là où n'existeraient plus la haine, la pauvreté, le grand malentendu racial ; et j'ai songé non pas que je tenais là ma revanche (je savais que j'exerçais le dernier des métiers, et ce type, alors même qu'il était vivant, debout et frémissant devant moi, me faisait déjà pitié), mais ce qu'on peut penser, dans ces moments-là, et qui est toujours peu ou prou incongru : que ce torse sur lequel les pompiers rabattaient le polo vert orné, du côté du cœur, d'un petit crocodile bleu, était d'une extraordinaire beauté et qu'il n'était pas moins beau de mourir comme ça, au milieu d'une matinée d'avril, par un temps qui hésitait délicieusement entre la fraîcheur et la douceur, et que ce devait être ça, la mort, cette hésitation entre deux ordres de sensations qui cessent d'être contradictoires. »

IX

Il souriait. On voyait bien que tout ça était loin — de la littérature, à présent, et qu'il ne se paierait plus de mots devant nous. Nous n'en étions plus là. Ce qu'il avait maintenant à nous dire était autrement important que la mort d'un cafetier de banlieue, d'un parent d'élève, ou même que ces semaines pendant lesquelles il avait vécu entre la vie et le songe de la vie, dans le rêve de n'être ni vivant ni mort.

Car ces morts-là, il faut le reconnaître, ce n'était que des mots en regard de ce qui l'attendait à Siom et à propos de quoi nous lui avons téléphoné, un après-midi de mai dernier, un lundi, oui, l'une d'entre nous, Monique Bugeaud, qui est, au fond, la moins mauvaise d'entre nous, et qui a enfin osé ce que personne ne se décidait à faire : l'appeler, chez lui, à Nogent, pour lui apprendre que son père était au plus mal et n'obtenant qu'une sorte de silence ou plutôt, nous dirait-elle en employant un mot venu du fond ténébreux de la langue ou qu'elle avait peut-être inventé, une *taisure*, comme si le jeune Lauve se trouvait non seulement à plus de cinq cents kilomètres d'ici, mais encore plus loin, là où les noms ni les mots n'ont plus cours, au bord des eaux que s'apprêtait à passer son père.

« Il est en train de mourir, c'est ça ? » finit-il par murmurer après un temps assez long pour que Monique Bugeaud puisse se dire que sa voix revenait de très loin, qu'elle avait même traversé sa vie tout entière, en quelques minutes, non seulement la vie du fils mais aussi celle du père, et non seulement ce qu'il en connaissait, lui, le fils, mais en remontant jusqu'à ce qu'il ignorait : l'enfance berrichonne ou poitevine qui devait être à présent plus proche que jamais, puisque les extrêmes se rejoignent, avait-il pu penser en descendant de l'autorail du soir, le lendemain, à la gare des Buiges, sans avertir personne, quatre kilomètres plus loin, vu qu'il y avait belle lurette que le train ne s'arrêtait plus à Siom et que des Hollandais avaient acheté la gare pour en faire une maison de vacances où ils venaient se reposer en compagnie de femmes plus belles, plus nues, plus blondes que nous l'avons jamais été, avec, dans le regard, le rire, la façon de marcher, une liberté dont nous n'avions pas même l'idée et qui nous montrait que, pour nous aussi, c'était bel et bien fini, que nous avions fait notre temps.

Nous l'avons vu arriver à pied, exactement comme l'avait fait son père, une quarantaine d'années plus tôt, lorsqu'il avait jeté son dévolu sur Siom à cause du lac et de ce qu'il croyait que rien de mauvais ne pouvait advenir au bord d'une belle étendue d'eau, descendant la côte de La Chapelle sous le vert tendre des hêtres, avec l'air d'avoir tout son temps, sans doute parce qu'il savait, le fils, qu'il ne serait jamais d'autre part que de ce village qui l'avait vu naître, trente-sept années plus tôt, au flanc du haut plateau, alors qu'on ne naissait déjà plus qu'en clinique, comme si on avait honte d'être de quelque part, et particulièrement de cette terre dont on avait renié les patois, les outils, les gestes millénaires, et sans que le fait d'être né à Siom fasse de lui un vrai Siomois, à cause de son étranger de père et, surtout, de cette femme qui aurait pu leur faire prendre souche et qui les avait plantés là comme deux voyageurs surpris par la montée du soir, dans la nuit des civilisations défuntes et des cœurs désolés, une nuit qui n'était cependant pas celle où s'apprêtait à entrer le père Lauve, au premier étage de cette maison dont nous continuions à parler comme de celle de Razel et où nous avions demandé à Chabrat, le menuisier, et à son aide Henrion, de le monter, après son attaque. On ne l'avait pas vu mettre le nez dehors depuis deux jours et on avait fini par s'inquiéter à cause de sa porte qui restait entrouverte et des poulets de Nespoux qui entraient chez lui en toute liberté. Nous l'avons trouvé étendu sur le linoléum, près de la cuisinière. On l'a retourné : il a souri, a murmuré qu'il n'était pas mort, non, pas encore, qu'il lui restait du temps. Puis il n'a plus rien dit, sauf quand on l'a porté dans sa chambre et qu'il a trouvé bon de dire que ce n'était pas parce que les croque-morts étaient là qu'il fallait lui préparer son cercueil. Mais on voyait bien qu'il n'en avait plus pour longtemps, qu'il n'était pas aussi solide que ces chênes, ces châtaigniers et ces hêtres qu'il avait tant aimés et auxquels il songeait sans doute en regardant par la fenêtre, après que les aides-soignantes furent venues, les matins suivants, l'installer dans son fauteuil, les grands sapins de Veix et du Montheix, à l'horizon, et les chênes de Chadiéras, plus près, par-delà les derniers toits de Siom d'où ne s'élevaient plus guère de fumées, avec le regret de n'avoir pu planter la forêt dont il avait rêvé, jour après jour, et que ses pas l'eussent conduit sur nos hautes terres au lieu, peut-être, des belles forêts du Bourbonnais ; avec surtout le dépit de n'avoir donné le jour qu'à ce fils devenu plus grand que lui, mais pas plus fort, et avec qui il ne s'était jamais entendu, qui avait préféré les livres aux arbres et la parole humaine au vent dans les frondaisons, oui, l'air vicié des bouches au souffle pur des forêts, aurait-il pu dire à ce fils, lorsqu'il le vit devant lui, le lendemain soir, dans la belle lumière de mai, debout, les bras non plus ballants, tel qu'il l'avait toujours vu se présenter à lui, mais croisés sur sa poitrine, comme en classe, lorsqu'il faisait face à des élèves dont il voulait obtenir le silence, sauf que, ce soir-là, c'était devant un mourant qu'il se trouvait, au cœur d'un silence qu'il ne connaissait pas et dans lequel il entendait battre son propre cœur.

C'est ce qu'ils purent entendre, ce soir-là, le

père et le fils, après le départ des aides-soignantes : le silence, la grande paix du soir, de la terre et du sang, chacun d'eux seul avec lui-même et se disant peut-être qu'on est toujours seul, fût-ce dans la même chambre, même si c'était, avait songé le fils, la première fois qu'il demeurait aussi longtemps dans la chambre paternelle, à la fois tout près et à mille lieues, déjà, de cet homme au visage qui semblait avoir fondu, avoir été tiré en arrière et humilié, non plus assis, le père, dans le fauteuil Voltaire qui avait appartenu aux Combasteix et fait partie de la dot d'Anne-Marie, mais de nouveau couché dans le lit où le fils avait sans doute été conçu. Ils écoutaient l'un et l'autre leur sang comme si c'était la nuit qui était en train d'infuser dans leurs veines et, avec la nuit, l'imperceptible sifflement du temps, cela même qui, d'emblée, voire avant que tout eût commencé, les avait éloignés l'un de l'autre pour en arriver là, un soir de mai, dans les derniers mois du siècle, en cette chambre de Siom où le père s'en allait sous le regard du fils, sans se plaindre, sans avoir ouvert la bouche pour dire autre chose que ce « Te voilà... » qui pouvait passer aussi bien pour un reproche que pour de l'étonnement, comme s'il avait attendu quelqu'un d'autre, comme s'ils attendaient ensemble la venue d'une tierce personne dont ils ne prononceraient pas le nom et dont plus personne, à Siom et aux alentours, ne disait plus rien, pas même Chave qui avait fini de trouver dans le vin des légendes autrement puissantes et peut-être oublié celle qu'il avait croisée, un soir, à Paris, bien des années auparavant, quand il était jeune, dans une gloire à peu près pareille à celle de ce soir de mai siomois où le fils regardait son père se taire, entrer non pas plus avant dans le silence mais dans ce qu'il fallait bien appeler encore une fois, avec Monique Bugeaud, la *taisure*, oui, arrivé à ce point d'incommunicabilité que le moindre mot eût été de trop et les eût jetés dans l'abîme, l'un et l'autre, de la même façon que l'un d'eux était de trop dans cette chambre, avait toujours été de trop dans la vie de l'autre, et qu'il serait en tout cas de trop pendant les trois jours que dura cette agonie silencieuse, le père dans le fauteuil qu'il refusa de quitter, dès le lendemain, comme s'il ne croyait pas qu'il dût mourir ou qu'il ne voulût pas mourir en grabataire, et où il s'assoupissait presque tout le temps, si bien que c'était le fils qui finissait par quitter l'autre siège, un petit fauteuil crapaud acheté par la mère dans une brocante de Meymac, pour s'allonger sur le lit paternel où il s'endormait à son tour avant de se réveiller sous le regard lointain du père, tous deux au bord d'eux-mêmes comme du précipice où les aurait fait choir le simple fait d'ouvrir la bouche.

Quelqu'un donc était de trop, dans cette chambre, et ce n'était peut-être pas le père, qui était pour ainsi dire mort depuis qu'Anne-Marie Lauve, née Combasteix, l'avait abandonné, un jour de 1973 ; ce n'était pas davantage le fils, qui avait toujours eu l'air d'être si peu de ce monde. Non, pas eux, mais celle-là même qui n'était plus là, qui n'avait sans doute jamais été là, même quand elle mettait au monde le petit Lauve ou qu'elle chantait des mélodies de Schubert, de Fauré, de Reynaldo Hahn. Et c'était à elle qu'ils songeaient, le père et le fils, pendant qu'ils s'éloignaient l'un de l'autre, dans la chambre, alors qu'ils se croyaient seuls, que moins de deux mètres les séparaient et qu'ils n'avaient jamais été aussi proches que dans ce qui les éloignait l'un de l'autre, cette vitesse, cet espace où ils continuaient à se taire comme s'ils voulaient laisser respirer entre eux celle qui n'était plus là et qui était cependant de trop, dont ils croyaient sentir la fraîche, l'incomparable absence de souffle sur leurs mains, à leur cou, à leur joue, tandis qu'ils se regardaient en se disant que ce ne pouvait pas être l'air du dehors qui entrait par la fenêtre entrebâillée sur ce beau jour de printemps, ou que ce ne pouvait être seulement ça, non, qu'il n'était pas possible qu'elle les ait abandonnés définitivement, non, pas possible, même s'il leur fallait aller au bout de cette idée et de cette peine qui n'était plus une souffrance mais bien pire que toutes les douleurs du corps et que l'étrange fatigue qui aurait, toute leur vie, pesé sur leurs épaules.

Le fils regardait le père. Il contemplait celui qui mourait dans le matin d'un beau jour de mai, qui en finissait avec cette mort qui avait commencé une trentaine d'années plus tôt, dans le silence et la pénombre de la même chambre où il avait autrefois respiré les parfums d'Arabie et qui puait à présent le vieillard malade, où rien n'avait changé depuis le jour où Anne-Marie Lauve avait emmené ses parfums, sa grâce et sa voix blonde, rien, pas même le papier des murs ni la disposition du lit, des fauteuils et de l'armoire encore pleine de ces draps que le père n'avait pas jetés dans le brasier mais qui avaient dû être, lorsqu'il se glissait en eux, plus ardents, parfois, que des flammes. Il y avait d'ailleurs bien plus à brûler que ces tissus dont on ferait son lit de mort : des brassées de rêves d'enfant, et aussi toutes ces forêts qu'il n'avait pas su planter parce que ce sont des choses qu'on ne peut accomplir que sous le regard d'une épouse et d'un fils qui continuera la tâche ; et outre ces forêts incendiées, ce fils avec qui il ne s'était pas entendu, même si, au fond, ce n'était pas un mauvais bougre, pouvait-il se dire au milieu des flammes qui avaient mis presque trente ans à le consumer, lui, le petit Berrichon de la Vallée noire ou le Poitevin des Terres chaudes, celui qui avait joué et perdu, et qui ne laisserait rien, à l'exception d'un nom sur le granit d'une dalle, là-haut, sous les hêtres du cimetière, et ce fils qui le regardait en finir doucement, se délivrer de lui-même, sortir des flammes dans lesquelles il frissonnait et lui sourire pour la première fois : un vrai sourire de père, le premier et le dernier, celui que le petit Lauve avait guetté sur tant de visages parisiens, pendant tant d'années, parce qu'il s'était mis en tête que seule une femme pourrait le lui donner ; et c'était son père qui le lui offrait, son père qui s'était mis à frémir sous sa couverture écossaise, dans le fauteuil Voltaire, et qui en avait presque fini, qui contemplait son fils dans la clarté matinale de la chambre dont les vitres étaient couvertes d'une légère buée à cause du radiateur électrique que les aides-soignantes poussaient toujours à fond, le soir, en s'en allant. Peut-être attendait-il que cette buée se fût dissipée, que les aides-soignantes lui eussent fait sa piqûre et sa toilette, que le fils eût ouvert la fenêtre sur la matinée fraîche et ensoleillée et sur les quelques bruits de Siom, que tout ça, donc, eût eu lieu pour s'en aller, tressaillant une dernière fois puis tombant en lui-même, lentement, sans un mot, sans que le fils l'eût quitté des yeux, sans qu'ils eussent l'un et l'autre cessé de sourire, de se sourire, de s'abandonner à ce sourire qui ne s'adresse peut-être pas qu'à soi-même et qui vaut, n'est-ce pas, qu'on l'attende pendant toute une vie.

Le fils ne se leva pas. Il ne quitta pas le fauteuil crapaud. Il savait. Il avait accompagné cette mort. La jeune doctoresse des Buiges lui avait dit, la veille, qu'il ne passerait probablement pas la nuit. Il était neuf heures du matin. Nous savons qu'il attendit jusqu'au soir pour bouger, qu'il observa toute la journée le visage paternel et ce qu'y pétrissaient des mains obscures, qu'il entendit le jour croître puis décliner dans la maison où les bruits du dehors semblaient hésiter à pénétrer, tombant au pied de ses murs comme des oiseaux tués en plein vol ou, disaient certains, comme la vie s'arrête au seuil des demeures maudites, sauf que celle-là n'avait rien de maudit : il n'y avait, entre ses murs, qu'un fils en train de contempler ou de veiller, comme on voudra, le corps de son père, même s'il demeurait, ce corps, assis dans le fauteuil Voltaire, et qu'à la fin de l'après-midi nous aurions bien du mal à lui faire sa toilette, parce qu'il était déjà raide et qu'il s'était vidé, pour la dernière fois, sans que le fils eût pensé à lever le petit doigt, comme si rien ne pouvait à présent le séparer de son père, non, rien, pas même celle qui avait hanté les songes de ces deux pauvres bougres qui n'auraient pas su vivre, en fin de compte, non, pas mieux que nous autres, les derniers Siomois.

Nous avons fini par nous inquiéter, nous rappeler à notre devoir de femmes, gagner la rue haute, heurter à cette porte que nous avions si rarement passée et dont certaines d'entre nous n'avaient même jamais franchi le seuil, vers sept heures du soir, après le départ de la doctoresse qui était restée plus longtemps que d'habitude ; ce qui nous a fait comprendre qu'il s'était passé quelque chose, outre le fait qu'il y avait dans Siom, ce jour-là, un silence inhabituel ; non pas l'ordinaire rareté des bruits d'un village qui ne compte presque plus de feux, mais quelque chose qui n'appartenait pas au silence des éléments ni à la taisure humaine : du vide, cela même qui continue de frémir alors que quelque chose a cessé de vivre, « le bruit d'une étoile morte », avait dit Jeanne Lagarde, qui n'avait certainement pas trouvé ça toute seule, qui avait dû le lire quelque part, dans un de ces livres où elle avait si souvent le nez fourré ; sauf que le père Lauve, avons-nous pensé, n'avait rien d'une étoile et que son décès n'avait pas fait plus de bruit que la chute d'un cheveu.

Nos pas ont résonné sur les dalles du corridor. Nous avons monté l'escalier jusqu'au premier, puis nous nous sommes dirigées vers le fond du couloir, là où nous savions les trouver, le mort et celui qui lui survivait, l'un en face de l'autre, comme ça, depuis le matin, comme s'il ne s'était rien passé, comme si le vieux Lauve ne s'était pas débondé telle une mare devant son fils en puant pire que le diable, et sans qu'il songeât, le fils, à nous prévenir, affalé dans le fauteuil crapaud devant cet homme plus raide que la Justice, quoiqu'il ne relevât plus d'aucune juridiction humaine mais se trouvât sans doute dans la main de Dieu, murmurait Amélie Nuzejoux ; ce qui était pourtant bien difficile à imaginer à cause de l'odeur et de ce qu'on pouvait lire sur ce visage : une expression d'innocence à peu près semblable à celle du jeune Lauve. Or il n'y aurait bientôt plus ni le vieux Lauve ni le jeune ; il n'y aurait plus qu'une seule personne : le fils devenu homme dans l'absence du père et le père arrêté, refoulé, récusé dans ce fils qui ne lui ressemblait pas et qui était pourtant son sang et grâce à qui, à ce moment, il semblait se contempler et se recomposer dans le visage filial.

Il ne nous avait pas entendues arriver ; il n'a pas bougé lorsque nous sommes entrées dans la chambre et que nous avons fait ce que nous avions à faire en lui demandant de sortir pour la toilette du père, parce qu'il ne nous paraissait pas possible qu'un fils voie son père nu sur son lit de mort. Jeanne Lagarde, qui redoutait la vue des morts, l'a accompagné dans sa chambre, à l'autre extrémité du couloir, où elle a ouvert la fenêtre et les volets sur la vallée devant laquelle il est resté debout, les bras croisés, comme s'il avait froid ou qu'il eût décidé de faire face, pleurant en silence au bord de cette combe dont le fond avait été creusé, près du bosquet de noisetiers, sur plusieurs mètres. « J'ai fait passer le bull », avait murmuré le père, l'avant-veille, avec l'air de dire qu'il avait fait venir non pas un bulldozer ni un de ces taureaux qui effrayaient tant le petit Lauve, mais pire : un fabuleux, un terrifiant animal, un dragon de livres de contes, dont le père menaçait autrefois l'enfant. « Oui, dans le fond de la combe », avait-il dit en regardant son fils avec une sorte de contentement, sans expliquer ce qu'il entendait faire de l'excavation : un plan d'eau, comme on dit maintenant que les mots étang et lac relèvent de la littérature et non des activités de loisir, un dépôt d'ordures, ou bien, avait pu songer le fils, sa propre tombe, oui, une fosse dans la terre noire et humide où on aurait pu enterrer debout tout un bataillon et qui, de la fenêtre où il se tenait, ce soir-là, paraissait au fils n'être cependant pas encore assez vaste pour contenir le corps de celui qui avait été son père, puisqu'il savait à présent que son père n'allait cesser de grandir en lui, non plus comme l'ombre de ces forêts qu'il avait tant aimées et dont Anne-Marie Combasteix avait été la divinité absente, mais comme grandissent les fils, en mémoire des pères, comme le jeune Lauve qui, une fois le père couché là-haut, sous les hêtres du cimetière, allait en quelque sorte devenir le père de son propre père, selon un de ces mystères par lesquels il nous est possible de continuer à vivre après la mort d'un père : non seulement en engendrant à notre tour un fils mais par un de ces renversements qui nous font reconsidérer les rêves paternels, les assumer, leur donner corps, ou les tenir en respect, y mettre le feu, et par là engendrer ce père absent, si on peut dire, désormais seul face à ce temps où le père n'est plus, de la même façon que le jeune Lauve devant l'excavation maintenant inutile et presque obscène qu'il faudrait combler au plus vite pour oublier cette idée d'étang bordé de bouleaux et de saules qui était indigne, n'est-ce pas, d'un homme qui avait toute sa vie rêvé de faire repousser la forêt limousine.

Là ne serait donc pas la tombe du père, avons-nous pensé à voir le fils debout devant la fenêtre ouverte sur la fin du jour et les premières ombres, ni là, ni là-haut, sous les hêtres du cimetière, puisque c'est en nous-mêmes que gît notre père, oui, que nous sommes la tombe de ceux qui nous ont donné la vie, que nous aurons à les porter en nous jusqu'à notre dernier souffle. Mais ça, le jeune Lauve ne le savait pas. Il en était encore à se demander ce qu'il allait faire de ce corps qui reposait là, sur son lit, à quelques mètres de lui, dans son meilleur costume, et il s'en remettait à nous, femmes de Siom. Nous avons eu pitié : nous avons fermé toutes les fenêtres de la maison, sauf celle de la chambre mortuaire dont seuls les volets sont restés clos, puis nous lui avons demandé s'il souhaitait veiller son père. Il a eu cette phrase :

— Il y a si longtemps que je le veille...

Nous nous sommes offertes à le veiller, à tour de rôle. Il nous a répondu que son père avait été seul toute sa vie et que ce n'était pas maintenant qu'il avait besoin de quelqu'un.

— Il est bien là où il est, a-t-il ajouté.

Nous étions sur le pas de la porte. Il restait un peu de soleil, très rouge, à l'horizon, du côté de Saint-Hilaire. On se serait cru en plein été.

— Viens donc manger quelque chose, a proposé Monique Bugeaud.

Il s'est laissé faire. Nous avons soupé ensemble. Le mort nous semblait bien loin, alors qu'il reposait à quelques mètres seulement de la maison de Monique Bugeaud et que, lorsqu'il nous arrivait de rire (le jeune Lauve riait lui aussi de bon cœur, et c'était la première fois que nous entendions son rire, clair, léger : un rire d'enfant qui semblait n'avoir jamais ri aux éclats), nous nous le reprochions sans conviction.

— Ils sont toujours bien plus près qu'on ne pense, a murmuré Solange Orluc.

— L'important, c'est qu'ils restent tranquilles, a ajouté Clémence Chave sans qu'on sache si elle parlait des morts ou des vivants, tandis qu'Eugénie Arbiouloux s'écriait que nous jacassions comme des pies :

— Vous ne savez pas ce que vous dites ; on verra bien quand vous y serez.

Et nous riions de plus belle, derrière nos mains ou en nous rejetant dans l'ombre qui entourait la table de la salle à manger que Monique Bugeaud n'ouvrait que pour les grandes occasions et qui, le reste du temps, demeurait dans la semi-obscurité d'une trop faible lampe. Nous étions un peu grises. Lui aussi. Ce n'était pourtant pas un repas de funérailles : un peu de soupe, de la charcuterie, une omelette, de la salade, du fromage, des pommes, du vin ordinaire. Il n'avait pas de famille — pas même nous qui l'avons, ce soir-là et jusqu'au surlendemain, pour les obsèques, retenu auprès de nous, le faisant coucher chez Berthe-Dieu qui ne faisait plus hôtel depuis longtemps mais que nous avions convaincu de lui donner une chambre afin qu'il ne reste pas seul avec le mort dans la grande maison froide : deux cierges suffiraient à le veiller, celui-là, dans le cercueil que lui avait fabriqué Chabrat avec du chêne qui venait de la forêt du Montheix. Et pendant deux nuits et un jour, nous avons eu chez nous le jeune Lauve avec le sentiment non pas de faire le bien ou de réparer une injustice, mais quelque chose de plus trouble, comme si nous avions près de nous un enfant prodigue, quelqu'un que nous n'avions pas su reconnaître pour l'un des nôtres et qui nous revenait, bien tard, trop tard ; et non seulement une sorte de fils mais pour les plus jeunes d'entre nous, Solange Orluc Jeanne Lagarde ou

Monique Bugeaud, quelque fiancé perdu, un homme que nous apprenions à regarder autrement qu'en tant que le fils Lauve, l'enfant de celui qui n'était plus et de celle qui n'avait jamais été là — un garçon que nous n'avions pas su regarder et que nous contemplions à présent comme s'il sortait de la lumière du matin.

Il n'avait plus de famille, mais, le jour de l'enterrement, nous avons vu arriver des inconnus, des gens de Paris qui se sont présentés à lui comme des cousins du côté maternel : une femme d'une cinquantaine d'années, aux cheveux courts, teints en blond avec des reflets presque blancs, vêtue d'un pantalon moulant et d'une parka moutarde ; elle sentait le tabac et lui disait qu'ils étaient venus comme ça, sans façons, elle et ses enfants, alors qu'ils étaient en week-end à Treignac, ajouta-t-elle, en désignant son fils et sa fille, de grands et beaux jeunes gens d'une vingtaine d'années et aussi mal attifés que leur mère avec leurs jeans délavés, leurs baskets, leurs blousons marqués de signes américains, et ces foulards de bédouins gris et blanc qui leur faisaient autour du cou des jabots de pintades. Ils se tenaient un peu à l'écart, ces deux-là, près du caveau des Chadiéras, hautains ou goguenards, à tout le moins ennuyés d'être là, comme s'ils avaient mieux à faire et que ces funérailles ne les concernassent pas, eux, les Masquelin frère et sœur, comme si la mort même ne dût jamais les atteindre, figés qu'ils étaient dans leur jeune beauté, leur supériorité de Parisiens qui semblaient se demander comment leur mère pouvait se soucier de ces ploucs et surtout de ce grand type blond qui saluait les ploucs d'un air plutôt godiche ; l'air, en tout cas, de n'être pas vraiment là, comme si ça ne le concernait pas, lui non plus, et qu'il fût pressé d'en finir avec tout ce bataclan funéraire, devaient-ils se dire en s'éloignant, repassant le portail rouillé du cimetière, s'installant dans la petite Citroën où ils allumèrent les cigarettes qu'ils venaient de se rouler et où ils attendirent en écoutant une musique au rythme violent et monotone, la même saccade sur laquelle un homme parlait avec véhémence bien plus qu'il ne chantait, dans une langue qui n'était pas du français et qui leur faisait avancer puis reculer la tête, ensemble, à peu près comme des poules en train de marcher.

Quant à la mère, elle ne lâchait pas l'orphelin qu'elle avait entraîné à l'écart, entre le caveau des Queyroix et celui des Berthe-Dieu. Elle avait bien l'air de ce qu'elle était : une de ces femmes qui se croient libres parce qu'elles ont cinquante ans, qu'elles viennent de divorcer, qu'elles vivent en ville et entendent refaire leur vie, oui, tout entières à cette folie, malgré le temps qui a passé et le fait qu'on ne recommence jamais sa vie. Mais elle, Josyane Masquelin, lointaine parente des Combasteix, elle entendait se rendre indispensable et proposait au jeune Lauve de le ramener à Paris, le jour même, tout de suite, ou le lendemain, s'il voulait, comme il voudrait, ce serait quand même plus sympa que de prendre le train, avait-elle ajouté, assez haut pour que nous l'entendions et en lui tapotant l'avant-bras, sans qu'il réagît ni parût en mesure de refuser. Il nous semblait que nous le voyions pour la dernière fois.

« Le vent avait tourné à l'ouest, nous dirait-il, et il était tombé un peu avant l'aube une pluie qui faisait monter des combes et des bois une brume très blanche. Les Masquelin sont passés me prendre, à Siom, le lendemain, vers dix heures. C'était la fille qui conduisait. J'étais assis à côté d'elle, devant le fils qui avait ramassé ses cheveux en une épaisse queue de cheval et qui, lorsqu'il remuait la tête, faisait scintiller trois anneaux à son oreille gauche. La fille avait, elle, la narine droite percée d'une minuscule perle qui avait l'air, de loin, d'un bouton d'acné ; elle portait de fines tresses blondes et une bague de faux ivoire au pouce. Tous deux étaient beaux comme peuvent l'être, ensemble, à vingt ans, une sœur et un frère. La fille conduisait trop vite. Après Millevaches, dans les tournants serrés par lesquels la route descend vers la Creuse, la voiture a dérapé sur des feuilles que la pluie avait gorgées d'eau ; elle a heurté le rail de sécurité : l'aile était froissée, mais la mère a traité la conductrice de pauvre conne et m'a demandé s'il était possible de trouver ailleurs une pétasse pareille. Je n'ai pas répondu. Je n'avais rien à dire. J'étais terrifié d'avoir à ouvrir la bouche. Je regrettais déjà d'avoir accepté de rentrer avec eux : ils m'inquiétaient, autant le fils dont je n'avais pas encore entendu la voix et dont le baladeur grésillait derrière moi, que la mère qui venait de se replonger dans le silence et que la fille qui se mordait les lèvres de rage non pas tant à cause de ce qui venait de se passer que de quelque chose d'autre qu'on ne pouvait qu'attribuer à ma présence, même si je me disais que je n'avais rien à me reprocher, que c'était une colère en quelque sorte immémoriale, la grande ire mensuelle des filles contre ce qui les fait femmes, une sorte d'humiliation toujours recommencée, devait-elle penser, une lutte, aussi, contre sa mère, de ces rivalités qu'on dit ordinaires et d'autant plus douloureuses qu'elles ne sauraient souffrir de témoin et que je me trouvais là. J'étais un orphelin, maintenant, mais de ça, nul ne semblait se soucier, ni la mère qui tentait de dormir, à l'arrière, ni le fils qui ne cessait de hocher la tête entre ses écouteurs, et surtout pas la fille : elle était en fin de compte bien plus à plaindre que moi, cette jeune personne en colère et au bord des larmes, qui cherchait à se donner une contenance et qui finit par me dire : “Allume-moi une clope”, les yeux humides, d'une voix aussi rauque que son haleine était âcre. Elle conduisait plus prudemment. La mère avait, après Felletin, renoncé au silence ; elle murmurait, chantonnait, riait toute seule, toussait, aussi, de la toux sèche et interminable des fumeurs. Oui, je m'étais mis à les redouter, ces trois-là, mais je devais pour le moment affronter autre chose : les nausées qui me venaient des tournants et que je n'avais plus éprouvées depuis l'époque où mon père m'emmenait, dans la 404 marron glacé, vers les forêts profondes ou chez ces paysans avec qui il faisait affaire, levant le coude, trinquant, avalant cette gnôle dans quoi je trempais les lèvres pour avoir l'air d'un homme, comme le souhaitait mon père, et pour ne pas faire rater l'affaire, ce qui, le plus souvent, l'obligeait à s'arrêter dans un tournant, du côté de Meymac, d'Eymoutiers ou de Gentioux, afin que je vomisse et que je prenne l'air ; exactement comme je l'ai fait, ce matin-là, à Chénérailles où je suis descendu pour acheter une bouteille d'eau de Vichy que j'ai proposée aux autres avant de porter le goulot à mes lèvres et qu'ils ont refusée, sans me regarder, cherchant des yeux un café, étant de ces gens qui boivent du café, qui ont besoin de cet indigeste breuvage à toute heure de la journée ; si bien que je suis resté seul dans la voiture pendant qu'ils buvaient leur café en fumant et en continuant à se taire. Je pouvais les apercevoir, de l'autre côté de la place, à la terrasse du bistrot sur laquelle le soleil frappait avec une dureté qui leur donnait, à tous trois, quelque chose de menaçant. Ils ne regardaient rien, surtout pas au fond d'eux-mêmes, ai-je pensé en les voyant se lever pour revenir vers la voiture, avançant dans le soleil sans cligner des paupières, comme s'ils n'étaient pas tout à fait de ce monde, que ce soleil qui aurait dû leur faire lever une main devant les yeux ou détourner la tête ne leur causât nulle gêne, étant peut-être les enfants de ce terrible soleil, ces trois-là qui se prétendaient du même sang que moi alors que j'ignorais jusqu'à leurs prénoms — du moins ceux du fils et de la fille, qui n'avaient pas jugé bon de se présenter, ni même de me serrer la main, se contentant d'un "Salut !" auquel j'avais répondu avec un sourire bienveillant mais qui ne leur avait pas fait prendre la main que je leur tendais.

Sans doute ignoraient-ils mon nom, eux aussi. Ils n'ont rien dit jusqu'à La Châtre. Je n'ai pas davantage ouvert la bouche : je ne suis pas un boute-en-train, je m'attachais à rester poli et m'estimais heureux, non pas, bien sûr, de me trouver dans cette voiture, mais d'en avoir fini avec les nausées, grâce à l'eau de Vichy, à la pause, à une route meilleure. J'entendais derrière moi les intransigeantes basses du rap. La fille fredonnait un air quasi muet, les dents serrées, les yeux plissés, avec la même sorte de rage. Pas question de leur adresser la parole : ils m'auraient, me semblait-il, mis en pièces. Il me fallait pourtant payer de ma personne, me tourner vers la mère qui fumait ses Gauloises blondes dans le coin opposé au mien, lui demander ce qu'elle faisait dans la vie, rougir de l'insignifiance de la question et de si mal m'exprimer, comme si on pouvait faire quelque chose dans la vie et que ce ne fût pas la vie qui fît quelque chose de vous, c'est-à-dire pas grand-chose, puisqu'il faut toujours incendier les forêts de nos rêves, n'est-ce pas ? "Conseillère d'éducation", a-t-elle répondu en me regardant comme si je la tirais du songe d'une autre forêt, celle du ventre féminin, ces bois obscurs où les femmes descendent pour se perdre et, paraît-il, se mieux retrouver. "On est tous les deux de la partie", a-t-elle ajouté pour me faire comprendre qu'elle n'était pas une simple surveillante générale, comme on disait naguère, mais qu'elle avait des notions de psychologie, qu'elle était l'indispensable relais communiquant — c'étaient ses mots — entre les enseignants, les élèves, leurs parents et l'Administration.

Je lui donnais ce que je pensais être mon meilleur sourire : sans doute une grimace, de la craie. Elle a haussé les épaules en allumant une autre cigarette qu'elle a fumée jusqu'à la moitié avant d'ajouter : "Tout est dans la communication." Ses yeux brillaient. On aurait dit qu'elle m'en voulait, elle aussi, qu'elle s'était mise à me haïr, que cette haine contre laquelle elle luttait depuis que j'étais monté dans la voiture, le matin (et, qui sait, depuis la veille, dès le moment où elle m'avait proposé de me ramener à Paris, au fond malgré elle et, bien sûr, contre la volonté de ses enfants dont j'ai fini par entendre les prénoms, de sa bouche, lorsqu'elle m'a dit qu'ils étaient étudiants — Florian en physique et Laetitia en sciences économiques. Mais ces noms, je ne parviendrais jamais à les prononcer : ils sonnaient faux, ce matin-là, comme tout ce qui se disait dans cette voiture filant vers Paris, et ils ne me semblaient pas appartenir, ces noms et ceux qui les portaient, au même ordre de choses que celui dans lequel je vivais), que cette haine, donc, commençait à se donner libre cours et réclamait sa victoire, son triomphe. Les liens du sang n'étaient rien. Nous n'avions pas envie d'en savoir davantage les uns sur les autres, et Jo (comme l'appelaient ses enfants) s'efforçait de limiter les dégâts, pensais-je, de trouver un territoire neutre, un terrain d'entente, parlant de l'enseignement, me demandant quels diplômes je possédais, où j'avais fait mes études, si je n'avais pas péri d'ennui à l'université de Clermont-Ferrand et pourquoi je ne me lançais pas dans une thèse, puis dans l'enseignement supérieur. Je lui ai dit qu'il était trop tard. "Trop tard ? se mit-elle à crier. Trop tard ? Mais tu n'as même pas quarante ans ! Pauvre mec !"

J'étais soudain très las, plus seul que jamais, terrifié par ce que je découvrais sur le visage de cette femme qui était venue passer le week-end en haute Corrèze pour y fêter, avec des amis, ses cinquante ans et son récent divorce : un teint grisâtre de grande fumeuse, de petits yeux inquiets, des lèvres tremblantes qu'elle cachait derrière sa cigarette, tandis que le fils se balançait toujours sur les injonctions primitives du rap et que la fille paraissait s'apaiser, conduisait avec plus de souplesse, me demandait de lui rouler une cigarette. J'ai voulu savoir s'il fallait que je la lèche. "Ça me fait pas peur", a-t-elle dit avec un petit ricanement.

Nous nous sommes tus jusqu'à Nohant. "C'était le pavillon de travail de George Sand", ai-je cru bon de dire en désignant, sur la droite, une petite maison au milieu des grands arbres du parc où il m'a semblé que j'étais sur le point de voir se tourner vers moi des figures de laboureurs, d'enfants trouvés, de maîtres sonneurs et de beaux messieurs d'autrefois conversant dans l'ombre dorée des bois. “Tu sais, nous, la littérature, on s'en fout”, a murmuré Laetitia avec un beau sourire et d'une voix qui ne l'était pas moins, ou, plutôt, qui l'eût été si, elle, Laetitia (dont je découvrais combien elle était jolie, de face, lorsqu'elle tournait la tête vers moi et qu'elle ne se réfugiait plus dans l'austérité de son profil : un étroit, un énergique visage de jeune blonde très sûre d'elle, pour qui la littérature appartenait au passé, à des rites anciens, à un ordre révolu, et qui venait de s'exprimer non seulement en son nom mais, je le comprenais, au nom de son frère et probablement de sa mère), si elle n'avait eu dans le regard la même colère que Josyane Masquelin

— George Sand, une sacrée baiseuse, hein ? lança cette dernière, un peu plus loin, sur la route d'Issoudun.

La question, si c'en était une, s'adressait à moi, mais c'est Laetitia qui a répondu, qui a dit, d'une voix très claire, presque niaise, de petite fille : “C'est quoi une baiseuse, maman ?” Elles ont ri. Le fils n'avait toujours pas ouvert la bouche : il me semblait que s'il l'avait ouverte, c'eût été pour me signifier quelque mortelle sentence. Je courbais le dos ; je me disais qu'il regardait ma nuque, qu'il finirait par avoir pitié. La fille continuait sur le même ton, minaudant, assurant que les littéraires ne pensaient décidément qu'à ça. “Remarque, nous aussi on ne crache pas dessus”, murmurait la mère. “Oui, mon cher cousin, nous aimons même les animaux : des zoophiles, pas vrai, ma belle ?" ajouta-t-elle en caressant les blondes boucles de sa fille. J'ai cru bon de rire, moi aussi. Le frère soupirait, cherchait une meilleure position pour ses longues jambes, me lançait ses genoux dans les reins. J'ai fini par me retourner : il ne riait pas, lui ; il avait l'air au-dessus de tout ça, très beau et lointain avec ses cheveux châtain clair bien tirés en arrière et les anneaux de ses oreilles brillant dans le soleil de midi, si digne, si calme, si supérieur que je me suis senti coupable et que j'ai pensé trouver de l'aide auprès de lui, parce qu'une si imposante personne ne pouvait qu'être de mon côté, me comprendre, mettre fin au malentendu qui m'opposait aux deux femmes. Je ne songeais même pas à ce qu'avait d'inconvenant le fait qu'il écoute de la musique alors que j'avais enterré mon père, la veille, et que nous traversions des villages et des bourgs qui devaient ressembler à celui où il était né, dans un repli de la Vallée noire, puisque ce n'était pas, m'apprendrait bientôt le notaire des Buiges, sur les Terres chaudes du Poitou. J'ai été vil : je lui ai demandé ce qu'il écoutait ; il n'a pas entendu et, au lieu de baisser le son du baladeur ou d'ôter les écouteurs, il a relevé le menton et m'a regardé en soutenant mon regard, m'obligeant à répéter ma question, à laquelle sa sœur a répondu : "Du rap. Tu dois pas aimer ça..." Et elle s'est mise à scander quelques phrases fiévreuses dans lesquelles il était question de race opprimée, de flics justement mis à mort, de nécessaire révolte, tandis que son frère contemplait les champs et les bois du Berry, plus lointain, plus beau, plus méprisant que jamais, me renvoyant aux regards croisés des deux femmes — celui de la fille, surtout, qui me demandait, une nouvelle fois : "Tu n'aimes pas ça, hein ?", d'un air si langoureux qu'on ne savait plus si elle parlait de la musique ou bien de ce à quoi elle et sa mère ne cessaient de faire allusion, depuis que j'avais évoqué George Sand et que je faisais semblant de rire avec elles, plus bas que j'avais jamais été, même pendant la nuit où j'avais traversé Paris dans ma propre souillure, aussi vulgaire qu'elles, au bord des larmes et riant aussi fort, soudain plus nu que devant nulle amoureuse, dans la misère du désir absent, de ce qui d'ordinaire suscite le dépit, la colère des femmes, leurs ricanements, aussi, même si je ne pouvais pas ne pas comprendre ce qui se passait : non seulement le jeu auquel se livraient la mère et la fille, séparément d'abord (la mère ayant peut-être jeté sur moi une sorte de dévolu qui lui faisait se trouver un peu d'indulgence à mon égard, et la fille réglant sans doute sur mon dos je ne sais quels comptes avec sa mère), ensuite toutes deux, ensemble, alliées pour la circonstance et donc acharnées de plus belle contre ce mâle forcé au fond de sa forêt solitaire, perdu, hagard, pris au piège, presque stupide, devaient-elles songer à me voir rire avec elles comme un idiot de village qu'on a fait boire avant de le faire danser sur la grand-place ; sauf qu'il était, cet idiot, sur le point de pleurer : plus je riais, plus j'avais envie de pleurer, et assez de les entendre parler de ce qu'elles aimaient, de leur goût pour les hommes bien montés, aux épaules larges, au poitrail lisse, lesquels étaient d'après elles si rares qu'il leur fallait chercher leur bonheur dans des combinaisons particulières, des parties carrées, voire avec des animaux, soutenait la mère qui ajoutait, en me soufflant à la figure la fumée de sa Gauloise : "Vous devez comprendre ça, vous autres, littéraires..."

Nous avons traversé Issoudun. J'ai salué le donjon qui n'existe encore, disons-le, que grâce aux chenapans lyriques de *La Rabouilleuse*. Lorsque nous sommes entrés dans la Sologne, je me suis souvenu que c'était à Vierzon qu'Augustin Meaulnes devait aller attendre quelqu'un, en voiture attelée, par un de ces grands soirs d'adolescence que je n'aurai pas connus. Cette fois, je n'ai évoqué ni Balzac, ni Alain-Fournier, ni Péguy, ni aucun de ces écrivains qui vont chercher je ne sais quoi au fond des langues, gloire, silence, or, amour, vérité, pauvreté, et à qui je m'étais mis à songer depuis que j'avais aperçu, quelques heures plus tôt, la pancarte indiquant Guéret, c'est-à-dire ce Chaminadour auquel Marcel Jouhandeau a pour toujours substitué le nom de la préfecture creusoise. Depuis Nohant, j'en avais d'une certaine façon fini, moi aussi, avec la littérature. Ces deux femmes et ce jeune type m'avaient sommé de jeter aux orties ces chimères, ces impostures, ces songes creux. J'aurais pu leur parler du vin, quand nous avons longé les vignobles de Reuilly et de Quincy ; mais je sentais que ça aussi, c'était pour eux de la littérature, que la France même était de la littérature — c'est-à-dire ringarde, moribonde. Mais il y avait une vie après la mort et ils entendaient me le faire savoir, non par bonté d'âme ni altruisme, mais parce qu'il fallait en finir avec ce que la France traînait avec elle depuis des siècles : sa belle langue, sa littérature, ses vins, ses parfums, sa cuisine, sa mode, ses régions, ses paysans, sa religion, tout ce qui était un frein à la tolérance, à la liberté individuelle, à l'invention du présent, à la redéfinition sexuelle, au métissage universel, auraient-ils pu dire s'ils avaient daigné me parler, le frère et la sœur, et même la mère qui avait sans doute brûlé ce qu'elle avait adoré pour se ranger sous la bannière du nouvel âge et de sa pauvre liberté de divorcée, me disais-je pour lutter contre les sanglots qui montaient en moi et comprendre pourquoi j'étais l'objet d'une telle haine, sinon que j'étais homme, célibataire et "littéraire", et que tout était possible, la haine comme le reste, oui, le contraire de la haine ; et si ce n'était pas l'amour, que ce fût au moins le désir, cela même dont la jeune Laetitia se mit à parler ouvertement, lorsque nous sommes arrivés du côté de Nemours où je ne passe jamais sans rêver au bel amour de la princesse de Clèves, à Mme de La Fayette, au duc de La Rochefoucauld, aux ombres et aux ors du Grand Siècle, avant de descendre vers la banlieue. Elle s'est tournée vers moi, à un feu rouge, pour me demander en caressant ses cuisses sur lesquelles la toile délavée du jean était tendue comme une peau : "T'aimerais bien toucher, hein ?" d'une voix, une de ces voix qu'on peut dire nues et dans lesquelles on entend quelque chose d'ironique et de désespéré : l'immémoriale hostilité des femmes envers les hommes et ce que je pouvais incarner — la figure d'un père, enfin, celui que j'étais en train de devenir, comme celui qui les avait abandonnés pour une femme plus jeune, Josyane Masquelin et ses deux enfants, qui n'avait pas attendu que ces derniers soient majeurs pour plaquer cette femme vieillissante et sèche qui prenait peu à peu la couleur du poison dont elle se tuait, jour après jour, et qui n'était pas seulement le tabac mais le dépit d'avoir été blessée, répudiée, anéantie par l'âge, c'est si banal, n'est-ce pas, et si injuste, et si terrible, de penser que cet hiver-là n'aurait plus de printemps, autant dire l'enfer, sans compensation, pas même celle d'avoir des enfants, ni cette fille qui lui ressemblait déjà trop, qui était, pouvait-elle songer, son portrait craché, à vingt ans, encore moins ce grand et beau garçon qui ressemblait tant à celui qui avait fui, comme la plupart des hommes, devait-elle se dire, en oubliant que les femmes aussi peuvent s'en aller, renier, abandonner ; si bien qu'elle pouvait encore penser que c'était ça aussi, les enfants : ce terrible miroir où se figent les mères, même si elle n'en était pas tout à fait là, elle, qu'elle n'avait pas renoncé, qu'elle voulait encore plaire, qu'elle avait cette rage, ne se résignant pas à devenir l'ombre de sa propre fille, elle n'en était pas là, non, songeait-elle probablement lorsque nous avons traversé Villeneuve-Saint-Georges.

C'était ce qu'elle disait, cette Laetitia Masquelin qui me regardait en face pour la première fois ; et ce n'était rien d'autre que ce que la mère aurait pu dire et qu'elle proférait en quelque sorte par la bouche de sa fille à qui je ne répondis rien, ne pouvais rien répondre, sous le regard absent du frère et les yeux lointains de la mère.

J'avais compris. J'ai profité du feu suivant pour descendre. La tête me tournait, j'avais trop fumé, et presque rien mangé : un mauvais sandwich acheté dans une station-service, du côté de Saint-Août, dans l'Indre, quelques biscuits secs et rien d'autre, surtout pas un de ces insipides kiwis proposés par Josyane Masquelin et que j'avais refusés, n'ayant aucun goût pour les fruits exotiques et en songeant qu'ils avaient bien des têtes à aimer ce genre de choses, les kiwis, le café, le rap, la pornographie, eux, ces Masquelin que je plantais là, dans une ville de banlieue dont j'ignorais le nom, sans saluer ni remercier ni même songer à reprendre mon sac dans le coffre, bondissant sur la chaussée alors que la voiture redémarrait et que la conductrice accélérait comme si elle était prise de panique sur cette place quasi déserte, entre chien et loup.

J'ai vu la voiture s'arrêter un peu plus loin, de l'autre côté de la place. Depuis plus de deux heures, nous cherchions à éviter les grands axes embouteillés. Nous nous étions perdus. Laetitia conduisait pourtant avec l'air de savoir où elle allait, dans quelle nuit elle entrerait, une fois que je serais descendu, qu'elle se serait garée, qu'elle aurait pris dans le coffre mon sac qu'elle jetterait sur le trottoir, sans se retourner, près d'un conteneur réservé au verre usagé. J'avais renoncé à ce sac ; il ne contenait rien que je ne puisse remplacer ; mais une fois que je l'ai vu sur le trottoir, affalé comme un corps mort, je l'ai regardé avec détresse, puis colère, et puis, quand un clochard a surgi de derrière des toilettes publiques, avec soulagement, sachant que je n'aurais pas à traverser le carrefour : abandonner le sac au clochard était une façon d'en finir avec ce voyage interminable, et non seulement avec lui, mais avec les trois jours qui venaient de s'écouler et qui me laissaient perdu au bord d'une place à peu près déserte, vers neuf heures du soir, dans une ville de la banlieue sud-est de Paris, harassé, plus seul que jamais et cependant léger, allègre, presque joyeux.

J'ai marché à l'estime, fort de ce sens de l'orientation que je tenais de mon père et qui m'avait si longtemps fait retrouver sans difficulté ce point de la rue de Rivoli où je ne rencontrerais jamais ma mère, c'était aussi évident que la grande lumière safran du crépuscule qui tombait sur Paris, ce soir-là, et dans laquelle j'avançais, en direction de Nogent-sur-Marne, la tête droite, ayant appris à ne jamais baisser le regard sans pour autant accrocher le regard de personne. À peine si j'ai ralenti lorsque les deux types m'ont abordé : deux jeunes rouquins aux cheveux ras et aux yeux bleus — des frères, sans doute, des gars dont j'aurais pu, parce que presque roux, me sentir frère, à cause de Poil de Carotte et de mes propres taches de rousseur.

Mais c'était encore de la littérature, et il fallait en finir. Le plus petit m'a demandé une cigarette. J'ai continué vers la station du RER dont j'apercevais la gare, de l'autre bord de l'avenue, tandis que les rouquins me rattrapaient et que celui qui m'avait demandé la clope se mettait à crier : "J'te parle, mec !" Je me suis retourné et, calmement, sans m'arrêter, regardant au-dessus du type, non pas l'autre rouquin qui s'approchait avec cette démarche de singe que lui donnaient ses grosses chaussures de sport, mais la nuit, la claire nuit de mai que je voyais tomber sur la banlieue de la ville, j'ai dit au plus petit, celui qui levait vers moi une tête qu'il s'apprêtait sans doute à m'envoyer dans la figure : "Tu n'existes pas", comme ça, avec un sourire presque innocent qui me plaçait sur le même pied que les deux types tout en me donnant un surcroît d'allégresse qui m'a permis d'arriver à la gare sans que les rouquins aient achevé le geste par lequel ils avaient mis la main à la poche de leur blouson pour s'armer d'un cutter ou d'une bombe à gaz, me regardant m'éloigner, lançant avec plus d'étonnement que de rage : "Vas-y, comment tu parles, toi !", haussant les épaules, crachant par terre, se bousculant l'un l'autre, rebroussant chemin vers le tunnel qui passait sous les voies.

Le train m'a amené à la gare de Lyon. J'ai pris la correspondance. Je suis allé sous terre. L'escalier roulant était en panne : c'est à pas de géant qu'il a fallu descendre ces marches d'acier trop hautes. J'ai songé à l'expression "plus bas que terre", car c'était bien là que je me trouvais, et ce n'étaient pas la fatigue, la faim ou la détresse qui me le faisaient dire. Je ricanais ; je me pensais au-dessus de tout ça, même si j'étais dans le trente-sixième dessous, je le dis sans rire, un peu comme si je rejoignais, là-bas, à Siom, sous les hêtres du cimetière, mon père absent et néanmoins plus présent qu'il ne l'avait jamais été et à qui je n'avais plus songé, non, pas une seule fois, depuis qu'il était en terre. Et puis j'en ai eu assez de jouer avec les mots. J'ai fait silence. Je n'avais certes plus ouvert la bouche après avoir lancé au petit rouquin qu'il n'existait pas, et pourtant ça bruissait en moi comme un tilleul gonflé d'abeilles ; j'entrais dans un autre ordre de bruits : sous terre, donc, parmi les voyageurs du soir qui se pressaient sur le quai. Le premier train emmènerait dormir à Marne-la-Vallée des touristes en chaussures de sport, jeans, T-shirts et blousons de base-ball, des gens épais, vieillissants, bedonnants, chauves et arborant fièrement sous leur tonsure des queues de cheval poivre et sel, et tous ces vêtements grâce auxquels ils pensaient échapper à leur âge, tout comme leur progéniture qui leur ressemblait déjà et à qui ils s'efforçaient eux aussi de ressembler, les uns et les autres s'imitant avec un désespoir qu'ils prenaient pour de la joie, certains petits garçons vêtus à quatre ans, comme leurs pères, de Perfectos, de Levi's, de bandanas, de santiags ; et je me répétais ces noms parce qu'ils m'exaspéraient, tout comme m'exaspérait la jeune fille, debout devant moi, avec sur les épaules un énorme sac à dos rouge au bas duquel je pouvais lire, en lettres blanches, la marque Millet, à cause de la placidité avec laquelle elle semblait supporter le poids du monde, plantée là, au milieu du quai, à cause aussi de son visage extraordinairement laid dont je n'étais pas, ce soir-là, dans la puanteur souterraine, en état de soutenir le spectacle.

J'ai fui à l'extrémité du quai comme au bout d'une jetée, avec le fol espoir de toucher le ciel de mon front. J'étais sur le point de hurler, ou de pleurer. Le train pour Marne-la-Vallée s'immobilisait dans la station. Les haut-parleurs ont lancé des ordres : "Laissez descendre avant de monter ! Écartez-vous des portes ! Je répète : laissez descendre avant de monter !", une voix de femme, trop forte, presque mâle, avec quelque chose de méridional, d'impérieux, de furieux, même, qui dénonçait, cent fois par jour, l'incivilité contemporaine, mais qui était aussi terrible que ce qu'elle dénonçait et sous l'injonction de laquelle je me sentais quasi coupable, là-bas, au bout du quai. Se sentaient-ils coupables, ceux qui montaient dans le train pour Disneyland, c'est-à-dire nulle part, puisque ce ne pouvait être que vers des chambres où mourir ? Je ne voulais pas mourir, non, je ne voulais pas aller mourir à Disneyland, ni ailleurs, surtout pas sur ce bout de quai où venait de surgir une patrouille : un gendarme accompagné de trois parachutistes en treillis et béret rouge, mitraillette à la hanche, qui remontaient le quai en me laissant seul à l'entrée du tunnel après m'avoir longuement regardé. Les autres voyageurs, ceux qui allaient comme moi en direction de Boissy-Saint-Léger, s'étaient tassés au milieu de la station, dans la fumée de cigarettes, malgré la même voix excessive qui rappelait par haut-parleur, avant de rendre les lieux au *Gloria* de Vivaldi, qu'ils se trouvaient dans un espace non-fumeurs, oui, servant publiquement cette faute de français que nul autre que moi sans doute n'entendait (personne ne l'écoutant, cette voix, pas même la patrouille qui déambulait parmi les fumeurs sans les inquiéter), et qui donnait à croire, à force d'ellipse, que c'était la zone qui ne fumait pas, ce qui était bien le propre d'une époque où même les ministres, les écrivains, les professeurs parlent mal, chacun s'attachant à s'exprimer comme tout le monde, dans une grande misère de langue, me disais-je, au bout du quai. Et j'y étais, moi aussi, dans cette misère ; elle me pesait autant que le sac à dos Millet de la jeune fille laide, et je comprenais pourquoi : le souvenir d'un cours lointain pendant lequel j'avais évoqué le peintre Jean-François Millet en pensant que c'était une référence évidente, puisqu'il y avait à Helles une boulangerie sur le mur de laquelle étaient reproduits *L'Angélus* et *Les Glaneuses*. Pas un de mes élèves ne les avait remarqués, ces chromos : le nom de Millet n'évoquait pour eux qu'une marque de sacs, ils n'en démordaient pas, et j'étais seul devant eux avec mon angélus, mes glaneuses et mes paysans si semblables à ceux de mon enfance, oui, désemparé, avec l'envie de les gifler bien que les bras m'en soient tombés, hébété devant leurs visages ricanants et satisfaits, à peu près comme ce soir de mai dernier, sous terre, dans la station Gare-de-Lyon, plein d'exaspération et de détresse, non plus indigné par la fille au sac à dos, ni par la voix du haut-parleur ou par la déchéance de la langue française, mais par l'aveugle qui approchait, balayant de sa canne blanche le sol incrusté de coquilles des cacahuètes que vendaient des Tamouls sur de frêles présentoirs de carton. Au *Gloria* de Vivaldi venait de succéder, je le reconnaissais, l'adagietto de Mahler qui émouvait tant Agnès Taillebourg et qu'elle écoutait les yeux mi-clos, dans une sorte de béatitude qui était, pour moi, infiniment plus troublante que la musique et qui me permettait d'imaginer le beau visage d'Agnès lorsqu'elle s'abandonnait à son fils de roi. Mais j'avais les yeux grands ouverts et il me dérangeait, cet aveugle ; il allait me mettre hors de moi, me forcer en tout cas à sortir de ma réserve ; un type d'une trentaine d'années, assez beau, avec sur les lèvres un sourire un peu niais qui m'a fait songer que les non-voyants (comme on appelle aujourd'hui les aveugles) n'ont pas le même visage que ceux qui contemplent le monde : tantôt béats et lumineux, tantôt sombres, tout ça de façon excessive, comme si le fait de ne pas y voir libérait les pensées profondes, les inscrivait sur des visages plus nus que les autres, fragiles, presque indécents dans leur volonté de continuer à marcher dans le visible alors qu'ils se tenaient non pas dans la nuit mais dans un autre ordre du visible, un monde sans doute merveilleux, me suis-je dit avec une mélancolie un peu bête, eux qui ont la chance de ne pas voir les choses telles qu'elles sont : la laideur de ces infernaux séjours, de ces touristes, de cette fille aux cheveux filasse et au sac Millet, et tant d'autres choses dont le spectacle m'était devenu insupportable, même si je pouvais penser que ce n'eût pas été assez de ne plus les voir, qu'il eût fallu ne plus les entendre ni les sentir, les autres, là-bas, et que lui, l'aveugle qui arrivait au bord du quai, il devait les entendre et les sentir bien plus douloureusement que moi qui avais fermé les yeux à cause du grondement qui montait du plus profond du tunnel : quelque chose d'aussi inquiétant que ce que pourrait laisser imaginer, par exemple, l'expression d'orage souterrain. De quoi l'aveugle semblait ne pas s'inquiéter, lui, soit qu'il sût de quoi il s'agissait et que son oreille le renseignât mieux que l'imagination, soit qu'il se souciât avant tout de trouver la bonne position au bord du quai, tâtonnant avec sa canne, rencontrant le vide et ne s'en effrayant pas, continuant d'avancer au-delà de la bande grumeleuse qui délimitait la partie dangereuse du quai et se retrouvant trop au bord, malgré le grondement qui s'amplifiait et s'accompagnait d'un vent puissant et nauséabond ; un bruit qui m'a fait alors songer à un grondement dans la montagne et entrevoir, avec une joie pure, imméritée, insensée, un paysage de neige japonais. Nous étions seuls au bout du quai. Nul ne nous prêtait attention, pas même les caméras de surveillance ni la voix méridionale qui aurait dû, à ce moment, puisqu'elle ne pouvait pas ne pas voir ce qui se passait et qui devait avoir, imaginais-je, l'irrépressible, le scandaleux désir de voir tomber l'aveugle, et qui aurait dû se mettre à clamer : "Un train va entrer en gare, éloignez-vous de la bordure du quai !", mais qui ne l'a pas fait et dont le silence avait soudain je ne sais quoi d'obscène, alors que le grondement devenait fracas, qu'on apercevait les phares du train, au fond du tunnel, et que l'aveugle était à présent trop près du bord et défiait non pas le sort mais les lois de l'équilibre : il ne pouvait que tomber sur la voie ou être happé par le train qui débouchait du tunnel et dont je voyais le museau bleu, blanc et rouge. J'ai songé à la bête de l'Apocalypse ; je me suis mis à hurler ou, plutôt, j'aurais voulu hurler, mais rien ne passa mes lèvres : j'avais peur du ridicule, peur qu'il fût trop tard, j'aimais trop la littérature, et la bête de l'Apocalypse, pour un mécréant tel que moi, c'était encore de la littérature, et j'étais de ceux qui ne tolèrent pas de se donner en spectacle, fût-ce en criant pour sauver un aveugle, pour l'empêcher de se jeter dans la gueule du monstre alors qu'il ne se trouvait qu'à quelques pas de moi, me suis-je dit avec une autre sorte de joie, oui, quelque chose d'insensé qui m'a fait bondir non seulement vers l'aveugle que j'ai attrapé par le col de sa veste pour l'amener contre moi et l'entendre me dire, rouge de colère, la tête renversée : "Vous êtes dingue !", mais comme si c'était moi que j'avais saisi par la nuque et dérobé à la gueule du monstre, oui, moi-même qui avais échappé à une mort semblable à celle de l'inconnu de Helles, quelques mois plus tôt, de ce type au nom imprononçable qui avait eu le courage d'en finir et m'avait abandonné, au milieu d'un jour glacial et ensoleillé, comme m'avaient abandonné Annie Blanck, Karla Tucker, Jacky Gagneur et tant d'autres, et surtout celui qui reposait depuis la veille dans la terre de Siom, et, bien sûr, celle qui était partie, tant d'années auparavant, dont le visage ne figurait sur aucune photo et à qui je devais désormais penser comme à une défunte, oui, opérer ce tour de force en oubliant le grand récit de Chave pour marcher à la rencontre d'une morte qui a l'éternité d'une femme de quarante ans, un beau visage oscillant comme le balancier de la pendule de notre salon, à Siom, un visage qui est le temps, pouvais-je me dire encore, qui est peut-être ce balancement, cette palpitation du temps, qui ne cessera de m'accompagner, et qu'il me sera peut-être donné de contempler de nouveau un jour dans son éternelle jeunesse. »

X

Ce qui lui restait à dire, il nous semblait déjà le savoir. Nous n'étions plus que trois ou quatre à l'écouter. Les orages, la veille, nous avaient empêchées de nous retrouver dans le pré de Nespoux. C'était le septième soir et nous sentions bien que le jeune Lauve n'était plus tout à fait des nôtres. Il n'était plus celui qui traversait les villes, la nuit, ou qui, disait Jeanne Lagarde (celle d'entre nous qui l'aura le mieux compris), se traversait lui-même, qui aurait mis près de quarante années pour franchir sa propre nuit et arriver au bout de lui-même, depuis les terreurs de l'enfance jusqu'à l'absence de sommeil et l'effroi de ses veilles d'adulte, lui qui ne s'était jamais remis, disait-il, d'avoir lu, enfant, le supplice de Marie Stuart et particulièrement le soin que la reine d'Écosse avait pris de laver ses pieds la veille de son exécution, sachant que son corps serait dénudé pour le linceul. Il découvrait, le petit Lauve, qu'une femme peut sentir mauvais, fût-ce la belle reine d'Écosse maladroitement décapitée par un bourreau trop ému puis violée par lui, il découvrait aussi qu'elles ne sont pas immortelles, qu'elles peuvent être mises à mort, ou s'en aller à jamais, abandonner un enfant dans une nuit plus épaisse que celle des bois de Veix, que cette nuit corrézienne qu'il avait fallu franchir avant d'entrer dans une tout autre ténèbre, sans fin celle-là, sans pluie de printemps ni aube d'été, pour se retrouver, le mois dernier, un matin de juin, dans l'autobus 113, parmi les éclopés, les demi-clochards, les fadards et des tordus de toute sorte, cette fois sans les voir, dans le soleil qui se levait à présent non plus lorsqu'il arrivait à Helles, mais au moment où il attendait le bus devant le kiosque blanc, place du Général-Leclerc, à Nogent, près des mêmes lycéens qui s'abandonnaient à la transe immobile du rap. Il enflammait, ce soleil, les vitres et les parois de verre de la technopole de Fontenay-sous-Bois, sur le versant d'une colline du sommet de laquelle, par beau temps, on peut voir, d'un côté, les plus hauts monuments de Paris et, de l'autre, les bâtiments de Marne-la-Vallée, ville nouvelle et pourtant aussi sinistre et désolée, déjà, que Paris ou que Helles dont on apercevait, à l'horizon, dans une légère brume, la peu inspirée colline, se disait-il en songeant non plus à la littérature ni à toutes celles qu'il avait accompagnées dans leur supplice, mais à Christelle Dupuis à qui il avait téléphoné, la veille, dès son retour de Siom, et qui était venue le retrouver, chez lui, pour une de ces étreintes silencieuses qui étaient leur manière, à eux, de ne pas désespérer davantage. À Christelle Dupuis et à toutes celles qu'il avait étreintes et dont il se rappelait avec une précision de rêveur amoureux les chambres nocturnes, à Paris, l'une après l'autre, boulevard Voltaire, rues Clouet, Lamarck, Saint-Sébastien, de la Roquette, rues Liancourt, Houdon, des Acacias, boulevard Delessert, rue Le Verrier, quai d'Orléans, rues de Lesdiguières, des Plantes, de la Grange-aux-Belles, d'Assas, quai de Valmy, d'autres encore, en banlieue, à Levallois, à Choisy-le-Roi, à Vincennes, à Helles même. Et non seulement les amours passées (songeait-il, debout au milieu du bus parce qu'il n'y avait qu'une place libre et que pour rien au monde il ne se serait assis à l'endroit qu'avait occupé un gros type malpropre qui venait de descendre et dont on voyait encore l'empreinte des fesses sur la moleskine tiède), mais les amours rêvées, visages et corps dévoilés par la grâce de gestes, de positions, de vêtements qui bâillent, toute femme étant désirable, certains matins, grâce à ces failles, interstices, lèvres où engouffrer ses songes, aussi bien la négresse naine que la belle métisse aux cheveux dorés qui prenait le bus en même temps que lui, après que son amant l'avait déposée devant le kiosque blanc, l'enseignante aux boucles brunes et au beau visage pâle qui corrigeait des copies à une place solitaire, derrière le conducteur, ou encore la jolie Vanessa Dieudonné, mulâtresse de Guadeloupe et de sa classe de 3e, qui montait à l'arrêt des Grands-Prés et saluait son professeur d'un bref hochement de tête, sans sourire, plus fardée, plus hautaine qu'une femme mûre, refermant ses doigts chargés de bagues, aux longs ongles rouges, sur la barre d'acier à laquelle elle se tenait en regardant au-dehors, non pas les rues de Helles ou les naufragés du petit matin, ni même beaucoup plus loin, pouvait-on se dire, les rivages de l'île qu'elle avait quittée pour venir endurer le long hiver hellois, mais le désert de l'amour, probablement, ce rivage où n'abordent, le savait-elle déjà, que des femmes ou des gars comme le jeune Lauve qu'elle retrouva au terminus, devant les décombres du *Rallye* où elle attendait peut-être quelque amoureux qui surgirait sur sa moto ou son scooter dans le soleil matinal, songeait le jeune Lauve que la belle Vanessa ne daignait pas regarder — pas même quand il fut devant elle et qu'il lui demanda pourquoi elle ne venait jamais s'asseoir près de lui, à l'arrière du bus. « Je ne vais pas m'asseoir avec la racaille », répondit-elle en levant vers lui ses yeux d'or, sur un ton qui n'avait rien de méprisant pour lui, il le savait, ce n'était pas de lui qu'elle parlait mais des autres, les élèves de Paul-Zalisky, de Beausoleil ou de Jacques-Prévert : Maghrébins, Turcs, Tamouls, Africains même, que la belle vouait aux gémonies, relançant une fois encore l'éternel partage des sangs qui faisait d'elle, dans sa jeune beauté, la descendante de ceux qui avaient été déportés aux Antilles, humiliés, asservis, niés avant de ressusciter dans le sang même des Blancs, sous l'apparence d'une belle métisse : Vanessa Dieudonné, par exemple, ni blanche ni noire, surgissant au petit matin dans cette lointaine et triste banlieue de Paris, avec sa figure inflexible, impassible, intraitable, oui, l'incarnation d'une exigence de justice qui ne serait ici-bas jamais rendue, malgré toutes les contritions, les palinodies, les expiations de la race blanche, et condamnant dès lors Vanessa Dieudonné et tous ceux qui, comme elle, étaient non pas le fruit de l'amour (« L'amour entre les races, ça n'existe pas », avait-elle dit un jour, en classe, en ajoutant que les races étaient condamnées à être elles-mêmes, belliqueuses, sûres, les unes et les autres, de leur supériorité, si bien que le jeune Lauve lui avait demandé : « En somme il n'y a que des races supérieures ? » ; à quoi elle avait ri, un peu embarrassée, avant de répondre : « Oui, quelque chose comme ça... »), mais d'une rencontre, violente comme toute rencontre entre un homme et une femme qui se mesurent non seulement dans le combat amoureux mais en tant qu'individus de sexes opposés et, tôt ou tard, de races différentes, la race, comme le sexe, étant ce qui demeure après que les illusions sont tombées, y compris celles du grand métissage réconciliateur, semblait dire Vanessa avec, dans son cas, la défaite d'une Blanche et d'un Noir à présent séparés et se haïssant après s'être déchirés devant l'enfant puis devant la jeune fille, incapables de voir en elle autre chose que la pierre de voûte d'une conciliation impossible, d'un amour incapable de transcender la race et le sexe, ni même l'individu ; incapables, le père et la mère, d'oublier ce qu'ils étaient, que cette guerre-là ne cesserait jamais, qu'il y aurait jusqu'à la fin du temps des vainqueurs et des vaincus, des humiliés, des offensés, des esclaves, des mendiants de l'amour, ceux qui nommeront le monde dans leur langue et ceux qui seront niés, qui n'auront eu ni parole, ni langue, ni même vraiment de vie, et dont une Vanessa Dieudonné ou un Thomas Lauve étaient le produit, l'aberration, comme on le dit des astres, oui, deux astres errants, ces deux-là qui marchaient vers le collège Paul-Zalisky comme s'ils ne se connaissaient pas, alors qu'ils étaient peut-être, à ce moment, plus proches que des amants.

« Tout ça pour se retrouver, quelques minutes plus tard, au sein d'un autre ordre de choses, disait-il, dans une salle de classe dont j'avais tiré les rideaux bleus, à cause du grand soleil de juin ; ce qui avait fait protester les élèves, lesquels sont comme tout le monde, aujourd'hui, détestant les nuances, les états intermédiaires, les nuages, le temps gris, et adorant le soleil à l'égal des pharaons monothéistes ou des publicitaires, ce qui est presque la même chose, leur ai-je dit avant de commencer le cours. Ils ont haussé les épaules, plus que jamais décidés à ne rien faire, en cette fin d'année scolaire, et surtout pas se lever quand je leur ai demandé d'aller chercher leurs livres de textes français dans l'armoire, au fond de la salle. Je me suis tu longuement. Mon silence a fini par les inquiéter. Ils ont cédé, se sont mis debout, lentement, maugréant, maudissant tout bas ma mère, l'école et, pour certains, ma race, toujours l'appel au sang, voyez-vous, à la haine, au reniement d'autrui, toujours la guerre, leur ai-je dit en me levant à mon tour, les bras croisés pour n'être pas tenté d'en attraper un et de le battre, non pas de le gifler comme je l'avais fait pour Cyril Gagneur, mais de le frapper à coups de poing, certains le méritaient, l'attendaient peut-être, ayant un compte à régler non seulement avec leur professeur de français, mais aussi avec l'autorité, la langue, la civilisation française, oui, cette France sur laquelle l'un d'eux, Farid Belhassen, quelques jours plus tôt, m'avait dit qu'il chiait, sortant de sa poche la carte d'identité qui faisait de lui, sinon un citoyen français, du moins un prestataire de la Sécurité sociale, semblait-il dire en crachant sur le petit rectangle plastifié. Je les ai donc regardés, l'un après l'autre, et certains plus que d'autres, la mince Dechen Dapka descendue de son Tibet natal pour figurer dans le catalogue d'un marchand de prêt-à-porter italien, Samuel Khiter dont le corps semblait écartelé entre une mère portugaise et un père marocain, petit, râblé, farouche, plein de colère et de ressentiment, Eddy Basquiat qui vivait seul avec un beau-père charcutier qu'il haïssait et tentait de vider cette haine avec ses professeurs, oui, ces trois-là et les autres dont je prononçais en moi-même pour la dernière fois, ce matin-là, les prénoms et les noms que j'allais bientôt oublier, que j'avais déjà commencé à oublier, je le savais, je souriais, j'étais soudain joyeux, j'avais le ventre noué, non pas comme l'hiver dernier mais comme on l'est quand on s'apprête au plaisir, quelque chose d'heureux qui devait se voir sur mon visage dans la pénombre bleue puisqu'ils se sont assis, livres et mains sur la table, et qu'ils ont fait silence.

J'ai parlé. Je leur ai dit qu'ils étaient des assistés, des pauvres, des malheureux, que le monde se divise en maîtres et en esclaves, que moi aussi j'étais une sorte d'esclave et que c'était pour ça que je m'en allais, que je quittais le navire, que je n'avais pas envie de finir comme eux, comme leurs parents, comme tout le monde, que nous étions de trop, sur terre, à Helles, dans cette classe, et que nous ne pouvions que nous haïr, enfants perdus et morts sans sépultures, nous qui ignorons la vraie souffrance et la vraie pitié, n'est-ce pas ? ai-je lancé à ceux qui se mettaient à protester et que j'ai suppliés de m'écouter, d'entendre encore un exemple, tout frais, de la veille, dans le métro, à Nation, un animal qui s'était mis à hurler, le chien d'un clochard... Comme il hurlait ce chien, quelle souffrance, insupportable, je déteste les chiens mais je ne supporte pas la souffrance, même celle d'un animal, et je regardais les passagers : ils levaient peu à peu la tête de leurs journaux, de leurs bouquins, du puits intérieur sur lequel ils se penchaient, les femmes surtout dont la figure se crispait, indignées, prêtes à crier, à se lever, à mettre en pièces le clochard s'il n'y avait eu le signal sonore annonçant la fermeture des portes et le redémarrage du train qui laisserait loin de nous, sur le quai, le clochard, son chien et un autre clochard, allongé par terre, celui-là, et que le chien avait sans doute mordu puisqu'il se tenait la main et que cette main était ensanglantée. Une scène banale, bien sûr, sauf que le clochard souffrait et que nul ne se souciait que du chien qui léchait la main qui venait de le battre, et non celle du clochard blessé, voilà la France, celle des chiens, un pays où le bien-être des animaux compte autant que celui des hommes, où on voudrait leur donner des droits, aux animaux, n'est-ce pas, Sophie Dubois, auteur de cette perle : "Un animal est une personne comme les autres." Tu ne t'en souviens pas ? Rien d'étonnant ; vous n'avez pas de mémoire, ne savez rien, ne désirez rien, n'avez d'autres héros que des sportifs ou des chanteurs de rap, rien que de la sensiblerie et de la transe. "Je vais lui casser la gueule !" a dit Jonathan Zorobabel en se levant à moitié ; mais le grand mulâtre au nom biblique n'avait pas l'air sûr de lui ; les autres ricanaient, en voulaient davantage ; quelques filles avaient les larmes aux yeux, les vierges sages, celles qui n'avaient jamais ouvert la bouche de peur qu'on se moque d'elles et qui ne l'ouvriraient sans doute jamais, ni devant leurs époux ni même devant leurs enfants, victimes consentantes, courbant l'échine devant mes paroles qu'elles ne comprenaient pas, tandis que les autres laissaient monter leur colère en murmurant qu'ils allaient se payer le prof. Et ça grondait, ça pleurnichait, ça gloussait, ça sifflait, une vraie petite révolte, enfin, quelque chose qui les secouait, les mettait en demeure de réagir, prêts à me sauter à la gorge non pas comme les Barbares qu'ils étaient sur le point de devenir ou qu'ils étaient déjà, pour certains, mais comme des êtres humains, justement scandalisés, qui clamaient leur indignation et me disaient que je faisais pitié, qu'il allait m'arriver malheur, oui, malheur à qui suscite le scandale, semblaient-ils crier, surtout le grand Belhadj, qui d'ordinaire montrait son sexe aux filles et ne cachait pas son admiration pour Jacques Mesrine et les grands criminels tout en souhaitant que les groupes islamiques armés viennent couper les couilles des Gaulois et niquer leurs mères, leurs sœurs et leurs filles, oui, même lui s'était levé, avec une tout autre détermination que Jonathan Zorobabel, s'avançant vers moi en balançant les épaules, le parangon de la racaille avec qui refusait de frayer Vanessa Dieudonné, me suis-je dit en le regardant s'approcher avec son crâne rasé, son jean trop large qui retombait en tire-bouchon sur des chaussures de sport aux lacets savamment défaits, un blouson dont l'étoffe noire avait des reflets de soie et une casquette rouge à longue visière, sur laquelle on pouvait lire, au-dessus d'une tête de dogue enragé : "Chicago Bulls". "C'est bon", lui ai-je dit en le prenant doucement par le bras. Il s'est dégagé avec des mouvements spectaculaires, excessifs, comme s'il était sur le point d'éclater de rire et qu'il voulût faire sentir sa force, non seulement à moi mais à la classe tout entière, et particulièrement à Céline Bault pour qui il soupirait en vain depuis le début de l'année.

Cette fois, ils me haïssaient vraiment, et je leur pardonnais puisque j'avais en quelque sorte eu la tête de Jacky Gagneur et qu'ils entraient les uns après les autres dans le lointain, dans l'oubli, me suis-je dit en pressant de nouveau contre moi le grand Belhadj qui s'est mis à ricaner en clamant qu'il n'était pas un sale pédé, lui, criant cela alors que la sonnerie était loin d'avoir retenti et que je les plantais là, médusés, pétrifiés, leurs certitudes en pièces, que je les abandonnais dans l'ombre bleue de la salle sans refermer la porte ni leur dire où j'allais avec mon sac en bandoulière et la cigarette que je venais d'allumer, traversant la cour pour frapper à la porte de la principale, entrant dans le bureau sans attendre qu'elle m'y autorise, sans éteindre ma cigarette, et déclarant à la face lunaire que je m'en allais. "Vous ne pouvez pas attendre la fin de la matinée ?" "Vous ne comprenez pas : je fous le camp, j'en ai assez, j'ai mon compte." "Vous ne pouvez pas partir comme ça !" "Mais si, regardez-moi, regardez-moi vraiment !" "Vous êtes fatigué, malade. Ne faites rien que vous puissiez regretter ! Pensez à votre note administrative, à votre retraite..." "Je ne suis plus des vôtres, entendez-vous, je ne l'ai peut-être jamais été. Et puis, je ne peux plus rien pour eux, tout est trop violent, cette société, cette fin de siècle, même leurs noms, je n'en peux plus des Océane Delorme, des Christopher Lévesque, des Malika Lecœur, et je n'ai jamais pu prononcer sans frémir d'indignation le prénom de Wendy Dufresnois, de Kimberley Morin, de Kevin Dufour, je n'en peux plus de leur langage, de leur veulerie, de leurs gueules..."

J'étais au bord des larmes. J'en avais trop dit. J'allais me faire avoir. La principale me considérait avec une sorte de pitié. Elle s'est levée, la main tendue vers ma joue. “Ne me touchez pas !” ai-je crié. “Où allez-vous ?” m'a-t-elle demandé. “Vers les forêts, oui, la vieille forêt française, comme d'autres vers l'Orient.” Et j'ai éclaté de rire, ne croyant sans doute plus à ce que je disais. Je suis sorti sans passer par la salle des professeurs où j'aurais, à cette heure-là, trouvé Christelle Dupuis, que je revoyais de temps à autre, parce que j'étais seul, et qu'elle aussi était seule (et, peut-être, un peu amoureuse de moi, en attendant mieux). Je l'aurais trouvée assise dans l'un des quatre fauteuils bordeaux, près de la bouilloire pour l'achat de laquelle tous les professeurs s'étaient cotisés, devant une table basse et ronde sur laquelle trônait, dans une châsse de verre, un cactus offert à la communauté enseignante par une femme de service qui avait pris sa retraite. Elle aurait été en train de corriger des copies, seule dans la grande salle grise où viendraient la retrouver des hommes qui avaient faim : le principal adjoint, petit quinquagénaire à moustache et tête carrée, veuf de fraîche date et si étonné de sa liberté qu'il ne s'adressait aux femmes que de loin, en étreignant un des piliers de la salle des professeurs ; et puis l'homme à tout faire du collège, un jeune divorcé qui avait perdu presque tous ses cheveux et portait des bottines à bouts pointus et un diamant à l'oreille droite ; d'autres encore, ridicules et pathétiques, de ces éclopés si nombreux dans l'enseignement et qui auront passé leur vie à l'école, du jardin d'enfants à la retraite, sans avoir rien su de la vie, c'est-à-dire des femmes, même d'une Christelle Dupuis autour de qui ils tournaient parce que jeune, fraîche, libre, et qu'elle regardait franchement les hommes, la petite Christelle qui levait de temps en temps les yeux de son paquet de copies pour jeter un coup d'œil à la rue, à travers le tulle des baies vitrées, regardant sans le voir, tout comme elle entendait sans l'écouter la longue plainte des mâles, le café *Le Narval*, au rez-de-chaussée d'un sinistre immeuble en meulière, entre un magasin d'optique et le nauséabond marchand de sandwichs grecs, soupirant comme si elle était seule, rêvassant à sa vie amoureuse, à moi peut-être, à d'autres plus sûrement, espérais-je pour elle, sans se douter qu'elle était assise au-dessus d'un cimetière carolingien et la tombe d'amants du paléolithique. Moi-même je n'y pensais plus ; j'en avais fini avec les morts, mon père reposait en moi, il y avait sans doute trouvé la paix, et ma mère était à présent toutes les femmes, m'avait dit Christelle Dupuis, qui me verrait bientôt passer dans l'avenue de la Résistance inondée de soleil, le pas tranquille, sans tourner la tête, pas même lorsqu'elle se tordrait le cou pour crier mon nom par une des baies qui ne s'ouvraient pas complètement. Assez de femmes, de douceur, d'amollissement, de faiblesse, d'amours vaines ! Vous souriez ? Il fait nuit et vous n'êtes plus que trois à m'écouter, là, parmi les ombres du pré, et vous ne me croyez peut-être plus, c'est comme ça, il y a toujours un moment où on décroche, où les femmes cessent de croire les hommes ou de faire semblant, comme si elles accédaient à la lumière de leur sexe, autant dire à la vérité, puisque vous êtes la vérité, que ça a commencé par vous et que vous verrez les choses finir, que vous m'aurez vu naître et que vous allez me voir partir... »

Tu peux partir, Thomas Lauve, va-t'en, oui, quitte-nous maintenant, nous et ce village qui a l'air chaque soir de sombrer dans le lac et dans la nuit des temps, nous sommes-nous dit alors que nous nous taisions, que la nuit d'été s'était mise à tourner lentement sur elle-même et qu'on n'entendait presque rien, ni le bruit de la fontaine du lavoir que le nouveau maire avait transformé en mairie, ni les chiens des fermes lointaines, nul cri d'enfant, à peine quelques voitures, là-haut, sur la route de Limoges. Et nous le regardions, lui, à la lumière des étoiles, et nous voyions bien qu'il n'était plus tout à fait là, que nous serions bientôt rendues à nous-mêmes, au bord de nous-mêmes et de la nuit, loin de lui qui était plus vivant que nous, femmes de Siom qu'il laissait derrière lui au fond de leur grand âge comme il avait laissé en ce matin de juin, à Helles, la jeune Christelle aux appels de qui il ne s'était pas retourné, déjà si loin d'elle, aussi, et sans doute de lui-même, en route pour les forêts.

« Mais avant les forêts, dirait-il encore, il y avait Céline Bault qui m'attendait près de la Poste. Elle n'avait pas ouvert la bouche, tout à l'heure, pendant ma diatribe contre l'espèce humaine ; elle avait souri, la seule qui comprît, qui m'eût compris et soutenu tout au long de cette année scolaire — le seul visage, même, pourquoi ne pas le dire, qui m'eût empêché de descendre dans des eaux plus noires. J'ai entendu derrière moi le bruit du 113. Je ne me suis pas mis à courir : je n'étais plus professeur ; il me plaisait de n'être plus rien, de cheminer dans l'air chaud de cette matinée de juin, avenue de la Résistance, où j'ai regardé passer une camionnette sur laquelle on pouvait lire "Miroiterie Raison, Le Perreux-sur-Marne", marchant pour la dernière fois vers les faubourgs de Helles, non pas seul mais en compagnie de la jolie Céline qui avait, ce matin-là, troqué ses escarpins noirs et son tailleur vert bouteille pour un jean délavé, des baskets et un T-shirt blanc. Elle avait libéré ses cheveux bruns du chignon qui la faisait paraître plus âgée. Elle était plutôt petite, avec, à seize ans, dans la voix, une raucité de femme. Elle marchait à mes côtés, très jeune fille curieuse et libre, trop libre sans doute et qui, comme moi, ne savait à ce moment pas très bien quoi faire d'elle-même, mais qui, elle aussi, y voyait la nuit, une fille du feu, une nyctalope, ai-je songé au moment où nous arrivions à la gare, tandis qu'elle parlait, me disait que j'avais bien fait de partir, que j'avais eu ce culot, vraiment, qu'elle n'en attendait pas moins de moi, même si elle ne savait pas qui j'étais et ne pouvait le savoir, elle qui n'avait pas d'histoire, ou si peu, ai-je pensé en lisant sur l'enseigne d'une devanture non pas les deux premiers mots d'Entreprise générale de peinture, mais Palmyre à la place de peinture, et m'irritant puis riant de revenir à la réalité bien française de ce nom : Réguessé et Cie ; Réguessé dont j'avais eu en classe, quelques années auparavant, l'insupportable et grassouillet rejeton, Jimmy Réguessé ; mais c'était loin, disait Céline Bault qui avait lu, elle aussi, l'agaçant patronyme. Nous souriions. Elle m'a pris le bras. "Rien à cirer !" a-t-elle murmuré en entrant dans l'avenue du Maréchal-Foch, où, comme partout ailleurs, on se retournait sur nous, badauds, parents d'élèves, anciens collégiens qui faisaient mine de nous ignorer, même ceux avec qui je m'étais bien entendu, que j'avais pour ainsi dire aimés, avec qui j'avais ri, et que Céline traitait tout bas de bouffons et de blaireaux, ajoutant qu'ils faisaient pitié, sans s'expliquer davantage, même quand je lui ai répondu que bientôt je leur ressemblerais, puisque tous ceux qui cherchent un emploi ont la même expression, que j'étais sans doute comme eux, déjà, que je ne savais pas ce que j'allais faire, moi qui ne m'intéressais plus qu'aux insectes, particulièrement aux bousiers, oui, à ces insectes aux noms de demi-dieux, Sisyphe, Minotaure, Typhée, Khiper, nocturnes ou crépusculaires, Aphrodiens individualistes, Géotrupes familiaux, Scarabées sacrés, tous affublés de cornes, de piques, de carapaces aux éclairs métalliques ou brillamment colorées, qui vivent dans les excréments de mammifères, et dont l'utilité est considérable dans les prairies et dans les zones sahéliennes où l'enfouissement de la bouse par leurs soins augmente sensiblement la quantité de substances nutritives pour les végétaux, grâce à l'intime alchimie mélangeant l'excrément avec le sol...

Je m'étais arrêté devant une vitrine qui exposait des billards électriques, entre un entrepôt de produits surgelés et une boucherie arabe. Dès l'enfance, le monde s'était divisé pour moi entre ceux qui jouent au billard électrique et ceux qui n'y trouvent aucun intérêt, entre ceux qui aiment le sport, le rock, la bière, la moto, et ceux qui rêvent, et se résignent à la solitude. "Je m'arrête là", a dit Céline Bault. Ses yeux gris-vert avaient, dans le soleil, des points d'or. J'ai levé les miens audessus de sa tête, vers le faîte d'un mur aveugle, au flanc d'un vieil immeuble sur lequel était encore visible, en jaune, blanc et noir, le losange de la firme Renault, tel qu'il était avant d'être redessiné par le peintre Vasarely. Je suis revenu à Céline ; je lui ai dit que je ne reviendrais jamais à Helles. "Faut jamais dire jamais", a-t-elle murmuré en rougissant de la banalité de sa phrase, et ajoutant : "Je sais, je sais, ce n'est pas très malin..." Elle se mordillait les lèvres. J'ai posé la main sur son épaule. Elle a frémi. J'aurais voulu rire. J'étais sur le point de pleurer. Je ne voulais pas rester seul. J'étais prêt à tout pour échapper au 113 et au lent retour vers Nogent-sur-Marne, à par exemple accepter ce que me proposait l'adolescente et qui était de venir chez elle, cet après-midi-là, ou tout de suite, si je voulais, à Coubron, de l'autre côté de Helles. Il me semblait qu'il ne pouvait en être autrement, que je pouvais me placer sous l'autorité du premier beau visage qui se tournerait vers moi, fût-il celui d'une adolescente de seize ans qui séchait les cours pour guider un quasi-quadragénaire à travers les rues de Helles que nous remontions dans l'autre sens, sur le trottoir opposé, afin de ne pas toujours passer sur la même rive, même si, m'étais-je dit, on ne peut que repasser par où on est déjà passé et que ce soit ça, une vie : l'illusion qu'il y a des voies nouvelles à travers les cités, les forêts, les déserts, ou en soi-même, alors qu'on ne fait que se répéter, ressasser, tourner en rond. Devant la gare, nous avons pris le bus qui va à Montfermeil. Nous sommes descendus non loin de la maudite cité des Bosquets, sur les hauteurs de Helles, là où commence ce qu'on peut encore appeler la campagne, au bord d'un plateau planté, au loin, de champs d'orge et d'arbres que le vent remuait doucement. "Rêvez pas !" m'a dit Céline lorsque je lui ai pris le bras, agacée, presque vulgaire, sans que j'aie pu comprendre ce qui la mettait sur ses gardes, si j'avais à ce moment la mine d'un homme en quête de bonne fortune, d'un père indigne, ou bien de ce dont j'avais trop souvent l'apparence : un songe-creux, un rêvassou, comme vous disiez, ici, à Siom, en parlant de ceux qui n'iront pas bien loin dans la vie. Un air qui devait en tout cas avoir irrité la jeune Céline qui s'est ressaisie et m'a dit qu'il fallait continuer à marcher, descendre vers des maisons modernes au crépi crème et aux toits de tuile brune, jusqu'à l'avenue Daguerre qui rencontrait des rues dont toutes portaient des noms de savants : Newton, Cassini, Humboldt, Claude Bernard, Lavoisier, Gay-Lussac, Monge, Pascal, Vauquelin, Descartes, épelais-je avec une ferveur quasi obsessionnelle pour lutter contre la fatigue, la détresse, l'effroi où me plongeaient ces pavillons tapis derrière leurs haies de thuyas, leurs herbes de la pampa, leurs grillages contre lesquels se jetaient toutes sortes de chiens et quelquefois leurs maîtres, hommes ou femmes, des humains méfiants, au visage aussi rageur que celui de leurs chiens. “La France des chiens, n'est-ce pas ?” a murmuré Céline.

Nous arrivions à un autre carrefour. Je me serais bien assis un instant au bord du trottoir. “Ça ferait clochard !” a dit Céline. Elle m'a montré une avenue, en face ; elle m'a expliqué que ce serait bien le chemin le plus court mais qu'on ne pouvait pas y passer, que c'était Montfermeil, un autre territoire. Elle regardait autour d'elle : “C'est dangereux, par là-bas, rappelez-vous de Laurie et de Djamel...” Je n'ai pas relevé le solécisme. J'y avais renoncé depuis longtemps. Ils avaient gagné, et je m'en moquais. Je n'étais plus qu'un soldat perdu marchant à côté d'une belle adolescente dans les rues ombreuses de Coubron, en un autre siècle, par des rues étroites, pentues, bordées d'épais marronniers, et qui évoquaient bien plus le vieux mot de chaussée que celui de rue, à cause des pavés, du côté de l'église, sous les murs de ce qui devait être, au sommet d'une colline, l'enceinte d'un domaine où Céline me fit entrer après avoir sonné à un portail de fer noir derrière lequel jappait un chien à la voix cassée, retenu par une femme entre deux âges qui nous ouvrit une porte latérale.

J'étais dans le XVIIIe siècle français, dans la grande littérature heureuse et l'universalité d'une civilisation, le cœur battant, respirant à longs traits, avec un sourire sans doute niais, marchant derrière Céline dans un parc à l'anglaise un peu à l'abandon, avec, sur la gauche, de beaux communs de brique rose et de pierre tendre disposés en L autour d'un pigeonnier en forme de tourelle et, de l'autre côté d'un bosquet de charmes et de buissons taillés, une demeure de style Régence, d'un seul corps, aux belles lignes pures sous un toit d'ardoise, et qui paraissait fermée depuis longtemps derrière son crépi gris écaillé et ses fenêtres obscures, au milieu d'une pelouse envahie d'herbes hautes. J'ai pensé qu'on ne l'ouvrait que pour les vacances d'été, les fêtes, les enterrements. Sur le perron attendaient quelques élèves de Paul-Zalisky qui ne me voyaient pas, ne voulaient ou ne pouvaient pas me voir puisque je n'étais plus grand-chose : un adulte à peine plus vivant que les statues dont le plâtre s'effritait au détour des allées.

Ils allaient fêter les seize ans de Céline. Je les ai regardés danser, seul, au bord du perron, dans l'ombre, près d'une table chargée de victuailles et de boissons. Il me semblait qu'elle montait en moi, cette ombre, et que j'allais me mettre à pleurer. Laurie Beauchamps est venue me chercher. Je me suis laissé faire : je me suis dandiné, trémoussé, ridicule, le visage levé, les yeux perdus vers le ciel dont j'apercevais le bleu pâle entre les marronniers. Il fallait en passer par là : se tordre péniblement au rythme binaire de la musique qui dominait le monde, la grande transe qui est la vraie revanche de la race noire, le défoulement, l'oubli. Jamais je n'avais mis les pieds dans une boîte de nuit ; j'avais bien dansé quelques slows, à la fin de dîners ou dans des chambres de femmes, à ces heures où certaines ont besoin de ça pour s'abandonner tout à fait ; mais, cette fois, je ne dansais pas : j'étais là, un jour de juin, sous les yeux gentiment moqueurs de Céline Bault, de Pierre-Marie Becker, de Carine Desroches, de Laurie Beauchamps, d'Antoine Douvres et de quelques autres, corps offert et interdit au milieu d'autres corps non moins présents et impalpables, proches ou extraordinairement lointains. J'étais là, à la pliure des siècles, pour une étrange fête où les adolescents étaient rois, non pas en vertu de cette royauté que l'esprit fin de siècle a érigée en principe d'éducation, mais par le simple fait qu'il n'y avait là nul adulte, sauf moi dont la présence n'était possible que parce que je n'étais pas un adulte comme les autres, ou que, peut-être, je n'avais jamais vraiment été adulte, que j'avais fait semblant, que je venais d'accéder pour eux au rang d'être vivant, ni plus ni moins, et que j'étais entré dans leur transe, puis dans une danse plus lente pour laquelle Céline Bault me passa les bras autour du cou et me regarda, les yeux à demi voilés, la bouche entrouverte, sans que cela allât plus loin, même si, à ce moment-là, tout eût été possible, nous avions tant de fois parlé, ri, tressailli ensemble, non seulement ce jour-là mais tout au long de cette singulière année scolaire : ni amoureux, ni possibles amants, rien qu'un homme mûr et une trop jeune fille qui se seraient approchés au plus près l'un de l'autre sans tomber dans la violence génitale ni dans la sentimentalité, elle et moi l'ayant senti d'emblée, et dès lors aussi amoureusement proches que la flûte et le souffle.

Et pourtant, j'étais à mille lieues de tout, ce jour-là, au cœur d'un parc cerné par des villes barbares, les tours de Montfermeil, les cités-dortoirs de Courtry et de Helles, et par les souffles de la vieille plaine briarde, au cœur d'une fête qui n'avait d'étrange que le silence qu'elle creusait dans l'ombre des arbres où venait d'apparaître la personne qui s'occupait de Céline ; non pas celle qui nous avait ouvert la porte, mais sa grand-mère, une femme d'une soixantaine d'années venue s'asseoir sur le perron de ce qu'on appelait, ici, le château. On est toujours de quelque part, me suis-je dit en m'asseyant près de la vieille dame, peut-être simplement heureux de sentir que j'étais enfin entré dans la fin des mythes, c'est-à-dire dans mon âge, celui auquel cessent de mourir les poètes, heureux, oui, auprès d'une dame dont les années avaient à peine altéré le beau et très français visage, la miraculeuse architecture de chair et de langue, avec un regard aux yeux noirs qui se posait aussi bien sur le parc, sur le château, sur moi, que sur ce qui ne cessait de se dérober, le temps, les certitudes, les joies. Nous avons regardé Céline et ses amis. "Ce n'est plus de notre âge, n'est-ce pas ? a-t-elle murmuré. Donnez-moi le bras, j'ai envie de revoir le parc une dernière fois." "Vous vivrez jusqu'à cent ans..." ai-je trouvé bon de dire. "Je n'en demande pas tant !"

Nous avons fait le tour du domaine par une allée envahie de lierre, de bois mort, de jeunes branches qui ployaient jusqu'à terre et que la vieille dame écartait avec autorité. "J'ai cent fois demandé à Céline et à ses camarades de débroussailler. Les jeunes ne savent plus ce que c'est que le bois, l'eau, le feu..." Je l'ai écoutée me parler de sa petite-fille qu'elle élevait seule depuis que ses parents s'étaient tués, sept ans plus tôt, sur une route des Corbières : "Ce qui m'a donné deux vies, monsieur Lauve, puisque j'ai d'abord élevé ma fille, puis Céline. Je n'aimerais pas en vivre une troisième. Et vous, avez-vous des enfants ? Vos parents vivent-ils encore ?" J'ai secoué la tête. Je continuais à me taire. Je souriais : j'avais cessé de me sentir coupable. Par quelques marches nous étions arrivés sur un terre-plein envahi de troènes, devant un court de tennis encore tapissé des feuilles de l'automne. Un peu plus bas, d'autres marches descendaient vers d'anciennes serres aux vitres brisées par les voyous des cités voisines. “Bientôt nous n’existerons plus, monsieur Lauve ; quelque chose s’achève. Je suis une survivante. Le domaine va être vendu, transformé en centre socioculturel, oui, quelque chose de ce genre.”

Nous avons dîné tôt, Céline, sa grand-mère et moi, dans la salle à manger du château, trop vaste, mal éclairée, qui sentait le bois humide et où nous avions presque froid, servis par la femme qui gardait le domaine. J’ai beaucoup bu : ma façon à moi de remercier, de dire ma joie qu’on m’ait invité, qu’on se soit soucié de moi qui n’étais plus rien, qui n’avais d’ailleurs jamais été autre chose qu’un mauvais professeur, comme vous disiez, comme avait pensé mon père. On m’a prié à coucher : c’eût été, je le sentais, la fierté de Céline que de me garder sous son toit. J’ai rêvé à une nuit dans cette gentilhommière, dans une chambre en camaïeu, parmi les personnages de la littérature française. J’aurais dormi dans la belle langue française, pour la dernière fois. Je serais probablement malade ; je me lèverais en pleine nuit pour aller non pas aux toilettes, de peur de déranger les belles endormies, mais descendre dans le parc, celui de Rousseau, de Nerval, de Verlaine, de Boylesve, d’Alain-Fournier, de Proust, de Barrès, de Sollers, et me soulager parmi les ombres. Allons ! Il me fallait dire adieu à la langue, à la littérature, à tant de personnages, vivants et morts, ceux qui avaient existé et les autres qui n’avaient que des vies imaginaires et toujours recommencées, les morts, les nus, les flamboyants, les recrus, les invisibles, les grands fantômes de l'humanité rêveuse, ceux que mon père et ma mère avaient rejoints, celle-ci en s'en allant, celui-là en se couchant au fond de moi. Oui, saluons-les, et mettons-nous à marcher vers les forêts, passons sur l'autre rive, inclinons-nous non seulement devant l'exquise vieille dame et sa non moins délicieuse petite-fille que j'ai baisée sur les joues, sœur lumineuse, enfantine amante, avant de sortir du parc et de la littérature, de refaire à pied, dans l'ivresse, le chemin vers Helles, attendre l'autobus qui me ramènerait place de la Gare, calme, bientôt dégrisé, assez bien disposé à l'égard de l'espèce humaine. La nuit n'était pas tout à fait là. Je n'avais pas envie de la voir tomber sur Helles. J'étais, pensais-je, un homme libre, quelqu'un qui s'était remis en route, qui ne pouvait plus s'attarder. Je ne rentrerais pas à Nogent. Je n'errerais plus dans le parc en pente douce, près de la Marne, où le vieil Antoine Watteau s'avance, imaginais-je, à la rencontre de Francis Poulenc enfant. Je ne vieillirais pas avec les deux garçons bouchers de la boucherie du Bois, ridicules et puissants petits mâles aiguisant leurs couteaux et leur langue devant les bourgeoises solitaires avec des prétentions d'esthètes et de toréadors, les cheveux pleins de gel, chemises ouvertes sur des poitrails velus et les fesses plus serrées dans leurs jeans que des midinettes en mal d'amour ; non, pas avec eux ni avec la poissonnière naguère encore jolie et que j'ai revue un matin, au marché, épaissie, fatiguée, fanée, à la place de sa mère qui était, dix ans plus tôt, la dernière harangère qu'on eût connue, le verbe haut, criard, impitoyable. Non, je ne rentrerais pas. Le ciel avait, ce soir-là, quelque chose d'ultramarin qui me faisait croire que tout était possible. Ma joie, je ne cherchais plus à la dissimuler. Il me fallait Paris. Depuis longtemps, j'avais placé ma vie sous le mystère de certains signes, et le bleu extraordinaire du ciel me semblait favorable. Le matin même, j'avais remarqué qu'avait enfin disparu la petite bouteille de plastique, sur le rebord de brique, au rez-de-chaussée de l'immeuble que j'habitais, côté jardin, entre la pelouse et des studios dont je n'ai jamais vu s'ouvrir les volets derrière lesquels, pourtant, la nuit, on devinait parfois de la lumière : une petite bouteille d'eau minérale dont l'étiquette représentait un volcan d'Auvergne, oubliée là par les jardiniers ou les ouvriers qui avaient refait les joints des murs, pendant l'hiver, et à laquelle personne n'avait touché, négligence ou superstition, et aussi parce qu'elle n'avait, en fin de compte, peut-être pas été oubliée mais déposée là en guise d'offrande, qu'elle avait tenu bon pendant une partie de l'hiver et tout le printemps, et à laquelle j'avais en quelque sorte lié mon destin, à laquelle du moins, matin et soir, ouvrant mes volets et les refermant, je ne manquais jamais de jeter un coup d'œil en me disant que le jour où elle disparaîtrait, cette bouteille, il m'arriverait quelque chose, j'ignorais quoi, je ne voulais pas le savoir, ne m'en inquiétais pas, c'était ainsi, je m'étais mis à aimer l'imminence des signes, oui, d'autres signes que ceux qui régissent la littérature, la perte, la nostalgie. J'avais donc remarqué qu'elle n'était plus sur le rebord de brique. Je me le suis rappelé le soir même, en me précipitant dans la gare de Helles-Gournay, montant deux par deux les escaliers qui menaient au quai depuis lequel l'inconnu s'était suicidé, cet hiver, mais sans songer à lui, cette fois, sautant dans le train qui venait d'arriver et qui était, annonçait par haut-parleur une calme voix féminine, sans arrêt jusqu'à Paris. Un train à deux étages. Je suis monté au premier ; j'étais encore un peu ivre. Je me suis installé du côté du soleil couchant. La nuit montait, fraîche et lente, sur ma droite, contre ma joue. Mais je ne voyais rien, je ne voulais rien voir, tout à la joie qui ne me quittait plus depuis le parc de Coubron. Je ne suis pas resté seul. Quelques jeunes gens sont montés, trois Blancs, un Noir, un Maghrébin, qui se sont affalés sur plusieurs sièges, fumant, buvant de la bière, rotant, parlant, riant très fort, et se tournant vers moi, se demandant entre eux ce que je pouvais bien être, un blaireau, un pédé, un fils de sa mère, ce qui était pour eux la même chose, sans doute, et trouvant singulier que je continue à sourire, s'approchant davantage, me soufflant leur fumée à la figure. J'aurais pu me lever et marcher bravement au supplice. Mais, je le répète, je ne me sentais plus coupable. Puis il y a eu l'incident, un brusque freinage qui a précipité deux types l'un contre l'autre : un Blanc aux cheveux tressés de longs et sales dreadlocks contre le Noir au crâne rasé ; ils se sont insultés, traités d'enculés, ont injurié leurs mères puis leurs races respectives avant d'en venir aux coups, d'abord pour jouer, ensuite cognant vraiment, le Blanc, plus petit, plus énervé, plus sec, frappant le grand Noir édenté avec une fureur qui le rendait écarlate, l'un et l'autre bientôt maîtrisés par leurs camarades, tandis que je les regardais, toujours en souriant — ce qui a sans doute eu le don d'exaspérer le petit Blanc qui s'est tourné vers moi, s'est échappé, est venu se planter devant moi, en disant : "Qu'est-ce que t'as à rire, connard !", sans que je cesse de sourire et de regarder non pas lui, ou pas seulement lui, mais les autres aussi qui faisaient maintenant cercle autour du petit furieux qui me demandait qui j'étais pour le regarder comme ça, un pédé, oui, une sale pédale de bourge, un enculé de ma race, un sale con dont la mère faisait du rodéo sur les cafards. À quoi j'ai répondu que je n'étais rien, non, pas même un rêveur. "Tu te fous de nous, mec", a dit un autre Blanc. Peut-être n'avait-il pas tout à fait tort, et qu'à ce moment il était excessif de soutenir que je n'étais rien, que je n'existais pas, une pure projection dans le rêve des cafards qu'ils étaient, eux, au premier étage de ce train de banlieue filant dans la nuit tombante, puisqu'on ne peut pas n'être rien, qu'on est toujours quelque chose, peu ou prou, d'une façon ou d'une autre, le songe ou le remords de quelqu'un, une prédestination, un commencement, une fin de race, un corps en mouvement, une âme en peine. Je ne savais parler autrement ; et à ces types défoncés, soûls, perdus, pleins de haine, désespérés, qui n'étaient presque rien et qui n'allaient sans doute nulle part, eux, je ne pouvais pas ne pas leur dire ma joie, mon espérance, ma ferveur à marcher vers les forêts, de l'autre côté de la nuit. Il me fallait trouver autre chose et je n'avais rien à dire que l'affirmation de ma joie et le désir de me taire, enfin, de n'avoir plus à expliquer, à commenter, à justifier, c'était fini, je ne voulais plus parler, leur ai-je dit sans hostilité, la joie m'en empêchait, et elle m'aurait, cette joie, conduit au massacre si l'un des gars ne s'était soudain levé pour prendre par l'épaule le petit furieux et le grand Noir qui commençaient à me pousser contre le dossier du siège : “Je le connais, il est réglo !” Le petit furieux s'est retourné vers lui : “Vas-y, c'est un bouffon !” “Il est réglo, j'te dis, c'est mon ancien prof de français !” J'ai fini par reconnaître dans le jeune Arabe Karim, un élève que le temps avait métamorphosé, faisant muer son visage et sa voix, les tournant vers la nuit et le lointain, et aussi vers un souverain mépris qui était, ai-je pensé, une forme de sagesse. Je l'ai remercié. Il ne m'a pas regardé, n'a pas souri, n'a pas même levé les yeux vers moi. Il avait raison : je n'étais déjà plus là, l'incident était clos, le train entrait dans le sombre canyon de la gare de l'Est. Sur les hauteurs, les appartements s'éclairaient les uns après les autres. La nuit semblait monter des rues. Paris, plus que jamais, me faisait horreur. Le Sacré-Cœur, là-haut, sur la butte, avait une couleur vieux rose et j'ai songé que je n'y avais jamais mis les pieds, qu'il était maintenant trop tard. Je me suis précipité dans les couloirs du métro. Je ne savais pas très bien où j'allais. C'est à ce moment que j'ai eu vraiment peur de ce qui venait d'avoir lieu dans le train. Pourtant je gardais confiance, épuisé, heureux, avec aux lèvres ce sourire un peu niais qui me dispensait de me justifier. J'en ai bientôt fini avec ce récit. Je suis descendu place d'Italie, à cause du nom, du songe d'Italie qui est dans le cœur de tout rêveur, et aussi parce que j'aimais bien cette place, à nuit tombante, large, aérée, toujours pleine d'une belle lumière. J'ai descendu le boulevard Blanqui jusqu'à la station Corvisart : la grande trouée était étrangement déserte ; elle avait, dans la nuit qui finissait de tomber, quelque chose d'un fleuve asséché, comme la grand-rue de Siom brillant après la pluie. J'ai frissonné. Je suis remonté vers la Butte-aux-Cailles, de la même façon que je montais, enfant, vers la croix des Rameaux puis vers la route de Limoges, avec l'idée que j'allais, non pas me perdre, mais ne jamais revenir, et frissonnant de ne pas savoir ce que je redoutais le plus : la nuit qui sortait des grands bois à pas de loup ou bien la sombre figure de mon père, ou encore l'obscurité des cœurs désolés. Et voilà que, bien des années plus tard, alors que j'avais au fond de moi le poids de l'obscurité paternelle, j'avançais dans la bruissante nuit de Paris, vers le sud-est, à cause, peut-être, d'une petite bouteille de plastique et du paysage volcanique dont elle s'ornait ; et je me disais, en traversant le quartier chinois par l'avenue de Choisy, en direction du boulevard périphérique, que c'était là qu'il me fallait aller, vers l'Orient, vers Palmyre, vers l'Inde, vers la Chine où des empereurs se faisaient ensevelir avec des armées de terre cuite et où le ciel était d'un bleu encore plus profond que celui dans lequel se dressaient les hautes tours d'Italie, en Chine, et même plus loin encore, vers les plaines infinies de la Mongolie, oui, à Oulan-Bator, Oulan-Bator où me tenir debout parmi les très grands vents, et aussi devant le lac Baïkal ou au désert de Gobi, ou sur le fleuve Amour, ou bien, à défaut, vers l'Auvergne, n'est-ce pas, puisque l'Auvergne est le Tibet de l'Europe, dans la lumière des origines, là où il y a, qui sait, des femmes douces qui se penchent en chantonnant sur les cavaliers blessés, les marcheurs exténués, les enfants qui s'endorment la main posée sur la poitrine. »

DU MÊME AUTEUR

Aux Éditions Gallimard

LA VOIX D'ALTO, 2001 (Folio n° 3905).
LE RENARD DANS LE NOM, 2003 (Folio n° 4114).
MA VIE PARMI LES OMBRES, 2003 (Folio n° 4225).
MUSIQUE SECRÈTE, 2004.
HARCÈLEMENT LITTÉRAIRE, 2005.
LE GOÛT DES FEMMES LAIDES, 2005.

Aux Éditions Champ Vallon

LE SENTIMENT DE LA LANGUE I & II, 1986-1990.
BEYROUTH, 1987.

Aux Éditions Dar Ani Nahar, Beyrouth

L'ACCENT IMPUR, 2001.

Aux Éditions Fata Morgana

LE PLUS HAUT MIROIR, 1986.
CITÉ PERDUE, 1998.
LE DERNIER ÉCRIVAIN, 2005.

Aux Éditions François Janaud

AUTRES JEUNES FILLES, avec des dessins d'Ernest Pignon-Ernest, 1998.

Aux Éditions P.O.L

L'INVENTION DU CORPS DE SAINT-MARC, 1983.

L'INNOCENCE, 1984.

SEPT PASSIONS SINGULIÈRES, 1985.

L'ANGÉLUS, 1988 (Folio n° 3506).

LA CHAMBRE D'IVOIRE, 1989 (Folio n° 3506).

LAURA MENDOZA, 1991.

ACCOMPAGNEMENT, 1991.

L'ÉCRIVAIN SIRIEIX, 1992 (Folio n° 3506).

LE CHANT DES ADOLESCENTES, 1993.

CŒUR BLANC, 1994.

LA GLOIRE DES PYTHRE, 1995 (Folio n° 3018).

L'AMOUR MENDIANT, 1996.

L'AMOUR DES TROIS SŒURS PIALE, 1997 (Folio n° 3199).

LAUVE LE PUR, 2000 (Folio n° 3588).

Aux Éditions de La Table Ronde

LE SENTIMENT DE LA LANGUE I, II, III, 1993. Prix de l'Essai de l'Académie française, 1994.

UN BALCON À BEYROUTH, 1994 (repris en «Petite Vermillon», 2005).

LE CAVALIER SIOMOIS, 2004.

FENÊTRE AU CRÉPUSCULE, 2004.

Aux Éditions Fayard

POUR LA MUSIQUE CONTEMPORAINE, 2004.

Composition Nord Compo
et impression Bussière
à Saint-Amand (Cher), le 2 décembre 2005.
Dépôt légal : décembre 2005.
Premier dépôt légal dans la collection : octobre 2001.
Numéro d'imprimeur : 054326/1.
ISBN 2-07-041429-9./Imprimé en France.

140651